EDIÇÕES BESTBOLSO

O sorriso do diabo

Régine Deforges nasceu em Montmorillon, França, em 1935. Primeira mulher a comandar uma editora no seu país, foi censurada, durante anos, por publicar livros considerados "ofensivos". A pressão de grupos conservadores levou Deforges a fechar a empresa. A escritora consagrou-se com a publicação da série iniciada com o livro *A bicicleta azul*, em 1981. Régine Deforges também é autora de *O diário roubado*, que inspirou o filme homônimo. A série *A bicicleta azul* ganhou destaque com os três volumes iniciais, mas os personagens estão presentes também nas obras *Tango negro*, *Rua da seda*, *A última colina*, *Cuba libre!*, *Argel, cidade branca*, *Les généraux du crepuscule* e *Et quand vient la fin du voyage*, estas últimas inéditas no Brasil.
Volume 1: A bicicleta azul
Volume 2: Vontade de viver
Volume 3: O sorriso do diabo

Régine Deforges

O SORRISO DO DIABO

VOLUME 3 DA SÉRIE **A BICICLETA AZUL**

Tradução de
LIGIA GUTERRES

RIO DE JANEIRO – 2010

CIP-BRASIL. CATALOGAÇÃO-NA-FONTE
SINDICATO NACIONAL DOS EDITORES DE LIVROS, RJ

Deforges, Régine, 1935-
D36s   O sorriso do diabo / Régine Deforges; tradução de
Ligia Guterres. – Rio de Janeiro: BestBolso, 2010.
(A bicicleta azul; v.3)

Tradução de: Le diable en rit encore
Sequência de: Vontade de viver
ISBN 978-85-7799-133-4

1. Romance francês. I. Guterres, Ligia. II. Título. III. Série.

10-1688

CDD: 843
CDU: 821.133.1-3

O sorriso do diabo, de autoria de Régine Deforges.
Título número 181 das Edições BestBolso.
Primeira edição impressa em agosto de 2010.
Texto revisado conforme o Acordo Ortográfico da Língua Portuguesa.

Título original francês:
LE DIABLE EN RIT ENCORE

Copyright © Librairie Arthème Fayard, 1993.
Publicado mediante acordo com Librairie Arthème Fayard, Paris, França.
Copyright da tradução © by Distribuidora Record de Serviços de Imprensa
S.A., 1998, por meio de cessão dos direitos da Editora Nova Cultural Ltda.
Direitos de reprodução da tradução cedidos para Edições BestBolso, um selo da
Editora Best Seller Ltda. Distribuidora Record de Serviços de Imprensa S. A. e
Editora Best Seller Ltda são empresas do Grupo Editorial Record.

www.edicoesbestbolso.com.br

Design de capa: Rafael Nobre

Todos os direitos reservados. Proibida a reprodução, no todo ou em parte, sem
autorização prévia por escrito da editora, sejam quais forem os meios empregados.

Direitos exclusivos de publicação em língua portuguesa para o Brasil em formato
bolso adquiridos pelas Edições BestBolso um selo da Editora Best Seller Ltda.
Rua Argentina 171 – 20921-380 – Rio de Janeiro, RJ – Tel.: 2585-2000.

Impresso no Brasil

ISBN 978-85-7799-133-4

*Para meu pai,
e para Franck, meu filho*

Wo wir sind, da ist immer vorn
Und der Teufel der lacht nur dazu.
Ha, Ha, Ha, Ha, Ha, Ha, Ha!*

---

*Estamos sempre na vanguarda / E é aí que o Diabo ainda ri. / Ha, ha, ha, ha, ha, ha, ha!

"Eis que o tempo faz a sua obra. Um dia as lágrimas secarão, o ódio se extinguirá, os túmulos desaparecerão. A França, porém, continuará a existir."

Charles de Gaulle
Memórias de Guerra – "A vitória"

1

Para Léa começou, então, uma longa espera.

Os DIAS DOCES E CHUVOSOS do início de 1944 mudaram bruscamente na manhã de 14 de fevereiro e a temperatura baixou até 5 graus negativos. Durante 15 dias, o vento do Norte lutou contra a neve. Por fim, em meados de março, o tempo esquentou novamente, anunciando que a primavera se aproximava. Em Montillac, Fayard, inquieto, observava o céu – nenhuma nuvem, e havia muito não chovia. Aquela seca desesperava os agricultores, que não sabiam como alimentar o gado, e comprometia a próxima colheita de feno.

As relações entre os moradores do "castelo" e Fayard, o encarregado das adegas, chegaram ao ponto de ruptura depois que um contador examinou os livros da propriedade. Fayard viu-se forçado a reconhecer as vendas de vinho para as autoridades da Ocupação, embora Léa o tivesse proibido e, antes dela, o pai. Em sua defesa, o homem alegou que seriam os únicos proprietários da região a não comercializar vinho com os alemães, a quem, aliás, já vendiam desde muito antes da guerra, e a maior parte dos boches responsáveis daquela região era de importantes negociantes de vinhos na Alemanha; tinham mesmo agentes em Bordeaux havia mais de vinte anos. Alguns desses agentes eram conhecidos de longa data. Léa não se lembrava daquele velho amigo do Sr. D'Argilat que os visitara durante as vindimas de 1940?

A jovem recordava-se perfeitamente. Mas lembrava-se também de que seu pai e o Sr. D'Argilat haviam pedido ao honesto comerciante de Munique, nessa época oficial da Wehrmacht, que não voltasse a procurá-los enquanto perdurasse a guerra. Fayard reconheceu ter "posto de lado" as quantias provenientes dessas transações, pois, sabendo das ideias da senhorita... Garantiu, porém, que tencionava devolvê-las. De qualquer maneira, parte dessa quantia fora empregada na manutenção e na substituição de material agrícola. A senhorita não tinha ideia do custo do barril mais insignificante!

Mas Léa sabia, e como sabia. O cheque generoso enviado por François Tavernier fora recebido com um suspiro de alívio pelo velho banqueiro de Bordeaux. Ele se sentia mal por pressionar a filha de seu antigo companheiro do Liceu Michel Montaigne por causa de cheques sem fundos e títulos por liquidar. Infelizmente, as telhas da ala direita da casa tinham voado durante uma noite de temporal e a conta bancária da propriedade estava novamente negativa. O técnico mandado por Tavernier fizera um adiantamento, pensando ser reembolsado dentro de pouco tempo, mas nem ele nem Léa recebiam notícias de François desde meados de janeiro. Logo chegaria o final de março.

O contador terminou seu trabalho e diante dessa situação aconselhou-lhe que negociasse com Fayard ou que apresentasse queixa por desvio de fundos. Léa recusou as duas sugestões. Sem o pequeno Charles, que com seus gritos e brincadeiras trazia um pouco de alegria, a atmosfera de Montillac ficaria sinistra. Cada uma das mulheres, porém, fazia o maior esforço para esconder das outras a própria angústia. Somente Bernadette Bouchardeau, às vezes, deixava que uma lágrima lhe deslizasse pelo rosto abatido. Camille d'Argilat vivia em alerta, dia e noite, na escuta das mensagens da Rádio Londres, esperando um sinal de Laurent. Depois da morte do Dr. Blanchard, Sidonie enfraquecera muito, e vivia entre a cama e a poltrona instalada diante da porta. Desse lugar, seu olhar alcançava toda a propriedade e a extensa planície de onde subiam as fumaças das chaminés de Saint-Macaire e de Langon. A passagem dos trens que atravessavam o Garonne marcava o compasso das intermináveis horas solitárias e silenciosas. A antiga cozinheira preferira regressar a Bellevue e, todos os dias, Ruth levava-lhe comida. Também Léa, Camille e Bernadette passavam algum tempo com ela. A doente resmungava, dizendo que perdiam tempo com visitas quando tinham coisa melhor para fazer do que se ocupar com uma velha imprestável. Porém, todas sabiam que ela só continuaria viva enquanto recebesse essas visitas. A própria Ruth, tão calma, também se sentia afetada por esse clima de tristeza e de angústia. A dúvida assaltava-a pela primeira vez desde o começo da guerra. O medo de ver surgir a Gestapo ou a polícia impedia que a forte alsaciana dormisse.

Para passar o tempo, Léa empenhava-se em revolver a terra da horta e em arrancar as ervas daninhas que cresciam junto das cepas. Quando tal exercício era insuficiente para cansar-lhe o corpo e entorpecer-lhe o espírito, pedalava quilômetros, percorrendo os campos acidentados. De volta a casa, deixava-se cair no divã do escritório do pai, mergulhando num sono agitado e pouco compensador. Quando despertava, quase sempre Camille estava a seu lado, com um copo de leite ou uma tigela de sopa nas mãos. Trocavam então um sorriso e ficavam caladas durante um longo tempo, olhando o fogo da lareira. Quando o silêncio se tornava pesado demais, uma delas ligava o rádio sobre a cômoda perto do divã e tentava captar alguma emissora londrina. Mas, devido a interferências, cada dia se tornava mais difícil ouvir com clareza aquelas vozes, agora tão preciosas, que lhes falavam de liberdade.

> Honra e Pátria. Prisioneiro fugido dos *stalags*, membro do comitê diretor da Junta dos Prisioneiros de Guerra Franceses, François Morland lhes fala...
> Prisioneiros de guerra repatriados e fugitivos, meus camaradas dos grupos de resistência: em primeiro lugar, quero lhes repetir a boa-nova...

Um ruído abafou a voz do orador.

— Sempre a mesma coisa! Nunca saberemos que boa-nova é essa — exclamou Léa, desferindo grandes murros no aparelho.

— Espere. Sabe que isso não adianta nada — disse Camille, afastando a amiga lentamente.

Ligou e desligou o aparelho por diversas vezes. Estava quase desistindo quando a mesma voz prosseguiu:

> Em nome de todos, falei ao general De Gaulle da fé que nos anima. Também em nosso nome, disse ao comissário Frenay, fugitivo como nós, tudo aquilo que constitui a nossa razão de viver. Mas esses homens, cujo mérito consiste em acreditar no futuro, já haviam entendido a esperança que acalentamos...

A volta das interferências permitiu que se ouvisse apenas alguns trechos de frases; depois cessaram bruscamente:

> ... Mas o que eles exigem é mais amplo e mais generoso. Nos campos e nos comandos aprenderam a se reconhecer; por isso, desejam agora uma pátria livre das marcas do cansaço e do envelhecimento. E, porque se reencontraram, querem uma pátria onde as classes, as categorias, os escalões se confundam numa justiça mais forte que toda a caridade. E, porque, nas cidades e nos campos do exílio, partilharam a mesma miséria com homens de todas as raças e de todas as nações, aspiram a dividir com eles os benefícios da vida futura.
>
> Sim, camaradas! É por todos que combatemos, é por tudo isso que escolhemos a luta. Recordemos o juramento feito no instante da partida, enquanto deixávamos os nossos para trás. Ele nos dizia: "Acima de tudo, não nos traiam, acima de tudo, digam à França que venha ao nosso encontro com sua mais bela face."
>
> Fugitivos, repatriados, os dos centros de ajuda mútua, os dos grupos clandestinos isolados, chegou o momento de cumprir essa promessa!

— Mais um idealista! – comentou Léa. – Ah, como é bela a face da França! Esse tal Morland que venha ver aqui como é a face da França: inchada de medo, de ódio e de cobiça, o olhar traiçoeiro, a boca vomitando calúnias e denúncias...

— Acalme-se, Léa! Você sabe muito bem que a França não é feita só disso, mas também de mulheres e homens como Laurent, François, Lucien, a senhora Lafourcade...

— Pouco me importa! – gritou Léa. – Esses ou já morreram ou vão morrer, e só restarão os outros.

Camille empalideceu.

— Oh, cale-se! Não diga uma coisa dessa.

— Ouça! Eis as mensagens pessoais...

Aproximaram-se tanto do aparelho que as duas cabeças tocavam na madeira envernizada.

Tudo se incita contra mim, tudo me assedia, tudo me tenta. Repito: tudo se incita contra mim, tudo me assedia, tudo me tenta. Os patos de Ginette chegaram bem... Repito: os patos de Ginette chegaram bem... A cadela de Bárbara vai ter três cachorrinhos... Repito: a cadela de Bárbara vai ter três cachorrinhos... Laurent bebeu o copo de leite... Repito...

— Ouviu?

... Laurent bebeu o copo de leite...

— Está vivo! Está vivo!

Rindo e chorando, lançaram-se nos braços uma da outra. Laurent d'Argilat estava bem. Era uma das mensagens combinadas, informando-as de que não deveriam se preocupar.

Nessa noite, tanto Léa como Camille dormiram tranquilas.

Uma semana depois da Páscoa, um amigo comum, o açougueiro de Saint-Macaire, que ajudara Adrien Delmas a fugir, veio visitá-las em sua camionete. O veículo fazia tanto barulho que as pessoas sabiam da sua chegada com alguns minutos de antecedência. Quando o veículo entrou na propriedade, Camille e Léa já se encontravam na soleira da porta da cozinha.

Com um largo sorriso, Albert caminhou até as duas jovens, transportando um embrulho envolto num pano muito branco.

– Bom dia, dona Camille. Bom dia, Léa.

– Bom dia, Albert. Que prazer em vê-lo! Há quase um mês que o senhor não aparecia.

– Oh!, dona Camille, hoje em dia não se faz o que se quer. Posso entrar? Trouxe um belo assado e fígado de vitela para o pequeno. Mireille acrescentou uma terrina de coelho. Depois me dirão se gostaram.

– Obrigada, Albert. Sem o senhor, quase não comeríamos carne aqui em casa. Como está seu filho?

– Está bem, dona Camille. Ele disse que tem sido um pouco difícil e que sofreu muito devido às frieiras. Mas agora está melhor.

– Bom dia, Albert. Quer uma xícara de café? – ofereceu a governanta.

– Bom dia, Srta. Ruth. Sim, com muito prazer. Café de verdade?

– Quase – respondeu, pegando a cafeteira que se conservava quente em cima do fogão.

O açougueiro sorveu um gole e limpou os lábios com as costas da mão.

– Tem razão, é quase autêntico – admitiu ele. – Venham aqui. Tenho coisas importantes para lhes dizer. Ontem recebi um recado do padre Adrien: é possível que logo o vejamos por estas bandas.

– Quando?

– Isso não sei. Conseguiram que os irmãos Lefèvre fugissem do hospital.
– Como estão eles?
– Estão sendo cuidados por um médico das redondezas de Dax. Assim que se restabelecerem, irão se reunir ao grupo de Dédé, o Basco. Lembram-se de Stanislas?
– Stanislas? – perguntou Léa.
– Aristide, se preferir.
– Sim, claro que me lembro.
– Voltou à região para reorganizar uma rede clandestina e punir os traidores que denunciaram seus camaradas.
– Trabalha com ele?
– Não, trabalho com os de La Réole. Mas, como estamos no limite dos dois setores, funciono como intermediário entre ele e Hilaire. É preciso que uma de vocês vá avisar a Sra. Lefèvre de que seus filhos estão bem.
– Eu faço isso – prontificou-se Léa. – Estou tão feliz por eles! Foi muito difícil a fuga?
– Não, não foi. Tínhamos cúmplices dentro do hospital e os policiais de vigia eram homens de Lancelot. Ouviram ontem a mensagem de Laurent na emissora de Londres?
– Ouvimos. Depois de tantos dias de angústia, parece que as boas notícias chegam todas ao mesmo tempo.
– Apenas para algumas pessoas. Não consigo deixar de pensar nos 17 rapazes de Maurice Bourgeois que esses canalhas fuzilaram em 27 de janeiro.

Todos se lembraram da edição da Petite Gironde de 20 de fevereiro, que anunciava: Execução de Terroristas em Bordeaux.

– Conhecia-os, Albert? – perguntou Camille, gaguejando.
– Conheci alguns deles. Naquela época, prestávamos serviços uns aos outros, embora fôssemos gaulistas e eles comunistas. Gostava bastante de um deles em particular, Serge Arnaud. Tinha a mesma idade de meu filho. É triste morrer aos 19 anos.

– Quando tudo isto vai acabar? – suspirou Ruth, enxugando os olhos.

– Espero que logo. É que nós não somos muitos. E os da Gestapo são espertos. Depois da onda de prisões, deportações e execuções na Gironde, Aristide e os outros têm muita dificuldade para encontrar voluntários.

A campainha de uma bicicleta o interrompeu. A porta abriu-se e surgiu Armand, o carteiro.

– Bom dia, minhas senhoras. Uma carta para você, senhorita Léa. Espero que seja bem mais agradável do que a que entreguei a Fayard.

– Mais uma carta do banco... – suspirou a jovem.

– Sabe o que havia dentro da outra? – prosseguiu Armand. – Não tente adivinhar, que não adianta. Uma urna.

As três mulheres exclamaram ao mesmo tempo.

– Uma urna?!

– É como lhes digo... uma pequena urna preta recortada num cartão. E acho que vi inscrito nela o nome de Fayard – declarou o carteiro.

– Mas por quê? – Camille se surpreendeu.

– Ora, todos aqueles que colaboram com os boches têm recebido a mesma coisa, avisando-os de que vão lhes arrancar a pele quando a guerra terminar.

– E isso por algumas garrafas de vinho – comentou Camille com desprezo.

– Não só pelas garrafas, dona Camille – disse o açougueiro friamente.

– O que você quer dizer com isso, Albert? – perguntou Léa.

– Não há certeza, mas Fayard foi visto saindo da Kommandatur de Langon pelo menos por duas vezes.

– Todos já fomos até lá por algum motivo.

– Claro, dona Camille. Mas os boatos correm e, além disso, há o filho. Quando penso que o conheci garoto! Parece que ainda vejo vocês dois correndo um atrás do outro pelo meio das vinhas, lambuzados de uvas. Lembra-se, Léa?

— Se me lembro! Mas parece que foi há muito tempo...

— Isso não vai contribuir para melhorar o humor de Fayard — interrompeu Ruth, oferecendo um copo de vinho ao carteiro.

— Claro que não. Fayard ficou muito vermelho e depois empalideceu, ao descobrir o que havia dentro do envelope. Saí sem dizer nada e me livrei da situação.

Num só gole, ele esvaziou seu copo:

— Isso não é tudo... Fico falando, fico falando... E ainda não terminei a minha rodada. Bem, adeus a todos. Até a próxima.

— Adeus, Armand, até logo.

— Preciso ir também — disse Albert.

Léa acompanhou-o até o veículo.

— Dentro de alguns dias vão chegar armas em paraquedas. Poderia verificar se o esconderijo do calvário não foi descoberto? Deve haver uma caixa de munição e outra de granadas.

— Irei amanhã.

— Se tudo estiver em ordem, trace uma cruz com giz branco na grade em volta do anjo do cruzamento — recomendou Albert.

— Combinado.

— Seja prudente. Seu tio não me perdoaria se alguma coisa lhe acontecesse. E não confie em Fayard.

Tudo parecia normal na capela do cruzamento; os caixotes estavam intatos. Apesar do bom tempo, o calvário estava deserto.

Na noite de 15 para 16 de abril, a chuva, caindo abundantemente, abrira sulcos pelos caminhos em declive, acumulando nas planícies montinhos de britas que escorregavam sob os pés. Quando voltava para casa, Léa passou pelo cemitério. Deteve-se um pouco junto ao jazigo dos pais, onde arrancou as ervas daninhas que tinham escapado aos cuidados de Ruth. Não se via ninguém. Crianças gritavam por perto. "Hora do recreio", pensou, empurrando a porta da basílica. Ela estremeceu com a umidade glacial do interior. Três velhinhas que rezavam voltaram a cabeça à sua entrada. Mas o que estava fazendo ali? Sainte Exupérance em seu relicário tinha, mais que nunca, o aspecto daquilo que era na verdade – uma grande boneca de cera vestida com trajes empoeirados. Onde estaria a emoção de sua infância? Onde estaria a maravilhosa imagem da pequena santa cujo nome ela mesma havia adotado para alguns? Tudo aquilo estava se tornando ridículo e perigoso. Um crescente mau humor a invadia. Uma vontade de jogar tudo para o ar, de estar na avenida Saint-Michel ou nos Champs-Élysées com Laure e seus amigos excêntricos, bebendo coquetéis de nomes e cores bizarras, dançando nos bailes clandestinos ou ouvindo discos americanos proibidos, em vez de ficar pedalando pelos campos e vinhedos para levar mensagens ou granadas, de conferir contas e de aguardar, plantada diante dos correios, notícias de François, de Laurent, ou do improvável desembarque dos Aliados. Estava farta de viver no medo constante da chegada da Gestapo ou da polícia, da volta de Mathias e da falta de dinheiro. François Tavernier deveria estar morto para não ter mantido sua promessa. Esse pensamento quase a fez cair de joelhos.

"Isso não, meu Deus!"

Cabisbaixa, Léa saiu da igreja.

Um enorme cansaço se apoderara dela. Seus sapatos de má qualidade, com solas de madeira, pareciam pesar como chumbo. Quando passou diante da última fazenda da aldeia, alguns cães magros seguiram-na por instantes, latindo, e depois, tranquilizados, voltaram para suas casinhas. No cruzamento do anjo, Léa certificou-se de que não havia ninguém por perto e marcou a grade enferrujada com uma cruz branca. Soaram seis horas da tarde no campanário de Verdelais. Densas nuvens escuras varriam o céu.

TERIA SIDO O SINAL do vasto céu turbulento? Fosse o que fosse, Léa se viu no caminho que levava à casa de Sidonie. Sua estatura era pequenina diante da imensidão da paisagem. Como a velhinha teve razão ao querer voltar para Bellevue! Ali a alma se evolava para a longínqua Landes, até o oceano, ou perdia-se pelo infinito do céu. Naquele ambiente familiar, Léa sempre experimentava a mesma sensação de paz, um desejo de repouso, de sonho, de meditação, como teria dito Adrien Delmas.

Um gemido veio arrancá-la desses pensamentos. Bela, a cachorrinha de Sidonie, gemia baixinho, colada à porta.

A jovem estendeu a mão para o animal, que se pôs em pé, rosnando.

– Então, o que é isso? Não me reconhece mais?

Ao ouvir a voz familiar, o bicho se aproximou da recém-chegada e deitou-se a seus pés. Depois uivou sinistramente. De repente inquieta, Léa empurrou a porta, entrando na casa. No interior, reinava uma desordem incrível, como se um furacão tivesse passado por ali, derrubando móveis, quebrando louças e espalhando a roupa e os papéis. Os lençóis arrancados da cama e o colchão virado indicavam uma busca insistente. Quem teria se obstinado dessa maneira contra os míseros pertences de uma velha doente? Léa sabia a resposta, mas recusava-se a pronunciá-la.

– Sidonie! Sidonie! – chamou.

A cadela, deitada debaixo da cama, latia de mansinho. A velha Sidonie jazia inconsciente, entalada entre a parede e a madeira da cama. Léa conseguiu levantá-la a custo e colocá-la sobre o colchão. Tinha no rosto uma palidez terrosa, escorria-lhe da narina direita um fio de sangue e na face esquerda havia um hematoma azulado. Léa inclinou-se sobre ela. Da boca entreaberta saía um sopro hesitante. Sob o decote da camisola de algodão branco viam-se marcas de dedos na pele flácida do pescoço.

Estarrecida, a jovem fitou o corpo estendido da mulher que, outrora, tantas vezes lhe servira de consolo e lhe dera guloseimas às escondidas, quando a mãe ou Ruth a castigavam. A lembrança dos momentos de carinho que ela lhe dispensara no grande sofá da entrada da cozinha de Montillac fez Léa soluçar, ao mesmo tempo que gritava em voz subitamente infantil:

– Donie! Donie! Responda!

Lutando contra o entorpecimento mortal que a dominava, a velhinha abriu os olhos. Léa atirou-se sobre ela.

– Por favor, Sidonie, fale comigo!

A mulher ergueu o braço lentamente e pousou a mão na cabeça inclinada. Seus lábios abriam e fechavam sem emitirem som algum.

– Faça um esforço – Léa insistiu. – Diga-me quem fez isto.

A mão da velha tornou-se mais pesada. A jovem colou o ouvido aos lábios da moribunda.

– Fu... fu... fuja.

Depois a mão pesou ainda mais. Léa procurou libertar-se com suavidade, murmurando:

– O que você quer dizer?

Como que a contragosto, os dedos da mulher abandonaram a farta cabeleira e o braço escorregou de repente, batendo contra a madeira da cama com um barulho oco.

Bela começou a uivar diante da morte.

Léa parou de chorar. Incrédula, observava o velho rosto tão querido, transformado repentinamente numa imagem estranha e hostil.

Não podia ser verdade! Há poucos instantes sentira contra a face o hálito morno e agora... restava dela apenas uma massa impudente, com a camisola erguida.

Com raiva, Léa arrumou-lhe a roupa.

Quem faria Bela se calar? Por que uivava dessa maneira? Imbecil. Estaria chorando?

Ouviu um ruído atrás de si e voltou-se de repente. Havia um homem na porta, o que a petrificou de terror. O que ele fazia naquela casa devastada, junto de um cadáver ainda morno?

De súbito, pensou ter encontrado a resposta. Um temor estúpido varreu para longe toda a sua coragem.

– Por favor, por favor, não me faça mal! – suplicou.

Mas Mathias Fayard já deixara de olhá-la. Com a mão, afastou-a do caminho e, pálido, de punhos cerrados, dirigiu-se até a cama.

– Como se atreveram...

Com ternura, uniu as mãos deformadas e fechou as pálpebras da mulher a quem ele, quando criança, tratava por "Mamãe Sidonie" e que sabia tão bem como fazê-lo escapar dos sopapos do pai. Ajoelhou-se ao pé da cama, não para fazer uma prece há muito esquecida, mas comovido pelo sofrimento.

Léa fitava-o, receosa. Porém, quando Mathias virou para ela o rosto desfeito, devastado pelo pranto, correu até ele e caiu em seus braços, chorando também.

Quanto tempo teriam ficado de joelhos, agarrados um ao outro, diante daqueles restos mortais que levavam consigo para o frio do túmulo tudo o que lhes restava da infância?

Bela, em cima da cama, gemia, lambendo os pés da dona.

MATHIAS FOI O PRIMEIRO a recompor-se.

– Você precisa ir embora – disse.

Léa não reagiu. O rapaz tirou do bolso um lenço de aspecto estranho e enxugou os olhos da amiga, limpando os seus em seguida. Inconsciente, Léa não se movia. Mathias sacudiu-a então suavemente, de início, e, depois, quase com brutalidade.

– Ouça o que lhe digo, Léa. Precisa deixar Montillac. Alguém denunciou você e Camille.

Diante da falta de reação de Léa, Mathias sentiu vontade de esbofeteá-la.

– Deus do céu! Não entende? – gritou. – Os homens de Dohse e da polícia virão até aqui para prendê-la!

Enfim ela pareceu compreendê-lo, vê-lo! O desgosto e a tristeza estampados em seu rosto pouco a pouco davam lugar a uma expressão de horror cético.

— E é você quem me avisa isso?!

Essa exclamação o fez abaixar a cabeça.

— Ouvi Denan dar ordens a Fiaux, a Guilbeau e a Lacouture — esclareceu o rapaz.

— Pensei que você trabalhasse para eles — observou Léa. Ela havia recuperado bruscamente sua energia e seu desprezo.

— É isso. Mas, seja o que for que você pense de mim, não quero que lhe ponham a mão.

— É bem verdade que você conhece os métodos deles.

Mathias ergueu-se e olhou o cadáver de Sidonie.

— Pensei que os conhecesse... — murmurou.

Seguindo o seu olhar, Léa levantou-se com os olhos novamente cheios de lágrimas.

— Mas por que ela?

— Ouvi Fiaux comentar que, por carta, alguém acusara Sidonie de esconder seu primo Lucien e de saber onde estão os irmãos Lefèvre. Mas nunca imaginei que viriam interrogá-la. Só pensei em você, em avisá-la. O que não compreendo é por que não passaram no castelo depois.

— Como sabe?

— Cortei caminho pelas vinhas para chegar até aqui e teria visto ou ouvido os carros deles — explicou Mathias. — Só se estavam escondidos no bosque de pinheiros.

— Passei por lá vindo de Verdelais e não notei nada de anormal.

— Venha. Vamos embora daqui.

— Mas não devemos deixar Sidonie assim...

— Não podemos fazer mais nada por ela. Quando a noite cair, avisarei o padre. Apresse-se.

Léa beijou pela última vez a face já fria e deixou a cadela, que não parava de gemer, velando o corpo.

Lá fora, o céu também parecia cheio de ameaças.

Na base do terraço, Mathias interrompeu a caminhada.
— Espere-me aqui — ordenou. — Vou ver se tem alguém.
— Não. Vou com você.

O rapaz encolheu os ombros e ajudou-a a subir a ladeira. Tudo parecia calmo. Agora estava tão escuro que mal se distinguia a fachada da casa.

Léa observou que Mathias avançava encostado à folhagem ainda rala do caramanchão, para ficar fora da vista dos anexos da fazenda e das cocheiras. Não queria ser descoberto pelos pais.

Um feixe de luz filtrava-se sob a porta-balcão que dava para o pátio. Certamente, Camille estava espreitando do interior, pois a porta se abriu de repente e a jovem surgiu, vestida num casaco azul-marinho, como se estivesse preparada para sair.

— Até que enfim você apareceu! — exclamou.

Léa empurrou-a ao entrar em casa.

— Sidonie morreu — informou.

— O quê?

— Os amigos dele foram "interrogá-la".

Apertando as mãos sobre o peito, Camille fitava Mathias com expressão de incredulidade.

— Não olhe para mim dessa maneira, Sra. D'Argilat — disse o rapaz. — Não se sabe ao certo o que aconteceu.

— Está ouvindo? "Não se sabe ao certo o que aconteceu." Pensa que somos idiotas? Sabemos muito bem o que aconteceu. Quer que lhe diga o que foi?

— Não é necessário nem vai mudar o que está feito. Há coisas mais urgentes. Vocês têm de sair daqui.

— E quem nos garante que isso não é uma armadilha e que você não irá nos levar diretamente aos seus amigos da Gestapo?

Mathias, de maxilares cerrados, avançou para Léa erguendo o punho.

— Isso! Vamos, bata! Pode começar o trabalho deles! É do que você gosta... de bater.

— Cale-a, Sra. D'Argilat. Já perdemos muito tempo aqui...

— Mas como teremos certeza de que podemos confiar em você? – perguntou Camille.

— De fato, não podem. Mas a senhora, que ama o seu marido, não acreditará em mim se lhe jurar que amo Léa e que, apesar de tudo o que nos separa, e de tudo o que eu possa ter feito, estou disposto a morrer para que nada aconteça a ela?

Camille pousou a mão no braço do rapaz.

— Sim, acredito. Mas e eu, por que motivo procura me salvar?

— Léa nunca me perdoaria se a senhora fosse presa – respondeu Mathias.

Nesse instante, Ruth entrou, trazendo uma sacola abarrotada que entregou a Léa.

— Pegue. Coloquei alguns agasalhos, uma lanterna e dois frascos de conserva. Agora, vão embora.

— Embora... Embora... – cantarolava o pequeno Charles, com o gorro enterrado na cabeça até as orelhas.

— Vamos, apressem-se! – Ruth insistiu, empurrando-as para a porta.

— Mas você vem conosco!

— Não, não vou. Alguém terá de ficar para recebê-los quando vierem.

— Não quero que fique! Depois do que fizeram a Sidonie...

— A Sidonie?!

— Eles a torturaram e a mataram.

— Meu Deus! – exclamou a governanta, benzendo-se.

— Então, dona Ruth, decida-se rápido – interveio Mathias. – Vem ou não conosco?

— Não, eu fico. Não posso abandonar a casa do Sr. Delmas. Não se preocupem. Saberei lidar com eles. Só uma coisa me importa...

— Se nós duas estivermos aqui será mais fácil fazê-los acreditar que vocês foram a Paris – disse Bernadette Bouchardeau, que acabara de entrar.

— Sua tia tem razão. A presença delas fará sua ausência parecer mais natural – disse Mathias.

— Mas elas estão se arriscando a serem mortas!

— O risco não é maior do que se vocês estiverem aqui.

— Isso é verdade – apoiou Ruth. – Agora, vão embora. Já anoiteceu. Você se responsabiliza por elas, Mathias?

— Eu já lhe menti alguma vez?

— O que pretende fazer?

— Levá-las até a casa de Albert para que ele lhes arranje um esconderijo.

— Por que a casa dele? – perguntou Léa, quase gritando.

— Porque pertence à resistência e saberá o que fazer com vocês.

— Por que você diz isso?

— Pare de me achar imbecil! Sei há muito que Albert esconde aviadores ingleses, que conhece os locais onde estãos os paraquedas e que participou na fuga dos irmãos Lefèvre.

— E não o denunciou?

— Não faz parte dos meus planos denunciar alguém.

— Então você não deve estar sendo bem-visto por seus patrões.

— Chega! – exclamou Camille secamente. – Acertem as contas mais tarde. O que importa, agora, é não estarmos aqui quando eles aparecerem. A senhora e Ruth têm certeza de que não querem vir conosco?

— Absoluta, Camille. Devo ficar, para o caso de Lucien ou de meu irmão precisarem de mim. E, além do mais, estou muito velha para andar por aí correndo pelas estradas e dormindo ao relento. Mas vocês deviam deixar o pequeno Charles conosco. Sabemos como cuidar dele.

— Agradeço-lhe muito, dona Bernadette. Mas ficarei mais tranquila com ele por perto.

— Vou até a casa de meus pais para evitar que eles vejam vocês saírem – disse Mathias. – Nos encontramos em Montonoire dentro de 15 minutos. O carro está lá.

Mathias saiu pela cozinha.

As duas jovens e a criança engoliram a sopa, abotoaram os casacos e saíram para a noite depois de mais uma vez beijarem Ruth e Bernadette Bouchardeau.

ESCONDIDAS PERTO DO carro preto, elas já esperavam por Mathias havia quase 20 minutos.

– Ele não vem. Garanto que ele não vem!
– Claro que ele virá. Fique quieta. Escute... Vem vindo alguém pela estrada.

Camille, agachada ao lado do veículo, apertou o filho em seus braços.

A noite estava tão escura que a silhueta do homem se confundia com o céu.

– Sou eu, Léa – anunciou Mathias.
– Você demorou tanto!...
– Eu não conseguia interromper os gritos de meu pai e as lamentações de minha mãe. Praticamente tive de fugir. Entrem logo.

Charles, segurando contra o corpo o urso de pelúcia de Léa encontrado e consertado por Ruth, entrou rindo no carro. Era o único a achar a situação divertida.

NUNCA AS RUELAS da pequena cidade medieval de Saint-Macaire lhes parecerem tão estreitas e tão escuras. A claridade azulada dos faróis camuflados não bastava para guiá-los. Finalmente chegaram diante da casa do açougueiro. Mathias desligou o motor. Nenhuma luz, nenhum ruído; apenas o silêncio opressivo da noite sombria que parecia infindável. No interior do carro, perscrutando as trevas, todos retinham a respiração, até mesmo Charles, com o rosto enfiado no pescoço da mãe. Um estalido assustou Léa. Mathias engatilhou a pistola.

– É melhor que você vá ver – ele cochichou em seu ouvido.

Rapidamente, a jovem saiu do veículo e foi bater à porta. À quinta batida, uma voz abafada perguntou:
– Quem é?
– Sou eu... Léa.
– Quem?
– Léa Delmas.

A porta abriu-se, e surgiu a mulher do açougueiro, de camisola, o xale sobre os ombros e uma lanterna na mão.

– Entre depressa, senhorita. Você me deu um susto! Pensei que tivesse acontecido alguma coisa a Albert.
– Ele não está?
– Não. Foi a Saint-Jean de Blaignac para buscar uma carga de paraquedas... Mas o que a traz aqui?
– A Gestapo. Estou com Camille d'Argilat e o filho dela. Foi Mathias Fayard quem nos trouxe.
– Mathias Fayard?! Aqui?! – exclamou a mulher. – Estamos perdidos!

Nesse instante, empurrando Camille e a criança à sua frente, Mathias entrou na casa e fechou a porta.

– Não tenha medo, Mireille. Se eu quisesse denunciá-los, já o teria feito há muito tempo. Tudo o que peço a Albert e aos camaradas é que as escondam. Nem quero saber onde, até o momento em que eu encontre uma outra solução.
– Não confio em você. Todo mundo sabe que você trabalha para eles.
– Não me importa o que você sabe ou não. Não se trata de mim, mas delas. E se isso servir para tranquilizar Albert e os outros, podem prender meus pais como reféns.
– Canalha! – murmurou Mireille com desprezo.

Mathias encolheu os ombros, respondendo:
– Tanto faz o que pensa de mim. O importante é que a Gestapo não as pegue. Se Albert quiser falar comigo, que deixe recado no Lion d'Or, em Langon. Irei encontrá-lo onde indicar. Agora tenho de ir.

Quando Mathias se aproximou, Léa deu-lhe as costas. Apenas Camille teve piedade dele ao ver o sofrimento estampado em seu rosto.

— Obrigada, Mathias.

As três mulheres continuaram imóveis na entrada da cozinha até o barulho do motor se perder a distância. Perto da lareira apagada, o pequeno Charles adormeceu numa cadeira, sem largar o seu ursinho de pelúcia.

ERAM TRÊS HORAS da madrugada quando Albert voltou. Acompanhavam-no o soldado Riri, o garagista Dupeyron e o cantoneiro Cazenave. Todos os quatro traziam uma metralhadora ao ombro.

— Léa... Sra. D'Argilat! — exclamou o dono do açougue, admirado. — O que está acontecendo?

— A Gestapo está à procura delas.

Os três homens ficaram tensos.

— E isso ainda não é tudo — prosseguiu Mireille em voz cada vez mais aguda. — Eles assassinaram Sidonie e foi o filho dos Fayard quem as trouxe para que você as esconda.

— Filho da puta! — ralhou o garagista.

— Vai nos denunciar — balbuciou o soldado.

— Não acredito — murmurou o açougueiro, com ar pensativo.

— Mathias disse que, caso não confiassem nele, poderíamos prender os pais dele como reféns — explicou Mireille atônita.

Camille sentiu que era o momento de intervir na conversa.

— Tenho certeza de que Mathias não trairá ninguém.

— É bem provável, Sra. D'Argilat, mas não podemos correr nenhum risco. Acho, minha querida Mireille, que precisamos desaparecer — disse Albert.

— Nem pense nisso! E a loja? E o nosso filho? E se ele precisar de nós e nos procurar? Vá, se quiser. Eu fico.

— Mas, Mir...

— Não insista. Já decidi.

— Nesse caso, também fico.

Chorosa, Mireille atirou-se ao pescoço do marido, que a atraiu para si, tentando esconder sua emoção.

— Então... – disse ele. – Pensa que estou matando o boi da senhora Lécuyer?

Esse comentário os fez sorrir.

— Isso não é tudo. O que vamos fazer com elas? – perguntou o soldado apontando Léa e Camille.

Albert levou seus amigos para a outra ponta da cozinha, onde cochicharam durante alguns instantes. Em seguida, Riri e Dupeyron saíram.

— Se tudo correr bem, partiremos quando os dois voltarem – esclareceu Albert. – Vamos levá-las até a casa de amigos fiéis, onde poderão ficar por alguns dias. Depois, vamos ver. Muitas coisas dependerão do que Mathias me disser quando o encontrar.

Ele virou-se para a mulher.

— Prepare um cesto bem recheado, Mireille.

— Não é preciso – disse Camille. – Trouxemos o necessário.

— Não, senhora. Não se sabe durante quanto tempo terão de ficar escondidas.

O garagista voltou.

— Podemos ir – informou ele. – Está tudo calmo. Riri ficou lá fora de vigia.

— Muito bem. Então vamos. Não fique preocupada se eu não estiver de volta antes do final da noite, Mireille. Eu levo o pequeno. Cazenave levará o cesto. Vamos, despeçam-se.

A CAMINHONETE NÃO ERA um veículo dos mais confortáveis e saltava sobre os buracos do caminho.

— Está muito longe ainda? – resmungou Léa.

— Não muito. É um pouco depois de Villandraut. A região é segura. São camaradas nossos que estão na resistência nesta zona. Seu tio os conhece muito bem.

— Acha que vamos ficar lá durante muito tempo?
— Não sei. Depois veremos. Depende da conversa com Mathias. Olhe, estamos chegando!

Após uma curta travessia por entre construções baixas, o veículo parou na frente de uma casa um pouco afastada. Um cão ladrou e a porta se abriu. Aproximou-se deles um indivíduo armado com uma espingarda.

— É você, Albert? – perguntou o desconhecido em voz baixa.
— Sim. Estou trazendo umas pessoas amigas em dificuldades.
— Podia ter avisado.
— Não foi possível. Tem lugar no momento?
— Estão com sorte. Os ingleses foram embora ontem à noite. É por muito tempo?
— Ainda não sei.
— Duas mulheres e uma criança! – resmungou o homem. – Não me agrada nem um pouco. Tem sempre perturbação quando essas malditas mulheres estão metidas na história.
— Muito amável! – comentou Léa entre dentes.
— Não ligue – interveio Albert. – Léon está sempre resmungando, mas não há homem com melhor pontaria nem com melhor coração em toda a Landes.
— Não fiquem aí fora. Os vizinhos são gente nossa, mas hoje em dia não é difícil que um lobo se meta no meio do rebanho.

Entraram num cômodo comprido e baixo, com chão de terra batida. No interior havia três camas grandes e altas envoltas em cortinas de um vermelho desbotado, pendentes dos caibros do teto e divididas por arcas de madeira trabalhada. A mesa enorme estava entulhada de armadilhas, cartuchos azuis e vermelhos, uma metralhadora desmontada sobre um jornal, louça suja e trapos velhos. Cadeiras desemparelhadas e um fogão escurecido por muitos anos de uso constituíam o restante do mobiliário. No parapeito da lareira de imponentes dimensões, haviam as inesquecíveis cápsulas de obus gravadas, da Primeira Guerra Mundial. Por cima da pia de pedra muito gasta, pendiam alguns calendários amarelados e sujos de excrementos de mosca. O de 1944, onde figurava uma ninhada de gatinhos, com suas cores berrantes, nada tinha a ver com aquele ambiente, iluminado pela luz amarelada do candeeiro a querosene, suspenso do teto.

Tamanha rusticidade, aliada ao odor forte dos ramos de folhas de tabaco pendentes dos caibros, fez com que as duas jovens se imobilizassem na soleira da porta.

– Não esperava a chegada de novos hóspedes tão cedo. Ainda nem tive tempo de arrumar as camas – esclareceu Léon, retirando alguns lençóis de dentro de uma das arcas.

– Não tem outro cômodo? – perguntou Léa, falando em voz baixa a Albert.

– Não, não tem – respondeu o anfitrião, cujo ouvido era muito apurado. – É tudo o que posso lhe oferecer, minha menina. Tome, ajude-me a fazer as camas. Verá como são confortáveis. Colchões de autênticas penas de ganso. Quando se deita nelas, não se quer sair mais.

Os lençóis eram de tecido áspero, mas exalavam um perfume de ervas.

– A privada é lá fora, atrás da casa. Espaço é o que não falta – acrescentou o homem em tom malicioso.

– E para nos lavarmos?

– Há uma pia lá fora, e o poço não fica longe.

A expressão de Léa deve ter sido cômica, pois Camille, apesar de cansada, deu uma gargalhada.

– Vamos ficar muito bem! Você vai ver – garantiu ela. – Deixe-me ajudá-la.

O pequeno Charles não acordou nem mesmo quando a mãe o despiu e colocou na cama.

2

Havia muito tempo Léa e Camille não dormiam tão bem. Até mesmo a criança, sempre a primeira a levantar-se, dormia ainda, apesar do adiantado da hora. Através das cortinas vermelhas, filtrava-se uma luz suave e rosada. Sabia-se que lá fora fazia um belo dia. A porta estava aberta e chegavam até elas os pacíficos ruídos da fazenda: galinhas cacarejando, o ranger da corrente do poço, o balde batendo nas bordas, rolas arrulhando, um relincho longínquo e uma voz infantil chamando pela mãe. Parecia que nada poderia perturbar aquela paz. Alguém entrou na sala e abasteceu o fogão com carvão. Pouco depois, espalhava-se pelo ar um delicioso cheiro de café. Como se o aroma as chamasse, Camille e Léa afastaram ao mesmo tempo as cortinas de suas camas. Ao ver as duas jovens despenteadas, Léon emitiu um barulho semelhante a uma risada.

— Ora muito bem, minhas filhas! É preciso recorrer a grandes meios para fazê-las saltar da cama... Nada como um café colombiano puro.

Léa apressou-se e quase caiu da cama, pois se esquecera de como era alta. Pegou a caneca que Léon lhe estendia. Levou-a às narinas, aspirando com prazer o excelente aroma do café.

— Pus dois cubos de açúcar. Espero que não seja demais.

— Dois cubos de açúcar! Está ouvindo, Camille?

— Ouvi, ouvi — respondeu, aproximando-se também.

A camisola branca e comprida no corpo franzino dava-lhe um ar de colegial. Léon ofereceu-lhe também uma caneca de café, feliz com a alegria de ambas.

— Como tem tudo isso?

— Os ingleses deixaram-me um pacote de café quando foram embora. E ainda não é tudo...

Da arca que devia servir de despensa Léon retirou um pão redondo enorme.

— Depois me dirão se gostam ou não. Este é o legítimo brioche!

Tirou a navalha do bolso, abriu-a devagar e cortou três pedaços generosos. Léa enfiou o nariz no miolo espesso e fofo, aspirando-lhe o cheiro com avidez, como se receasse que o seu pedaço fosse desaparecer de repente e para sempre. Camille contemplava a fatia que lhe coubera, com o mesmo ar sério que costumava ter em tudo o que fazia.

— Pão... Pão...

De pé na cama, Charles estendia as mãozinhas. Léon o pegou, sentou-o nos joelhos e cortou mais um pedaço.

— É demais para ele, senhor. Não conseguirá comer tudo — disse sua mãe.

— Um rapaz como ele? Eu me admiraria muito. Vamos, bebam o café, antes que esfrie.

Tal como o velho landês dissera, Charles comeu todo o pão.

Passaram-se três dias bucólicos. O tempo estava bom, embora um pouco frio.

Na noite do dia 21, Albert apareceu de novo. Encontrara-se com Mathias em Langon. O rapaz concordara em acompanhá-lo de olhos vendados e de mãos atadas, escondido no porta-malas de um carro, até uma base de resistentes perto de Mauriac. Ao chegar, respondera sem hesitar às perguntas do açougueiro e de seus camaradas. Satisfeito com as respostas, Albert o deixara à noite próximo à estação de La Réole.

— A Gestapo foi até minha casa? — Léa quis saber.

— A Gestapo, não. Os homens do comissário Penot.

— Maurice Fiaux estava com eles?

— Não.

— O que aconteceu? Como estão Ruth e minha tia?

– Estão bem. Segundo Ruth, eles as interrogaram com delicadeza, mas sem escutar de fato as respostas.

– O que queriam saber?

– Se tinham recebido notícias do padre Adrien. Nada falaram sobre você ou sobre a Sra. D'Argilat.

– Que coisa mais estranha! Por que Sidonie, antes de morrer, me disse para fugir? E por que Mathias pensou que seríamos presas?

– Porque, segundo nos disse, surpreendeu uma conversa entre Fiaux e um dos chefes da polícia, na qual comentavam que vocês deveriam saber detalhes sobre a fuga dos irmãos Lefèvre e o local onde seu primo Lucien e o padre Adrien estão.

– Sendo assim, por que foram primeiro à casa de Sidonie?

– A polícia recebeu uma carta afirmando que Sidonie escondia resistentes. E eu já imagino quem seja o remetente – garantiu Albert.

– Mas por que Mathias não nos avisou com mais antecedência?

– Talvez Denan o tenha retido por muitas horas em seu escritório.

– Mas, afinal, quem é Denan? – interrompeu Léa.

– Um canalha. Chegou a Bordeaux com os refugiados. Até 1942, foi vendedor na Dames de France, na seção de armarinho e de malharia. Mal terminava o serviço, dirigia-se à sede do MSR, onde preenchia fichas com todos os dados recolhidos sobre os empregados da loja. Logo se transformou no agente número 1 deles. Depois, deixou a Dames de France e foi nomeado inspetor-adjunto dos assuntos judaicos e, em seguida, delegado regional. Quando a polícia foi instalada em Bordeaux, Denan tornou-se chefe do 2º Serviço. Diz-se que também trabalha para o serviço de informação alemão, sob o nome de "Sr. Henri". Eis o nosso "homenzinho". Mas, voltando ao caso do Fayard filho: logo que pôde sair do escritório de Denan, apanhou uma viatura do serviço e foi até a casa de Sidonie. Mas, infelizmente para ela, chegou tarde demais. Enterraram a pobre velha hoje de manhã e quase ninguém foi ao funeral.

Léa não conseguiu reter as lágrimas.

– Ruth cuidou de tudo – prosseguiu Albert. – Levei Bela para minha casa. Mas creio que o pobre animal logo irá se reencontrar com a dona.

– Afinal, estão ou não à nossa procura? – perguntou Camille.

– Oficialmente não, segundo Mathias. Mas isso não quer dizer nada. Ele acha que é melhor ficarem escondidas por algum tempo.

– E Mathias sabe onde estamos?

– Claro que não! Não confiamos nele a esse ponto. Marcamos um encontro dia 24, em Bordeuax, na estação de Saint-Jean. Tentarei voltar aqui no dia seguinte. Até lá, não se mostrem muito por aí.

O DIA ESTAVA QUENTE e esplêndido, embora durante a manhã tivesse feito muito frio. Extasiadas pelo odor do mar e dos pinheiros, Léa e Camille tinham a sensação de estarem em férias. Sentiam o corpo e a mente mergulhados em torpor, mas não procuravam livrar-se desse entorpecimento. Os dias passados na floresta, fazendo piqueniques sob as árvores, dormindo num declive do terreno arenoso ou brincando de esconde-esconde com Charles faziam com que esquecessem a realidade. Mas essa realidade atingiu-as de forma brutal quando um resistente veio anunciar a Léon a prisão de Albert e da mulher. Mireille fora levada ao forte de Hâ; quanto ao marido, encontrava-se na estrada de Médoc, 197 (rebatizada como avenida Marechal Pétain), para ser interrogado.

Camille empalideceu ao recordar os dias horríveis passados nos subterrâneos daquela construção sinistra e os gritos dos torturados.

– Quando ele foi preso?
– Quando ia se encontrar com o Fayard filho, na estação de Saint-Jean.
– Mathias o denunciou! – gritou Léa.
– Não acreditamos que tenha sido ele. Como medida de precaução, tínhamos avisado Aristide. Ele pôs dois de seus homens vigiando as imediações da estação e um outro à espera de Mathias Fayard perto do local do encontro. Tudo parecia normal. Cheguei lá com Albert e Riri cinco minutos antes da hora marcada. Mas fomos separados pela multidão que descia do trem vindo de Paris. Eu e Riri vimos Mathias aproximar-se e parecia estar sozinho. Depois nós nos viramos. A uns dez metros estava Albert, rodeado por um oficial, dois soldados alemães e três franceses à paisana. Nós o ouvimos dizer:

"– O senhor está enganado.

Diante do agrupamento, a multidão se afastou e foi assim, segundo creio, que Mathias percebeu o que acontecia. Ficou pálido, deu alguns passos em direção ao grupo, mas depois parou. Eu estava perto dele.

"– Canalha! Vamos lhe arrancar a pele! – disse-lhe.

"Ele olhou com ar de quem não compreendia.

"– Não tenho nada a ver com isto. Não estou entendendo. Foi uma coincidência.

"– Vai pagar caro essa coincidência.

"– Deixe de bobagem! Ninguém, além de mim, sabia que eu vinha me encontrar com ele.

"– E isso é uma prova?

"– Pense o que quiser. Vamos segui-los. Quero saber para onde o levam. Venha comigo.

"– Para você fazer com que me prendam também?

"– Olhe, pegue a minha pistola! Se achar que vou traí-lo, basta me matar.

"E Mathias estendeu-me sua arma, assim, sem mais nem menos, sem sequer tentar escondê-la. Todo mundo podia nos ver. Tirei a pistola de sua mão, dizendo:

"– Está louco?!

"Verifiquei se estava carregada e a coloquei no bolso, em seguida nos dirigimos para a saída. Riri veio ao nosso encontro. Por sua expressão, temi que fosse matar Mathias ali mesmo.

"– Explique-lhe – disse Mathias com calma, encaminhando-se para o carro estacionado sob os degraus...

"Enquanto isso, a poucos metros de nós, Albert era arrastado para um Citroën 15 com placa alemã. Entrei ao lado de Mathias, enquanto Riri se afastava.

"– Ele não vem? – perguntou Mathias.

"– Não confia em você e vai nos seguir com alguns companheiros que temos na região.

"– Então, que se apressem – disse ele, arrancando atrás do veículo alemão.

"Tirei do bolso a pistola e a apontei para Mathias, disposto a matá-lo à menor dúvida. Virei-me para trás por diversas vezes, perguntando a mim mesmo como Riri e os companheiros iriam nos seguir. À nossa frente, o carro dos boches estava à toda velocidade.

"– Merda! – exclamou Mathias. – Não vão pela estrada do Chapeau-Rouge.

"– O que há na estrada do Chapeau-Rouge?

"– Um dos escritórios de Poinsot.

"– E o que tem isso?

"– Significa que vão entregá-lo aos alemães e que será mais difícil escapar das patas deles do que dos policiais franceses.

"Viramos na Aristide-Briand. Imaginei que o levariam ao forte de Hâ. Mas não; continuaram. Passamos ao lado da prisão. Na rua Abbé-de-l'Epée, Mathias me perguntou se meus companheiros vinham atrás de nós. Além de algumas bicicletas e de uma camionete do Exército alemão, não havia mais nenhum veículo. Só na rua Croix-de-Seguey percebi para onde se dirigiam. Quando passávamos por uma barreira em Médoc, a polícia alemã nos mandou parar. Voltei a colocar a pistola no bolso, morrendo de medo. Mathias exibiu um cartão e nos fizeram um sinal para prosseguir. Não havia quase ninguém nas ruas de Bouscat, e nenhum carro. Mathias diminuiu a marcha para aumentar a distância entre os dois carros. Continuava sem o paradeiro dos camaradas. Quando o veículo da frente parou, paramos também, a uns 100 metros dele. Vimos que empurravam Albert para onde sabíamos que era o centro de interrogatórios da Gestapo. Já não havia mais nada a fazer. Olhei para Mathias... Continuava muito pálido e suas mãos, contraídas sobre o volante, pareciam feitas de cera. Tive vontade de matá-lo ali mesmo. Ele percebeu, pois disse-me:

"– Apenas serviria para fazer com que o prendessem também. É necessário avisar sua mulher e os outros. Juro que não traí ninguém. Há traidores entre vocês.

"Deixei-o arrancar. Passamos em marcha lenta diante do nº 224, a mansão onde vive o comandante Luther, quase em frente ao nº 197. Tudo estava calmo."

O homem engoliu o copo de vinho que Léon lhe servira.

– E depois? – perguntou Léa.

– Voltamos à estação de Saint-Jean, para ver se os outros não estariam por lá. Depois de inspecionarmos a estação, Mathias disse:

"– Não vamos ficar aqui; acabaremos chamando a atenção. Vamos a Saint-Macaire avisar Mireille.

"Subimos a margem direita do Garonne. Um pouco antes de Rions, fomos parados por policiais que procuravam os responsáveis por uma sabotagem ocorrida um dia antes. Na saída de Saint-Maixant, novo controle, desta vez por alemães. Quando, enfim, chegamos a Saint-Macaire, mais de três horas já haviam se passado desde a prisão de Albert.

"– É melhor passarmos pelo porto – disse Mathias.

"Parou o carro junto às ruínas do antigo castelo, escondendo-o numa gruta que serve de armazém aos destiladores. Saltamos a grade, e logo estávamos nos fundos da igreja.

"– Não faça barulho – recomendou ele, parecendo não notar a pistola que eu continuava lhe apontando.

"Não havia ninguém pelas ruas e, apesar do bom tempo, quase todas as janelas estavam fechadas. Dois disparos ecoaram pelas ruas.

"– Este som vem da direção da casa de Albert – gritou Mathias.

"Escondidos atrás de um portão, assistimos à detenção de Mireille, a quem um suboficial alemão empurrava para dentro de uma viatura. Diante do açougue, um cão se esvaía em sangue. Rindo, um dos soldados desferiu um pontapé no cadáver do animal, que foi arremessado para perto de nós. Ouvi Mathias murmurar:

"– Bela... mataram Bela..."

– A cadela de Sidonie! – exclamou Léa. – Pobre coitada!

– E depois, o que vocês fizeram? – inquiriu Léon.

– Obriguei-o a voltar e a me levar até perto de Bazas, onde o entreguei aos homens de Georges, enquanto não se toma uma decisão.

– Como soube do lugar para onde levaram Mireille?

– Quando chegamos à casa de Georges, um camarada nosso, policial em Bordeaux, acabava de informá-lo da dupla detenção e do local para onde haviam sido levados – esclareceu o homem.

Cabisbaixos, todos permaneceram em silêncio. Léon foi o primeiro a falar, dirigindo-se às duas jovens, que apertavam entre elas o pequeno Charles, cujos olhos inquietos iam de uma para outra:

– Aqui já não é mais seguro para vocês.

— Por que diz isso? Albert nunca nos trairá – assegurou Léa com otimismo.

— Resistirá enquanto puder, estou certo disso. Mas não devemos nos arriscar. Não se esqueça de que a mulher dele também foi presa. Se a torturarem diante dele, ele falará.

— Tem razão.

De repente, Léon retirou a espingarda do gancho onde a pendurara, habitualmente conservada escondida na cama, e apontou-a para a porta. Todos se calaram. Ouviu-se um arranhar na madeira e depois a porta se abriu, surgindo diante deles um homem de japona.

— *My goodness*, Léon, não me reconhece?

O velho baixou a arma, murmurando:

— Não é seguro entrar na casa de alguém assim, Aristide.

— Tem razão. Bom dia, Léa. Lembra-se de mim? – perguntou o recém-chegado.

— É claro. É um prazer revê-lo.

— É a Sra. D'Argilat, não é? – perguntou Aristide, virando-se para Camille.

— Sim, bom dia.

— Trago-lhe boas notícias. Seu marido deixou o Marrocos incorporado na divisão criada pelo general Leclerc para um desembarque. Chegou à Inglaterra no dia 21 de abril, no porto de Swansea, ao sul do País de Gales. O próprio general foi recebê-lo.

A alegria transfigurava Camille. "Como está linda", pensou Léa. Abraçou-a num impulso afetuoso. Como lhe parecia distante o tempo em que ela odiava a mulher daquele que acreditara amar e que fora seu amante durante uma noite nos subterrâneos de tijolos rosados em Toulouse! Sem pensar duas vezes, Léa compartilhava da felicidade daquela que se tornara sua amiga.

— Muito obrigada pela boa notícia, Sr. Aristide – agradeceu Camille.

— Creio que posso dizer que logo receberá outras. Mas, enquanto esperam, vocês devem sair daqui. Eu as levaria até a casa de uma amiga em Souprosses, mas tenho a impressão de que está sendo vigiada pelos homens de Grand-Clément, que me procuram.

— E se voltássemos a Montillac, já que não estamos sendo procuradas?

— Não temos certeza. É melhor não arriscar.

— Poderiam ir para o pombal por alguns dias — sugeriu Léon. — É impossível achá-lo na floresta. Não é muito confortável, mas...

— A vida vale muito mais que o conforto — disse Aristide.

— Tragam roupas e comida para alguns dias. Vamos partir imediatamente. Você tem cobertores lá, Léon?

— Acho que sim. Mas vou buscar um limpo para o menino.

— Que vão fazer a Mathias? — perguntou Léa ao agente inglês.

— Se dependesse só de mim, mandava-o para o inferno — resmungou Léon.

— Não podemos eliminá-lo sem mais nem menos; temos de interrogá-lo. Eu, que desconfio de todo mundo, tendo a acreditar que seja inocente dessas detenções.

— O que não o impede de trabalhar para eles.

— Ora, não seria o único! Mas, até que se prove o contrário, pelo menos, ele não matou ninguém.

— Estamos prontas, Sr. Aristide — anunciou Camille, aproximando-se com uma bolsa de viagem na mão.

O CORONEL CLAUDE BONNIER, delegado militar regional, conhecido pela alcunha de Hipotenusa, tinha sido enviado à França pelo Escritório Central de Informação e Ação (ECIA), em novembro de 1943, com a tarefa de reorganizar a resistência na Aquitânia após a traição de Grand-Clément.

Foi preso pela Gestapo em fevereiro de 1944, em Bordeaux, na rua Galard, junto a seu rádio, no momento em que transmitia uma mensagem para Londres (detido em consequência de uma denúncia, o operador, por sua vez, denunciara o Hipotenusa, que caíra na armadilha organizada pelo tenente Kunesch).

Levado a Bouscat, na estrada de Médoc, foi interrogado pelo próprio Dohse. Recusou-se, obstinadamente, a reconhecer ter sido enviado por Londres, chamar-se Claude Bonnier ou Bordin (embora identificado por Toussaint, pelo irmãos Lespine, por Durand e por Grolleau) e ter ordenado a execução do coronel Camplan, suspeito de traição.*

Depois de vinte minutos, Dohse, irritado, ordenou que o jogassem num calabouço; recomeçaria o interrogatório depois de jantar. Puseram-no na cela sem lhe retirarem as algemas. Durante a madrugada, foram procurar Dohse à mesa dos oficiais – aconteciam coisas estranhas na cela de Hipotenusa. Quando o oficial alemão chegou ao porão da estrada de Médoc, 197, que funcionava como prisão, Bonnier jazia no chão, emitia débeis gemidos, agitado por convulsões, a boca espumando, o rosto e os lábios sujos de pó. O chefe dos guardas, debruçado sobre o corpo do infeliz, levantou-se e falou em alemão:

– Ele se envenenou com cianeto.

– Estou vendo, imbecil. Não o revistaram?

– Claro que sim, tenente. Com certeza ele escondeu a cápsula numa dobra de sua roupa.

---

*Herói da guerra de 1914, Eugène Camplan bem cedo entrou para a resistência. Em outubro de 1943, foi incumbido pelo coronel Touny de coordenar, como chefe da subdivisão sul da região B2, a ação das Forças Francesas do Interior na área de Bordeaux, que compreendia cinco departamentos. Acusado de traição (encontros com Dohse e com Grand-Clément) por Bonnier, foi executado por homens deste último em janeiro de 1944, próximo de Ruffec, nas matas de Linaux. Depois da guerra, após um longo inquérito, o coronel Camplan, "vítima de trágico equívoco", foi oficialmente reconhecido como tendo "morrido pela França".

– Como conseguiu pegá-la com as mãos algemadas?

– Deve ter apanhado a cápsula com os dentes, mas ela deve ter caído e ele deitou-se no chão para lamber o líquido. Isso explica a poeira em seu rosto e o fato de que não tenha morrido instantaneamente.

– Chamem um médico, rápido!

– Sim, tenente.

O chefe dos guardas saiu, gritando:

– Um médico, depressa, um médico!

Em vão os detidos das celas vizinhas tapavam as orelhas para não ouvir os gritos e os gemidos. Sentiriam remorso esses jovens resistentes de 20 anos, manipulados por Dohse, diante do sofrimento do homem que haviam denunciado? Sem dúvida não. Parecia-lhes justo que aquele que mandara matar seu chefe, o coronel Camplan, pagasse com sua própria vida.

Claude Bonnier morreu ao raiar do dia sem ter falado.

Profundamente impressionado, Friedrich Dohse murmurava:

– Essa gente de Londres não é como os outros.

Paradoxalmente, essa morte terrível, que poderia ter paralisado todas as energias, reanimou os combatentes, reavivando suas forças.

E o mesmo aconteceu quando Albert desapareceu.

O AÇOUGUEIRO TAMBÉM não era um homem como os outros.

Seu engajamento nas fileiras da resistência provinha da sua profunda convicção de que os alemães nada tinham a fazer na França e de que homens como ele deveriam fazer tudo para expulsá-los, se não quisessem um dia se envergonhar diante dos filhos. Descendente de um soldado que combatera em Verdun e morrera em consequência dos ferimentos, Albert fizera sua uma das frases preferidas do pai. Quando passeava pelas colinas de Pian, de onde se avistava a região, o antigo soldado detinha-se para contemplar aquela terra tão bela e tão rica, comentando com calma:

– A França merece que se morra por ela.

Albert não possuía nenhuma cápsula de cianeto e Dohse não se interpôs entre ele e os carrascos de Poinsot. Torturaram-no com requintes de crueldade, servindo-se de facas... de açougueiro.

No início, Albert procurara gracejar:

– Não é que Deus quer me castigar por ter matado tantos animais!

Retalharam-no então e encheram-lhe os cortes com dentes de alho.

– Um verdadeiro carneiro de Páscoa!

Em seguida, polvilharam com sal e pimenta os músculos expostos do peito e amarraram-no como uma peça de carne para assar. Quando se fartaram de "preparar e temperar aquela carne", transformada em massa inerte, mas da qual não haviam conseguido extrair uma única palavra, fizeram o corpo rolar pelas escadas do porão e fecharam-no na cela em que Bonnier havia morrido. Albert recobrou os sentidos para ouvir os torturadores dizerem, com um largo riso:

– Se amanhã não falar, esquartejaremos sua açougueira diante dele.

"Falarei", disse Albert a si mesmo.

Durante a noite interminável, o mais simples movimento provocava-lhe dores de tal forma violentas que não conseguia reprimir os gritos. Durante horas e horas, roeu o pedaço de corda que lhe imobilizava a parte superior do braço. Apesar do frio úmido do porão, estava encharcado de suor. Pouco antes da aurora, a corda cedeu. Mas o esforço excessivo esgotara-lhe a carne torturada. Albert desmaiou. Quando recobrou os sentidos, o dia já clareava. Tentou, então, libertar-se das amarras enterradas na carne e a ela coladas pelo sangue. Por instantes, aquele novo tormento tomou-lhe as energias. Chorou como nunca fizera desde a morte do pai, quando tinha 9 anos. Grandes soluços ruidosos e ridículos sacudiam seu corpo de homem forte. Caído no chão sujo, atingiu o fundo do desespero... Provavelmente, teria confessado tudo se os carrascos voltassem naquele exato momento para um novo interrogatório. As lágrimas formavam duas fileiras de água em sua face, e se misturavam à poeira do chão. Seus dedos amassavam a lama assim constituída. "Terra..." E foi dessa terra que Albert extraiu a força e a raiva necessárias para acabar de se libertar das amarras. Pelo respiradouro mal tapado, penetrava na cela um pouco de claridade. Próximo à abertura, havia uma grossa argola que Albert alcançou levantando o braço. O encanamento seguia ao longo da parede; utilizando-o como degrau, atou à argola uma das extremidades da corda. Na outra ponta fez um nó corrediço, que passou em volta do pescoço. Depois, deixou-se cair... Seus pés se agitaram... Num derradeiro instinto de sobrevivência, ele tentou ainda alcançar o apoio do tubo. Mas a corda delgada penetrou-lhe na carne do pescoço, esmagando aos poucos a laringe e provocando-lhe uma demorada agonia.

Na cela vizinha, dois resistentes de um núcleo das FTP de Sainte-Foy-la-Grande entoavam em voz comovida e cada vez mais forte:

> *... Amigo, quando cais*
> *Logo outro da sombra sai*
> *Em teu lugar.*
>
> *Amanhã, em pleno sol*
> *O sangue negro*
> *Secará pelos caminhos*

Assobiem, companheiros
Que na noite
*A liberdade nos escuta.**

A mulher e os companheiros de Albert só souberam do seu triste fim no dia seguinte à libertação de Bordeaux.

3

"Querida Léa,
Não sei o que acontece em Montillac, mas aqui em Paris parece que todo mundo enlouqueceu. Todos vivem à espera do desembarque e os anglo-americanos e seus malditos bombardeios nunca foram tão odiados pela população como agora. Particularmente aterrador foi o bombardeio ocorrido na noite de 20 para 21 de abril. Estava na casa de uns amigos que moram no último andar de um prédio na praça do Panteão. Durante mais de uma hora ficamos a contemplar o espetáculo, bebendo champanhe e uísque. Era mais belo que os fogos de artifício nas comemorações do 14 de Julho! Não sobrou nenhum vitral na Sacré-Coeur. Houve mais de seiscentos mortos. As tias ficaram muitíssimo abaladas. Também senti desgosto, mas prefiro não pensar no caso, pois, do contrário, teria de fazer como elas e rezar durante dias inteiros refugiada no porão, no metrô ou nas salas de cinema, que ficam abertas até as seis da manhã, para servir de abrigo antiaéreo. Quase todas as noites soam os alertas, e mesmo durante o dia. Isso não é vida.

Lê Chant des partisans, letra de Maurice Druon e Joseph Kessel, música de Anna Marly.

Quanto à comida, estou me arranjando, felizmente; se não fosse isso, seria maior a miséria na rua da Universidade. Em Montillac deve ser mais fácil. Entre os meus amigos só se fala do Dr. Petiot e dos crimes da rua Lesueur. Tenho tido pesadelos por causa disso, e tia Lisa também. Ela recorta nos jornais todas as notícias referentes a esse caso tão assustador. Parece que os ingleses lançaram caixas de biscoitos explosivos sobre Charentes. Você ouviu falar alguma coisa? Embora se suponha que seja propaganda antibritânica, há pessoas que afirmam que os ingleses são bem capazes disso. Paris recebeu a visita do meu ex-ídolo. O marechal Pétain veio em pessoa para ser aclamado na praça da Câmara. Eu e tia Albertine fizemos de tudo para impedir que tia Lisa fosse até lá.

Vejo Françoise e seu bebê de vez em quando. Na semana passada, Otto esteve com eles durante uma licença de 48 horas. Continua sem conseguir autorização para se casar e acho que Françoise sofre muito com isso, embora não me diga nada. Finge divertir-se com outras mulheres que acredita estarem na mesma situação; não passam, porém, de piranhas de soldados. Eu a aconselhei a voltar a Montillac até que a guerra termine, mas não quer nem ouvir falar nisso. Você devia lhe escrever. Otto voltou para a frente leste. Vou tentar enviar alguns cigarros e um belo corte de tecido azul para você.

Vai achar graça, mas tenho me dedicado à leitura. Uma amiga emprestou-me um livro publicado antes da guerra, eu creio. Descreve a história de uma família e de uma propriedade semelhante à nossa, mas que se passa no sul dos Estados Unidos, durante a Guerra de Secessão. Chama-se *...E o vento levou*; é um romance formidável. Você deveria procurá-lo na Mollat de Bordeaux.

Como estão Camille, Charles, Ruth e tia Bernadette? Dê-lhes um beijo por mim. Não se esqueça também de um abraço para Sidonie. Receberam notícias de Laurent? Você voltou a ver o estranho François Tavernier? Tio Luc e seu filho encantador ainda são pró-alemães? Que aconteceu a Mathias? Custa-me crer que trabalhe para a Gestapo. E os seus queridos pais, ainda continuam a nos roubar? Não consegui arranjar a quantia que você me pediu. Falei com Françoise e com as tias, mas você conhece bem a situação financeira delas; elas têm apenas o estritamente necessário para viver. Quando Otto soube de suas dificuldades, ficou realmente triste por nada poder fazer, pois o pai cortou-lhe a mesada. Dispõe, agora, somente do soldo de militar. Talvez você devesse rever as propostas de Fayard. O que Camille pensa sobre isso?

Sei que você se irritará se lhe sugerir que venda Montillac ou, pelo menos, uma parte da propriedade.

Deixo-a, pois virão buscar-me para ir ao cinema. Vamos ao Helder ver *O viajante sem bagagem*.

Escreva-me logo. Beijos,

Laure.

P.S. – Apesar dos bombardeios, acho que você devia vir a Paris para refrescar a mente. Gostaria que fosse comigo ouvir *jazz* num porão do Quartier Latin.

Léa sorriu ao terminar a leitura da carta. "Minha querida irmãzinha é realmente insensata", pensou. Depois desdobrou uma terceira folha de papel coberta por uma caligrafia elegante.

Minha filhinha,

Aproveito a carta de Laure para lhe dizer o quanto tenho pensado em você e nessa casa tão querida que as viu nascer, a você e a suas irmãs, e de que seus pais tanto gostavam. A situação que você enfrenta preocupa-me muito, e a Lisa também. Fizemos e refizemos nossas contas, estamos praticamente arruinadas. Além do apartamento da rua da Universidade, não temos mais nada. Para podermos comer, tivemos que vender as joias mais bonitas que pertenceram à nossa mãe por preços ridiculamente baixos: as restantes só são valiosas pelas lembranças que suscitam. Os investimentos que fizemos antes da guerra foram desastrosos e o nosso banqueiro desapareceu com o ouro que lhe havíamos confiado. Isso para lhe dizer que a menos que vendamos esta casa não podemos ajudá-la. Lisa e eu estamos desesperadas por isso. Você já pensou em se aconselhar com seu tio Luc? Sei que as relações são difíceis entre vocês, mas, por respeito à memória de seu irmão, tenho certeza de que ele a auxiliará no que puder. Há muita gente desonesta que procura abusar das mulheres que, devido à guerra, têm de enfrentar sozinhas certas circunstâncias para as quais não estavam preparadas. Mas a guerra acabará em breve; se você puder aguentar até lá!...

Laure nos preocupa bastante. Está sempre na rua, voltando tarde da noite, traficando não se sabe o quê; essa pequena nos preocupa tanto quanto sua irmã Françoise, cujo casamento parece bastante comprometido. O que será dela depois?...

Dê notícias suas com mais frequência e também de Camille; tranquiliza-nos saber que ela está com você. Cumprimentos à sua tia, à Sra. Bouchardeau e à Ruth.

Minha criança, perdoe-nos não poder ajudá-la. Todos os dias, eu e Lisa rezamos por você e a abençoamos.

Sua tia que a ama,

Albertine.

Léa amassou a carta e atirou-a ao chão. Sentia-se desamparada, abandonada. Fosse qual fosse, tinha de haver uma solução.

AS JOVENS E A CRIANÇA passaram apenas duas noites no pombal. Na manhã do terceiro dia, Léa foi despertada por uma voz familiar. Mas, meio adormecida, não conseguiu, de início, identificá-la.

– Esta pequena dorme como uma pedra!
– Que prazer em vê-lo, meu padre!
– Tio Adrien!
– Minha bela adormecida!

De cócoras sobre o cobertor, Léa não largava a mão do tio, fitando-o, feliz e incrédula.

– Pensei que não o veria mais até o fim da guerra...
– O fim está próximo.
– Quando você chegou?
– Fui lançado de paraquedas esta noite, não muito longe daqui. Aristide estava à minha espera e contou-me o que aconteceu a Albert e a Mireille – informou o dominicano.
– Temos de fazer alguma coisa.
– Aristide e os seus homens estão cuidando do caso em conjunto com o pessoal de La Réole. No momento, não podemos fazer nada.
– Não consigo parar de pensar que foram presos por nossa causa – interveio Camille.
– Eu não creio nisso. Ao prender alguns membros da resistência, a Gestapo encontrou documentos em seu poder; outros, sob tortura ou ameaças, também revelaram nomes. Quando eu soube em Londres o nome do rapaz em que Poinsot depositava absoluta confiança, logo temi pela sua segurança e pela de Albert e Mireille. Ele sabia há muito tempo que Albert estava na resistência.
– Mas por que não se manifestou antes?
– Por aí se vê a faceta particularmente perversa do indivíduo; quer ser ele mesmo, sozinho, a dar um golpe espetacular, apresentando aos chefes os cabeças da resistência desta região.
– Mas se sabem quem é ele, por que não o fazem desaparecer?

Uma sombra perpassou o rosto magro do dominicano, irreconhecível agora devido ao soberbo bigode pintado de preto que lhe emoldurava o lábio. Léa notou-lhe a súbita tensão do corpo. Pobre tio Adrien! Apesar da guerra, continuava a ser o padre para quem matar o inimigo, mesmo um traidor, seria renegar o primeiro mandamento da lei de Deus: "Não matarás." Ah, se ela fosse homem!...

Foi Camille quem formulou seu pensamento:

— Acho que sei a quem se refere, padre Adrien. Não passo de uma mulher, mas estou disposta a matá-lo se me ordenar que o faça.

Perplexa, Léa olhou para a amiga. Decididamente, aquela Camille, que durante tanto tempo considerara uma sonsa, a surpreendia sempre. Já em Orleans não havia atirado no homem que as assaltara?...

O dominicano olhou para a jovem com uma expressão terna e comovida:

— Não é tarefa para alguém como você. Está sempre acompanhado por guarda-costas tão cruéis como ele mesmo.

— Mas de mim não desconfiaria — insistiu Camille d'Argilat.

— Não vamos mais falar nisso, está bem?

— Pelo contrário, devemos falar — interveio Léa. — Camille tem razão. Ele não desconfiaria de nós.

— Vocês não sabem o que dizem. Essa gente é perigosa, muito perigosa mesmo. Além disso, dispomos de homens experientes o suficiente para a execução desse trabalho, caso precisarmos chegar a tal ponto.

— Mas...

— Não insista, Camille.

O tom de Adrien Delmas não admitia mais réplicas. Depois sorriu, prosseguindo:

— Tenho uma surpresa para vocês. Adivinham o que é?

— Esteve... Esteve com Laurent?

— Estive. Durante minha visita ao general Leclerc.

— Como ele está?

— Tão bem quanto é possível. Concordei, embora seja expressamente proibido, em trazer uma carta para você. Aqui está!

Camille estendeu a mão hesitante e pegou o envelope amarrotado que Adrien Delmas lhe entregava.

– Acima de tudo, não a guarde – recomendou. – Destrua-a logo depois de lê-la. Vem comigo, Léa? Vamos dar uma volta.

Quando ficou só, Camille virou e revirou o envelope, onde não se via nenhuma inscrição. Por fim, resolveu rasgar o papel e o fez com uma violência que não lhe era habitual. Retirou do invólucro duas folhas de papel quadriculado, de má qualidade.

Minha bem-amada mulher,

Estou fazendo algo terrivelmente imprudente para nós dois e para o nosso amigo, mas não aguento mais este silêncio prolongado. Não há uma noite em que eu não sonhe com você e com o nosso filho, sonho esse onde os vejo na casa de meu pai, aonde por fim regressei. E é por esse momento tão esperado que continuo lutando. Os meses passados na África com homens determinados, ao lado de um chefe que muitos consideram duro, mas que todos veneram, transmitiram-me uma grande confiança no futuro.

Estamos admiravelmente instalados no meio de um parque magnífico. O Estado-maior ocupa o castelo, e os homens, em confortáveis acampamentos, foram colocados à nossa disposição pelo governo britânico. Temos uma área de treino de 4 mil hectares. Penso sempre em você assim que entro no gabinete do general, situado na biblioteca. Muitos dos livros são obras francesas do século XVIII com sublimes encadernações. Este lugar lhe agradaria. Suas janelas altas abrem-se para um gramado em cujas bordas erguem-se árvores enormes, de um verde que não se vê igual na França.

Desde que nos instalamos aqui, há pouco tempo, o general decidiu jantar com os oficiais mais importantes, o que me confere o privilégio de refeições taciturnas e silenciosas, pois o chefe não é de muita conversa. A este privilégio soma-se um outro, que todos nós receamos, que é o de ser escolhido para o "passeio do grande imbecil", se o tempo permitir, ou para o "passeio do pequeno imbecil", se o dia não está bom. Um deles engloba 3 quilômetros, que podem se multiplicar por dois ou três, segundo seu humor. Seus silêncios são entrecortados por relatos de suas recordações do Chade ou de Ksar-Rhilane, de suas duas fugas, da sua travessia pela França de bicicleta. Numa noite, pediu-me que falasse do nosso filho. É tão pouco habitual da parte dele preocupar-se com a família dos subordinados que fiquei sem voz por um instante. Isso o irritou.

– Por que não responde? Afinal, você é como todos os seus camaradas... aborrece-se com estes passeios e com os monólogos sobre as minhas campanhas. Mas sou capaz de me interessar por outras coisas além da guerra.

Sem dúvida isso é verdade, mas nenhum de nós pensa assim. Comecei então a lhe falar a seu respeito, de Charles, da nossa região e das pessoas que nela vivem, sem conseguir deter-me. E ele não me interrompeu uma única vez. Diante da porta do castelo, deu-me uma batida amigável no ombro e disse-me com um sorriso que o rejuvenesceu, e com os olhos semicerrados:

– Como vê, sei escutar. Boa noite.

Os nossos dias começam antes da aurora e acabam muito tarde. Todos nós estamos supertreinados, e um pouco com os nervos à flor da pele. Amanhã à noite, iremos ao concerto na catedral ouvir o *Réquiem* de Brahms e a *Quinta sinfonia* de Beethoven. Mais do que nunca pensarei em você e deixarei que a música me conduza até você.

Cuide bem de você e de Charles, minha querida. Diga à nossa boa amiga que me reconforta muito sabê-la junto de vocês. Transmita-lhe toda a minha ternura. Peço a Deus que nos reúna em breve. Fale de mim a Charles de vez em quando, para que ele me reconheça quando o abraçar. Estas linhas serão as últimas que receberá de mim; mas não guarde a carta.

Beijo o seu doce rosto e suas mãos tão belas. Amo-te,

Laurent.

Pelas faces de Camille corriam lágrimas de felicidade. Desde que o conhecia, mesmo quando afastado, Laurent sempre fora presente e amante. Quando tudo aquilo terminasse...

Ouviu-se um disparo. A jovem, perdida em seus sonhos amorosos, estremeceu. Saiu para a clareira. Léon e três rapazes de cabeças cobertas por grandes boinas empurravam diante deles, servindo-se das metralhadoras, um outro jovem, de feições alteradas e com uma das mãos ensanguentada aberta sobre o peito. Uma coronhada mais violenta atirou-o aos pés de Léa e de seu tio.

– Um espião – disse um dos resistentes.

– Não é verdade – protestou o desconhecido.

– Bandido! Por que você se escondia?

– E essa pistola... Seria para caçar coelhos, não?

– Esta região não é segura.

– Você é quem diz, malandro!

Uma coronhada desceu sobre a mão que sangrava. O berro do prisioneiro fez Camille correr em sua direção.

– Não batam nele! – gritou. – Está ferido!

– Fale, meu rapaz. O que está fazendo por aqui?

– Procurava juntar-me aos resistentes.

– Não acredite. Trata-se de um espião, estou lhe dizendo.

– Deixem-no conosco. Vamos obrigá-lo a falar.

– Peço-lhe, meu padre, impeça-os – implorou Camille, dirigindo-se ao padre Delmas.

Léon nada dissera até o momento. Sentado em cima de um toco, a boina virada para trás, contemplava a cena, rolando nos lábios uma guimba de cigarro apagada. Ergueu-se meio a contragosto.

– O sujeito sangra como um boi. Dona Camille, veja se arranja um trapo para lhe fazer uma atadura. Não chore, rapaz. Vamos ter uma conversa, nós dois.

O pequeno Charles, de quem todos haviam se esquecido, puxou a saia de Léa.

– Por que estão maltratando aquele senhor? – perguntou.

Camille reapareceu com um pano limpo, e envolveu a mão machucada.

– Está bem assim – disse Léon. – Voltem aos postos de vigia. Acho, meu padre, que teremos de fazer as malas.

– Também acho.

– Não se mexa, garoto.

O prisioneiro, que se levantara, deixou-se cair de novo no solo arenoso, gemendo.

Sempre de olho no rapaz, o velho landês aproximou-se do dominicano para lhe perguntar em voz baixa:

– Conhece as gargantas do Ciron, meu padre?

– Conheço.

– Temos homens por essas bandas. Precisa de guia?

– Apenas para sair daqui, do seu esconderijo. Depois disso, conheço o caminho.

– Em Bourideys, procure a casa com janelas azuis; é de um amigo meu. Diga-lhe que Léon foi apanhar cogumelos. Ele atrelará a carroça, mandará avisar Aristide e os levará até as grutas.

– Mas não ficam muito longe. Podemos ir a pé.

– Com elas e com o pequeno isso não será possível.

– Tem razão. O que vai fazer com ele?

– Interrogá-lo, ora!

– Sabe muito bem a que me refiro.

– Isso não é problema seu, meu padre. Este setor me pertence e tenho de saber o que acontece por aqui. Muitos dos nossos têm sido apanhados ultimamente.

– Eu sei. Aristide recebeu ordens de Londres para executar Grand-Clément.

– Ele não é o único a colaborar com os boches.

– Infelizmente, não. É por isso mesmo que estou aqui. Grand-Clément e aqueles que arrastou consigo fizeram todo o mal que puderam, mas acredito que estava por detrás de suas relações com Dohse...

— Por detrás de suas relações, como o senhor diz, meu padre – cortou Léon –, havia a traição de bons patriotas, a denúncia de camaradas comunistas e a perda de toneladas de armamento enviadas pelos ingleses. Para mim, isso é mais que suficiente... um patife como este deve ser abatido como um cão.

O dominicano encolheu os ombros num gesto de cansaço e encaminhou-se para o prisioneiro.

— Fale, meu rapaz. Será melhor para todos.

— Principalmente para você – zombou Léon, empurrando o ferido com a metralhadora.

Camille e Léa voltaram, já com suas bagagens. Léa empilhara os seus pertences dentro de um grande pano quadrado de algodão azul, com as quatro pontas atadas. Pendurou o fardo no cano da espingarda de caça do landês. Com seu vestido de florezinhas, o chapéu de palha e as alpargatas, parecia uma camponesa amável, levando o almoço para os trabalhadores do campo.

— Jeannot! – chamou Léon.

Um jovem barbudo surgiu por detrás de um pinheiro.

— Mostre-lhes o caminho até a estrada. E abra bem os olhos e as orelhas! Talvez ele não tenha vindo sozinho.

— Está bem, chefe.

— Até mais, Sr. Léon. Obrigada pela sua hospitalidade.

— Não tem de quê. Agora, vão.

Com uma emoção que não esperava, Camille fitou o velho landês, a cabana e a floresta. A jovem, habitualmente tão reservada, beijou Léon num só impulso, os olhos cheios de lágrimas.

— Nunca mais esquecerei os poucos dias que passei aqui. Espero voltar um dia. Adeus.

Por que motivo aquela clareira ensolarada pareceu a Léa, de repente, tão fria?

— Então... vamos? – disse ela, pegando a mão de Charles.

CAMINHARAM PELA MATA durante quase uma hora. Adrien Delmas pusera a criança nos ombros. A estrada de Bourideys estava livre. Logo chegavam à casa indicada por Léon, onde estava o homem que os guiaria até as grutas. O cavalo, atrelado à carroça, parecia contrariado com o fato de o obrigarem a puxar tanta gente. Relinchava e sacudia a cabeça com um vigor que lhe faltava na marcha. Apesar do mau humor do animal, não demoraram muito tempo para atingir Préchac. À entrada da aldeia, dois soldados mandaram parar a parelha.

— Ah, é você, Dumas!

— Olá, Renault! Olá, Laffont! O que está acontecendo?

— Quem é essa gente? – perguntou Laffont, com desconfiança na voz.

— Pessoas amigas. Levo-as às grutas. Foi Léon, o landês, quem mandou. Mas não me responderam... o que está acontecendo?

— Acontece que não pode ir até as grutas.

— Mas por quê?

— Porque os alemães estão vasculhando toda a área em conjunto com a polícia.

— Parece que um sujeito importante de Londres desceu por aqui de paraquedas um dia destes.

Camille apertou o filho contra si. Num gesto mecânico, Léa retorcia uma madeixa de cabelos. Adrien Delmas cofiava o bigode excessivamente preto.

— Prenderam algum dos nossos? – perguntou Dumas.

— Ainda não. Mas estão bem informados, os malandros. Se não fosse um menino de Marimbault que ia pescar, ao amanhecer, e que foi a Gillets avisar os camaradas, todos teriam sido apanhados. Por pouco não pegaram Lancelot e Dédé, o Bosco.

— Merda! O que vou fazer com eles? – disse o condutor da carroça, indicando os passageiros.

O soldado Laffont fez um sinal a Dumas que queria lhe falar em particular.

– Aquele, de bigodes, será de confiança? – perguntou.
– Claro que é. Se não fosse, Léon não o mandaria. Acho mesmo que é ele o sujeito que chegou de paraquedas.
– Então está bem. Nós mesmos nos encarregaremos do caso. Vamos levá-los no carro da polícia. E você desapareça, pois não convém que o vejam por aqui. Meus senhores e minhas senhoras, vamos descer! Têm algum lugar para onde ir?
– Temos, sim. Vamos para Brouqueyran, perto de Auros. Sabem onde fica?
– Se sabemos! E se vão para a casa de Sifflette, deem aqui um aperto de mão. É minha prima e uma excelente mulher...
– Você já vai começar com suas histórias de família! Vamos, é perigoso ficar aqui.
– Você tem razão, tem razão. Vai buscar o carro. Venham, vocês! – disse o homem.
– Até mais – gritou Charles, agitando os braços na direção do condutor da carroça, que obrigava seu cavalo a dar meia-volta.

DURANTE OS 7 QUILÔMETROS que separam Préchac de Captieux, não trocaram nenhuma palavra. A criança adormecera nos joelhos da mãe. Na entrada do povoado, Dumas, o cabo da polícia, virou-se para Adrien Delmas, perguntando:
– Tem documentos?
– Tenho.
– E as senhoras?
– Também temos. Por quê? – perguntou Lea.
– No caso de encontrarmos uma patrulha alemã que nos mande parar, digam que vão passar uns dias na casa de parentes, a casa dos Puch, em Grignols.
– Mas quem são esses Puch? – quis saber Adrien.
– Boa gente, que já salvou mais de uma pessoa.

Mas tudo correu bem; chegaram a Brouqueyran sem problemas. O local onde seriam recebidos era a tabacaria-bar-mercearia-bazar-padaria da Sifflette, prima do cabo.

A dona recebera aquele apelido porque costumava assobiar enquanto servia os clientes e, sobretudo, gostava de beber uns copinhos de vinho escondida por detrás do balcão.

— Bom dia, primo — saudou a mulher. — Então, você me traz mais gente?

— Como sempre, prima.

Léa deu uma olhada à sua volta. Atrás do velho balcão de madeira, as prateleiras onde antes existira grande variedade de produtos alimentícios estavam vazias. Aqui e ali viam-se apenas algumas latas empoeiradas. No chão, encostado à parede, um único saco de grãos e um rolo de arame. No meio da sala, ficava uma enorme mesa de hóspedes com seus bancos, e sobre o piso gasto pela passagem de muitos pés estendia-se uma ligeira camada de serragem.

— Posso lhe dar uma palavrinha em particular? — perguntou o dominicano à dona da casa.

— Vamos para o quintal — sugeriu a mulher. — Estaremos mais à vontade. Façam de conta que estão em casa. Laffont, sirva-lhes um copo de vinho e dê uma limonada a este pequeno anjinho.

Saíram os dois, mas não demoraram. Ao voltarem, Charles já bebia a limonada com o quepe de Laffont enterrado na cabeça até as orelhas. Ao vê-lo, Sifflette riu com gosto.

— Com semelhante recruta, a guerra não vai durar muito — gracejou a mulher.

— Bem, tenho de ir andando — declarou Laffont. — Caso contrário, meus camaradas vão se perguntar o que terá me acontecido. Até logo, menino. Você me dá o meu quepe?

— Não. Quero ficar com ele.

— Vamos, querido, dê o quepe ao senhor — interveio Camille, procurando tirá-lo. — Aliás, ele é grande demais para você.

— Não! Não! – gritou a criança.
— Largue isso! – esbravejou Léa.

Com um gesto brutal, arrancou-lhe da cabeça o quepe, e o devolveu ao dono. O menino começou a gritar com mais força.

— Cale-se, senão o amasso! – exclamou a jovem, torcendo-lhe o braço.

Charles se mostrou tão surpreso com a violência do tom que ficou quieto, esquecido da dor.

— Não é preciso falar assim com as crianças, senhorita. Ele ainda não sabe o que faz – censurou-a Sifflette, pegando o menino no colo.

Laffont pôs o quepe e partiu juntamente com Renault.

Assim que ambos deixaram a loja, o padre Delmas – que desde a chegada ao pombal não havia largado a velha mala, que parecia pesada – perguntou à comerciante se a casa dispunha de algum lugar tranquilo.

— Sobre o celeiro há um quarto que não é utilizado – informou ela. – É lá que guardo a roupa velha e os móveis sem uso. Eu pensei nele porque tem duas entradas.

Charles e Léa trocavam olhares emburrados. Camille observava-os e não pôde deixar de rir.

— Pergunto a mim mesma qual de vocês será mais criança, Léa. Lembre-se de que ele tem apenas 4 anos.

— E o que tem isso? Não é desculpa para ficar gritando daquele jeito.

— Você é má... má. Não gosto de você. Não é mais minha amiga. E quando for grande, não casarei com você.

— Tanto faz! Vou encontrar outro, muito mais bonito que você.

— Não é verdade! Eu sou o mais bonito. Não é, mamãe? – perguntou o menino.

— É sim, meu amor. É o mais bonito e tenho certeza de que Léa também acha.

– Ela não diz nada, mamãe... Está vendo? Ela não me ama mais.

A tristeza de tal pensamento foi mais do que Charles pôde suportar, e ele se desfez em soluços.

– Não chore, Charles, não chore. Estava brincando. Gosto de você, eu o amo mais que tudo no mundo! – exclamou Léa, tirando a criança dos braços da mãe e cobrindo-a de beijos.

– É verdade?

– Claro que é, meu querido.

– Então, por que me bateu?

– Desculpe-me. Bati apenas porque estava cansada e nervosa. Mas nunca mais o farei, eu juro. Dê-me um beijo.

Durante algum tempo houve farta distribuição de beijos e de carícias, entremeados de risos, sob o olhar enternecido de Camille.

– Então... os namorados já fizeram as pazes? – perguntou Sifflette.

Dirigiu-se ao balcão, assobiando, e encheu um pequeno copo de vinho, engolindo-o de um trago.

– Devem estar com fome – observou a boa mulher. – Vou lhes preparar uma omelete de cogumelos e uma salada da minha horta. Tenho ainda um resto de bolo. Agrada-lhes?

– Muito, minha senhora. Obrigada. Posso ajudá-la em alguma coisa? – perguntou Camille.

– Não vale a pena. Cuide do pequeno. Instalem-se no quarto. Fica no alto das escadas, segunda porta à direita.

– Obrigada por tudo.

– Chega! Mais tarde me agradecerão. Cale-se, que aí vem alguém.

Entravam na venda três homens idosos, envergando os velhos casacos de algodão típicos da zona de Bazas.

– Bom dia a todos!

– Está com visitas, Sifflette? São também seus parentes? – perguntou, com ar falsamente sério, o do chapéu amarrotado.

— Deixe a mulher, Loubrie. Não temos nada a ver com seus problemas de família.

— Tem razão, Ducloux. Ainda mais nos tempos de hoje.

— Então, seus beberrões, o que é que bebem?

— Ainda tem daquele vinho branco de ontem?

— É caro demais para sovinas como vocês. Ontem foi oferta da casa, mas não se acostumem...

— Que avarenta! Pare de protestar e sirva-nos alguma coisa de qualidade.

A comerciante lhes trouxe três copos e uma garrafa de vinho rosê.

— Então não sabe? Os boches estão farejando não muito longe daqui!

— Parece que sim. Meu primo, aquele que é soldado, apareceu por aqui e me falou do caso.

— Mas o que é que procuram?

— Ora, vá perguntar a eles, a esses filhos da puta!

— Pensa que sou doido? Não tenho vontade nenhuma de que me tomem por um desses malditos terroristas.

— Não há perigo. Logo veriam que você não passa de um fanfarrão.

Os camaradas de Loubrie começaram a rir.

— Não é para Sifflette que vale a pena contar vantagens.

— Ela já o conhece, seu mulherengo!

— Seus estúpidos! Vocês não são os primeiros nem serão os últimos a dar ouvidos às más línguas. Isso não impede que a patroa aqui fizesse melhor em receber menos estranhos. Já começou o falatório na aldeia.

— Se pensa que me dá medo com seus mexericos, sua besta velha, está muito enganado.

— Não estou procurando assustá-la, mas lhe prestar um favor. Os "frisados" começaram a ficar nervosos. E não são loucos. Também ouvem os aviões ingleses, tal como nós.

– E mesmo que não ouvissem, há por aí certos patifes que estão de olhos e ouvidos bem abertos para poder avisá-los.

Loubrie emborcou o copo do vinho tão rapidamente que se engasgou e um fio do líquido escorreu pelo queixo mal barbeado. Duclox bateu em suas costas.

– Ora! Que babão! Não vale a pena ficar assim. Se não tem nada a se reprovar, os caras da resistência não lhe farão nenhum mal. Segundo dizem, são bons rapazes. Olhe, deixe que eu limpe seu colarinho, senão Raymonde, com a sua mania de limpeza, é capaz de lhe dar uma surra – disse Sifflette, rindo.

Loubrie empurrou a mão que procurava limpá-lo e ergueu-se, resmungando:

– Deixe de me paparicar como se eu fosse uma criança.

Os três velhos saíram da loja, seguidos pelas gargalhadas da dona, que fechou a porta com a chave.

– Assim estaremos mais sossegados – declarou. – Não confio nesses bisbilhoteiros. Logo à noite, vou procurar saber notícias. Como é bonito, o menino! Onde está o seu papai? Na guerra, é claro!

Sempre falando, Sifflette preparava a omelete. Na frigideira, colocada no canto de um fogão velho e encardido, a gordura de ganso começava a ferver.

– Não se incomoda de pôr a mesa, senhorita? – pediu a mulher a Léa. – Os pratos estão na prateleira do aparador. A comida não demora.

– Hum... como cheira bem! Isso me faz lembrar da infância, quando Sidonie nos fazia omeletes de cogumelos ou de presunto – observou Adrien Delmas, que acabava de entrar na sala. Depois, dirigindo-se à cozinheira, recomendou: – Esta noite, minha senhora, terá de avisar o pessoal de Auros e de Bazas para que fiquem alertas. Eu avisarei os de Villandraut e de Saint-Symphorien. E você, Léa, irá a Langon e Saint-Macaire avisar à nossa gente. Poinsot e seus homens estão a par de todos os esconderijos de armas e de todos os locais de refúgio. Os alemães andam vasculhando as gargantas do Ciron apenas por diversão. Maurice Fiaux foi incumbido de chefiar as operações, em conjunto com o tenente Kunesch. Dohse e a polícia querem impedir de qualquer maneira que Aristide reconstitua as redes. Procuram utilizar Grand-Clément, mas mesmo os resistentes mais crédulos desconfiam dele. Londres voltou a dar ordens para a sua execução, assim como a de Fiaux. Vamos... Para a mesa! A noite promete ser longa.

– Eu também quero participar, padre – ofereceu-se Camille.
– Não. Você não.
– Mas por quê?
– Os seus deveres são para com seu filho. Além disso, o menino não pode ficar aqui sozinho.

Camille baixou a cabeça e deixou escapar um suspiro.

– Claro... tem razão – concordou.
– Apressem-se! A omelete está esfriando. Gosta, pequeno? Vou lhe cortar uma fatia de pão. Como está a minha omelete, padre?
– Lamentável! – respondeu Adrien Delmas, rindo.

4

O céu estava esplêndido, cheio de estrelas. Antes de atravessar o Garonne em Langon, Léa parou na frente da igreja e desceu da bicicleta emprestada por Sifflette, e que parecia ter estado na guerra de 1914. Sem nenhum impedimento, já entregara a mensagem do tio ao cozinheiro do Nouvel-Hotel: "A lagoa do Pouy-Blanc já não recebe águas do Ciron."

– Diga-lhe que entendi – recomendou o cozinheiro. – A senhorita faz muito bem. Seu pai teria muito orgulho de você.

Àquelas palavras, uma lufada de felicidade melancólica invadira a filha de Pierre Delmas. Como tudo estava calmo! Era quase impossível imaginar que, não muito longe dali, talvez apenas a alguns passos, houvesse homens emboscados à espera de ordens para matar. Quando chegou ao cruzamento, Léa não virou à direita em direção a Saint-Macaire, mas à esquerda, passando sob o viaduto. Precisava rever Montillac. Era mais forte que ela.

Na subida, com todas as engrenagens rangendo, a bicicleta acusava sua velhice. Léa viu-se obrigada a ir a pé. A cruz de Borde continuava dominando a propriedade de Prioulette com seus braços escuros. Fora aos pés daquele cruzeiro que aceitara a primeira missão confiada por Adrien Delmas. Como isso lhe parecia distante! O vulto negro das árvores de Montillac fez o coração de Léa bater mais rápido. Lá estava a casa, bem perto! Parou em frente da alameda que conduzia à construção, lutando contra o impulso de correr e de se refugiar na velha casa, de aninhar-se nos braços de Ruth, antes de voltar a partir. Um cão latiu, depois outro, e surgiu a luz na entrada da casa dos Fayard. Ouviu, claramente, a voz do encarregado das adegas ordenando aos animais que se calassem. Não era prudente demorar-se. Tornou a montar a bicicleta e deu meia-volta.

Era uma hora da manhã quando Léa abriu a porteira da passagem de nível de Saint-Macaire. Abafou um grito ao ver surgir na sua frente um cão de guarda, pulando e latindo, com um grande barulho de correntes arrastadas. Atravessou a linha correndo, pedalou pela estrada e seguiu pela rua que levava à porta de Benauge. Na estrada da República, parou diante da garagem de Dupeyron. O soldado Riri veio abrir a porta. Mal reconheceu a moça, puxou-a para dentro da casa.

— Senhorita Léa! O que a traz até aqui?

— Tenho um recado importante para o senhor: "A lagoa do Pouy-Blanc já não recebe mais águas do Ciron."

— Mas que merda! Tenho de avisar todos da região.
— Avisei o pessoal de Langon — informou a moça. — A esta hora também os de Villandraut, de Saint-Symphorien, de Bazas e de Auros já devem estar sabendo.
— Melhor! Dupeyron, encarregue-se de telefonar a Cazenave. Vou voltar para o quartel.
— Então, não vem conosco?
— Não posso abandonar o posto; seria prejudicial para os camaradas. Já temos aborrecimentos de sobra.
— Receberam notícias de Albert e de Mireille? — quis saber a moça.
— Notícias, verdadeiramente, não. Mireille está presa no quartel Boudet e soubemos que as coisas não lhe correm muito mal. Mas, quanto a Albert, não sabemos nada. Mathias Fayard e René foram os últimos a vê-lo. Depois disso, mais nada. Ninguém o viu sair da casa do Bouscat. Talvez a senhorita ainda não saiba, mas Mathias conseguiu fugir ontem à noite, o que forçou os capangas de Mauriac que o guardavam a se dispersar pela região.
— Acha que ele os denunciará?
— Não sei. Não entendo mais nada dessa juventude. Parece que ficaram todos loucos. Conheço bem Mathias. Jogamos futebol juntos, íamos à caça das perdizes, éramos verdadeiros camaradas, embora eu fosse mais velho. Ele não era mau rapaz, mas a temporada na Alemanha modificou-o completamente. Voltou de lá com ideias políticas. E política não é coisa boa, sobretudo agora. Não acho que ele seja muito perigoso. Quem me dá medo é Maurice Fiaux. Esse, sim, é malvado, ele gosta do mal. E conhece bem a região. Até logo, senhorita. Diga à pessoa que a enviou aqui que faremos o necessário, e que se quiser entrar em contato comigo já sabe onde estou. Não saia agora. Espere, vou dar uma olhada na rua... Venha... Pode ir. Boa viagem, senhorita. Adeus...

Começara um vento frio e cortante, que obrigava Léa a diminuir o ritmo. Entretanto, ao atravessar a mata de Constantin, a jovem estava molhada de suor. As mãos geladas contraíam-se no guidão enferrujado. Num lugar chamado Le Chapitre, estourou um dos pneus, já muito gasto. A bicicleta derrapou.

Com os joelhos e as mãos arranhados, Léa ficou por um longo tempo estendida na estrada de terra, sem forças para se mexer. Apenas o ranger de uma roda girando rompia o silêncio da noite.

O frio obrigou-a a se levantar. Sentia o sangue escorrendo pelas pernas. Doíam-lhe os joelhos, embora menos que as mãos. Ergueu a bicicleta. As rodas não giravam, pois estavam bastante empenadas. Com raiva, Léa arremessou a velha engenhoca para o acostamento e começou a caminhar, mancando.

Pouco antes de chegar a Brouqueyran, o ronco de um motor fez com que se atirasse numa valeta. A alguns metros dela, passaram três veículos em alta velocidade. Amigos ou inimigos? Como saber?

A poeira ainda não havia assentado quando chegou a seus ouvidos o som de vozes e o bater de portas – os carros tinham parado em Brouqueyran. "Contanto que tio Adrien não tenha voltado ainda!", pensou ela, correndo em direção à aldeia.

– Vamos, arrombem a porta! – gritou alguém.

A voz obrigou Léa a parar; o medo apoderou-se dela instantaneamente. Fugir... Era preciso fugir. Em vez disso, porém, deixou-se cair de joelhos e nem mesmo sentiu que a dor voltara. Ali, os homens acabavam de forçar a porta. Outros revistavam os lugares ao redor do pobre café. Desde que não descubram a extensão emissora! A extensão... mas que importava a extensão!... Camille e Charles estavam sozinhos dentro da casa! Léa ergueu-se e correu a descoberto... os gritos de Camille interromperam seu impulso...

— Não! Não! Não lhe faça mal!

Um homem aparecera na entrada, trazendo a criança, que se debatia. A mãe saiu por sua vez, agarrando-se ao indivíduo, que a repelia com pontapés, sem conseguir que ela o largasse.

— Mamãe... mamãe...

Escondida atrás do muro da pequena prefeitura, Léa tentava achar uma arma em meio à escuridão.

Um clarão saiu da casa, iluminando a cena. Nem um só uniforme; apenas duas braçadeiras com o distintivo da polícia... rostos jovens esculpidos pelo clarão do incêndio que aumentava... metralhadoras agitadas como se fossem brinquedos... garrafas empilhadas em arcas... risos... vozes francesas que vomitavam, que insultavam, que feriam...

— Vai ou não nos dizer onde estão os outros, sua puta?

— E Sifflette? Você a conhece, não é?

— E Albert, Mireille, Lucien e Aristide? E o puto do dominicano, isso não te lembra de nada?

— Não sei do que estão falando. Devolvam meu filho!

— Só o devolvemos quando falar.

— Deixe-a, Jérôme. Dê-lhe o garoto. Vamos fazê-la falar em um local seguro. Com essa sua estupidez de atear fogo, vai alertar os resistentes da região.

— Merda!... Não se preocupe, Maurice, estaremos à espera deles.

— Mamãe!

— Devolva-o, por Deus! Entrem!

Apertando o filho contra si, Camille entrou numa das viaturas. Maurice Fiaux pegou o volante.

— Vamos a La Réole – gritou aos outros.

Caída junto ao muro da prefeitura, Léa viu os carros se afastarem, desaparecendo na noite, em direção a Auros.

GRAÇAS À CLARIDADE das chamas, Adrien Delmas encontrou a sobrinha, tremendo de frio e de febre.

— Onde estão Camille e Charles?

— Fiaux... Maurice Fiaux...

Léa sacudia a cabeça, batendo os dentes, incapaz de dizer outra coisa.

O dominicano ergueu-a e, perturbado, encaminhou-se para as labaredas. Nesse momento, tal como se fosse uma feiticeira, Sifflette pareceu emergir das chamas.

— Santo Deus! Onde estão o menino e a mãe? – perguntou a mulher.

— Não sei – disse Adrien Delmas. – Parece que Maurice Fiaux e seu bando passaram por aqui.

— O que fizeram esses filhos do demônio?! Padre!... Ela está ferida!

— Eu vi. Então não há ninguém por aqui?

— Se os conheço bem, fugiram como coelhos – respondeu Sifflette. — Mas que desgraça a nossa! E pensar que pessoas como o senhor arriscam a vida por esses trastes!

— Não diga isso. A senhora também arrisca a vida e perdeu o que tinha. A igreja está aberta?

— Não. Mas sei onde o pároco esconde a chave. Olhe, padre, veja! O celeiro ainda não está queimando. Talvez a sua extensão...

Com cuidado, Adrien colocou a sobrinha, ainda inconsciente, junto ao muro do pequeno cemitério e correu para o celeiro, enquanto chamava:

— Camille! Charles!

Sifflette retirou a chave de um buraco na parede e abriu a porta da igreja. Sem muita dificuldade, arrastou a jovem para o interior do templo, até o altar. Ali havia um tapete, suntuoso no passado, agora, porém, puído até a trama, oferecido pelas castelãs do Mirail. Assim mesmo era mais confortável que as pedras frias e irregulares. Depois de instalar Léa, tateou por detrás do grosso volume dos Evangelhos, em busca da caixa de fósforos. Após várias tentativas, um dos palitos deixou-se inflamar. A mulher acendeu então os dois grandes círios colocados de ambos os lados do tabernáculo, apoderou-se de um deles e foi vasculhar a minúscula sacristia. Tudo o que descobriu para proteger o ferimento do frio úmido foi um tecido mortuário marcado com uma cruz branca, com o qual se recobriam os caixões durante as cerimônias fúnebres.

Ao sair, Sifflette persignou-se num gesto maquinal.

O INCÊNDIO PARECIA ter diminuído. Vindo da direção de Bazas, ouvia-se o som da sirene de um carro de bombeiros. Mas o ruído tranquilizador provocou apenas um encolher de ombros na casa da proprietária do café-tabacaria-mercearia-bazar de Brouqueyran.

— A senhora tinha razão. A extensão ainda estava lá — esclareceu Adrien Delmas, apontando a mala pesada. — Olhe, os bombeiros estão chegando! Tenho de escondê-la.

— E o senhor, meu padre, também deve se esconder. Não podem vê-lo aqui. Tome a chave da igreja e tranque-se lá dentro. Se me pedirem, direi que se perdeu.

— Nenhuma notícia?

— Não. Ia perguntar-lhe a mesma coisa. Devem tê-los levado para Bordeaux.

— Não sei se isso é o melhor que se possa lhes desejar.

— Não diga tal coisa, padre. Nem mesmo gente como aquela faria mal a uma criança.

— Que Deus a ouça!

Mas Sifflette já não ouviu a frase desiludida do dominicano, pois corria à frente dos bombeiros, gritando desesperadamente.

LÉA VOLTOU A SI sob a luz vacilante dos círios. Entorpecida pelo frio, nem sequer conseguia tremer. Levantou-se, apoiando-se em seus cotovelos. Aquele local, o pano fúnebre, os círios... Por segundos pensou que estava morta. Uma angústia violenta fez com que se pusesse de pé em um salto, repelindo a cobertura macabra. O padre da localidade teria, sem dúvida, acreditado numa aparição da Virgem. Adrien Delmas entrava na igreja nesse exato momento. "Como é bela e ao mesmo tempo terrível esta criança... Saída diretamente de um romance negro", pensou, antes de fechar a porta com a chave.

– Quem está aí? – perguntou Léa.

– Sou eu. Não tenha medo.

– Oh! Tio!

Adrien aproximou-se da jovem. Pousou a mala e fez a sobrinha sentar-se no degrau do altar. Apertou-a contra si, voltando a cobri-la com o tecido mortuário.

– Conte-me o que aconteceu.

Em voz baixa, porém firme, Léa contou tudo o que vira.

Adrien Delmas inclinou a cabeça, acabrunhado, culpando-se por não ter agido a tempo. Do lado de fora, abafadas, chegavam até eles as vozes dos bombeiros, combatendo o fogo.

– Tem certeza de que ele se referiu a La Réole? – perguntou o dominicano.

– Tenho.

– Mas por que La Réole? Há alguma coisa que não se encaixa. Seria natural que os levassem para Bordeaux.

– Como souberam?

– Ora, como sempre sabem: por denúncia. Pensaram que iriam prender todos nós. Tem certeza de que não havia nenhum alemão com eles?

– Acho que não... todos falavam francês e nenhum deles estava uniformizado.

– Isso parece confirmar os dados recebidos em Londres: a Gestapo não está a par de todas as ações levadas a cabo por Fiaux e seu bando. Eles atuam com objetivos pessoais, o que os torna ainda mais perigosos e imprevisíveis.

– Mas por que Fiaux faria isso? Sem ordens?

— Podem haver várias respostas, como sempre.
— Mas você o conhece bem!
— Sim, conheço. E, por isso mesmo, ele me assusta. Deseja vingar-se da sociedade. Quer ser um chefe temido e respeitado. Além disso, como já provou, gosta de matar, de torturar, de aviltar.

— Não podemos deixar Camille e Charles em suas mãos — disse Léa.

Uma pancada na porta veio interromper o diálogo.
— Abram. Sou eu, Sifflette.
De pistola em punho, Adrien deu a volta na chave.
A mulher entrou na igreja, empurrando à sua frente um rapaz com um capacete de bombeiro grande demais para ele.
— Tivemos sorte de Déon ter quebrado o braço. Veio Claude, o filho, no lugar dele. O rapaz é meu conhecido. Trabalha para o grupo resistente de Léon de Landes e vai entrar em contato com ele. Eu lhe falei sobre o menino e a mãe.

— Muito bem. Parece que os levaram para La Réole — informou o dominicano.

— Para La Réole?! — exclamou a mulher. — Espero que estejam enganados. Segundo os boatos da região, a Gestapo da cidade cedeu aos franceses um local nos subterrâneos do colégio para interrogatório dos resistentes comunistas.

— E há provas disso?
— Não. É só um boato.
— Esqueci de dizer, tio: Mathias fugiu.
— Nesse caso, talvez haja uma esperança...
— Tenho de ir. Meus colegas vão estranhar a minha ausência.
— Tem razão. Avise na casa do pároco de Auros. Pergunte por Alphonse Duparc. Entendeu? — disse Adrien Delmas.
— Sim, senhor. Terá notícias amanhã.

A porta voltou a fechar-se após a saída de Sifflette e do bombeiro.

— O que quis dizer em relação a Mathias, tio?
— Descanse, deixe-me pensar.

— Vamos... vamos... Nossos amigos soldados estão aqui — comunicou Sifflette.

Léa abriu os olhos com dificuldade.

— Toma, pequena. Beba isto. Está quente.

A mulher estendia-lhe uma caneca contendo um líquido que parecia café.

Léa sorveu um gole e quase cuspiu.

— Mas o que é isto? Tem álcool misturado!

— É um café regado. Tira o gosto de aveia torrada. Vamos, beba, senão, com o frio desta igreja, vai ficar doente — insistiu Sifflette.

Embora com náuseas, Léa engoliu a mistura. É verdade que lhe fazia bem. Sem muita dificuldade, esticou os joelhos feridos, cujas crostas endurecidas lhe repuxavam a pele.

Lá fora, o dia anunciava-se bom. Ainda fumegavam as ruínas calcinadas do café-tabacaria. Os soldados Laffont e Dumas, encostados no carro, observavam os escombros com expressão dura.

Adrien Delmas consultava um mapa.

— Aonde vamos, tio?

— A La Réole.

Léa fitou-o sem compreender.

— Atravessaremos o Garonne em Castets, será mais prudente. Em seguida, atingiremos a fazenda, acima de La Réole, por caminhos secundários — esclareceu o dominicano.

— Mas por que La Réole?

— Toda esta área é perigosa, não temos locais seguros para nos escondermos. De onde estaremos, poderei entrar facilmente em contato com Hilaire.

— Nunca mais voltei a La Réole depois da morte do Sr. e da Sra. Debray — disse Léa.

Munida de uma forquilha, Sifflette revolvia os escombros em busca de objetos poupados pelas chamas. Nenhuma queixa, nenhum gemido escapava de seus lábios. Mas vê-la assim, vasculhando as cinzas ainda quentes, bastava para compreender seu desespero. Uma vida inteira de trabalho desfeita em cinzas! Não lhe sobrara sequer uma corda!

— Vamos, minha velha, temos de partir — disse Laffont, colocando a mão com suavidade no cabo da forquilha.

— Tem razão. Não serve de nada revolver as lembranças.

Desfez-se da forquilha com um gesto desiludido e subiu no veículo sem olhar para a casa consumida pelo incêndio. Ninguém da vizinhança viera para saber o que havia acontecido.

DA FAZENDA, PODIA-SE ver a distância as pessoas que chegavam, como afirmava Jean Callède. Calorosamente acolhida, Sifflette ajudava a senhora Callède nos trabalhos da cozinha. Muitos resistentes já estavam familiarizados com suas famosas salsichas grelhadas, regadas com o vinho da região.

MAS JÁ ESTAVA ESCRITO que Léa e Sifflette não gozariam daquela tranquila hospitalidade dos anfitriões. Na véspera da chegada do grupo, fora recebida de Londres a seguinte mensagem: "A Honra suplantará a Audácia." Isso significava que haveria um lançamento de paraquedas na noite seguinte. As duas mulheres insistiram em participar da ação. A pedido do padre Delmas, os resistentes acabaram concordando. Na opinião deles, as mulheres serviam apenas para esconder armas e paraquedas na cozinha. Quanto a Adrien Delmas, via-se obrigado a partir para se encontrar com o padre Dieuzayde, do grupo Jade-Amicol, e com Aristide, Dédé, o Basco, Lancelot e Georges, a fim de estudarem um plano para a libertação de Camille d'Argilat e seu filho, eliminando Maurice Fiaux.

Eram dez, incluindo Léa e Sifflette. Rodearam o local do terreno, agachados, invisíveis no meio da noite, postados em intervalos regulares e munidos de lanternas. Outros elementos do grupo encontravam-se dispersos pelos arredores, vigiando os caminhos de acesso, com os ouvidos atentos. A espera parece longa. De repente, ouve-se um barulho longínquo.

– Lá vem ele! – sussurrou Callède. – Atenção!

O barulho acentua-se. Soa um apito e todas as lanternas se acendem quase ao mesmo tempo. Um, dois, três, quatro, cinco... apagam-se. Um, dois, três... acendem-se de novo. O barulho transforma-se depois em ronco de trovão. Um vulto negro aparece por cima do campo balizado, desce e parece estabilizar-se, com os motores produzindo um som mais abafado. Do aparelho projeta-se então uma sombra. Ouve-se o estalido do paraquedas se abrindo e logo outras sombras o sucedem. Atingem o solo com um tilintar de metais. O avião de reabastecimento afasta-se em seguida, mas os dois últimos paraquedas continuam presos à cabine como bandeiras brancas desfraldadas sobre La Réole. Se depois disso a Gestapo e a polícia não fossem avisadas... Os homens agiam ao redor da carga. É necessário fazer desaparecer todo e qualquer vestígio do lançamento. Sifflette e Léa soltam e dobram os paraquedas, levando-os para uma charrete atrelada a dois bois. Os resistentes pegam as caixas, colocam-nas em três caminhonetes para levarem à serraria de Bienvenue. As armas são escondidas no fosso da serragem, em celeiros ou em secadores de tabaco. Tudo está calmo em La Réole. Sifflette conduz o carro de bois. Num palheiro, Léa oculta os paraquedas sob o feno. Ao redor da fazenda tudo está tranquilo, mas ninguém consegue dormir. Todos reveem as velas brancas dos paraquedas flutuando acima do Garonne e da velha cidade.

No dia seguinte, ao amanhecer, Depeyre chegou de bicicleta, irrompendo sem fôlego pela casa.

– Os alemães partem para o campo! – anunciou ele. – Rigoulet nos avisou. Verifiquem se as armas estão bem escondidas e tirem daqui as duas mulheres.

– Mas aonde quer que as leve? Para a casa dos Rosier?

– Não. É perto demais. Leve-as para a casa de Tore, em Morizès.

Pouco tempo depois da partida, surgiram os alemães. Vasculharam todos os cantos, empurrando Callède e sua mulher, mas sem resultado. Contudo... Jean Callède tremia de medo. Em sua precipitação, esquecera dois paraquedas de um desembarque anterior enrolados em toldos velhos e as balas de Sten, enfiadas nas latas de açúcar. Embora não tivessem descoberto nada, os alemães levaram Callède, depois Loue, Depeyre, Bienvenue, Charlot e Chianson, a fim de interrogá-los na sede da Gestapo, em La Réole.

Quando o comboio parou em frente ao colégio, por coincidência o presidente do município de Gironde-sur-Dropt estava lá. Ele conhecia todos os prisioneiros e ignorava suas atividades clandestinas. Pediu para falar ao comandante e responsabilizou-se pelos compatriotas. Desse modo, todos foram libertados, exceto Pierre Chianson. Fora denunciado, sem dúvida, pela sua participação no desembarque de paraquedas de Saint-Félix-de-Foncaude.

Assim como Sifflette, Léa dispunha apenas das roupas que vestia na noite do incêndio. Toda a sua bagagem fora destruída. Sem falar com ninguém, decidiu ir a Montillac. Quando todos dormiam, apoderou-se de uma bicicleta e partiu.

A noite estava bonita, não muito fria. Antes de chegar a Sainte-Foy-la-Longue, Léa parou para contemplar a imensa planície, onde a superfície do Garonne refletia sob as estrelas.

A emoção apoderou-se dela como sempre acontecia diante dessa paisagem familiar. Era sempre a mesma surpresa contagiante! A mesma sensação de paz absoluta! A mesma certeza de que nada de mau poderia lhe acontecer em tal lugar! Era a confiança que emana da terra durante seu repouso. Tudo iria dar certo. O tio Adrien encontraria um meio de libertar Camille e Charles. A lembrança do menino que queria se casar com ela trespassou-a de dor. A paisagem se turvou diante de seus olhos. Ela partiu novamente, com o coração apertado. Em Saint-André-du-Bois, quase atropelou um homem que urinava no meio da estrada e fugiu sob suas imprecações.

Escondeu a bicicleta no mato, atrás do pedestal da cruz da missão, atravessou a estrada e passou pelo prado, evitando a alameda por causa do ruído dos passos sobre o cascalho. Um feixe de luz filtrava-se por detrás das venezianas do escritório de seu pai. "Ruth deve estar fazendo contas", pensou, aproximando-se. Chegou até ela um som de vozes. Esforçou-se, mas não conseguiu identificá-las nem entender o que diziam. Aquela risada, porém... a risada novamente... Sem se preocupar em ser descoberta, Léa contornou a casa. A porta e os pesados guarda-ventos da entrada estavam entreabertos. Evitando o obstáculo dos móveis, mergulhada no escuro da sala, chegou à porta do escritório e empurrou-a.

– Léa!

O pequeno Charles correu para seus braços.

– Meu querido... meu queridinho... que alegria! Quando voltou?

– Esta noite. Foi Mathias quem o trouxe – disse Ruth.

– Mathias?!

– Brincamos de esconde-esconde... Mamãe não quis brincar conosco... Mas, agora que você está aqui, vamos procurá-la. Você quer?

– Sim... sim...

Mathias estava ali, mais magro, impecavelmente barbeado e vestido, mas com os cabelos despenteados.

— Ruth!

Sem largar o menino, Léa abraçou a velha governanta, desfeita em lágrimas.

— Minha filha, como estou feliz! Pensei que nunca mais a veria. Tanta infelicidade se abatendo sobre esta casa... Mas não é imprudente vir aqui?

— Sem dúvida é. Só que eu não tinha nada para vestir. Como encontrou Charles, Mathias? E por que você não libertou Camille também?

— Eu não podia salvar os dois. Camille está esgotada e confiou-me o filho.

— Isso é incrível!

— Mas é assim. Ela também me encarregou de lhe dizer que, se morrer, você seja uma mãe para ele.

— Não quero que ela morra!

— Farei todo o possível para livrá-la. Tive de negociar com Fiaux durante um longo tempo para lhe arrancar o pequeno. Queria ficar com ele para obrigar a mãe a falar. Interrogou-a sem resultado. Camille respondia apenas: "Não sei de nada." Mas teria cedido se Fiaux espancasse a criança, como pensava fazer — explicou Mathias.

— Ele é mau... aquele homem — balbuciou Charles, que começou a chorar. — Puxou meus cabelos e deu um grande pontapé na barriga de mamãe. Mesmo depois... Ela não se mexia mais. Dei-lhe muitos beijos e, em seguida, ela acordou... Então já não senti medo... Embora estivesse escuro. E ela cantou: "Durma, Colas, meu irmãozinho..."

Um ódio violento emergiu em Léa. Contra o seu peito, ela sentia tremer e soluçar a criança que ajudara a vir ao mundo. Injúrias contra o amigo de infância se acumulavam em sua boca, ideias assassinas torturavam-lhe o espírito. Ah, fazê-lo desaparecer!

Esmagá-lo, tal como aos outros! Crescia dentro de si uma força desconhecida, uma vontade irresistível de lutar, de matar...

— Sei o que está pensando — disse Mathias. — Mas o importante não é isso... É preciso salvar Camille.

— Mas como? Você tem alguma ideia?

— Tenho. Tentarei obter a sua transferência, mas dispomos de pouco tempo. Camille está esgotada. Se conseguir, mandarei avisar. Onde você está escondida?

— Não digo.

— Mas é necessário.

— Ninguém sabe onde estou.

O rapaz fitou-a com expressão de desprezo.

— Não é de admirar que com semelhante disciplina os seus amigos são presos com tanta frequência.

— Só são presos quando alguém os denuncia.

— Minha pobre amiga, acha então que os alemães precisam disso? Basta-lhes ouvir as conversas nos cafés.

— Mas são os franceses que as escutam por eles.

— Nem sempre. Vocês cometem tamanhas imprudências que seria necessário que eles fossem cegos para não notar nada.

Ruth interpôs-se:

— Não briguem, peço-lhes. Escute-me, Léa, acho que devemos confiar em Mathias.

— É possível. Mas não posso lhe revelar o local onde estou, e ele sabe disso.

— Então, transmita a seu tio, aos homens de Aristide ou de Hilaire, a seguinte proposta: assim que eu conseguir a transferência de Camille para Bordeaux, farei com que você saiba. Eu lhe darei a composição do comboio, o número de homens, que não serão muitos, na minha opinião, a hora da partida e o itinerário. É preciso que os seus amigos interceptem o comboio e libertem Camille.

Léa continuava abraçando a criança, que adormecera. Perguntou em voz baixa:

— Acha, de fato, que isso é possível?
— Acho.
— Posso lhe fazer uma pergunta? Por que continua ligado a Fiaux e a seu bando? Por dinheiro?

Mathias encolheu os ombros.

— Você não acreditaria se lhe dissesse.
— Mesmo assim, diga.
— Onde estou, posso zelar melhor por você.
— Você tem razão, não acredito.
— Viu só? — ele falou com um sorriso desiludido, encolhendo os ombros.
— Que faremos com Charles? Não é perigoso tê-lo trazido para cá?
— Não, até que Fiaux saiba que ele está aqui. Além disso, pedi a meu pai que olhasse por ele.
— E ele aceitou?
— Não teve muita escolha.

Com suavidade, Léa colocou o menino no velho sofá e deixou-se cair numa das poltronas próximas à lareira.

— Estou com frio e com fome, Ruth. Você tem alguma coisa para comer?
— Claro que tenho, minha pequena! Mas, primeiro, vou lhe acender a lareira.
— Deixe que eu faço isso, dona Ruth.
— Obrigada, Mathias.

Logo subia uma chama clara, e durante alguns momentos, apenas se ouviu o crepitar da madeira seca queimando. O ruído alegre, o calor e o local familiar desfizeram por instantes a animosidade entre os dois jovens. Os olhos de ambos, anteriormente perdidos na contemplação do fogo, acabaram por se encontrar. Os de Mathias exprimiam adoração e amor ilimitados; os de Léa, uma confusão e um cansaço infinitos.

O rapaz lutava para não a tomar nos braços, pois sabia que seria repelido. Léa, por sua vez, procurava tirar da memória o quadro sórdido daquela noite no hotel sinistro de Bordeaux, para se aninhar em seus braços e contar-lhe suas tristezas, como fazia quando era pequena e eles se refugiavam no quarto das crianças ou no meio do feno do palheiro.

Sem se darem conta, exalaram ao mesmo tempo um suspiro onde tremularam todas as mágoas das quais não podiam mais se consolar.

RUTH VOLTOU COM UMA bandeja onde havia duas tigelas de sopa, patê feito em casa, pão e vinho tinto de Montillac. Devoraram a modesta refeição com um apetite que fazia honra à sua juventude. Tal como sempre que comia com gosto, Léa esqueceu por instantes sua situação perigosa.

– É magnífico o seu patê! – elogiou ela, de boca cheia.

– É por isso que é famoso! – apoiou Mathias.

Acabaram de comer em silêncio, saboreando o momento de paz. Depois de engolir o último gole de vinho, Léa disse:

– Ruth, perdi todas as minhas roupas. Você pode me preparar uma mala? E será que você não tem dois ou três vestidos para uma pessoa do tamanho de tia Bernadette? A propósito... como ela está?

– Não muito bem. Queixa-se das dores reumáticas e de que recebe poucas notícias de Lucien.

– Coitada! Veja se pode me arranjar os vestidos e alguma roupa de lã.

– Vou ver.

Charles agitou-se no sono. Léa cobriu-o com a manta escocesa na qual seu pai costumava se enrolar quando trabalhava no escritório durante o inverno.

– Temos de combinar um local de encontro – disse Mathias.

– Na igreja de La Réole?

– Isso não. É perigoso demais para você. Fiaux e os outros a conhecem e podem prendê-la.

— Então, onde?

— Sabe onde fica o cemitério de Saint-André-du-Bois? — perguntou o rapaz.

— Evidentemente — garantiu Léa encolhendo os ombros.

— Lembra-se do jazigo dos Le Roy de Saint-Arnaud, à direita de quem entra?

— Lembro.

— Há uma fenda no tronco do cipreste que fica ao fundo, à esquerda. Deixarei as mensagens ali. Passe por lá todos os dias. Se tiver algo para me comunicar, utilize o mesmo cipreste. Entendeu?

— Não sou idota. Mas se não quiserem me deixar ir?

— Arranje uma maneira de os convencer. Trata-se da vida de Camille.

Ruth voltou, trazendo uma grande mala.

— Mas é muito pesada! — queixou-se a moça.

— Vou prendê-la ao bagageiro — ofereceu-se Mathias. — Onde deixou a bicicleta?

— Atrás da cruz.

— Certo. Tem uma corda, dona Ruth?

— Sim, estava pensando em pegá-la.

Enquanto Mathias prendia sua bagagem, Léa debruçou-se sobre a criança adormecida, acariciando-lhe os cabelos claros.

— Você cuidará bem dele...

— Farei o possível, pois quase não temos dinheiro. Sua tia Bernadette pôs o pinhal à venda, mas enquanto isso...

— Eu sei, Ruth... o que quer que eu lhe diga? Venda os móveis, se arranjar comprador. Eu... eu não tenho nada.

Uma lágrima caiu sobre o rosto da criança, que resmungou, ainda adormecida.

— Perdoe-me, minha querida. Não passo de uma velha tonta por lhe falar disso agora. Eu me arranjarei.

— Nunca poderei lhe agradecer o quanto tem feito por nós...

– Quer ficar quieta? Era só o que faltava, ficar esperando agradecimentos! Chegaram algumas cartas durante a sua ausência, eu as coloquei na mala.

Mathias voltou, dizendo:

– Você pode partir quando quiser. Sua bagagem está bem presa, você pode atravessar toda a França que nem se mexe.

– Adeus, Ruth – despediu-se a jovem. – Dê um beijo em tia Bernadette por mim.

– Até mais, minha querida. Que Deus a proteja! Eu a confio a você, Mathias.

– Não se preocupe, dona Ruth. Tudo estará bem.

Quando chegaram perto da bicicleta, Mathias ergueu-a do chão, perguntando:

– Não quer que eu a acompanhe?

– Você sabe que não é possível... Deixe-me ir embora.

A contragosto, o jovem tirou o guidão das mãos de Léa. Ficaram por um instante imóveis e silenciosos, infelizes. Léa estremeceu.

– Apresse-se – disse Mathias. – Você ainda tem muitos quilômetros pela frente, e não gosto que esteja pelas estradas, sozinha, durante a noite.

– Mathias... Não entendo... Que está acontecendo conosco?

– O que quer dizer?

– Você e eu... obrigados a nos esconder... inimigos um do outro e, ao mesmo tempo...

– Ao mesmo tempo o quê?

Quanta esperança naquela voz... Mas, acima de tudo, Mathias não imaginara que ela lhe perdoara!

– Nada. Acho que vivemos numa época muito estranha, em que não se sabe mais quem são os amigos, pois até os mais queridos nos traem.

Mathias recusou-se a assimilar a dureza do tom, e só reteve "os mais queridos". Era ele o mais querido, não tinha a menor dúvida. Que importava se ela pensasse que ele a traía? Trair o quê, aliás, se, a ela, ele nunca trairia? Todo o resto não passava de política, e isso nada tinha a ver com os seus sentimentos.

Deu-lhe um breve aceno de despedida e encaminhou-se para a casa, sem olhar para trás. Léa, perturbada, olhava-o enquanto ele se afastava.

5

Em Morizès, todos já estavam deitados. Só, na cozinha onde haviam lhe preparado uma cama, Léa olhava o fogo que se extinguia no fogão, fumando um cigarro feito com o tabaco que Callède cultivava clandestinamente. O fumo acre e forte irritava-lhe a garganta e fazia-lhe arder os olhos, mas, ao mesmo tempo, aplacava-lhe um pouco a angústia de saber que Camille estava tão doente. A Gestapo iria interná-la no hospital Saint-Jean de La Réole, mas não autorizava nenhuma visita.

O padre Delmas encontrara-se com Mathias e aceitara sua ajuda. Aristide e seus homens tinham concordado. Desde então, limitavam-se a aguardar. Maurice Fiaux e sua equipe haviam regressado a Bordeaux.

Léa ergueu-se da cadeira baixa onde estava e foi ligar o rádio. Devido às interferências, havia vários dias era impossível captar a emissora londrina. Depois de algumas tentativas, a voz familiar, mas quase inaudível, de Jean Oberlé irrompeu do aparelho.

> O poeta Max Jacob morreu no campo de Drancy. Internaram-no ali por ser judeu e, contudo, convertera-se ao catolicismo havia mais de 30 anos. Desde essa época, toda a sua obra respirava a mais intensa e sincera fé católica. Mas que importância tem isso para os alemães?

Os alemães colam estrelas amarelas no peito daqueles que martirizam. A estrela amarela constitui o estigma da desonra, e a cruz suástica é o símbolo da honra. Católicos ou judeus, a todos encaram do mesmo modo, tomando Hitler por Deus. Que interessa aos guardas do campo de Drancy que Max Jabob tenha morrido? É menos um judeu no mundo...

O poeta era um homem baixo, calvo, e de olhar irônico por detrás de um monóculo. Era um ser de grande espiritualidade, o mais maravilhoso contador de histórias surpreendentes, que sabia ou que inventava.

Entregou-se ao "esnobismo" ao aproximar-se dos 50 anos. Da colina de Montmartre, onde convivera com pintores e outros poetas, passou então aos salões mundanos, logo substituídos pelo mosteiro de Saint-Benoît-sur-Loire. Escrevia e pintava, vivendo retirado e tranquilo. Servia de cicerone nas visitas à basílica para os amigos que vinham de Paris e de outros lugares para vê-lo. O sino tocava, chamando-o aos ofícios religiosos, e Max abandonava a caneta ou o pincel para rezar.

Estava com quase 70 anos. Dois outros poetas amigos, Jean Cocteau e André Salmon, foram a Drancy na esperança de libertá-lo, mas os informaram de que havia morrido.

Assim, o inimigo feroz que martiriza nosso país há quatro anos não poupa mais os poetas que os jovens patriotas. Para os alemães, um é judeu e os outros, comunistas, muito simplesmente. E, aliás, para que servem os poetas quando se dispõe de prosadores como Henriot e Déat?

Por todo o mundo, porém, os admiradores de Max Jacob, os que lhe releem a prosa e os poemas ou possuem os seus desenhos e guaches, esses continuarão a mantê-lo vivo na memória. Também os amigos jamais esquecerão o artista e o homem encantador que ele era. E lembrar-se-ão de que, tal como tantos outros, Max Jacob foi igualmente vítima da barbárie alemã, morrendo numa cela de um campo de concentração...

"Nem mesmo os poetas são poupados", pensou Léa, desligando o aparelho.

Enquanto se despia na penumbra, lembrou-se de que seu tio Adrien havia lhe falado do encontro com Max Jacob em Saint-Benoît, numa curta temporada sua no mosteiro, e de sua ingênua fé de convertido. Agora Max Jacob estava morto, tal como Raphaël Mahl e talvez mesmo Sarah, todos eles judeus. Ela teve um breve sentimento de vergonha por unir, ainda que na morte, um ser tão desprezível como o colaborador-delator Mahl à combatente heroica e ao frágil poeta. Mas havia em Raphaël um desespero que sempre a sensibilizava. Apesar de toda a perversidade de que fora capaz para se fazer odiar, nunca alcançara seu objetivo, e seu fim horrível o absolvera para sempre. Sentia sua falta, tal como nessa noite sentia falta de uma presença amiga.

Deslizou entre os lençóis enrugados e sempre um pouco úmidos. A luz fraca do braseiro dava à cozinha algo de irreal e tranquilizador. Através das pálpebras semicerradas, ela revia um outro braseiro num outro quarto... O peso do edredom vermelho trouxe-lhe à memória o cobertor de lã de vicunha... O tecido áspero do lençol irritava-lhe a ponta dos seios, mesmo sobre a camisola. Virou-se para a parede para se furtar às últimas chamas. Sobretudo, não pensar nele, não evocar as carícias de suas mãos, dos beijos sobre seu corpo, esse corpo cujos desejos ela mal conseguia saciar. Havia tanto tempo nenhum homem... Com raiva, ela se ergueu, furiosa por sentir emergir um desejo irrefreável de fazer amor. Arrancou a camisola e, com brutalidade, apaziguou sua exigência.

No dia seguinte, Adrien Delmas chegou a Morizès na companhia do tenente Pierre Vincent, chamado de Grand-Pierre, chefe do grupo resistente sediado no Puy, próximo de Monségur, e de três dos seus homens, que vinham se reabastecer. Todos estavam muito excitados ao comentar a destruição do depósito de gasolina de Saint-Martin-de-Sescas por 14 elementos do grupo, no dia 5 de maio. O tenente e o dominicano dificilmente conseguiam conter a empolgação. Léa observava-os com inveja; eles, ao menos, agiam.

Depois da partida dos homens, Adrien Delmas aproximou-se da sobrinha.

– Graças ao abade Chaillou, capelão do hospital, consegui visitar Camille. Ela está muito melhor agora. Sua coragem é imensa. Não se queixa, e sua única preocupação é você e o filho.

– Posso vê-la?

– Parece-me difícil, e considero isso um perigo inútil para ambas. Dia e noite há homens da Gestapo montando guarda diante da porta de seu quarto. Um deles, porém, tem certa fraqueza por vinho Sauternes.

– Nesse caso, vamos embebedá-lo!

Essa conclusão fez o dominicano sorrir.

– Veremos. Sua visita não é o mais importante. É preciso tirá-la dali.

– E Aristide, o que ele diz?

– Por enquanto, está muito ocupado em sua fazenda de pântanos, procurando aumentar os efetivos e escapar de Grand-Clément e seus homens, que tentam eliminá-lo, e restabelecer a ordem nos diferentes grupos. Mas, se precisarmos, mandará a equipe necessária.

– Teve notícias de Mathias?

– Não soube mais dele desde que nos informou da transferência de Camille – respondeu Adrien Delmas.

– É a minha vez de ir a Saint-André-du-Bois.

– Não se esqueça de que, se algo correr mal, poderá recorrer a Jules Coiffard, que vive na casa grande à beira da estrada. Com alguns vizinhos, Jules serve muitas vezes de passador e de caixa de correio. Esta tarde estarei em Chapelle-de-Lorette.

Os policiais e os alemães multiplicam suas expedições no setor desde a queda da fortaleza volante americana em Cours-Monségur. A destruição do depósito de Saint-Martin-de-Sescas também não contribuiu para os acalmar. A Gestapo espalhou uma dezena de agentes pela região. Foi graças a um deles, um certo Coubeau, antigo dono de mercearia na rua da Croix-Blanche, que se fez passar por oficial canadense, que os soldados detiveram o capitão Lévy, e o entregaram à Gestapo de Toulouse.

– Torturaram-no antes de ser executado?
– Não sei. Mas é bem possível.
– Quando é que tudo isso acabará?
– Deus...
– Não me fale em Deus, tio! – gritou Léa. – Você acredita tanto nele como eu.
– Cale-se! – gritou o dominicano, apertando-lhe o ombro.

Onde estava agora aquele homem afável, calmo e terno que Léa conhecera desde sempre? O rosto macilento, os olhos febris, os traços torturados, os lábios cerrados, guardando um segredo ardente, essas mãos tão belas agora estragadas, mãos que se contraíam para reprimir o desejo de bater, não podiam pertencer ao mesmo pregador cuja voz fizera vibrar milhares de cristãos pelo mundo todo, cuja fé ardente dominara por muito tempo o morno episcopado de Bordeaux, e cujo afeto paternal tantas vezes ajudara Léa e os seus.

– Você está me machucando, tio!

O dominicano largou a sobrinha, apoiou a cabeça na cobertura da chaminé, os ombros caídos, o rosto subitamente envelhecido. Como parecia só e desesperado! Era isso: ele estava só, desesperadamente só, diante de si mesmo e no meio de homens rudes, cujas ideias geralmente não compartilhava. Depois da morte dos pais, era ao tio que Léa se sentia mais visceralmente ligada. De modo consciente ou não, ela sempre levava em consideração o que ele dizia. Era uma espécie de oráculo, alguém a quem não desejava decepcionar, um ideal humano difícil de atingir. Se a dúvida, o medo ou o ódio se instalassem dentro daquele homem, isso representaria para Léa o naufrágio de um mundo de equilíbrio, de inteligência e de bondade. Não podia suportar tal ideia. Uma dor fazia com que sua testa se cobrisse de suor e acelerava as batidas de seu coração.

Quando ele se virou, após um tempo que lhe pareceu longo demais, a irritação dos dois já se apaziguara um pouco.

– Desculpe-me, minha querida. O cansaço... sem dúvida. Neste momento qualquer coisa me irrita. Você me perdoa?

– Sim, tio – ela respondeu, ainda trêmula, aconchegando-se em seus braços.

Sentiu, porém, que uma barreira invisível acabava de se erguer entre eles.

CHEGOU, POR FIM, uma boa notícia: a vinda de Jean e de Raul Lefèvre, dois de seus admiradores da época de adolescência. Não os via desde a dramática missão dos dois e do Dr. Blanchard no dia do assassinato de Marie na praça de Verdelais.

Abraçados, os três jovens não conseguiam se separar, maravilhados por ainda estarem vivos.

O jantar foi uma festa para todos. Léa, apertada no banco entre os dois amigos reencontrados, os olhos brilhando de prazer, e pelo efeito do vinho branco dos Callède, repousava a cabeça ora num ombro, ora no outro, acariciava suas mãos sob a mesa e roçava-os com movimentos sedutores. Ria, falava a torto e a direito, inebriada por uma felicidade há muito esquecida, esbanjando juventude e beleza.

– Estamos muito felizes por vê-la assim – comentou o anfitrião. – Minha mulher e eu começávamos a nos perguntar se você sabia rir e se divertir.

– Está como era antes – observou Jean, dando-lhe um beijo no pescoço.

– Ainda mais bonita – apoiou Raul, beijando-a por sua vez.

Léon de Landes enviara os dois irmãos para se reunirem aos homens de Dédé, o Basco, visando aos preparativos para uma sabotagem na estação de La Réole. Em Chapelle-de-Lorette, souberam que a amiga estava em Morizès. Fizeram o relato de sua fuga, dizendo o quanto Albert e os outros haviam sido espertos e corajosos. A evocação de Albert criou, por instantes, uma sombra na alegre reunião, mas logo a lembrança da jovialidade do açougueiro de Saint-Macaire, de quem continuavam sem notícias, afungentou a tristeza. A fim de expulsá-la ainda mais rapidamente, Callède surgiu com uma nova garrafa de vinho.

Era muito tarde quando os convivas se separaram. Ficara combinado que Raul e Jean só partiriam na manhã seguinte; passariam a noite enrolados em cobertores diante da lareira.

Muito tempo depois da partida dos outros, eles continuavam a conversar, bebendo e fumando. Instalados na cama, não se resolviam separar-se para dormir.

Estreitamente enquadrada pelos dois rapazes no leito exíguo, Léa deixava-se invadir aos poucos pelo bem-estar daquela presença e pelo calor de seus corpos. Os dedos de Léa despenteavam os cabelos encaracolados dos jovens, enquanto eles afundavam o rosto em seu pescoço, aspirando-lhe o perfume da pele e cobrindo-a de pequenos beijos. Naquele instante, o único desejo de qualquer um deles era apenas o de estarem juntos, aninhando-se como faziam os animais jovens, entregues às brincadeiras próprias da idade. Na alegria do reencontro, esqueceram-se de que eram dois homens e uma mulher, de que eram jovens e de que a clandestinidade não lhes favorecera quase nada as relações amorosas. Sem a mínima premeditação, os beijos dos rapazes tornavam-se mais ternos e as mãos mais ousadas, descobrindo o corpo da amiga, que, em vez de se defender, oferecia-se a eles com aquele seu riso profundo que tanto os perturbara antigamente. Essas quatro mãos masculinas que a percorriam abriam-lhe espaços luminosos, afastando a tristeza e a angústia dos últimos dias. Sem medo... sem guerra... sem mortos. Quando Jean a penetrou, foi nos lábios de Raul que Léa abafou o primeiro grito.

A FRIAGEM DO AMANHECER reanimou os corpos nus. Inclinados sobre a moça, os dois irmãos fitavam-se com horror, os olhos cheios de lágrimas.

– Estou com frio – murmurou ela.

Raul levantou-se e atirou um punhado de lenha nas cinzas ainda quentes. Logo um clarão vivo iluminava a cozinha.

– Perdoe-nos – balbuciou Jean, o rosto escondido nos cabelos da amiga.

Ela não respondeu. Com ar sério, percorria com o dedo a extensa cicatriz que se estendia pelo peito e pelo ventre do rapaz.

– Venha cá – ordenou ela a Raul, que acabara de se vestir. Com ar contrito, ele sentou-se na cama.

– Não temos de lamentar o que aconteceu, muito ao contrário. Nós três sempre nos amamos, crescemos juntos, e vocês dois sempre dividiram tudo...

– Mas não você!

Aquele grito vindo do coração a fez sorrir; a guerra não conseguira modificar Jean. Continuava a ser o rapazinho exclusivista, repartido entre o amor por ela e o afeto fraternal.

– Não ria – censurou Raul. – O que fizemos foi abominável.

O rosto de Léa ficou sério e o tom de sua voz endureceu.

– Não diga uma coisa dessas. Nós não somos abomináveis, mas sim as circunstâncias. Talvez amanhã vocês estejam mortos e eu também. Então, é natural que aproveitemos a vida nos raros momentos em que isso seja possível. Não me sinto envergonhada por ter feito amor com vocês. Não tenho nenhum remorso, nenhum desgosto. O que lamento é não poder fazê-lo mais vezes.

– Fique quieta! Você é imoral.

– E você, você é um idiota. Não há mais moral.

– Se não há mais moral, pode me explicar por que escolheu a resistência em vez da colaboração? Podia estar muito tranquila em Paris, circulando pelos salões de chá juntamente com Françoise...

– Raul – exclamou Jean.

– ...ou vendendo vinho aos alemães, em vez de ficar correndo pelas estradas, levando mensagens ou escondendo armamento, com risco de ser presa e torturada. Vamos... diga! Diga por que está do nosso lado, se não há mais moral!

– Não a aborreça – interveio Jean novamente.

– Deixe-o, Jean, vou tentar lhe responder. Não é uma questão de moral, pelo menos para mim. Você se lembra de que antes da guerra todas aquelas histórias de alemães, de Aliados, da Linha Maginot, da Polônia, me aborreciam, mas eu queria ouvir falar disso? Depois, vocês todos partiram. Isso foi a ruína. Camille e eu percorrendo estradas sob metralhadoras, gente morrendo à nossa volta, o corpo de Josette crivado de balas, sua garganta aberta jorrando sangue, o homem que nos atacou, a morte da senhora Le Ménestrel e dos dois filhos, a de mamãe durante os bombardeios... a de papai... mas tanto horror talvez não tivesse sido suficiente para me fazer compartilhar as ideias de tio Adrien e as suas, sem a presença dos alemães em Montillac, na casa que é minha. Cada vez que eu os via no terraço, nas vinhas ou nas adegas, sentia-me desapossada e humilhada. Não tinham direito de estar ali. Compreendi, então, o que significava perder a guerra, ser um país submetido à Ocupação. E isso eu não pude aceitar. Como vê, não há nada de glorioso.

– Talvez não seja, mas nem todos os franceses reagiram como você.

– Talvez lhes falte um pouco de terra a que se sintam ligados, onde tenham nascido e que lhes pertença.

– Você é como seu pai... apaixonada por Montillac – observou Jean, beijando a amiga. – É você quem tem razão. Vamos guardar dessa noite apenas a lembrança do instante maravilhoso no qual esquecemos a guerra e a moral.

– Então, Raul... Não fique com essa cara! Não fizemos nada de errado.

O jovem olhava com verdadeira tristeza as duas criaturas de quem gostava acima de tudo. Mas seu amor por Léa o tornava agora ciumento em relação a Jean, coisa que, no passado, julgara impossível acontecer. Fazendo um esforço enorme, conseguiu sorrir.

Depois de tomarem uma caneca de leite quente e de comerem um pedaço de pão, os dois irmãos tornaram a partir para Chapelle-de-Lorette.

NO DIA 11 DE MAIO, Jean e Raul Lefèvre reuniram-se aos resistentes de Grand-Pierre. Em Sauveterre-de-Guyenne, houve um confronto entre alemães e resistentes. Jean, ferido, foi levado por seu irmão ao castelo de Madaillan; depois, como o lugar não era seguro, transferiu-o para a casa do padre de Blasimon, Maurice Gréciet, que concordou em escondê-lo. Raul e seus companheiros ocultaram-se durante alguns dias nas matas de Colonne, perto do castelo de Villepreux, antes de regressar ao território do Puy.

NÃO FOI LÉA QUEM descobriu o recado de Mathias anunciando a transferência de Camille para o quartel de Boudet, em Bordeaux, na segunda-feira, dia 15, mas sim um rapazinho enviado por Callède. A partida da prisioneira fora marcada para as 13 horas. Na véspera do dia previsto para a fuga, Léa, disfarçada de enfermeira, fez uma visita a Camille em companhia do padre Chaillou, aproveitando a escassez de pessoal desse domingo de festa de Joana d'Arc. O alemão de guarda – aquele que apreciava o vinho Sauternes – brindava junto com uma enfermeira, mulher de seios avantajados, tal como ele gostava. Ela se incumbira de mantê-lo afastado de seu posto durante uns vinte minutos, enquanto uma religiosa de Saint-Vincent-de-Paul vigiava perto da entrada do hospital, e outra, junto à capela.

Léa esperava encontrar Camille um pouco cansada e mais magra; mas se assustou com o estado da amiga. Ela era só pele e ossos, e os olhos, encovados na face, estavam circundados por largas olheiras. Léa abraçou-a, procurando sorrir; não se conteve, porém, e... desatou a chorar.

— Então... então... estou assim tão feia? — gracejou Camille. — Você está magnífica nesse seu traje de enfermeira. Não chore. Eu estou muito melhor. Não é verdade, senhor vigário?

— Sim, minha senhora — concordou o padre, desviando os olhos.

A custo, Léa conseguiu esboçar um sorriso.

— Apressem-se, não temos muito tempo. Vou verificar se o nosso beberrão continua tranquilo.

As duas amigas ficaram a sós, as mãos enlaçadas, comovidas demais para longos discursos. Camille foi a primeira a quebrar o silêncio:

— O padre tem razão: não temos muito tempo. Como vai Charles? Está muito triste? Teve notícias de Laurent?

— Charles está muito bem e não se sente infeliz. Não recebemos mais notícias de Laurent, mas, enquanto estiver na Inglaterra, não há motivo para preocupações.

— E de François Tavernier?

— Nenhuma — respondeu Léa, sentindo o coração partido.

— Estou certa de que teremos logo. Não é homem que se deixe prender com facilidade. Acredite. E com você, como vão as coisas?

— Só pensa nos outros, Camille — disse ela, rindo sem alegria. — Mas, e você?

— Eu estou muito bem.

— Tentaremos a sua fuga amanhã. Você se sente com forças para isso?

— É claro que sinto. Quero rever meu filho.

— Nesse caso, escute bem o que vou lhe dizer...

Em poucas palavras, Léa lhe transmitiu o plano concebido pelos resistentes. Mas esse plano não seria posto em prática.

De volta a Morizès, Léa informou ao tio e aos cinco homens enviados por Aristide de que teriam de renunciar ao ataque à ambulância; Camille estava fraca demais para tentar fugir quando parassem o veículo. Com o padre Chaillou, ela havia pensado em outra coisa.

6

A chuva tão esperada caía, enfim.

De faróis apagados, o carro esperava na rua Perdue, em frente ao hospital. Na praça Saint-Michel, dentro da caminhonete, Rigoulet e Sifflette espreitavam. Na parte de trás, um jovem resistente, de mãos contraídas sobre a coronha de uma Sten, prendia a respiração. Havia mais dois homens escondidos na rua das Écoles e outro diante do edifício do Prince Noir.

— Atenção! Lá vêm eles!

Um homem e uma mulher corriam pela rua de Saint-Nicolas. O homem, muito alto, carregava alguém nos braços, o que o retardava.

Abriram-se as portas traseiras do carro, ao mesmo tempo que o condutor fazia dois breves sinais de luzes com os faróis. Os da caminhonete lhe responderam. Os motores dos veículos começaram a funcionar.

— Desmaiou!

Mathias colocou Camille no banco do veículo.

– Apressem-se! Não vão demorar para perceber o desaparecimento dela.

– Obrigado, meu filho. O que acaba de fazer redime os seus erros. Venha reunir-se a nós; será bem-vindo – afirmou o dominicano.

– Não estou tão certo disso, meu padre – respondeu Mathias. – Seja como for, para mim é tarde demais.

– O que vai fazer?

– Vigiar. Agora partam. Adeus, Léa.

– Adeus, Mathias... obrigada.

O carro partiu. Não muito longe, a caminhonete o seguia.

Em tempo. Iluminavam-se algumas janelas do hospital, soavam apitos misturados a gritos, enquanto as viaturas rumavam em direção a Bazas. A menos de 2 quilômetros da velha cidade, viraram à esquerda, parando em Saint-Aignan, numa fazenda amiga. Ainda inconsciente, Camille foi transportada para dentro de casa. Depois de se assegurar de que tudo correra bem, Rigoulet partiu sozinho para La Réole, enquanto o carro onde Camille viajara prosseguia pelo caminho de Bazas.

Fora o padre Delmas quem decidira os detalhes do golpe, convencendo seus companheiros de que os alemães jamais suspeitariam que sua prisioneira estaria tão perto deles. Além disso, seria necessário tempo para providenciar o local de refúgio definitivo, assim como a rede de fuga para a Suíça. Ficara combinado, também, que Léa, Sifflette e dois membros da resistência permaneceriam junto à doente.

A FUGA DE CAMILLE, junto com a destruição do depósito de gasolina, do confronto de Sauveterre e das inúmeras sabotagens e tentativas de atentados, colocou em estado de alerta todos os efetivos alemães e policiais da região. Pequenas vilas e aldeias assistiram então aos desembarques dos homens de uniforme verde-acinzentado e azul-marinho, que vasculhavam todas as casas, os celeiros e as igrejas. Saint-Pierre-d'Aurillac, Frontenac, Sauveterre, Rauzan, Blasimon, Mauriac, Pellegrue, Monségur e La Réole receberam sua visita. Numerosos resistentes foram presos entre 17 e 20 de maio: Jean Lafourcade, Albert Rigoulet, Jean Laulan, Georges Loubière, Arnault Benquet, Noël Ducos, Jean Gallissaire, Pierre Espagnet, Gabriel Darcos... 17 pertenciam ao grupo de Buckmaster. Alguns foram torturados, mortos ou deportados. Quatorze deles nunca mais voltaram.

No dia 19, acompanhada por Sifflette, Léa, de lenço amarrado na cabeça, levou Camille a Morizès, escondida numa carroça de feno. Seu estado de saúde era estável.

Bem a tempo. No dia seguinte, a família Rosier, que lhes dera abrigo, regressou a casa, vinda do mercado de La Réole. Quando chegaram a Saint-Aignan, mãe e filha foram preparar o almoço enquanto o pai bebia com o carteiro e Manuel, o empregado. O ronco de um motor soou na estrada. Havia dez dias que os Rosier, avisados por amigos, tinham fugido na noite. Agora, porém, era mais grave. Na parte baixa da propriedade, via-se o teto escuro de um carro. Sem perderem tempo para pegar alguma coisa, o casal e a filha fugiram através dos campos e bosques até Morizès, onde Tore os recebeu. O carteiro também conseguira escapar. Ninguém fora apanhado, mas os alemães descobriram sete tonéis com armas, escondidos no secador de tabaco.

LÉA PERCEBEU QUE a saúde de Camille não melhoraria enquanto estivesse longe do filho. Com a cumplicidade da Sra. Rosier e de Sifflette decidiu, então, buscar Charles. As três mulheres partiram de bicicleta. Léa separou-se das duas mulheres em Saint-André-du-Bois. Sifflette deveria vir ao seu encontro duas horas mais tarde.

Em Montillac havia grande atividade junto das adegas. Fayard e três desconhecidos carregavam caixas de vinho numa caminhonete. Ao ver Léa, ele quase deixou cair a caixa das mãos, tamanho foi o seu espanto.

— Bom dia, Fayard, os negócios parecem ir bem.

Depois de se desembaraçar da caixa, Fayard tirou o chapéu, deixando à mostra o crânio branco e quase calvo.

— Bom dia, senhorita — gaguejou. — Já está de volta?

— Pode ficar tranquilo que não será por muito tempo. Mas os meus amigos logo lhe darão notícias minhas.

Por que ela dissera aquilo? Uma ideia que lhe passara pela cabeça, ao ver o medo estampado em seu rosto. E também a lembrança de uma operação punitiva realizada por um grupo de resistentes do Lot-et-Garonne contra um traficante do mercado negro, suspeito de ter denunciado membros da resistência. Ela experimentou uma alegria maldosa vendo tremer as mãos calejadas desse homem, cujo amor pela terra e o gosto pelo lucro o haviam levado ao tráfico com o ocupante até se transformar num delator. E pensar que ele poderia lhe tomar Montillac!...

Num gesto de raiva, Léa lhe deu as costas, dirigindo-se para a casa.

O tempo estava nublado, prenunciando tempestade, mas a velha moradia conservava ainda certo frescor invernal. Tudo parecia calmo, imutável. Pairava no ar o cheiro da cera, misturado ao perfume do ramo de rosas brancas, as primeiras da estação, das roseiras que cresciam encostadas junto à parede da adega, mais expostas ao sol. Fora Isabelle Delmas quem plantara essas roseiras de flores precoces e perfumadas. Esse ramalhete colocado sobre a mesa do hall de entrada... "Se eu fechar os olhos, verei mamãe transpondo a porta."

— Léa!

Charles correu para ela, de braços abertos.

– Você voltou!... Onde está mamãe? Quero ver minha mãe!
– Já vai vê-la, meu querido. Vim te buscar.
– Buscar esta criança? Não está pensando nisso, está? – exclamou a governanta.
– Ruth, é preciso. Senão Camille não vai sarar!
– Mas é perigoso demais!
– Por favor, Ruth, não tenho muito tempo. Pegue algumas roupas para ele.
– Venha comigo, tenho muitas coisas para lhe contar – disse a governanta. – Charles, vá procurar tia Bernadette.
– Não vou. Quero ficar com Léa.
– Obedeça a Ruth, Charles. Se ficar bonzinho, eu o levo para ver sua mãe.
– Verdade?
– Juro.

O menino desapareceu, chamando por Bernadette Bouchardeau.

Enquanto arrumava as roupas numa bolsa, Ruth contava a Léa o que havia acontecido durante sua ausência.

– Seu tio Luc e seu primo estiveram aqui na semana passada. Queriam avisá-la da visita do notário de Fayard por causa da venda de Montillac.

– Mas o que tio Luc tem a ver com isso?
– Fayard teria conseguido a aprovação de Françoise...
– O quê?!
– Eu disse "teria". É o notário dele quem diz. Laure é menor e seu tio Luc, seu tutor. Você, tendo se juntado aos terroristas, está fora da lei; coube a seu tio a decisão de vender ou não.
– Mas isso é um absurdo!
– Talvez. Mas seu tio e seu primo, como juristas, dizem que é isso mesmo, sobretudo por sua ausência.
– Estou vendo... seria conveniente para todo mundo se eu fosse presa e desaparecesse para sempre.

— Para Fayard, sem dúvida, mas não para seu tio. Você é filha de seu irmão e ele gostaria que vocês conservassem a propriedade. Depois da partida de Pierrot, ele mudou muito.

— Mudou! Muito me admiraria! Pelas últimas notícias, ele continua colaboracionista.

— Não acredito. É a favor de Pétain, simplesmente.

— Seja como for, deixou que a filha se casasse com um alemão.

— É verdade. Mas não deixa de ser um homem honesto.

— São muitos os homens honestos como ele. Quer que eu lhe diga uma coisa? Compreendo mais Fayard que tio Luc. É a terra o que ele quer, e vê na guerra apenas a oportunidade de conseguir os seus objetivos, de enriquecer. Sejam franceses ou alemães, para ele tanto faz. Colabora com aqueles que lhe parecem em melhores condições para lhe permitir apossar-se da propriedade. Ele, um ex-combatente da guerra de 14, nem percebe que trai seu país! Quanto a tio Luc, é mais grave, porque é um intelectual. Sabe o significado das palavras e as consequências dos atos. Sua profissão, seu gosto pela ordem e pelos valores burgueses levam-no a respeitar o poder legal. Para ele, só Pétain é legítimo, e Pétain pediu aos franceses que colaborassem. Além disso, também acho que tio Luc tem absoluta falta de imaginação. Do contrário veria que, cedo ou tarde, a Alemanha irá perder a guerra e que os terroristas de hoje tomarão o poder amanhã.

— Mas é exatamente isso o que ele não quer — retrucou Ruth. — Diz que, se os americanos desembarcarem e De Gaulle triunfar, a França cairá nas mãos dos comunistas e os russos passarão a ser a nova ordem no país. Para ele, apenas a Alemanha conseguirá preservar a Europa do flagelo comunista. Está profundamente convencido disso.

— E o meu querido priminho pensa do mesmo modo que o pai, evidentemente.

— Muito pior que ele! Fala em alistar-se na LVF.

— Muito me admiraria! Philippe nunca foi conhecido pela sua coragem.

— Seu tio pensa que, para evitar a venda de Montillac, você deverá escrever uma carta negando seu consentimento. Não está certo de que isso seja suficiente para impedir a transação, mas servirá, pelo menos, para ganhar tempo.

— Falarei sobre isso com tio Adrien e Camille.

— Mas não demore. Olhe para mim... você não está bem. Parece cansada.

— Faço muitas vezes entre 30 e 40 quilômetros por dia de bicicleta. E nesta região a gente está sempre subindo. Se a guerra durar muito tempo, terei os músculos das pernas iguais aos de Le Guevel ou de Van Vliet e poderei concorrer ao Grande Prêmio de Bordeaux. Além disso, estou preocupada com Camille.

— Pobrezinha! Aí está alguém que não tem sorte! Acha que eles a...? Bem... sabe o que quero dizer?

— Que a torturaram? Não verdadeiramente, no sentido em que bandidos como Denan o compreendem. Sabe que esses patifes da polícia inventaram um nome mais elegante e mais encantador para a palavra tortura? Agora não torturam. Eles "touyagam". "Touyagar" tornou-se a distração favorita deles.

— Touyagar?!

— Sim, uma palavra derivada de Touyaga.

— Touyaga?!

— É o nome de um contador preso pela polícia depois de uma denúncia. Pierre Touyaga foi queimado e espancado com cassetetes. Também lhe arrancaram a pele e as unhas e queimaram seus pés e órgãos genitais. Marcel Fourquey, do 2º Serviço de Polícia de Bordeaux, ficou tão satisfeito que inventou esse novo verbo. Em Bordeaux, atualmente, a polícia não tortura, ela "touyaga".

— Que horror!

— Camille só teve direito a uma "touyagagem" leve: bofetadas, pontapés e murros. Sua fraqueza a salvou; não podiam continuar a "touyagá-la" sem que a matassem. Mas ainda não conseguiu recompor-se. Pensei que a presença de Charles poderia ajudá-la.

— Mas essa presença, com a vida precária que vocês levam, pode ser perigosa.

— Acredito que não. Os resistentes têm as bases bem vigiadas e os alemães, após as capturas destes últimos dias, recolheram-se a seus quartéis. O perigo maior vem de homens como Denan e Fiaux. Sei que Aristide recebeu ordem de os neutralizar e que tio Adrien está aqui para isso. Até lá, porém, Camille e Charles irão se refugiar na Suíça. Você tem água quente? Gostaria de lavar a cabeça. Não consigo me acostumar à água fria.

DEPOIS DO BANHO e de lavar os cabelos, Léa teve a sensação de ser outra mulher. Apesar dos conselhos de higiene dispensados pelos chefes resistentes ou difundidos pela emissora de Londres, os acampamentos e as fazendas que lhe serviam de refúgio não eram propriamente modelos de limpeza. Alguns comandantes locais tinham ido mais longe, procurando implantar nas bases a disciplina militar: continência à bandeira, exercícios físicos, manejo de armas, aspecto pessoal tão impecável quanto possível, respeito pela hierarquia, limpeza do campo e asseio individual. Mas tais regras só se tornavam viáveis em bases de maior importância, tais como as de Limousin, de Vercors ou da Bretanha.

Na Aquitânia, no início de 1944, os grupos ainda não tinham muitos combatentes. As coisas mudaram a partir do mês de maio, e Aristide pôde, então, transmitir para a rua Baker o relatório detalhado dos novos efetivos: quinhentos homens em Bordeaux e em Bordeaux-Saint-Augustin; quarenta e cinco homens em Mérignac, quinze homens na base de submarinos; quarenta homens na rede Lormont; vinte homens no grupo de Pessac; cinco homens no grupo de sabotagem do Bouscat; vinte e cinco homens na rede Bègles; quinhentos homens no grupo de Léon de Landes; cento e quarenta e cinco homens no grupo dos ferroviários; trezentos homens no grupo de Arcachon. Um total de mil e quinhentos e noventa e cinco homens determinados a lutar e conhecedores de sua missão. Este efetivo pouco numeroso seria mais tarde reforçado até atingir os quinze mil homens no Dia D. Mas, enquanto isso não acontecia, o coronel Buckmaster mostrava-se satisfeito.

Léa abandonou com alívio a velha bicicleta emprestada pelos Tore, trocando-a pela própria bicicleta azul. Prendeu ao porta-bagagens uma cadeira de vime, que serviria de assento a Charles. Teria de se apressar. Fayard era bem capaz de avisar a Gestapo de Langon.

Comovidas, Ruth e Bernadette Bouchardeau viram partir a criança, única alegria de suas vidas; o menino ria e se agitava no assento.

– Pare de se mexer! Você vai nos fazer cair.

Léa encontrou Sifflette depois da subida de Bernille.

A FELICIDADE QUE MÃE e filho sentiram ao se reencontrar atenuou um pouco a dor de Adrien Delmas diante da imprudência cometida pelas três mulheres. Sifflette assumiu toda a culpa, argumentando ser a mais velha e, portanto, a única responsável. E o dominicano fingiu aceitar as explicações.

7

Maurice Fiaux e seu bando não engoliram a fuga de Camille do hospital Saint-Jean. O padre Delmas sabia que a polícia e a Gestapo haviam conseguido infiltrar certos elementos em algumas bases de resistentes, tanto nas do OCM, do Libé-Nord ou da FTP, o que não apresentara tanto perigo, pois os jovens resistentes eram tão avoados como confiantes. Bastava um copo de vinho a mais, uma moça bonita diante da qual quisessem bancar os heróis, uma palavra benevolente em relação à resistência e ao general De Gaulle, ou um ar de franca camaradagem, para que numa conversa banal logo soltassem a língua, permitindo que Dohse e Robert Franc fizessem detenções. Falava-se mesmo de um homem de Grand-Clément introduzido no seio dos comandos recrutados por Aristide. Os responsáveis pela resistência viam traidores por toda parte. As ordens de execução partiam de Londres. Até o momento, o ex-chefe do OCM conseguira esquivar-se de todas as armadilhas, mas o agente britânico estava decidido a acabar com ele e com os que estavam a seu serviço. Um de seus ajudantes, André Basilio, fora morto em 22 de maio. Era necessário agir rapidamente, pois Grand-Clément sabia que Aristide estava de volta: em Bordeaux, na véspera da execução de Basilio, o agente inglês dera de cara com André Noël, ex-membro da sua rede que passara para o inimigo subjugado pelas teorias de Dohse – e daquele que continuava a considerar seu chefe – quanto à ameaça do bolchevismo para a França. Foram dadas ordens para abater Grand-Clément e Noël, mas ninguém conseguiu encontrá-los; ambos haviam partido para Paris. Dohse, por sua vez, vasculhou toda a cidade à procura do chefe do SOE, sem obter resultados.

Aristide e o padre Delmas sabiam que o desembarque estava próximo. Desde abril que o oficial inglês recebera ordens para escutar a emissão francesa da BBC, às sete horas da noite dos dias 1º, 2, 15 e 16 de cada mês, dias em que poderiam ser transmitidas mensagens referentes ao desembarque. Tudo teria de estar pronto para o tal evento, os preparativos deveriam ser feitos com calma e em sigilo. Mas não acontecia assim. Desde o começo do ano pequenos grupos mais ou menos bem armados não deixavam de incomodar o ocupante com sabotagens, ataques a sentinelas, fugas de prisioneiros etc., pondo alemães e soldados em estado de alerta permanente, e tornando precária a segurança dos grupos de resistentes da Aquitânia.

Em meio a esse clima de espera e de tensão, chegou ao quartel-general de Aristide, em Blaye-Saint-Luce, uma mensagem de Mathias Fayard, dirigida ao dominicano. Houve um momento de confusão na base dos pântanos da embocadura do Garonne. Como conheceria o rapaz o local que todos julgavam tão seguro? Não foi possível extrair nenhum esclarecimento do "mensageiro", um filho idiota de um pescador da região, preso no forte de Hâ muito antes do regresso de Aristide, por distribuir jornais clandestinos. Para maior segurança, detiveram o idiota.

O texto da mensagem era dos mais alarmantes. Segundo Mathias, Fiaux conhecia a localização exata da maioria das bases da resistência a leste de Bordeaux, o número de homens, o armamento de que dispunham e o nome dos chefes. Mas, por um motivo que só ele mesmo conhecia, Fiaux não dera tais informações nem à Gestapo nem à polícia.

– Mas como esse Mathias sabe de tudo isso? – exclamou Aristide.

– Ouça o que ele escreve – disse o dominicano: – "Como sabe, meu padre, vigio Fiaux com o objetivo de melhor proteger Léa. Escondi-me no celeiro da casa onde ele mora, no Bouscat. O quarto de Fiaux fica exatamente embaixo. O teto é formado por simples tábuas e basta prestar um pouco de atenção para se ouvir tudo. Foi no celeiro que, ontem, surpreendi sua conversa com dois guarda-costas. Algumas de suas palavras me fazem acreditar que tentará vender essas informações ao chefe da Gestapo, pois não confia nos camaradas da polícia, 'que se apropriariam de seu pé-de-meia', como ele diz. Tive vontade de matá-lo, o que não era impossível do lugar onde me encontrava, mas pensei também que, se a tentativa falhasse, ele e os outros não me poupariam e que ninguém poderia avisá-los nem proteger Léa. Não demorem; é necessário impedi-lo de transmitir o que sabe. Eu mesmo me encarregaria de silenciá-lo, mas ele desconfia de mim e não permite aproximações. Esta carta, que estou assinando, é a prova de que não minto e de que não procuro atraí-los para uma cilada. Se quiser me ver, mande avisar meus pais, em Montillac, ou no Chapon-Fin. Pergunte por René, o ajudante de cozinha. Ele sabe onde me achar e irá me transmitir o recado no mesmo dia. Quero deixar bem claro que não faço isso para ajudar a resistência, mas por Léa. Eu os saúdo respeitosamente."

— Que história absurda! — comentou Lancelot. — Não tenho a mínima confiança nesse idiota.

— Qual é a sua opinião, padre? — quis saber Aristide.

— Acho que Mathias fala a verdade.

— Como poderemos ter certeza?

— Ontem, em Castillon-la-Bataille, prendemos um rapaz suspeito de fazer jogo duplo. Quando o interroguei, ele respondeu com ironia que todos nós estávamos fodidos, que a polícia conhecia perfeitamente a localização das bases dos resistentes e que logo passaria ao ataque. Nesse momento, o operador de rádio veio me procurar para decifrar uma mensagem urgente de Londres. Quando voltei, o rapaz estava morto.

— Morto?

— Sim, morto. Nossos rapazes começaram a maltratá-lo e talvez algum deles tenha querido detê-lo, ameaçando-o com sua arma. Não consegui saber. Seja como for, alguém disparou, matando-o de imediato.

– Não me diga que lamenta o que aconteceu?

– A morte de alguém é sempre uma desgraça – replicou Adrien Delmas.

– Sem dúvida. Mas estamos em guerra e na guerra mata-se e morre-se. Por vezes é necessário matar um homem para evitar que morram dezenas ou mesmo centenas deles.

– É o que sempre se diz em relação a todas as guerras, a fim de justificá-las. Na Espanha, assisti ao sacrifício de tantas vidas sob esse pretexto...

– É possível, meu padre, mas não temos escolha. O desembarque dos Aliados está próximo e não podemos correr o risco de ver nossos grupos atacados e destruídos. É preciso eliminar Maurice Fiaux, os seus guarda-costas e Mathias Fayard.

– Por que ele?

– Não compartilho da sua confiança.

– Conheço-o desde pequeno. O amor de Mathias por minha sobrinha o fez cometer erros graves...

– Chama erros graves a sua colaboração com a Gestapo e com a polícia? – interrompeu-o Lancelot.

– Proponho que o assunto seja votado – sugeriu Dédé, o Basco, que permanecera em silêncio até aquele momento.

– Concordo – disse Aristide. – Quem se pronuncia pela execução dos quatro?

Todas as mãos se ergueram, exceto a do dominicano.

– O caso está encerrado – declarou Aristide. – Ponha alguns homens na pista, Lancelot. Localize-os e faça um relatório. É preciso que dentro de 48 horas, no máximo, conheçamos seus hábitos, seus domicílios, os pontos fracos das suas defesas. Entendeu?

– Perfeitamente, chefe. O senhor deve ir ao Jard-de-Bourdillas, em Landes de Bussac, enquanto espera que esses bandidos sejam eliminados.

— Pode ser. Te dou notícias. Mas não acredito que aqui eu corra grandes riscos. Temos homens em Saint-Ciers, em Montendre, em Saint-Savin, em Saint-André-de-Cubzac e em Bourg. O quartel-general está bem protegido. Meu padre, gostaria de lhe falar em particular – disse Aristide.

Sozinho, diante do rosto marcado e do grande corpo emagrecido de Adrien Delmas, o chefe resistente parecia ainda mais jovem e mais baixo.

— Como vai a Sra. D'Argilat? – perguntou ele.

— Muito melhor.

— Fico feliz em saber. Conseguiu organizar sua partida para Lausanne?

— Ainda não. Muitos passadores foram presos e preparar a travessia de uma mulher doente por todo o sul da França não é coisa fácil de se fazer.

— Entrei em contato com Londres a fim de conseguir um avião, mas responderam-me que no momento é muito perigoso. Entretanto, se for verdade o que disse Fayard, ela e sua sobrinha não podem ficar em Morizès. Podemos transferi-las para o grupo de Luze, próximo de Arcachon.

— Preferia levá-las para os setores de Daniel Faux e do tenente Vincent. Léa conhece perfeitamente a região e, em caso de dificuldades, saberá onde se esconder. Além disso, é em La Réole que espero o contato para a ida de Camille para a Suíça.

— Como queira – concordou Aristide. – Mas, então, prefiro que elas fiquem perto de Lorette.

— Ok. Darei instruções para sua transferência amanhã cedo. Estamos em Pentecostes e esperemos que as luzes do Senhor nos iluminem.

— Encontramo-nos aqui na segunda-feira, às 18 horas, para combinar os detalhes da execução de Fiaux e seus acólitos. Padre, posso lhe dizer uma coisa?

— Diga.

— O senhor devia consultar um médico. Parece muito cansado.

— Tratarei disso mais tarde — respondeu Adrien Delmas com um leve sorriso.

No dia seguinte, o padre Delmas celebrou a missa na igreja de Chapelle-de-Lorette, na presença da maior parte dos resistentes. Todas os diferentes grupos estavam ali representados e confundidos, aumentados pelo grupo de Couthure, de Camille e de Léa. Charles fora deixado aos cuidados de mãe Faux, que preparara para todos, ajudada por Sifflette, seu carneiro guisado, já célebre entre os jovens comilões. A Sra. Carnélos, cuja fazenda, situada acima de Lorette, servia de observatório e de depósito de armas, preparava uma fritada de peixes do Garonne. Em volta das construções da fazenda, de paredes espessas, tinham sido escavadas trincheiras, transformadas em postos de tiro. Os rifles FM estavam instalados diante das aberturas atrás do muro que rodeava o poço da casa da família Faux.

Desde o assassinato do capitão Lévy pela Gestapo de Toulouse, muitos jovens haviam se alistado nas fileiras da resistência. O coronel Becq-Guérin, que o sucedera, prosseguia o trabalho em andamento e iniciava no manejo das armas os novos recrutas — os que tinham se negado a cumprir o serviço militar, camponeses, operários e estudantes.

À saída da missa, as narinas de Léa sentiram com prazer o aroma do carneiro guisado, um de seus pratos favoritos.

— Estou com uma fome! — exclamou a jovem, massageando o estômago sem-cerimônia.

— Eu também — disse Camille, que havia recuperado a cor no rosto.

A amiga fitou-a com uma expressão surpresa e comentou, feliz:

— Há anos não a ouço dizer que está com fome!

— Tenho a sensação de que renasci. Me fez bem rezar; restituiu-me a coragem. Sinto que estamos em segurança aqui.

Tal como na clareira de Landes, Léa estremeceu, apesar do sol quente dessa tarde de Pentecostes.

– Olhe quem vem vindo!
– Raul! Jean!

Os dois irmãos beijaram a amiga com certo embaraço. Mas o mal-estar de ambos logo se desfez quando Léa os abraçou, rindo de alegria. Jean não conseguiu reter um grito.

– Oh, desculpe...! Tinha-me esquecido. Eu o machuquei? Dói muito? É grave?...
– Não, mas ainda está dolorido.
– Jean teve muita sorte – comentou Raul. – Por mais um pouco a bala acertava em cheio o coração. Estamos tão contentes em vê-la melhor, Camille! Como vai Charles?
– Ele está aqui comigo.

Sempre conversando, chegaram ao pátio da família Faux, onde haviam sido colocadas mesas e cadeiras. Os resistentes já estavam instalados, esperando com impaciência que os servissem. Ergueram-se para dar lugar às duas jovens, mas Léa preferiu a sombra de uma tília na companhia dos dois irmãos Lefèvre. Camille foi sentar-se junto ao filho, cujo prato já estava cheio.

A refeição foi alegre e muito apreciada pelos convidados. Substituídas, as sentinelas vieram almoçar, por sua vez, comendo aquilo que os camaradas lhes haviam deixado. Para compensá-los das partes exíguas de guisado, a Sra. Faux serviu-lhes doses duplas de um bolo que ela fazia tão bem quanto o seu famoso prato de carneiro. Quando chegou a hora de lavar a louça, Léa desapareceu, indo refugiar-se no celeiro, arrastando Raul consigo.

– Beije-me – pediu.
– Mas... Jean?...
– Fique quieto. Ele está ferido. Vamos, beije-me.

Rolaram no feno, e durante algum tempo pensaram apenas no prazer de seus corpos.

À NOITE, OS RESISTENTES voltaram para suas bases e o padre Delmas partiu para Bordeaux numa motocicleta requisitada a um garagista de Langon.

A noite excepcionalmente cálida desse fim de maio de 1944 parecia feita para o religioso, que dirigia a máquina através das encostas cobertas de vinhedos. Estava uma atmosfera densa de verão, bom tempo para a vinha, mas desastroso para as outras culturas, que sofriam cruelmente com a falta de água. Alguns relâmpagos tinham prenunciado chuva, mas a tempestade se afastara.

Ao atravessar um pequeno bosque no fundo de um vale, Adrien Delmas foi tomado pelo odor forte de menta, de musgo, do frio úmido da vegetação rasteira sob as árvores. Mesmo depois de tantos anos, eram sempre uma surpresa essas trilhas modeladas sem cessar pela ação humana, abertas no fundo dos vales arborizados, trilhas que se furtavam ao sol e ao céu, emaranhadas de moitas hostis, de raízes sub-reptícias, de buracos cheios de água parada, habitadas por uma fauna rastejante. Esses lugares, ainda mais selvagens pelo contraste com o restante da paisagem, provocavam-lhe sempre um ligeiro mal-estar. Mesmo nos dias mais quentes, não desejava repousar sob essas sombras malfazejas. Adrien Delmas não se recordava de alguma vez ter interrompido uma caminhada para descansar ali. Nessa noite, porém, seu espírito e seu coração estavam em harmonia com aquela vizinhança escura e pantanosa.

Desligou o motor da motocicleta e brecou. O calor da máquina tinha algo de amigável, que o fez demorar-se ainda mais sobre ela antes de desmontar e de a encostar numa árvore. Afastou os ramos, as lianas de hera e penetrou nas trevas vegetais. Quando se erguiam da turfa, os pés produziam um ruído esponjoso. Barrou-lhe o caminho um carvalho desenraizado e em decomposição. Deixou-se cair sobre o tronco apodrecido, sem forças para lutar contra o desespero que o invadia. Desde que sua fé em Deus o abandonara bruscamente certa manhã, na Espanha, diante daqueles jovens, quase crianças, que foram fuzilados, nenhuma lágrima havia brotado de seus olhos ardentes. Quantas noites sem sono não passara pedindo socorro a esse Deus em quem já não acreditava e para quem, no entanto, rezava todos os dias, procurando, nas palavras familiares, retomar o contato maravilhoso da fé? Contara a um amigo espanhol, dominicano, tal como ele, e este o abraçara, fitando-o com uma piedade imensa.

– Lamento de todo o meu coração – disse o amigo –, mas não posso fazer nada. Vivo o mesmo drama, um drama tão atroz que até pensei em me matar. O que me deteve foi a ideia do desgosto que causaria a minha mãe.

Haviam-se separado mais abatidos ainda. Desde esse momento, Adrien Delmas nunca mais falou nisso, tentando esquecer sua miséria por meio da ação. Mas não conseguia. Era tamanho o sofrimento que pedia a morte com todas as forças. O momento talvez tivesse chegado a ele.

Sempre lhe parecera insuportável a morte dos outros, mesmo a morte dos traidores e dos assassinos. Apesar disso, no meio daquelas trevas palustres, acabava de tomar uma resolução decisiva: mataria Maurice Fiaux, evitando assim que ele denunciasse os resistentes, seus amigos. Tendo tomado essa terrível decisão, esse homem, esse padre que antes da guerra militara contra a pena de morte, experimentou uma paz perdida havia muito tempo.

Arquitetou um plano: conseguiria o endereço de Fiaux por intermédio de sua mãe. O rapaz não desconfiaria dele. Além disso, ficaria contente demais em prender esse chefe da resistência, que até então escapara das polícias alemã e francesa. Depois de matá-lo, não teria tempo para escapar. Morreria nas mãos de um dos acólitos do jovem policial.

Muito calmo, Adrien Delmas deixou o pequeno bosque.

No dia seguinte, o dominicano ofereceu-se como voluntário para a execução de Maurice Fiaux. Os que sabiam que era padre fitaram-no com perplexidade, depois com horror, e em vão tentaram dissuadi-lo. Reivindicou o crime para si, argumentando ser a única pessoa que poderia aproximar-se da vítima e executá-la com um mínimo de risco. Como isso não bastasse para convencê-los, valeu-se das ordens de Londres e do posto hierárquico que ocupava dentro do exército secreto. Os companheiros se renderam, cheios de tristeza e de constrangimento. Adrien Delmas obteve também o adiamento da execução de Mathias Fayard, que continuava, no entanto, sob vigilância cerrada.

Mas um contratempo retardaria o último encontro: na noite do dia 30, Maurice Fiaux deixava Bordeaux, em direção a Paris. Segundo sua mãe, no entanto, estaria de volta em 6 de junho, o mais tardar. Que iria fazer na capital? Comparecer a um *meeting* de Darnand, como recompensa por seu zelo?...

8

Filemon exige seis garrafas de Sauternes.

Aristide deu um salto da cadeira, quase arrancando o botão do receptor que girava havia vários minutos, procurando sintonizar a BBC, para sua sexta sessão de escuta obrigatória. Eram sete horas da noite do dia 2 de junho de 1944.

Repito: Filemon exige seis garrafas de Sauternes.

Não havia dúvida – tratava-se da mensagem "A", destinada à sua região, anunciando a iminência do desembarque e a ordem de colocar em estado de alerta os grupos da resistência.

À noite, Aristide reuniu seu estado-maior: Lancelot, François e Jacqueline, Dany e Marcel. Às três horas, convocou também os chefes de grupo para uma reunião na rua Guynemer número 29, em Caudéran, no subúrbio de Bordeaux.

No dia seguinte, os homens compareceram ao encontro. Aristide recebeu-os um por um, fornecendo-lhes instruções precisas. A Capdepont, responsável pelos ferroviários, foi dada a ordem de sabotar locomotivas, sinais e linhas, numa distância de 200 quilômetros; Pierre Roland, do grupo do porto de Bordeaux, foi incumbido de destruir as instalações elétricas que comandam as minas colocadas ao longo dos cais pelos alemães. Henri Mesmet comunicou que Léon de Landes dispunha de quinhentos homens prontos para combater, mas que só a metade possuía armas. O oficial do SOE tranquilizou-o; esperava três carregamentos por paraquedas dentro de dois dias. O capitão Duchez, do grupo de Arcachon, não tinha problemas quanto a isso – seus homens estavam bem armados e treinados para o uso de armas pesadas: metralhadoras, morteiros e bazucas. Os quatro enviados dos grupos de Lège, Andernos, Facture e Arès tinham, cada um, entre setenta a cem homens devidamente armados. Após a onda de detenções, havia apenas uns vinte combatentes no grupo de Mérignac, que Pierre Chatanet acabava de colocar à disposição de Aristide. Sua missão seria a de cortar as linhas telefônicas. Os chefes de grupos de La Réole, Bègles, Pessac, Lermont, Bordeaux-Saint-Augustin e de Blaye estavam lá. As patrulhas móveis de Dédé, o Basco, esperavam com impaciência o momento de entrar em ação. A operação consistia em retardar o máximo possível as tropas alemãs estacionadas na região do Sudoeste em sua marcha para o local do desembarque, assim que fosse conhecido.

AO DEIXAREM CAUDÉRAN, havia grande esperança no coração de todos. Grande esperança e também grande impaciência. Após quatro anos de ocupação, os poucos dias de espera iriam parecer bem longos a esses punhados de homens que se recusavam a aceitar a derrota.

LÉA HAVIA TERMINADO sua breve toalete e, com um gesto amplo, atirou para o pátio a água suja da bacia.
– Ei! Cuidado!
Ela ficou paralisada.
– O que aconteceu para ficar aí transformada em estátua de sal?
Uma gargalhada arrancou-a de seu torpor. A bacia caiu, fazendo soltar alguns estilhaços de esmalte azul.
– François!
Esse grito surdo e selvagem atingiu Tavernier em pleno ventre. Apanhou o corpo da jovem em voo, com um rugido nada civilizado.
Ela estava ali... bem viva... cálida... cheirando a sabão de má qualidade e a esse característico perfume de cerejeira que era exclusivamente seu! François Tavernier farejava-a produzindo ruídos animalescos, mordiscava-a, fungava no meio dos seus cabelos, abocanhava-lhe a língua e os lábios... Sem nenhum pudor, a jovem esfregava-se nele, soltando gemidos que lhe aguçavam o desejo... Prestes a atingir o orgasmo, Tavernier afastou-a, devorando-a com olhar faminto. Ah, aquela sem-vergonha, que saudade tivera dela! A lembrança do seu corpo o deixara acordado durante noites a fio, incomodado por ereções dolorosas que nem sua mão nem as acolhedoras auxiliares militares do Exército britânico tinham conseguido aplacar. De início, divertira-o o fato de sentir tanta energia viril por aquela jovem insuportável e ausente, mas, com o decorrer dos meses, aquilo o deixara num furor do qual se aproveitavam as jovens britânicas e as prostitutas londrinas. No contato com Léa, toda a civilidade o abandonara. Assaltavam-no ímpetos de violador. Nada de carícias, de preliminares. Tomá-la ali mesmo, nesse

pátio de fazenda, sob os olhares zombeteiros e desejosos dos resistentes, que fingiam se interessar pelo manejo de suas Sten, revendo mentalmente como funcionavam para não se deixar perturbar.

Para encher o carregador, colocar a arma por cima dele de modo que a lingueta (f) entre na fenda (g). Colocar os quatro dedos da mão esquerda sobre a alavanca (a), de forma que o anelar fique em cima da abertura (b) da alavanca e o indicador sobre o furo (c). Baixar o talão (d) sobre o qual assenta o dedo mínimo e inserir com a mão direita uma cápsula vazia na abertura (e). Erguer a alavanca com o anelar e empurrar para introduzir o novo cartucho. Repetir a operação até carregar 28 cartuchos.

Um deles deixou cair os cartuchos. Corando, apanhou-os do chão e afastou-se, seguido pela maioria dos camaradas.

Na soleira da porta da casa, Sifflette, com as mãos na cintura, observava o casal com um sorriso de aprovação. Não havia dúvida – aqueles dois tinham sido feitos um para o outro! De fato, seria necessário alguém como aquele homem robusto, com o seu ar de conquistador, para domar essa moça bonita e insolente que fitava os homens com expressão ao mesmo tempo ingênua e gulosa. Tomara que ela partisse para a Suíça com a meiga Sra. D'Argilat o mais depressa possível, senão os rapazes acabariam se matando por ela!

– Ei, namorados, aqui não é lugar para beijocas! Aqui não faltam lugares mais tranquilos! Ei... Ei... Não me ouvem?

– Desculpe, minha senhora – disse François Tavernier, voltando a si

– Não se desculpe. Se eu fosse um belo macho diante de semelhante fêmea, faria a mesma coisa... apesar de que não ficaria plantado num pátio, mas iria rápido rolar no secador de tabaco lá do fundo, onde há feno ceifado de ontem.

— Muito obrigado pela sua preciosa informação, minha senhora — agradeceu Tavernier. Depois, virando-se para Léa, perguntou: — Sabe onde fica esse tal secador de tabaco?
— Venha.
Da soleira da porta, Sifflette os viu se afastarem correndo pelo caminho pedregoso.

Os 500 metros que separavam a casa do secador lhe pareceram intermináveis. Com a precipitação, tropeçavam nos buracos, torcendo os pés, praguejando e rindo. François abraçava Léa pela cintura. No outro braço levava o fuzil e a sacola. A porta estava fechada com um cadeado enferrujado. Tavernier o fez saltar, servindo-se do cano da arma como alavanca.

O cheiro inebriante de tabaco seco e da erva cortada há pouco tempo acabaram por exaltar ainda mais seus sentidos. François jogou a sacola e a arma, arrancou o casaco e arrastou Léa para o meio do feno. Caíram juntos, lutando em busca do corpo um do outro, impacientes por se entregar. Depois uniram-se sem doçura, com uma violência exasperante que os fazia gritar. O prazer os submergiu, arrastando-os como uma onda impetuosa que os atirava para o largo antes de arremessá-los de volta, desconjuntados e insatisfeitos, à cama rústica.

— Tire a roupa.

Sem perder de vista um único gesto, Tavernier desembaraçou-se da própria roupa. Nu, o sexo ereto, foi escorar a porta com a espingarda. Agora não desejava ser incomodado; queria dispor de tempo para usufruir daquele corpo fácil.

Quando, por fim, apaziguou essa grande fome que sentia, a tarde já estava terminando. Não haviam trocado nenhuma palavra além das palavras de amor, tão banais de tanto que foram repetidas. Soaram algumas batidas na porta. Rapidamente, Tavernier apoderou-se do fuzil.

– Quem é? – perguntou.
– Sou eu, meu comandante... Finot. Disseram-me que estava aqui.

Tavernier colocou a arma de lado e começou a se vestir.

– O que você quer?
– Temos de partir, comandante, se não quiser perder o avião.
– Que horas são?
– Quatro horas, meu comandante.
– Santo Deus! – exclamou Tavernier. – Não podia ter vindo me avisar mais cedo?
– Ninguém soube me dizer onde o senhor estava!

Léa, ainda nua e deitada, olhava-o, apoiada em seus cotovelos.

– Vai embora?
– Aproveitei uma missão nesta região para procurá-la. Em Montillac ninguém quis ou soube me dizer onde você estava. Felizmente, lembrei-me da Sra. Lafourcade e de seus filhos. Maxime prontificou-se a telefonar e... a encontrei.
– Mas vai partir de novo...
– Sim, mas voltarei.
– Meu comandante!...
– Já vou.
– François...
– Quieta, pequenina! Nada de gritos, nem de lágrimas. Tudo vai sair bem. A guerra terminará logo.
– Mas... Nem tivemos tempo para conversar!
– Eu sei, minha querida, eu sei. Nós nos falaremos mais tarde.

Ergueu a jovem e a manteve apertada contra si, tão frágil em sua nudez.

– Beije-me – pediu Léa.
– Meu comandante!

Quando François se separou de Léa, sentia na boca um gosto de sal, mas não sabia dizer se era das lágrimas dela ou dele mesmo.

Empurrando o motorista, Tavernier foi até o pátio, onde o aguardava o velho Mercedes preto, no qual se atirou. Quando o veículo se pôs a andar, François virou-se para trás. Na soleira da porta uma jovem que lhe parecia Camille d'Argilat, dando a mão a um garotinho, lhe acenava com grandes gestos.

Lançado de paraquedas na véspera para cumprir uma missão relacionada ao próximo desembarque, François Tavernier embarcou durante a noite num Blenheim da força aérea britânica, rumo a Londres.

À noite, quando Léa deixou o secador de tabaco, com os olhos vermelhos e rodeados de olheiras, Camille, que viera ao seu encontro, beijou-a com ternura e disse simplesmente:

— Você tem sorte.

Entraram em casa de mãos dadas.

No final das contas, Léa se adaptara àquela vida clandestina e sem conforto, embora, de tempos em tempos, continuasse a se queixar da rusticidade dos locais de refúgio e da promiscuidade. Camille, no entanto, nunca protestava, mas a verdade é que começava a sofrer com essa vida rude. E, acima de tudo, temia que a base fosse atacada. Sua saúde havia melhorado, mas sua fraqueza era tão grande que mal conseguia andar. Sua fé em Deus e o pensamento em seu marido e no filho mantinham-na de pé, porém.

Foi na noite de 5 para 6 de junho que se transmitiu a mensagem "B", tão ansiosamente aguardada por Aristide e seus homens, uma das trezentas irradiadas durante essa mesma noite pela seção francesa do SOE aos seus oficiais: "Uma rosa na orelha" anunciava o desembarque aliado na Normandia e a mobilização de toda a resistência francesa.

As operações previstas se desencadearam, então, imediatamente. Desde o amanhecer, as armas pacientemente armazenadas nos celeiros, nos secadores de tabaco, nas adegas e nas grutas foram rapidamente distribuídas. Destruíram-se os cabos subterrâneos que ligavam o QG do general Von der Chevallerie, comandante do 1º Exército estacionado em Bordeaux, à base de Mérignac e aos aquartelamentos, e, mais tarde, aqueles que ligavam a Luftwaffe às baterias de Chut foram destruídos. No depósito da estação de Pessac, Pierre Chatanet e os seus homens explodiram nove locomotivas, retardando por vários dias a partida de três mil soldados alemães para a frente da Normandia. Cortaram também a Linha Lacanau-Saint-Louis. Por sua vez, os elementos do grupo de Georges dinamitaram a via férrea entre Le Puy e Lonzac, a ponte ferroviária entre Montendre e Chartressac, cortaram os cabos telefônicos do exército alemão em Souge e destruíram oito torres de 150 mil volts, próximas de Ychoux, e três de 120 mil volts em Boir. Ao mesmo tempo, os ferroviários de Fernand Schmaltz, irritados com a "concorrência" do grupo de Georges, remataram e enviaram a Aristide o balanço de 48 horas de operações: "Destruição da ponte ferroviária próxima de Fléac. Transporte alemão de tropas descarrilhado após uma colisão com comboio de vagões-cisternas cheios de petróleo, nas vizinhanças de Bordeaux. Esta ação provocou um gigantesco incêndio na linha e causou sérias perdas aos alemães, em particular a morte de um capitão e de um sargento. Uma grua de 33 toneladas dinamitada caiu sobre uma locomotiva a vapor, interrompendo a circulação ferroviária; a grua e a locomotiva ficaram fora de uso. Via férrea cortada em Soulac..." O grupo de Arcachon, dirigido pelo comandante de Luze e pelo capitão Duchez, agiu em duas torres de alta-tensão, privando de eletricidade a parte sul da rede ferroviária. Os cabos telefônicos e telegráficos da estação balneária foram também destruídos, isolando-a do resto do mundo; Dédé, o

Basco, e Léon de Landes importunavam sem cessar os comboios alemães que, por estradas secundárias, tentavam atingir as praias normandas.

Na noite do dia 6, na fazenda Carnélos, embora as interferências a tornassem por vezes inaudível, as pessoas puderam ouvir a voz que durante quatro anos tinha sustentado a honra da França:

> Começou a batalha decisiva!
> Depois de tantos combates, de tanto furor, de tantas dores, eis que chega o confronto decisivo, o choque tão aguardado! É a batalha da França!
> ...Para os filhos da França, onde quer que se encontrem, quem quer que sejam, o dever simples e sagrado é o de lutarem com todos os meios de que disponham. É necessário destruir o inimigo que esmaga e macula a Pátria, o inimigo detestado, o inimigo desonrado!
> Mas esse inimigo fará de tudo para escapar de seu destino. Vai se obstinar em permanecer no nosso solo durante todo o tempo que puder. Porém, não passa de uma fera que recua...
> ...Para uma nação que se bate de pés e mãos atados contra o opressor armado até os dentes, a boa ordem na batalha exige diversas condições...

As três condições não puderam ser ouvidas; só o final do discurso do general De Gaulle chegou até eles:

> Começou a batalha da França. Agora, na Nação, no império, nos exércitos, só existe uma única e mesma vontade, uma única e mesma esperança. Por detrás da nuvem pesada de nosso sangue e de nossas lágrimas, eis que reaparece o sol de nossa grandeza!

Quando tocou a *Marselhesa*, muito naturalmente eles se puseram de pé. Alguns choravam, sem procurar esconder as lágrimas. Mais tarde, após as recomendações de um membro do Estado-maior do comando supremo das Forças Expedicionárias interligadas às populações situadas na zona do desembarque, Jacques Duchesne tomou a palavra no programa intitulado "Os franceses falam aos franceses":

> Não é por acaso, meus amigos, que esta noite não irão ouvir as palavras habituais: "Hoje, ducentésimo septuagésimo sétimo dia da invasão etc. etc." Não é por esquecimento que não diremos "milésimo quadringentésimo quadragésimo quarto dia da luta do povo francês pela libertação". Foram necessários 1.444 dias para que essa libertação começasse, mas estas duas expressões nunca mais as ouvirão.

Todos aplaudiram o "nunca mais". Um pouco mais de paciência e nunca mais teriam medo, nunca mais teriam de se esconder. Uns dias, umas semanas mais, e poderiam voltar para casa, retomar o caminho dos vinhedos, das fábricas, dos escritórios ou, simplesmente, o caminho de casa. Dentro de um ou dois meses, os prisioneiros estariam de volta, talvez ainda a tempo de participar das vindimas. Nessa noite, teceram-se belos sonhos na fazenda de Antoine Carnélos.

Nada deixava prever um ataque alemão.

A ATMOSFERA ESTAVA pesada e o céu encoberto nesse início de tarde do dia 9 de junho. Léa e Charles, rindo, desciam do bosque de Candale, famintos após o longo passeio em busca de morangos silvestres. Tinham descoberto uma dezena de frutos ainda mal amadurecidos, que dividiram entre si igualmente. O menino adorava a jovem. Léa tratava-o como a um irmão adolescente e brincava com ele com a mesma seriedade das crianças. Haviam combinado fazer um piquenique, mas a merenda preparada pela mãe Faux fora devorada há muito tempo. Por isso, regressavam a casa mais cedo que o previsto, na esperança de encontrar o que sobrara do almoço.

Já sentiam o cheiro do carneiro guisado cotidiano. Apesar de gulosa, Léa já começava a enjoar dele. De repente, imobilizou-os o som de uma rajada de metralhadora.

– Estão se divertindo – observou a criança com o ar importante de quem sabe.

– Não me parece. Espere aqui. Não se mexa. Vou ver o que está acontecendo.

– Não! Quero ir com você.

Nesse exato instante, soou nova rajada, logo seguida de uma outra.

– O som vem da fazenda!... Prometa que não sairá daqui, vou procurar sua mãe.

CORRENDO, LÉA SUBIU a encosta e imobilizou-se atrás da grande cerejeira que pendia sobre as construções da fazenda Carnélos... A uma centena de metros, capacetes verde-acinzentados dos militares alemães emergiam no campo de trigo. Estavam acompanhados por policiais, reconhecíveis pelos uniformes azul-marinho e pelos capacetes pretos. Um deles ergueu-se com um grito e depois caiu, esmagando sob seu peso as espigas ainda tenras. Um tiroteio intenso partia da fazenda. Do andar superior, as FM de Daniel Faux e de seus camaradas varriam o campo. Alguns inimigos tombavam, mas logo surgiam outros. De uma das janelas do térreo, Camille, armada de um fuzil, também atirava. "Charles, Charles! Onde você está? Não se arrisque, fique com Léa..." Um grupo de resistentes passou correndo diante da cerejeira. Léa os seguiu. Camuflados na orla do bosque, lançaram algumas Grammont em direção do inimigo.

– Léa! Léa!
– Merda... meu pequeno!

De fato, assustado com o barulho e os gritos, Charles dispara por entre as árvores. Léa corre atrás dele. O medo dá asas às suas perninhas. O tiroteio continua intenso.

– Charles! Charles!

Mas a criança não ouve, pulando como um duende.

– Pare! Pare, por favor! – grita Léa, correndo atrás dele.

Charles ultrapassa o canto do muro, desaparece dos seus olhos... "Meu Deus, proteja-o!"

– Mamãe! Mamãe!

– Charles!

Camille solta um grito animal... Joga longe o fuzil, lançando-se em direção ao filho. Sifflette tenta detê-la, mas Camille se debate, grita. De repente, faz-se um grande silêncio. A criança está de pé, no meio do pátio. Léa já passou pelo canto da casa. Alguém a obriga a se atirar ao chão. Camille surge na soleira da porta, corre de braços abertos para o menino, que se lança para a mãe. Como são belos! Mas não chegam a se encontrar... É como um balé em câmera lenta... Charles gira sobre si mesmo. Uma flor vermelha se abre em sua camisa branca. Seus braços rasgam o espaço num movimento lento, estrebucha. Salta de seu pé uma das sandálias de lona de um branco-esverdeado. De sua boca aberta não sai nenhum som. Mas Camille vê bem que o filho a chama.

– Não tenha medo, estou aqui. Mamãe está aqui... meu pequeno. Cuidado... você vai cair! Oh, meu querido, você se machucou? Está sangrando... mas isso não é nada! Ah, não estou vendo você! Alguma coisa quente escorre pela minha testa... pelos lábios... é salgada. Onde você está? Ah, está aí! Mas o que está fazendo deitado no chão? É verdade... você caiu! Está doendo?... Mamãe vai cuidar de você... Como é corajoso, meu filho! Não chore. Espere... eu o levanto. Como está pesado! Ainda não estou muito forte, está vendo? Vou chamar Léa. Ela virá ajudar.

A distância, Léa vê o seu nome se formar nos lábios daquele rosto ensanguentado. Debate-se para atender ao apelo mudo, mas Jean Lefèvre pesa com todo o seu corpo sobre ela.

– Deixe-me! Camille precisa de mim.
– Não podemos fazer nada.

As balas crepitam à volta da mãe e do filho. O corpo da jovem tomba sobre o da criança. Léa consegue escapar de Jean e chega junto de ambos ao mesmo tempo que Sifflette, que arrasta Camille para dentro de casa... Depois Sifflette cai... Léa ergue Charles e foge com ele para os bosques. Não ousa olhar para o menino. O sangue cola em seus dedos. Corre... Corre...

CORREU ATÉ DEYMIER. Ali, uma mulher cujo filho fora morto em 1940 acolheu-a. Léa tinha os braços e as pernas arranhados, a roupa rasgada. Devagar, a mulher tirou-lhe a criança dos braços.
– O menino está vivo!

A ORDEM DE RETIRADA chegou a Lorette às seis da tarde. Os alemães haviam utilizado artilharia pesada. Depois de minada a base, o grupo resistente se dispersou pelas matas, levando consigo os feridos. Na fazenda abandonada ficaram os corpos de Camille e de Sifflette, diante dos quais os homens se inclinaram e descobriram a cabeça antes de partir. Alguns instantes depois, o inimigo invadiu a casa. O telhado preparado com cargas de plástico ruiu sobre os assaltantes.

O inimigo sofreu grandes baixas no efetivo: 48 alemães e 28 policiais foram mortos. Os resistentes se reagruparam em Lamothe-Landerron. Foram evacuados uns 15 feridos. Mas nem todos tiveram essa sorte.

Apesar da coragem de René Faux, ferido no calcanhar ao escondê-lo, Robert Liarcou foi descoberto pelo inimigo, com o joelho esmagado. Arrastaram-no pelo cascalho. Um enfermeiro envolveu-lhe o joelho ferido com palha, mantida entre duas tábuas. Atiraram-no desmaiado num caminhão, onde se amontoavam cadeiras, víveres e bicicletas. Foi levado para a sede da Gestapo no colégio da La Réole. Encontrou um companheiro de infortúnio, Paul Gérard, nadando no próprio sangue, com os quatro membros desfeitos. Gérard fora achado na casa dos Faux e os alemães enfureceram-se contra ele. Morreu durante a noite, diversas vezes apunhalado por um policial. O corpo, transportado num saco, foi lançado numa vala comum aberta junto à margem do Garonne.

Vieram buscá-lo ao amanhecer e Robert Liarcou supôs que ia ser fuzilado. Depois de uma passagem pela Gestapo de Langon, conduziram-no ao forte de Hâ, onde ficou sem cuidados médicos, socorrido por dois resistentes feridos como ele: Laforesterie, de Puisseguin, e Marcel Guinot, de Bergerac. Alguns dias depois, os carcereiros arrastaram-no para a enfermaria, onde o Dr. Poinot fora autorizado a observá-lo. Diante da gravidade do ferimento, o médico tentou persuadir o comandante do forte a hospitalizar o jovem, mas ele só consentiu depois de cinco ou seis hemorragias. Amputaram-lhe a perna no hospital de Béquet, em 14 de julho, depois de ficar 33 dias sem assistência médica. Em agosto, reconduziram-no ao forte de Hâ.

Liarcou, ao menos, saiu-se bem. O mesmo não sucedeu a três outros camaradas, também presos em La Réole, que foram deportados e nunca mais voltaram: Bolzan, Labory e Zuanet.

CHARLES HAVIA PERDIDO muito sangue, mas apesar da aparência frágil possuía um físico forte. Ferido no ombro, restabeleceu-se rapidamente.

9

Foi maior a surpresa que a desconfiança de Maurice Fiaux quando viu o padre Delmas na soleira de sua porta. Deu uma olhada para a rua e depois ordenou aos guarda-costas que os deixassem a sós.

– Não corro perigo na companhia de um religioso, não é verdade, padre? – disse Fiaux, sorrindo com uma expressão debochada. – O que quer de mim?

– A guerra está perdida para a Alemanha e pessoas como você serão fuziladas. Mas, enquanto isso não acontece, ainda precisamos de vocês. Venho aqui enviado pelo pessoal de Londres para lhe fazer uma proposta. Se concordar, poderá salvar sua pele.

Fiaux olhava o dominicano com um ar desconfiado.

– Quem prova que não é uma cilada?

Adrien Delmas o olhou com desprezo.

– Tem a minha palavra. A minha preocupação é a de poupar vidas humanas. Vamos dar uma volta. Não posso me arriscar a que os seus capangas escutem o que tenho para lhe dizer.

Maurice Fiaux hesitou por um momento. Depois, bruscamente, se decidiu.

– Como quiser, padre. Nesse caso, porém, sou obrigado a ordenar que nos sigam.

– No seu lugar, eu não o faria.

– Há possibilidade de ganhar dinheiro?

– Talvez – respondeu Adrien Delmas, disfarçando a custo a repugnância.

– Muito bem. Então, vamos. Seja como for, já sou grande o suficiente para me defender sozinho – disse, exibindo uma impressionante Parabellum.

Ao descerem as escadas, cruzaram com dois jovens que fumavam no patamar da mesma.

– Se dentro de uma hora eu não estiver de volta, avisem o comissário Poinsot. Digam-lhe que tive um encontro com uma personalidade importante da resistência que faltou à entrevista na base de Mérignac. Poinsot saberá a quem me refiro.

– Não quer que o acompanhemos?

– Não vale a pena.

O ar estava pesado nesse fim de tarde de 9 de junho. Havia certa animação na rua da Porte-Dijeaux, pois era a hora da saída dos empregados. Crianças de tez pálida enlameavam-se na água suja das valetas.

– Aonde vamos? – perguntou Fiaux.

– Ao cais – esclareceu Adrien Delmas. – É mais sossegado.

Fiaux hesitou.

– Dei a minha palavra de honra – disse o dominicano com amargura.

– Deve ser muito importante o que tem a me dizer, para se arriscar a ser reconhecido e preso. Voltou a ver a sua encantadora sobrinha? Informaram-me de que estava brincando de guerra lá pelos lados de La Réole. Espere... não me lembro bem de onde é. Ah, agora me lembro! Em Lorette. É aí, não é verdade? Nunca me passou pela cabeça que uma moça de boa família pudesse se dar com comunistas. Segundo parece, a Sra. D'Argilat também se tornou comunista. Disseram-me que seu filho costuma cantar a Internacional. Nisso não acreditei, porém. O filho de um herói de Londres! É verdade que o senhor não lhes deu bons exemplos. Quando frequentava a casa do patrão de minha mãe, o senhor já alimentava ideias bolchevistas. Muito estranho num padre católico! Felizmente, nem todos os padres são assim!

– Há mais do que você supõe – garantiu Adrien Delmas.

– Nós os conhecemos. Lembra-se do padre Jabrun, o jesuíta? Era seu amigo?

— Sim.
— Parece que morreu ano passado no campo de concentração de Buchenwald.

MORRERA ENTÃO LOUIS de Jabrun! Antes da guerra, travavam frequentes discussões durante horas a fio, a propósito dos *Tratados* de Eckhart, das *Confissões* de Jakob Boehme ou das *Confissões* de Santo Agostinho. Mais uma pitada do sal da terra que desaparecia!

— Quanto ao padre Dieuzaide e ao abade Lasserre, no lugar deles eu rezaria as minhas últimas orações — comentou Maurice Fiaux.

"Talvez devesse rezar as suas também", pensou o dominicano com humor macabro.

Caminharam em silêncio ao longo do cais de Richelieu, na estrada de Alsace-et-Lorraine. Em seguida, o padre Delmas virou em direção à rua da Porte-des-Portanets.

Depois de darem alguns passos, Fiaux parou, subitamente inquieto. Sua mão fechou-se na pistola.

— Largue isso! Embora dispare bem, não passa de uma modesta arma francesa.

— O senhor está louco! Que quer de mim?

— Entre aí.

Com violência, Adrien Delmas empurrou o outro para a sórdida entrada de um edifício do século XVIII, outrora magnífico. Uma escada de pedra de uma imundície repugnante conduzia aos andares superiores.

— Aonde vamos?

— Ao segundo andar, à porta dos fundos. Não volte a pôr a mão no bolso — avisou o dominicano.

Nunca nenhuma escadaria parecera tão íngreme a Fiaux. Subia-a, contrariado, imaginando, sem acreditar verdadeiramente nisso, que receberia uma bala nas costas a qualquer momento. Adrien Delmas erguia as pernas num esforço penoso que o banhava em suor.

— Entre — ordenou. — Não está trancada.

Depois da imundície exterior, a grande sala parecia excessivamente limpa. Um leito de campanha, uma mesa, uma caixa militar de provisões e duas cadeiras compunham todo o mobiliário.

— Sente-se — disse o dominicano a Fiaux, tirando-lhe a arma.

— Não.

— Sente-se — insistiu o religioso, instalando-se numa das cadeiras.

Pálido, mas de olhar firme, Fiaux obedeceu.

— Que quer de mim? — perguntou.

— Quero matá-lo.

Ele fitou o padre de boca aberta, com expressão abobalhada. Escorria-lhe pelo queixo um fio de saliva. Suas mãos contraíram-se no assento e suas pernas amoleceram. Começou a tremer.

— Não tem o direito de fazer isso.

— E você? Tem o direito de matar, de torturar e de denunciar, como tem feito até hoje?

— Obedecia a ordens.

— Eu também obedeço.

— Não! Não é verdade! Quer apenas proteger a sua família...

— Cale-se! — cortou Adrien Delmas. — Se tem fé, encomende sua alma a Deus.

Fiaux deslizou da cadeira e caiu de joelhos aos pés do padre.

— Mas o senhor não pode me matar! O senhor, não!

— Eu, sim. Se isto for pecado, então eu o assumo.

— Suplico-lhe... Me conhece desde pequeno. Pense em minha mãe. Que irá dizer a minha mãe?

Era verdade, Fiaux tinha mãe. Rápido... acabe com isso depressa...

Diante dele, Fiaux era apenas uma amálgama de medo da qual se desprendia um cheiro infecto. "Pobre rapaz!", pensou, apoiando o dedo no gatilho. A bala penetrou na têmpora esquerda e o matou instantaneamente.

Sem emoção aparente, Adrien Delmas contemplou por instantes sua obra. Em seguida, virou o cadáver e revistou-lhe os bolsos. Na carteira de pele de crocodilo e de curvas rematadas em ouro encontrou a lista dos grupos resistentes de Gironde e, em quase todos os casos, os nomes dos chefes e o número de homens. O grupo de Lorette aparecia circulado em vermelho com o número 9; os de Libourne, de Targon, de Villandraut e de Podensac, marcados com um ponto vermelho. Se os alemães se apossassem dessa lista, adeus à resistência da região Sudoeste! Aristide precisava ser avisado o mais rápido possível.

Antes de sair, num gesto automático, Adrien Delmas fez o sinal da cruz sobre o cadáver.

Tarde da noite, o padre Delmas conseguiu encontrar o quartel-general do inglês, que mudava de local todos os dias desde o desembarque. Informaram-no do ataque em Lorette e da morte de Camille e Sifflette. Nada se sabia de Léa nem de Charles, exceto que ele fora atingido ao mesmo tempo que sua mãe. O pequeno e a sobrinha haviam desaparecido no momento do assalto final dos alemães.

Tais notícias, embora comunicadas com delicadeza por Léon de Landes, representaram tal choque para o dominicano que ele desmaiou. Os companheiros correram então para ampará-lo, e ele conseguiu reagir. Por que não matara mais cedo aquele demônio? Por que motivo hesitara em abatê-lo durante dois dias? Por causa dele, por causa de seus escrúpulos imbecis, tinham morrido duas mulheres e uma criança e havia homens feridos e presos. Quem saberia se no dia seguinte, ou naquela noite mesmo, talvez outras pessoas tivessem o mesmo destino por causa de sua indecisão em tirar a vida de um canalha?

Acabrunhado, Adrien Delmas fez o relatório das circunstâncias da execução de Maurice Fiaux. Um silêncio penoso seguiu-se às suas palavras secas e precisas.

– Vou a La Réole procurar saber o que terá acontecido a Léa e a Charles. Têm alguma mensagem para lá?

Todos sabiam que seria inútil tentar retê-lo. Dédé, o Basco, e um jovem resistente acompanharam-no até a saída da aldeia, onde o sentinela lhe conseguiu uma bicicleta.

– Descanse um pouco, padre. Deixe para partir mais tarde – aconselhou Dédé, o Basco.

– Não. Tenho de ir agora. Adeus, meus amigos!

Preocupado, Dédé, o Basco, viu-o desaparecer na noite.

O DIA NASCERA há horas quando Adrien Delmas avistou os telhados de La Réole. Segurando a bicicleta, desceu a pé as ruas inclinadas da cidadezinha. Na praça Jean-Jaurès, entrou no hotel Terminus. O colégio, sede da Gestapo, situava-se um pouco mais no alto, dominando o Garonne. O atravessador dos fugitivos para a Suíça ficara de deixar uma mensagem nesse hotel.

Adrien Delmas caiu pesadamente na cadeira, em frente de uma das mesas do restaurante. Sem que ele pedisse, uma criada lhe trouxe pão e uma porção de patê.

– Quer um copo de vinho? – perguntou a moça.

– Sim, por favor!

Pouco depois, ela voltava com um copo e uma garrafa aberta. Enquanto ela servia a bebida, o dominicano perguntou:

– Voltou a ver Helena?

Com expressão de alívio, ela lhe deu uma rápida olhada e respondeu:

– Sim. Deve estar chegando.

Tais palavras significavam que tudo estava pronto para a partida de Camille e seu filho.

– Não se sente bem? – perguntou a moça. – Está tão pálido.
– Não... não... estou bem. Apenas um pouco cansado. Quando ela chega?
– Ainda não sei bem. Logo, eu creio.
A sala estava deserta àquela hora. Pela porta da cozinha, entreaberta, chegava até eles o barulho da louça.
– Tenho de acabar de pôr as mesas para o almoço – disse a jovem em voz alta. E, abaixando o tom, continuou: – O senhor não devia estar se mostrando pela cidade. Está sabendo o que aconteceu ontem?
– Estou. Quantos mortos?
– Fala-se em duas ou três mulheres e um menino.
– E feridos?
– Uns quinze.
– Onde estão os outros?
Ouviu-se uma voz vinda da cozinha:
– Está atrasada, Germaine! Ponha as mesas.
– Sim, patroa, já vou.
Depois, virando-se de novo para o dominicano, informou:
– Estão entre Mongauzy e Lamothe-Landerron...
– Germaine...
– Já vou, já vou! O cliente está pagando a conta.
– Obrigado. Tome e fique com o troco.
– Obrigada, senhor.
Adrien Delmas saiu e pegou a bicicleta. Em frente à ponte suspensa cruzou com uma patrulha alemã. Em seguida, montando em sua bicicleta, pegou a estrada de Marmande. Pesavam em suas pernas os 50 quilômetros percorridos durante a noite. Não conseguiria pedalar durante muito mais tempo. Atingiu Mongauzy já ziguezagueando pela estrada. Em frente à igreja, sentiu que sua vista se cobria por um véu vermelho; o rosto queimava. Tudo girava a sua volta e sentia o peito se rasgar. Ao cair, reviu o rosto contraído de medo do homem que assassinara.

Recobrou os sentidos deitado na cama do pároco.
— Que susto o senhor me deu!
— Estou aqui há muito tempo? — perguntou Adrien Delmas.
— Há três dias.
— Preciso ir embora.
— Nem pense nisso! O médico disse que seu estado é muito grave. Ele vai voltar ainda hoje. Senhor!... Deite-se!... Como vê, não consegue ficar em pé.
— Mas é necessário.
— Não sei por que tanto quer partir nem quero saber. Mas acredite que está seguro aqui. O médico, assim como o professor que me ajudou a trazê-lo para cá, são pessoas de confiança.

Adrien Delmas observou o homenzinho. Vestia uma batina já esverdeada de tanto uso e onde faltavam alguns botões. Era um padre de interior, um bom homem. Que teria feito se soubesse de seu crime?

— Ah, vejo que já está melhor! — exclamou o médico. — Não fale. Antes disso quero auscultá-lo. Quando é que ele recobrou os sentidos, senhor pároco?
— Há uns quinze minutos.

O médico o examinou cuidadosamente. Era muito velho e deveria estar aposentado há muito tempo. As mãos, de longos dedos descarnados, apalpavam o corpo magro do paciente com gestos precisos. Ao terminar o exame, arrumou cuidadosamente o estetoscópio e limpou os óculos, num gesto que pareceu muito longo ao pároco.

— Vamos, doutor, não nos faça sofrer.
— O senhor não está lá muito bem — declarou o médico, por fim, dirigindo-se a Adrien Delmas. — Que idade tem?
— Cinquenta e cinco anos, doutor.
— Meu pobre amigo, o senhor tem o coração de um homem da minha idade, já muito esgotado. É fundamental que repouse. Vou lhe receitar alguns medicamentos, esperando que o farmacêutico os tenha. Eu os daria se pudesse, mas há muito tempo

distribuí todos os remédios de que dispunha. O que aconteceu no outro dia acabou com o resto das minhas reservas.

– Refere-se ao ataque aos resistentes?

– Isso mesmo. Muitos deles ficaram bastante feridos.

– Havia mulheres entre eles?

– Feridas? Não. Mas havia duas infelizes que foram mortas.

– E a criança?

– Não vi nenhuma criança, nem morta nem viva.

Adrien Delmas fechou os olhos, levando as mãos ao peito.

– Não fale mais. Cansa-se muito.

– Mais uma coisa, doutor. Teria por acaso ouvido falar por aqui, pelas imediações, de uma moça e de um garoto que tenham se refugiado em algum lugar?

– Não. Só se estiver relacionado com as palavras de um jovem resistente ferido na cabeça, que repetia sem parar: "Léa, não vá... Léa, não vá..."

– É essa, de fato, a pessoa que procuro. Uma moça muito bonita, de 20 anos...

– Não, não vi nenhuma moça bonita. Mas por que está à sua procura? É de sua família?

– Sim. Minha sobrinha.

– Posso lhe informar. Por aqui as pessoas me conhecem e me dirão o que souberem. Mas com uma condição: fique tranquilo.

– Prometo.

– Muito bem. Se souber de alguma coisa, avisarei ao pároco.

– Obrigado, doutor – balbuciou o dominicano, antes de desmaiar novamente.

– Pobre homem! – exclamou o médico. – Não lhe dou muito tempo. Reze por ele, senhor pároco. Deve ter sofrido muito para estar tão acabado.

– O senhor tem alguma ideia de onde encontrar essa moça e a criança?

– Não, mas vou a Jaguenaux, onde os feridos estão sendo cuidados. Voltarei à noite. Até logo.

– Até logo, doutor.

– Cuide bem do seu hóspede.

O MÉDICO SÓ PÔDE voltar no dia seguinte, porém. Seu rosto estava transtornado.

– Ninguém sabe de nada. A última vez que os viram vivos foi no momento do ataque à fazenda. A criança estava ferida ou mesmo morta. Algumas pessoas afirmam que os alemães os atiraram dentro da casa em chamas. Mas, por enquanto, o local está sendo vigiado e ninguém pode se aproximar.

Adrien Delmas escutava a explicação sem conseguir dizer uma palavra.

– Por que teriam feito isso? São soldados, não animais.

– Meu pobre pároco, eles são muito piores que animais! São a besta imunda de que falam as Escrituras.

– Mas o que aconteceu, doutor? Está tão transtornado!

– Aconteceu, senhor pároco, que os alemães massacraram todos os habitantes de uma aldeia em Limousin.

– Não é possível!

As lágrimas que deslizavam pelo rosto envelhecido do médico o confirmavam.

O vigário fez o sinal da cruz e colocou a mão no ombro do velho.

– Que Deus lhes perdoe.

O médico endireitou-se, enraivecido.

– Que Deus lhes perdoe, o senhor diz? Se a droga do seu Deus existe, com certeza não lhes perdoará. Durante toda a vida presenciei muita miséria, muito horror. Vi rapazes morrerem no meio da lama das trincheiras com as pernas arrancadas, vi mutilados da Grande Guerra, os pescoços quebrados, vi os meus melhores amigos reduzidos a pó nos campos de Verdun. Sei o que é a guerra e o que é a morte. Isso me revolta; aceito-o, porém, como uma fatalidade. Mas daí ao massacre de mulheres, de crianças... sobretudo de crianças... isso não posso aceitar.

– Acalme-se, doutor – pediu o padre.

– Acalmar-me! Sabe, por acaso, o que eles fizeram em Oradour-sur-Glane? Diga... sabe? Foi neste último sábado, dia 10 de junho. As pessoas se aglomeravam para a distribuição de tabaco e os alunos estavam reunidos para a visita médica. Cerca de duzentos refugiados tinham chegado na véspera. Foi depois do almoço que eles desembarcaram dos caminhões, usando uniformes de campo, apontando as armas para as casas. O major, um tal Otto Dickmann, mandou chamar o prefeito e depois o guarda rural. Acompanhado por dois SS, ele deu uma volta pela aldeia, tocando um tambor. "Avisso... à população!" Sabe como é? Todos os guardas rurais franceses pronunciam a palavra deste modo: avisso... Então anunciou sua mensagem: "Homens, mulheres e crianças deverão reunir-se imediatamente, munidos de seus documentos, no campo da feira, para verificação de identidade." Doentes e inválidos são, então, arrancados de seus leitos pelos SS, que, a coronhadas, os empurram para o campo da feira, assim como empurram os agricultores arrebanhados pelos campos da vizinhança, as famílias dos lugarejos vizinhos, os pescadores, as crianças que não caminham tão depressa. Logo todos os habitantes estão reunidos. Alguns disparos no outro extremo da aldeia assustam a massa bestificada. Metralhadoras tomam posição por toda parte. Mulheres e crianças choram. Separam as mulheres dos homens. As mães apertam os filhos contra o peito, agarram com as mãos os carrinhos de seus bebês. Cercadas por dez SS, são conduzidas até a igreja, junto com os pequenos da escola. O pároco nunca tinha visto tanta gente. Os homens são alinhados em três fileiras. E, no meio do silêncio, ouve-se o sino do trem de Limoges, que se prepara para atravessar a ponte. Soa um tiro. Um soldado grita em excelente francês que os terroristas esconderam na aldeia um importante estoque de armas e de munições e que, sob pena de represálias, os habitantes deverão indicar onde estão escondidas. Um velho aldeão diz que tem uma espingarda de caça. "Isso não nos interessa", responde o soldado. Dividem os homens em quatro grupos de quarenta a cinquenta indivíduos. Dois deles são encaminhados para a parte superior da aldeia, os outros dois para a de baixo. Amontoam-nos em sete palheiros. Os alemães, de metralhadoras apontadas para eles, conversam entre si, rindo. De repente, com um grande grito, eles abrem fogo. Os corpos caem, uns sobre os outros, as balas ricocheteiam contra a parede, os feridos urram. Depois o tiroteio cessa. A tiros de pistola acabam com todos aqueles que ainda se mexem. Em seguida, os soldados vão buscar palha, feno, lenha, um carrinho de mão, uma escada. Põem fogo nos montes de palha, atirando-os sobre os moribundos, agitados pelos últimos espasmos, e fecham as portas. A mesma cena se reproduz nos sete palheiros. Dentro da igreja, quatrocentas mulheres e crianças, talvez mesmo quinhentas, olham com pavor o grupo de soldados que arrastam uma pesada arca de onde saem diversos fios. Põem fogo nos fios e saem. Há uma explosão. Uma densa nuvem de fumaça negra invade a igreja. Gritando de pavor, quase asfixiadas, mulheres e crianças correm em todas as direções. Pelo portal aberto, as metralhadoras crepitam. Granadas explodem. Os cabelos se incendeiam. Desaparece o cheiro do pó e do incenso, substituído pelo odor de sangue, de fezes e de carne queimada. Rapazes de 20 anos atiram palha e lenha para o meio do formigueiro humano. Um lança-chamas espalha o fogo. Uma mulher arrasta-se, com a filha morta perto dela. Refugiados no confessionário, dois garotos são abatidos. Mães e filhos se enlaçam, queimando vivos... Não ouve os gritos deles? Diga... não ouve os gritos? Não vê as paredes do lugar santo maculadas pelo sangue das vítimas? As marcas dos dedos deslizando sobre as pedras? Esses rostos desfigurados? Esses membros estraçalhados? O bebê que chora em seu carrinho? Diga-me... não os vê?

Eles viam tão bem que o padre caíra de joelhos, rezando, e o velho médico fechara os olhos com horror. Sem dizer nada, ele se voltou para a porta e desapareceu no escuro, vergado sob o peso de todas as desgraças do mundo.

Adrien Delmas levantara-se da cama, um gosto de náusea na boca. Com esforço, ergueu suavemente o velho pároco e deitou-o no leito que ele próprio acabara de deixar. Vestiu-se e verificou o funcionamento de sua pistola. Antes de sair, olhou mais uma vez para o pároco prostrado e partiu sem dizer nada.

CAMINHOU DURANTE MUITO tempo por campos e vinhedos sem procurar esconder-se. Cruzou com gente que o saudava, mas não respondeu aos cumprimentos. As pessoas viravam-se, então, para trás, admiradas e um tanto inquietas. Hoje em dia, sabe-se lá quem se pode encontrar pelos caminhos! Numa fazenda, o dominicano pediu um copo de água e agradeceu educadamente. Perturbados, o fazendeiro e a mulher ficaram olhando-o, enquanto se afastava. Ela fez um rápido sinal da cruz, comentando:

– Parece que viu o diabo!

A magra silhueta negra desaparecera havia muito tempo quando a mulher voltou a entrar em casa.

AO CAIR DA NOITE, Adrien Delmas parou num bosquezinho úmido e musgoso. Encostou-se ao tronco de uma árvore e o acariciou automaticamente, como fazia quando criança, em Landes. Mas os pinheiros daquela região deixavam nas mãos sua resina amarga e um cheiro persistente. Estremeceu a essa evocação. Logo a expulsou, porém, obrigando seu espírito ao esvaziamento total, definitivo. Nada de lembranças!

Então, de rosto erguido para o céu vazio, tirou a arma do bolso.

10

O desaparecimento de Adrien Delmas causou a Aristide mais uma preocupação. Ninguém voltara a vê-lo desde a reunião em que o dominicano se oferecera para executar Maurice Fiaux. Temia-se que tivesse caído numa cilada da polícia ou da Gestapo. Mas os espiões não conseguiram obter nenhuma informação. Apesar dos conselhos dos camaradas, nem Aristide nem Dédé, o Basco, aceitaram alterar as datas dos encontros e das ações programadas, ambos convencidos de que o padre Delmas não falaria nem mesmo sob tortura. Lancelot reprovou-lhes essa prova de confiança.

Depois do "acordo" entre Dohse e Grand-Clément, que já custara tão caro à resistência da região Sudoeste, a maioria dos chefes de grupo vivia sob a obsessão da traição. Alguns dentre eles viam traidores em todo lugar. Renaudin, delegado do Movimento de Libertação Nacional, incumbido de reagrupar as forças da resistência, era visto com muita frequência na companhia de Grand-Clément ou de seus homens; dizia-se que chefiava uma rede de três mil homens.

Certo dia, Dédé, o Basco, compareceu a um encontro no parque de Bordeaux, acompanhado por Lancelot. Ao descer do trem, deu de cara com Renaudin e com André Noël, já então condenado à morte pela resistência. Noël os abordou com um grande sorriso:

— Olá, inspetor! Dizem por aí que depois de deixar a polícia o senhor tem se dedicado a atividades muito importantes.

— Quer uma amostra disso? — replicou Dédé, o Basco, enfiando a mão no bolso.

— Ei, não seja idiota! Tudo mudou desde o desembarque. Tenho notícias importantes para vocês. Venham amanhã, às onze horas, à praça da Vitória para discutirmos uma ação conjunta.

No dia seguinte, Dédé, o Basco, foi ao encontro acompanhado de Marc, um resistente de Toulouse, e de quatro homens armados. No entanto, ninguém apareceu. Por um momento pensaram ter visto Renaudin na esquina da rua Elie-Gintrac. Como ninguém aparecia, decidiram abandonar o local. Foi então que, por debaixo da porta de ferro semifechada de uma loja, surgiram seis SS, que pegaram os quatro resistentes que seguiam na frente, sem que eles tivessem tempo de sacar suas armas. Dédé, o Basco, e Marc conseguiram fugir, enquanto os soldados arrastavam seus companheiros para o interior da loja de modas. Depois, três deles se lançaram na perseguição dos fugitivos. Sem se darem conta, passaram por Dédé escondido num portal. Quando os perseguidores viraram a esquina, ele voltou e entrou na loja, atirando. Os resistentes, então, jogaram-se sobre os guardas e os desarmaram. Não podendo aprisioná-los, Dédé, o Basco, ordenou-lhes que desaparecessem. Os poucos pedestres, que haviam se escondido nos prédios ou fugido ao primeiro disparo presenciaram a cena sem reagir.

De volta ao quartel-general de Aristide, Dédé e Marc fizeram seu relatório. Diante da leitura do documento, Aristide convenceu-se em definitivo da traição de Renaudin. Uma nova detenção iria reforçar, se fosse necessário, essa convicção: Pierre Roland, encarregado de sabotar a rede elétrica de comando das explosões que destruiriam o porto e parte da cidade de Bordeaux, conseguira apenas executar algumas sabotagens pouco importantes. Havia sugerido a Aristide que pedisse ao coronel Buckmaster que bombardeasse o setor onde os cabos haviam sido localizados. No dia seguinte ao envio da mensagem, uns quinze bombardeiros da 15ª Força Aérea dos EUA neutralizavam todo o circuito de deflagração. Dois dias após o bombardeio, Pierre Roland foi preso e conduzido ao número 197 da estrada de Médoc. Torturado, morreu sem nada dizer.

Diante da ameaça que pesava sobre todos, Aristide, transtornado pelo desgosto e pela raiva, constituiu um grupo de quatro homens determinados. Seguiram Renaudin durante três dias. Em 29 de junho tudo estava pronto: abateram-no na esquina da rua de Héron com a rua Mouneyra. Um policial, pensando que se tratava de uma agressão de malfeitores, perseguiu-os disparando e ferindo dois homens: Mouchet e Langlade. Caído no chão, Mouchet atirou no policial, matando-o, enquanto Jules e Fabas conseguiam fugir antes da chegada dos soldados alemães e da polícia francesa. Os dois prisioneiros foram torturados pela Gestapo. Mouchet foi executado e Langlade morreu em consequência das torturas.

Mais tarde, em 11 de agosto, chegou a vez de André Noël, atraído por Triangle a uma emboscada. Dessa vez, os resistentes incumbidos da execução não se contentaram em abatê-lo; antes disso, moeram-no de pancadas, procurando vingar, sem dúvida, os camaradas mortos ou deportados. Quando, enfim, decidiram matá-lo, o traidor estava irreconhecível. Livraram-se do cadáver atirando-o no Garonne.

Quanto a Grand-Clément, continuava desaparecido.

EM DEYMIER, LÉA se recuperava com dificuldade do choque provocado pela morte de Camille. Todas as noites acordava banhada em lágrimas, chamando pela amiga. A Sra. Larivierre, a mulher que recolhera Léa e Charles, voltava a deitá-la, falando-lhe coisas boas. A moça adormecia, mas por pouco tempo, pois, então, a assaltava o mesmo pesadelo que a atormentava desde a morte do saqueador de Orléans, agora ampliado pelas imagens sangrentas, em que Camille, Charles e Sifflette se debatiam.

Soubera pela Sra. Larivierre que os resistentes haviam se dispersado, e que alguns se reagruparam ao lado de Blasimon e de Mauriac. A boa mulher não pôde ou não quis dizer mais nada, a não ser que Camille e Sifflette tinham sido provisoriamente sepultadas em La Réole. Concordou em mandar entregar uma carta a Ruth, na qual Léa pedia à governanta que enviasse, pelo portador, algum dinheiro e roupas. O rapaz que levara o recado voltou confuso, seguido por Ruth, que o sequestrara até que lhe dissesse de onde provinha a carta. A senhora Larivierre irou-se, clamando que os alemães viriam prendê-los e que era necessário desaparecerem imediatamente. A preço de ouro, Ruth comprou uma velha bicicleta para Léa e instalou a criança na sua, dizendo:

— Teria vindo de trem para procurá-los, mas a estrada de ferro foi interditada outra vez por um bombardeio.

Léa agradeceu calorosamente à anfitriã, que os viu partir com alívio.

Chegaram a Montillac muito tarde na noite seguinte, tal a fraqueza de Léa e as difíceis estradas estreitas e sinuosas das colinas. Ruth conseguiu que entrassem em casa sem que os Fayard os vissem. Durante dois dias, Léa ficou de cama com febre alta. Quanto a Charles, a quem Ruth proibira de sair, errava pela casa, triste e amuado, perguntando pela mãe.

Quando Léa pôde falar, relatou em voz inexpressiva, sem derramar uma lágrima, o fim de Camille e o combate a que assistira.

— O que aconteceu a seu tio e aos irmãos Lefèvre? — quis saber a governanta.

— Não sei. Tio Adrien não voltou depois da visita de François Tavernier. Pensei que aqui tivessem notícias dele.

— Não temos. Sua tia Bernadette recebeu um cartão-postal de Lucien, e só. Seu tio Luc está muito preocupado por causa de Pierrot, que estaria em Paris. Depois que você partiu, chegou uma carta de Laure. Eu tomei a liberdade de abri-la.

— O que diz?

— Nada de especial... que o abastecimento dos parisienses é praticamente nulo, que o metrô deixou de funcionar por falta de energia elétrica, que os subúrbios são bombardeados quase todos os dias e que os alemães estão ficando cada vez mais nervosos. Suas tias vão bem.

– Só isso?

– Só, a não ser que espera sua ida a Paris.

– Não fala de Françoise?

– Não. Mas recebi também carta dela. Há três meses que não tem notícias de Otto, em combate na frente russa.

– Otto não voltará.

– Por que diz isso?

– Porque todos nós vamos ser mortos, como Camille – vaticinou Léa, virando-se para a parede e cobrindo a cabeça com o lençol.

Ruth olhava com sofrimento para a jovem querida. Que fazer? Sentia-se velha e impotente. Transtornada pela morte de Camille, não sabia que decisão tomar quanto à segurança de Léa. A jovem não podia ficar ali. A qualquer momento, Fayard iria perceber sua presença e denunciá-la. Na região não sabia de nenhum local suficientemente seguro onde escondê-la, pois a maior parte das casas amigas estava sob vigilância.

Vendo Léa ainda imóvel sob as cobertas, Ruth decidiu deixar o quarto das crianças, cômodo para o qual a moça pedira que a levassem.

NA NOITE DE 15 DE JULHO, com todas as persianas e janelas fechadas, apesar do calor sufocante, Ruth e Léa, instaladas no escritório de Pierre Delmas, ouviam a transmissão da rádio londrina. Jean Oberlé referia-se ao assassinato de Georges Mandel pela polícia.

– Philippe Henriot é o segundo deputado de Gironde a ser assassinado em poucos dias – comentou a governanta, que acabava de costurar uma camisa para Charles, feita de um vestido velho.

– Tia Lisa é que deve estar triste com a morte de Henriot. Gostava tanto de sua voz!

Imobilizou-as um arranhado na janela.

– Ouviu?

– Ouvi. Desligue o rádio.

Léa obedeceu, de ouvido atento, o coração batendo com mais força. Ouviu-se novamente o arranhar.

– Esconda-se. Vou abrir a janela.

– Quem é?

– Jean Lefèvre – disse uma voz abafada. – Estamos feridos.

– Abra logo.

O sol avermelhado mal desaparecera atrás das colinas de Verdelais, tingindo ainda os campos, por mais alguns segundos, daquele rosa-dourado que os tornava tão belos antes das noites de verão. Nesse momento, a luz revestia com o seu esplendor os dois jovens cobertos de poeira e de sangue, nimbando-os de uma auréola cintilante. Léa, esquecida de seu cansaço, saltou pela janela que os rapazes, muito enfraquecidos, não conseguiam transpor sozinhos. Com a ajuda de Ruth, empurrou-os para dentro. Raul caiu no chão, inconsciente.

– Ele perdeu muito sangue. É preciso chamar um médico – disse Jean, antes de se deixar cair, por sua vez.

A enérgica Ruth começou a soluçar.

– Não é hora de chorar. Vá procurar um médico.

Com grandes gestos, a governanta enxugou o rosto.

– E o médico vai querer vir? Eles têm medo da Gestapo.

– Você não precisa dizer que eles estão feridos. Diga... diga... ora, não sei... que alguém cortou uma perna com uma foice, com um machado...

– Mas... E quando ele os vir?

– Trata-se de um médico. E o certo é que morrerão se não fizermos nada.

– Tem razão. Vou telefonar.

– O telefone funciona?

— Sim.

— Então, o que está esperando? — perguntou a moça. — Vou buscar toalhas.

Na penumbra da sala, Léa esbarrou em Bernadette Bouchardeau.

— O que está acontecendo? Ouvi um barulho.

— Já que está aqui, vai nos ajudar. Jean e Raul Lefèvre estão feridos.

— Oh, meu Deus! Pobres meninos!

— Vá buscar toalhas e o estojo de primeiros socorros. Cuidado para não acordar Charles.

No escritório, Jean havia recuperado os sentidos.

— ... Sim, é isso, doutor, domínio de Montillac, no alto da colina, à esquerda... Não demore, por favor — pediu Ruth.

Depois de desligar, virando-se para Jean, esclareceu:

— O médico já vem. É novo em Langon.

— Obrigado, Ruth. Como está meu irmão?

As duas mulheres não responderam. A governanta colocou uma almofada sob a nuca do ferido.

Bernadette reapareceu trazendo as toalhas e os medicamentos. Quase desmaiou ao ver os rapazes ensanguentados e começou a chorar, como Ruth fizera.

— Ah, não! — gritou Léa, arrancando os panos das mãos da tia. — Vá buscar água quente.

Quando o Dr. Jouvenel chegou, encontrou os dois feridos já de rosto e mãos lavados. Era muito novo, ainda com aspecto de estudante. Empalideceu ao vê-los.

— Por que me disse que se tratava de um acidente?

— Não tínhamos certeza de que viria se disséssemos a verdade — interveio Léa.

— Sou médico, senhorita, e é minha obrigação cuidar de todos... resistentes ou alemães.

— Aqui, trata-se de resistentes, doutor — comunicou Léa em voz branda.

Sem esperar mais, o médico começou a examinar Raul, ainda desmaiado.

— Tragam-me uma tesoura.

Cortou a calça endurecida pelo sangue. As três mulheres não conseguiram conter um grito. O baixo-ventre era todo uma chaga.

— O infeliz... Aqui, não posso fazer nada. Tem de ser transportado para o hospital. Ele perdeu muito sangue.

— Não é possível, doutor — disse Jean, que se arrastava para junto do irmão. — Se a Gestapo o apanhar, será torturado.

— Não permitirei.

— Se se opuser, é o senhor que eles irão prender.

O Dr. Jouvenel encolheu os ombros.

— Jean... — murmurou Raul.

— Estou aqui, não tenha medo. Estamos em segurança. Vamos levá-lo ao hospital.

— Eu ouvi o que disseram. Mas não vale a pena. Estarei morto antes de...

— Cale-se! Está dizendo bobagens. Vai ficar bom.

— Léa... é você?

— Sim, Raul.

— Estou feliz.

— Não fale — ordenou o médico, enquanto improvisava uma atadura.

— Isso já não importa, doutor... O senhor sabe muito bem. Léa... Você está aí?

— Estou.

— Me dê a mão. Eu estou bem, doutor. Cuide de meu irmão.

— Já terminei. Vou chamar a ambulância.

— Espere um pouco, doutor. Cuide de meu irmão — insistiu o moribundo.

— Faça o que lhe pede — interveio Ruth, dirigindo-se ao Dr. Jouvenel.

Jean tinha uma bala cravada no ombro, outra na coxa e a mão bastante ferida.

— O senhor também... tenho de levá-lo para o hospital. Não disponho de instrumentos para extrair as balas.

— Piorou — disse Jean. — Nesse caso, faça-me apenas o curativo.

— Arrisca-se a ter gangrena.

Léa chamou docemente:

— Raul... Raul...

— Não chore, Léa... estou feliz... morro ao seu lado.

— Não fale assim!

— Você está aí, Jean?

— Estou.

— Então, está bem... Léa, eu a amo... Jean também a ama. É melhor assim... Vocês se casarão depois da guerra.

— Depois da guerra, será você quem se casará com ela, não eu. Léa sempre o preferiu. Não é verdade, Léa?

— É verdade?

— É — murmurou a jovem, espantada pelo rosto extenuado, os olhos brilhantes, o nariz afilado e essa palidez cinzenta da morte que se propagava naquele jovem homem que fora seu amante pelo espaço de uma noite de loucura.

— Léa...

Oh! O peso repentino dessa cabeça! Como um relâmpago, ela reviu a morte de Sidonie... Como Raul era belo, apesar da barba de vários dias que encobria os traços de seu rosto! Ele sorria. Devagar, Léa pousou os lábios na boca ainda morna.

Quando se levantou, sentiu a cabeça girar. Apoiou-se no braço do médico.

— Deite-se — recomendou ele.

Deitada, olhava para Jean, que chorava abraçado ao irmão morto. Sua tia e Ruth também choravam. A ela o desgosto sufocava sem lágrimas.

O MÉDICO, AUXILIADO por Ruth e por Léa, cavou um buraco no solo fofo junto à parede da adega, por detrás dos galhos de alfaneiros e de lilases. O cadáver, envolto num lençol, foi estendido na cova e coberto de terra. Soavam as três da madrugada no campanário da basílica de Verdelais.

Jean não reagiu quando o médico lhe aplicou a injeção antitetânica. Também lhe deu um calmante que o mergulhou rapidamente num sono profundo.

Léa seguiu o Dr. Jouvenel até o lugar onde ele deixara a bicicleta. Não valia a pena continuar se escondendo, pois os Fayard, certamente, já haviam notado sua presença.

– Deve sair daqui o mais rápido possível – aconselhou o Dr. Jouvenel.

– E ir para onde?

– Não tem família em qualquer outro lugar, além daqui?

– Tenho. Em Paris.

– A viagem para Paris não é muito cômoda agora. Os trens são poucos. No seu lugar, porém, eu tentaria mesmo assim.

– Mas não posso deixá-los sozinhos!

– Vou pensar nisso. Se puder ajudá-la, eu o farei. Posso levá-la de carro até Bordeaux.

– Obrigada, doutor. Depois verei. São muito graves os ferimentos de Jean?

– Nem tanto. Mas não pode continuar por muito tempo com as balas no corpo. Até logo, senhorita.

– Até logo, doutor.

JEAN LEFÈVRE DORMIU até a hora do almoço, no escritório de Pierre Delmas. Bebeu avidamente a tigela de café fraco trazida por Ruth e comeu uma enorme fatia de bolo de cerejas.

– Ah, já acordou – disse Léa entrando. – Você não está mal, está?

– Não. Vou embora.

– Para onde?

– Não sei. Vou procurar os outros, se é que não foram todos mortos ou presos.

– O que aconteceu?

– Será que você tem um cigarro?

Léa tirou do bolso de seu vestido de florezinhas um velho embrulho de tabaco e uma carteira de papéis de cigarro Job e os estendeu ao rapaz.

– É tudo o que tenho.

Os dedos de Jean tremiam de tal maneira que não foi capaz de manter o tabaco sobre a fina folha de papel.

– Dê-me aqui.

Com mãos experientes, ela enrolou o cigarro, umedeceu a borda gomada e o acendeu. Jean fumou em silêncio por alguns instantes.

– Tudo começou na segunda-feira passada, dia 10 de julho. Eu e Raul estávamos no grupo de Grand-Pierre. Captamos uma mensagem da BBC. Parece que ainda ouço a voz do locutor: "O Bateforte dá medo... Repetimos: O Bateforte dá medo..." Maurice Blanchet virou-se então para Maxime Lafourcade, e lhe disse:

"– Pode reunir o grupo. É para esta noite.

"Perguntei a Maxime qual o significado daquelas palavras e ele respondeu:

"– Vai haver um lançamento de paraquedas perto da fazenda de Bry, em Saint-Léger-de-Vignague.

"Era uma boa notícia, porque desde o confronto em Saint-Martin-du-Puy estávamos com pouca munição. Às dez da noite, éramos uns vinte homens em volta do ponto de aterrissagem. Cinco de nós vigiavam a estrada próxima dali, dois ficaram na caminhonete escondida no bosque e os outros esperavam com impaciência a chegada do avião. Enfim, depois de meia hora, ouvimos o ruído de um motor da fortaleza voadora e acendemos os archotes. A um sinal, eu e três camaradas corremos para o primeiro caixote, cheio de Sten e de ataduras; no segundo havia tabaco, material de sabotagem e granadas. Íamos abrir o terceiro quando ouvimos um apito.

"– São eles – gritou um sentinela.

"– Apressem-se – disse Maxime.

"Ainda conseguimos carregar para a caminhonete o conteúdo de uma quarta caixa. Maxime deu ordem de retirada no instante em que os alemães começaram a disparar sobre nós. Conseguimos chegar à base de Duras e só no dia seguinte soubemos o que havia acontecido a quatro de nossos camaradas."

Jean sugava nervosamente o cigarro apagado. Léa lhe acendeu outro. Com voz inexpressiva, ele continuou:

– Maxime ficara no local do lançamento junto com Roger Manieu, Jean Clavé e Elie Juzanx para proteger nossa retirada. Fixaram uma metralhadora entre dois caixotes e varreram o terreno com as munições recém-chegadas. Os alemães responderam, mas não se mostraram. Quatro policiais aproximaram-se até uns 40 metros do nosso grupo, apesar das rajadas da metralhadora. Os quatro resistentes, já feridos, tentaram então escapar, mas já era tarde demais. Depois, as munições se esgotaram. Os alemães os espancaram com as coronhas das armas e, rindo, ficaram assistindo enquanto os malditos policiais os torturavam. Arrancaram-lhes as unhas, deixaram seus músculos a descoberto e, por fim, os escalpelaram. Ainda assim, os forçaram a reunir as últimas energias para cavarem as próprias sepulturas.

Léa, de olhos secos, fitava Jean, que chorava.

– E depois, o que aconteceu?

– Depois, incendiaram as casas da fazenda de Bry e partiram, cantando, em direção a Mauriac. Junto com os elementos do grupo de Duras, nós nos postamos a uns 50 metros na estrada de Blasimon, metralhando e lançando granadas sobre o acantonamento. Os alemães e os policiais se atiraram ao chão e começaram a responder. Então, Raul foi ferido no ombro e eu na perna. Dois camaradas, Jean Koliosky e Guy Lozanos, morreram ao nosso lado. Depois nos retiramos, ceifando mais alguns inimigos com a metralhadora. Chegando ao cemitério de Mauriac, nos ferimos novamente. O padre Gréciet nos acolheu e nos prestou os primeiros socorros. Diante da gravidade do estado de Raul, ele mandou chamar o Dr. Lecarer, de La Réole, que pertencia à nossa rede. Mas, devido às barreiras alemãs nas estradas, o médico não pôde nos levar para sua casa e nos deixou em Pian, de onde viemos a pé até aqui. O resto você já sabe.

Os dois amigos ficaram um longo tempo em silêncio, de mãos dadas. Ruth interrompeu seus pensamentos sombrios, entrando bruscamente na sala.

— Estou preocupada. Não há ninguém na casa dos Fayard e está tudo fechado. Vocês têm de sair daqui.

— Mas para onde você quer que a gente vá?

— Para Paris, para a casa de suas tias.

— Não posso partir agora. Tenho de ir a Verderais avisar minha mãe.

— Eu me encarrego disso.

— Obrigado, Ruth, mas sou eu quem deve informar à mamãe da morte de Raul.

— Compreendo, meu filho, compreendo. E depois... O que vai fazer?

— Continuar lutando. Perdoe-me, Léa, ter de deixá-la, mas não posso fazer outra coisa.

— Leve a minha bicicleta, Jean. Irá mais rápido.

— Obrigado. Se puder, eu a devolverei. Adeus, Léa. Você também deve ir embora.

Sem responder, Léa despediu-se dele com um beijo. Bernadette Bouchardeau e Ruth o beijaram também, recomendando-lhe que se cuidasse.

11

Numa sacola de marinheiro, fácil de transportar no ombro, Léa acabava de colocar algumas roupas para Charles e para si, assim como um cofrinho com as últimas joias que haviam pertencido a sua mãe. Ruth lhe trouxe sanduíches embrulhados num pano de prato branco e uma garrafa térmica com água.

– Entreguei a Charles um saco com cerejas e o resto do bolo.

– Venha conosco, por favor, Ruth.

– Não, minha querida. Alguém precisa cuidar da casa e de sua tia Bernadette.

– Tenho medo de deixá-las aqui sozinhas.

– O que pode acontecer a duas velhas como nós? Não precisa se preocupar. Tudo correrá bem.

– Ainda não tem notícias de Fayard?

– Ainda não.

– A que horas o Dr. Jouvenel ficou de vir?

– Às três. Em princípio, o trem partirá às quatro, se a linha já estiver desimpedida.

– Acha que em Bordeaux conseguiremos lugar no trem para Paris?

– O Dr. Jouvenel disse que falaria com um amigo, funcionário da estação de Saint-Jean.

– Léa, quando vamos embora? – perguntou Charles, que entrou correndo no quarto.

– Daqui a pouco. Estamos esperando o médico.

– Ele vai nos levar para ver mamãe?

– Não sei... talvez. Vá para o pátio. Já vou pegá-lo.

Fechou a sacola e olhou em volta. Nunca mais verei este cômodo, pensou.

De coração apertado, fechou a porta do quarto das crianças, onde tantas vezes se consolara dos desgostos e acalmara suas raivas.

LÁ FORA, O CÉU ESTAVA sem nuvens. O sol do meio-dia brilhava sobre a paisagem tão quente como na véspera. As vinhas tinham alguma vegetação já queimada. Por que Fayard deixara Montillac num momento desses, com tanto trabalho a fazer?

— Vou levar a bagagem para a cabana perto da estrada, Ruth, assim o médico não precisará entrar na propriedade.

— Como quiser. Pegue este dinheiro para a viagem. É tudo o que tenho.

— Obrigada, Ruth. Mas vocês não podem ficar sem nada.

— Nós não precisamos de dinheiro. Temos as verduras da horta e as galinhas agora estão botando. Além disso, sua tia Bernadette receberá a pensão no próximo mês. Apresse-se, o almoço está quase pronto. E ponha um chapéu, o sol está muito forte.

Para não contrariar a velha mulher, Léa foi ao hall de entrada buscar seu chapéu de palha. Ali, o frescor e a penumbra eram agradáveis depois do calor e da luminosidade do pátio. Ela gostava muito daquele canto da casa, ponto de encontro dos moradores, sempre um pouco desarrumado, pois todos deixavam ali uma peça de roupa, um brinquedo, um livro, jornais ou uma costura, esquecidos em cima da mesa ou das cadeiras. Quando a guerra terminar, mandarei pintá-lo, pensou, observando as paredes brancas, cuja nota alegre estava nas gravuras antigas representando diversos momentos de Bordeaux e os pratos de porcelana branca e amarela, em estilo Diretório, decorado com personagens mitológicos. O espelho alto, embaçado e cheio de manchas, refletiu sua imagem. Como emagrecera! Isso não agradaria a François, que gostava de mulheres de formas arredondadas. Mas o que mais a surpreendeu foi o seu olhar, ao mesmo tempo duro e esmorecido. Ela reviu os olhos mortos de Raul... Camille... Sidonie... Dr. Blanchard... Marie, a criada... pai... mãe... casal Debray... Raphaël Mahl... todos esses mortos que ela amava. Quem mais teria morrido? Albert e Mirelle? Tio Adrien? Laurent? Lucien? Pierrot, o primo querido?

— Aonde vai com o chapéu, Léa?

A voz de Charles a arrancou de seus fantasmas.

— Vou levar a mala e dar uma volta. Quer vir comigo?

— Quero! Minha Léa! — exclamou o menino, atirando-se para ela.

DEIXARAM A SACOLA e a pequena mala no casebre e, de mãos dadas, desceram o terreno abaixo. Apesar da falta de mão de obra, o vinhedo estava bem tratado.

— Olha, a minha sandália se soltou!

Léa abaixou-se e apertou a fivela.

— Não se mexa!... — cochichou ela de repente, levando a criança ao chão.

Ao longo do caminho contornado por ciprestes, uns sete ou oito homens de uniforme azul-marinho andavam recurvados, segurando a metralhadora diante do corpo. Interromperam a caminhada ao chegarem embaixo do terraço. Acima deles, um homem se debruçava sobre a balaustrada. Léa reteve um grito. Atrás dele, soldados alemães corriam em silêncio. De onde estava, Léa distinguia-lhes apenas os capacetes verde-acinzentados. O oficial da Wehrmacht fez um sinal aos policiais, que subiram para o terraço.

Charles procurou libertar-se dos braços que o mantinham colado ao solo.

— Solte-me. Está me machucando.

— Fique quieto, por favor! Os alemães estão em Montillac.

O pequeno corpo começou a tremer.

— Tenho medo... quero ver mamãe.

— Fique quieto, senão os alemães vão prender nós dois.

Charles se calou, chorando baixinho, sem mesmo notar que havia molhado a calça.

Tudo parecia calmo sob o sol forte; tão calmo que Léa se perguntava se não sonhara ter visto alemães e policiais. Aguçou o ouvido, mas não ouvia nenhum barulho além do canto das cigarras. Talvez Ruth e tia Bernadette os tivessem visto chegar e conseguido fugir. Mas um grito desumano logo varreu essa esperança. Sem pensar, Léa ergueu-se e correu para o terraço, arrastando Charles pela mão e maldizendo o vestido estampado, visível de longe. Esconderam-se atrás de um cipreste. Alemães e policiais iam e vinham no pátio, arrombando as portas das adegas a pontapés e a coronhadas. Rajadas de metralhadoras despedaçaram todas as vidraças. Os móveis eram atirados da janela do primeiro andar. Por que eles fazem isso?, pensou Léa. Estava longe demais para ver e ouvir com nitidez o que acontecia. Os pilares quadrados do pátio a ocultavam parcialmente. Uma caminhonete entrou, raspando de leve a pedra de um deles. Começara a pilhagem. Risos, gritos e disparos chegavam até eles, tão irreais nesse lugar familiar inundado de sol. Na horta, perto da casa dos Fayard, dois policiais perseguiam as aves. De repente, o horror: uma silhueta em chamas apareceu urrando, na parte superior do caramanchão, rodopiou e caiu no cascalho da alameda...

Léa apertou contra si a criança, que não se mexia. Com os olhos esbugalhados, viu o corpo se retorcer, o corpo de uma das mulheres das quais se separara momentos antes. Seria Ruth ou tia Bernadette? As chamas eram tão grandes que não se distinguia o rosto. Aliás, o rosto já não existia... derretera-se. Do orifício negro onde antes se abria a boca não saía agora nenhum som. Restava apenas uma carcaça enegrecida, ainda queimando. Um soldado alemão empurrou-a com o cano de aço do aparelho ligado a duas espécies de garrafões presos nas costas. Sem dúvida, não achou o cadáver suficientemente calcinado, pois um jato de chamas irrompeu do tubo de aço, acompanhado de um assobio sinistro. A mão retorcida, os dedos afastados e esticados para o céu, como que pedindo proteção divina, destacou-se, então, sob a força do fogo. O soldado riu. Ele se voltou e entrou no pátio. Caixas de vinho estavam sendo empilhadas na caminhonete. Paralisada, Léa não conseguia desviar os olhos dos despojos fumegantes, cujo odor abominável chegava até ela. No meio desse pesadelo, soaram duas horas no campanário de Saint-Maixant. Um trem passou sobre o viaduto. A linha férrea devia ter sido reparada em Saint-Pierre-d'Aurillac...

– LÉA, VOCÊ ESTÁ ME machucando – gemeu a criança. – Quero ir embora, estou com medo.

Charles... Ela quase se esquecera dele, de tanto que ele fazia parte dela mesma. Com esforço, Léa se voltou. Ele começou a chorar olhando para ela. Léa tapou-lhe a boca com mão e o sacudiu.

– Fique quieto! Podem nos pegar.

Havia tanto desespero em sua voz que ele parou de choramingar. As lágrimas continuaram, porém, a correr abundantes em suas faces, molhando suas bochechas e a camiseta. Lá de cima, na direção da casa, o vinho escorria pelos queixos da canalha uniformizada. Um policial saiu do pátio cambaleando com uma garrafa na mão. Desabotoou a braguilha e, engasgando-se de tanto rir, mijou em cima da carcaça humana fumegante. Depois, afastou-se fazendo o gesto de beber à saúde da mulher massacrada. Léa vomitou. Charles puxou-a pelo vestido.

– Venha... Vamos fugir daqui!

Charles tinha razão, era preciso fugir. Léa endireitou-se. Não! Chamas irrompiam agora pela janela do quarto de seus pais, outras pela janela do quarto de Ruth. Imóvel, visível de qualquer lugar, Léa não conseguia desviar os olhos da casa que queimava. Foi Charles quem a arrastou, e ela o seguiu de cabeça voltada para essa morada que sempre fora o seu ancoradouro, como fora de seu pai. Léa queimava com ela.

– Não olhe para trás. Venha...

O menino a puxava com toda sua força. Como conseguiram chegar à estrada sem serem vistos? Charles pegou a sacola e a mala da cabana e as estendeu para Léa, que as pegou automaticamente. Nesse instante, as chamas já eram visíveis de longe e a sirene de Saint-Macaire uivava sobre os campos ensolarados. De repente, Léa desviou o olhar daquela cena. Alguma coisa dentro dela começava a morrer ao mesmo tempo que a casa. Para que permanecer ali, onde não havia mais nada? Com um gesto decidido, Léa acomodou a sacola no ombro, jogou fora o chapéu de palha de seus trabalhos campestres, segurou com firmeza a mão de Charles e afastou-se sem olhar para trás.

Os Fayard só regressaram a Montillac na noite seguinte.

Graças à diligência dos bombeiros, a casa deles e todos os anexos da Quinta – celeiros, adegas e arrecadações – foram poupados das chamas. Mas no castelo restavam apenas as paredes enegrecidas. Quando os Fayard chegaram, os bombeiros ainda revolviam os escombros. Interromperam sua sinistra tarefa ao verem o casal imóvel, contemplando boquiaberto os estragos. Um homem de certa idade, o rosto e os braços negros de fuligem, avançou para eles. Olhou-os demoradamente e depois, com calma, cuspiu-lhes no rosto.

– Está louco, Baudoin! – exclamou Fayard. – Que é que deu em você?

– Como se você não soubesse, canalha! – respondeu o bombeiro, indicando as ruínas.

O outro o olhou, parecendo não compreender. Baudoin saltou sobre ele, agarrando-o pela gola do casaco.

– Não se faça de inocente, filho da puta! Por acaso não foi você quem chamou os "frisados" até aqui?... Também não é você quem se envaidece com eles e lhes fornece o vinho dos seus patrões a um bom preço? Diga! Traste! Não é você?

— Mas eu não queria que incendiassem o castelo!

— Quanto a isso, tenho minhas dúvidas. Há muito tempo que está de olho na propriedade. Mas vai lhe custar um bom dinheiro reconstituir tudo isto. Por Deus!

Um outro bombeiro avançou para a Sra. Fayard.

— Então, Mélanie, não pergunta o que aconteceu às senhoras do castelo? Ora, não é preciso tremer tanto! Nós não temos lança-chamas. Só temos punhos para quebrar as suas caras.

— Calma, Florent... Não vamos sujar as mãos.

Mélanie Fayard revirava os olhos assustados sob o chapéu de palha preto.

— Não entendo o que querem dizer. Estivemos na casa de minha irmã, em Bazas.

— Isso comigo não pega, velha mentirosa! Vocês saíram daqui porque denunciaram a senhorita Léa e a Sra. d'Argilat à Gestapo...

— Não é verdade!

— ... e não queriam ser testemunhas do que iria acontecer. É! Talvez lhes fizesse mal ver queimar como uma torrada a irmã do Sr. Delmas e a Srta. Ruth jorrando sangue por todos os lados. Quanto à Srta. Léa e ao pequeno, não os encontramos. Talvez estejam debaixo dos escombros. O que seria preferível a serem levados pelos alemães ou por quem os ajuda.

— Não sabíamos que a Srta. Léa e Charles tivessem voltado!

— Seriam os únicos a não saber. Nós, em Saint-Macaire, tivemos notícias de que estavam de volta sem a Sra. D'Argilat, morta em Lorette... Quanto mais vocês, que vivem aqui ao lado. Se existe justiça, devíamos queimar vocês também.

— Não se enerve, amigo. O fim da guerra está muito perto e pessoas deste tipo irão pagar, pode crer. Serão julgadas e condenadas por tribunais populares.

— Gente desta laia não merece julgamento.

161

— Juro que não fomos nós. É verdade que cobiço a fazenda há anos, que vendi vinho aos alemães, mas não fiz mais do que os outros fazem. Como teria podido tratar dos vinhedos, se não vendesse o vinho? Com que dinheiro pagaria aos trabalhadores e compraria material? Podem me responder?

— Está zombando de nós? Pensa que não se sabe o que você tem posto nos bolsos?

— Tudo isso não passa de intriga, de inveja...

— E Mathias... O seu filho? Não vai me dizer, por acaso, que não andava de olho na senhorita e na propriedade? E que ele não trafica com os boches, em Bordeaux?

— Não se trata de meu filho...

— Também lhe faremos a cama, pode crer. Mas enquanto isso não acontece... Olhe... Tome!

— Parem com isso!

Dois soldados acabavam de descer de suas bicicletas. Um deles dirigiu-se ao encarregado das adegas:

— Terá de vir depor na delegacia e reconhecer o corpo, Fayard.

— Mas que corpo?

— Achamos que se trata da Sra. Bouchardeau.

— Meu Deus! – exclamou Mélanie Fayard, escondendo o rosto no lenço.

— Venham os dois amanhã cedo.

O soldado virou-se, então, para Baudoin:

— Encontraram mais alguma vítima?

— Não. Viramos tudo pelo avesso e eu ficaria surpreso se houvesse mais alguém aqui.

— Melhor assim. No entanto, nos disseram que havia uma moça e uma criança na casa. O que aconteceu a eles?

Baudoin fez um gesto de impotência.

— Bem, basta!

— Avisaram a família de Bordeaux?

– O prefeito se encarregou disso. O advogado Delmas deve chegar amanhã.

– Talvez ele tenha notícias da sobrinha. E o padre, também o avisaram?

– Está brincando! Sabe perfeitamente que ele é procurado pela polícia francesa e pela Gestapo. Se souber onde ele está, denuncie-o. Oferecem boa recompensa.

– Por quem me toma? – exclamou Baudoin. – Não sou pessoa de comer desse pão.

– Nossos cidadãos não são tão orgulhosos assim. Não se passa um dia sem que recebamos cartas anônimas denunciando judeus, resistentes, os que ouvem a emissora de Londres ou pessoas que recolhem os chamados pilotos ingleses. Logo mais, esses mesmos irão acusar as moças de que, aos domingos, vão dançar com os soldados alemães no *dancing* das grutas de Saint-Macaire.

– E terão razão para fazê-lo – interveio um rapazinho briguento e completamente estrábico.

– É a inveja que o faz falar, Belo Olho.

– Não me chame de Belo Olho! São todas umas putas, as moças que dançam com os alemães! E ainda se só dançassem! Mas não! Transam com eles enquanto os noivos estão presos, foram para o STO ou combatem na resistência. Mas deixe que a guerra acabe! Hão de levar na cara e no cu, essas porcas, para aprenderem o que significa trair a pátria com os boches!

– Não gostaria de estar na pele delas quando você e os que pensam como você lhes botarem a mão. Agora, rapazes... voltem para casa. Não há mais nada a fazer aqui.

NA MANHÃ DE 22 DE JULHO o corpo de Bernadette Bouchardeau foi sepultado no jazigo da família Delmas, em presença do advogado Delmas, de seu filho e de inúmeras pessoas, a maior parte das quais comparecera ao ato apenas para manifestar sua repulsa e sua revolta. Uma caminhonete de soldados estava parada sob as tílias da praça. Junto ao túmulo de Toulouse-Lautrec havia dois policiais em trajes civis, vindos de Bordeaux. Observavam atentamente todas as pessoas que apresentavam condolências ao advogado. Os Fayard mantinham-se à parte, sem se atreverem a se aproximar, conscientes da animosidade da maioria da assistência. Foi o próprio Luc Delmas quem se dirigiu até eles para lhes apertar a mão com uma cordialidade que pareceu excessiva a todos. A cerimônia decorreu sem incidentes.

No hospital de Langon, Ruth continuava entre a vida e a morte.

12

As rivalidades que desde o início do ano de 1944, dividiam as principais tendências da resistência do Sudoeste faziam o jogo dos chefes militares alemães da região. De fato, que importância tinha para eles que o general Koenig fosse o comandante das forças francesas do interior, que o general Delmas tivesse sucedido a Bourgès-Maunoury, que Triangle fosse o general Gaillard, delegado militar para a região B, que Aristide exercesse o comando em Gironde em nome do general Koenig, que Gaston Cusin fosse comissário da República, que os gaulistas desconfiassem dos comunistas e que o general Moraglia, enviado pela comissão de Ação Militar, a mais importante comissão do Conselho Nacional da resistência, não chegasse a consolidar sua autoridade? Cartas anônimas, denúncias espontâneas, revelações sob tortura ou ameaça e colaborações diversas permitiam aos alemães exercer represálias sangrentas sobre a população, aniquilar grupos de resistentes e proceder a detenção de importantes elementos da resistência.

Foi devido a uma traição que um grupo de trinta soldados alemães, sob o comando do tenente Kunesch, apoiados por outro tanto de policiais comandados por seu chefe regional, o tenente-coronel Franc, atacou a fazenda de Richemont, perto de Saucats, onde 18 rapazes, na maioria estudantes, tinham acampado enquanto aguardavam um lançamento de paraquedas com armas e munições. Na manhã de 14 de julho, estavam na fazenda 12 desses jovens. Mal armados, lutaram durante três horas. Todos morreram: Lucien Anère, Jean Bruneau, Guy Cèlèrier, Daniel Dieltin, Jacques Goltz, Christian Huault, Pogre Hurteau, François Mosse, Michel Picon, Jacques Rouin, Roger Sabate e André Taillefer. O mais velho tinha 22 anos, o mais novo, 17.

Essa mesma traição permitiu aos alemães localizar, em 25 de junho, a base de Médoc, comandada por Jean Dufour. Alemães e policiais, secundados por um grupo de indianos especialistas em infiltração nas matas, fizeram o ataque ao amanhecer, no bosque de Vignes-Oudines. À frente de alguns homens, Jean Dufour tentou retardar o avanço dos perseguidores. Foi morto depois de esgotadas suas munições. A caça aos resistentes durou até o dia seguinte. Foram destruídos os acampamentos de Vignes-Oudines, de Baleys e de Haut-Garnaut. A ação resultou numa centena de mortos por parte dos alemães e 17 resistentes. Um dos feridos foi exposto na praça de Hourtin e morreu sem assistência médica. Tal como acontecera no ataque a Saucats, os prisioneiros foram fuzilados e os feridos liquidados. Policiais e soldados enfureceram-se contra os habitantes de Liard e contra o pessoal do castelo de Nodris, matando e prendendo diversas pessoas. Os presos foram juntar-se, no forte de Hâ, aos seis prisioneiros do ataque frustrado à fábrica de pólvora de Sainte-Hélène, em 23 de junho. Torturados, foram depois fuzilados ou deportados.

Outra traição permitiu a detenção de Lucien Nouaux, que adotara o nome de Marc, e de seu camarada Jean Barraud. Mais uma vez, Dohse, com suas ameaças e promessas, levou um jovem resistente, denunciado por dois camaradas detidos pela polícia alemã em Pauillac, a colaborar numa emboscada. O rapaz marcou um encontro com os companheiros perto do estádio municipal, onde compareceu acompanhado de Roger, um agente da Gestapo. Sem desconfiar, Marc viu os dois se encaminharem para ele. Nesse instante, os alemães saíram dos esconderijos e os prenderam. Desarmados, foram conduzidos à sede da Gestapo, para serem interrogados. Espancaram-nos com crueldade antes de os levarem à presença de Dohse. Quando entraram em seu gabinete, Marc empunhou uma pequena pistola escapada à revista, disparou e feriu levemente dois soldados alemães, antes de ser alvejado por Roger. Com ferimentos muito graves para ser submetido a interrogatório, atiraram-no numa cela do forte de Hâ, onde os carcereiros acabaram com ele na manhã seguinte, dia 28 de julho.

Esse 28 de julho de 1944 foi particularmente sinistro para a região de Bordeaux.

O tempo estava chuvoso e o céu encoberto, com alguns aguaceiros intermitentes. Ao amanhecer, no campo de Souges, 48 homens desciam de caminhões da Wehrmacht para serem fuzilados. Entre eles, uma vítima de gabarito: Honoré (Robert Ducasse), que, sob o nome de Vergaville, fora chefe do exército secreto e um dos principais responsáveis dos Movimentos Unidos da resistência da região de Lyon.

Preso em outubro de 1943, conseguira fugir em janeiro de 1944. Enviado a Bordeaux por Kriegel-Valrimont, fora nomeado chefe regional das forças francesas do interior. Escondido na casa de amigos protestantes de Bordeaux, fez contato com a Comissão Departamental de Libertação, onde conheceu Gabriel Delaunay. Em 22 de junho, na companhia de seus adjuntos, dois homens e duas mulheres, Honoré dirigia-se a

Sauveterre-de-Guyenne, de bicicleta. Ia organizar uma ação de sabotagem e recuperar munições escondidas nas pedreiras de Daignac. Ao atravessarem Créon, passaram em frente da delegacia. Sem dúvida, o comportamento e o aspecto dos viajantes pareceu suspeito aos soldados que os viram passar, pois avisaram os colegas de Targon, que saíram à sua procura e os prenderam. Os documentos encontrados com o grupo foram suficientemente comprometedores para preocupar os soldados de Targon, que se apressaram em avisar a polícia de Bordeaux. Uma das mulheres, interrogada com brutalidade, revelou o objetivo de sua presença na região. Internados no forte de Hâ, o comissário Penot entregou-os depois à Gestapo. O tenente Kunesch conduziu os interrogatórios.

Honoré foi fuzilado nesse 28 de julho, assim como dois companheiros, René Pezat e Jacques Froment, e outros 45 resistentes. Uma das mulheres conseguiu fugir. A outra foi deportada.

Também nesse mesmo dia era executado Grand-Clément, assim como sua mulher e um de seus amigos.

Após a morte de Noël e de Renaudin, Grand-Clément sabia que seus dias estavam contados. Colocou-se então sob a proteção de Dohse, que lhe ofereceu uma vivenda em Pyla. Grand-Clément refugiou-se ali durante uns tempos, sob o nome de Lefrançais, com Lucette, sua mulher. Foi nessa pequena estância balneária que Meirilhac, enviado pelo coronel Passy, desejoso de esclarecer as circunstâncias da morte de Hipotenusa, o descobriu.

O agente da Comissão Central de Informação e Ação, após informar o coronel Triangle de sua missão, entrou em contato com Jean Charlin, que continuava a considerar Grand-Clément como chefe da OCM do Sudoeste. Charlin concordou em transmitir uma mensagem ao "seu" chefe. Os dois homens encontraram-se então na rua do Hautoir, em

Bordeaux, no restaurante Volant-Doré. Grand-Clément foi informado de que Londres gostaria de ouvi-lo a fim de o livrar das acusações de traição que pesavam sobre ele e de que um "Lysander" o conduziria à Inglaterra. Encurralado, sem saber como agir, Grand-Clément concordou em se encontrar com Meirilhac.

Para iludir Dohse quanto às suas intenções, ficou combinado que simulariam um sequestro do domicílio do amigo e guarda-costas, Marc Duluguet. Em 24 de julho, Meirilhac e três resistentes do grupo de Georges, que chefiava a 3ª companhia das tropas de Aristide, compareceram à casa de Duluguet, onde derrubaram os móveis e dispararam alguns tiros para que se acreditasse num sequestro. Grand-Clément exigiu que sua mulher e Duluguet o acompanhassem. A Sra. Duluguet comprometeu-se a só avisar a polícia alemã uma hora depois da partida do grupo.

Conduziram-os primeiramente a Léognan e, na manhã seguinte, Meirilhac entregou-os a Georges, que os interrogou. Grand-Clément recusou-se a responder, de início, pedindo para ser levado a Londres, como fora combinado. Depois, sem dúvida temendo represálias imediatas contra ele e contra seus companheiros por parte daqueles homens absolutamente convencidos da sua traição, concordou em responder as perguntas. Reconheceu ter entregue armas aos alemães, ser responsável indireto por três mil detenções e por trezentas execuções. Um processo verbal foi redigido e assinado.

Em 28 de julho, os três prisioneiros foram levados, sob forte escolta, até as proximidades de Belin, para a casa de Frank Cazenave, membro da resistência. Os resistentes, numerosos, tomaram posições em volta da casa. Por volta de uma hora da tarde, chegaram Aristide, Dédé, o Basco, e Lancelot. Ao ver surgir o agente britânico, Grand-Clément compreendeu que estava perdido. Aristide reuniu em volta de uma mesa os membros do tribunal encarregado de o julgar. O prisioneiro teve de responder a novo interrogatório, acrescentando que aceitara as propostas de Dohse para proteger a vida de sua mulher e da família. O tribunal mandou então os prisioneiros saírem, a fim de deliberar.

A morte de Grand-Clément foi votada por unanimidade. Após demorada polêmica, a mulher e o amigo foram igualmente condenados à morte.

No final da tarde, o antigo resistente foi colocado num carro. Acompanhavam-no Lancelot e dois resistentes. A mulher e o guarda-costas ocuparam outro carro, com Aristide e mais dois homens. No trajeto mandaram-os parar numa barreira guardada por policiais. Lancelot saiu do carro e fez a saudação hitleriana. Supondo tratar-se de pessoal da Gestapo, os dois policiais deixaram passar os veículos. Grand-Clément não se movera. Detiveram-se num bosque perto de Muret. Nesse local, Aristide comunicou a sentença aos prisioneiros.

Depois tudo aconteceu rapidamente: Dédé, o Basco, levou Grand-Clément para dentro de um curral e o matou. Lancelot executou Marc Duluguet e Aristide encarregou-se do trabalho que ninguém queria fazer.

Os homens de Georges enterraram os cadáveres no bosque.

Aristide enviou o relatório ao coronel Buckmaster, informando-o de que se fizera justiça.

13

Na margem do Sena, deitada sobre uma toalha de praia, apesar da dureza do pavimento, Léa, de pálpebras cerradas, deixava o espírito abandonar-se à lembrança do barulho das ondas rebentando sobre a areia da praia de Biscarrosse, dos gritos das gaivotas e das crianças. O calor a entorpecia suavemente e seu corpo revivia sob os raios de sol. Espreguiçou-se com bem-estar e envolta numa bruma distante, com uma sensação de irrealidade, quase de pecado, diante do prazer que sentia, apesar do horror dos últimos dias. Mas alguma coisa lhe dizia que, sobretudo, não pensasse nisso, fizesse como se aquilo tudo não tivesse acontecido e não fosse mais que um pesadelo do qual despertaria sem se lembrar.

Entreabriu os olhos. Uma gaivota atravessou seu campo de visão, rápida, cruzando o céu de um azul sem nuvens. Uma criança riu, batendo palmas. Imóveis, de cabeças cobertas por bonés ou por chapéus de palha, pescadores com varas olhavam suas boias vermelhas, amarelas ou brancas. A água batia docemente na margem. Um pintor de domingo misturava as suas tintas. Pelo rio deslizou uma barca onde iam moças vestidas de tons claros. Não longe dali, um acordeonista tocava uma melodia da moda. Tudo era harmonia e tranquilidade. Léa virou-se de bruços e pegou o livro que Laure lhe recomendara com tanto entusiasmo.

Agora, todos tinham ido dançar, exceto ela e as senhoras de idade. Todo mundo se divertia, menos ela. Avistou então Rhett Butler, logo atrás do médico. Antes que tivesse tempo para mudar a expressão do rosto, ele a notou, contraiu os lábios e franziu as sobrancelhas. Erguendo o queixo com arrogância, Scarlett se levantou e, de repente, ouviu seu nome... seu nome pronunciado com aquele sotaque inconfundível de Charleston, palavras que dominaram por instantes o tumulto de vozes.

— Sra. Charles Hamilton... 150 dólares... em ouro!

À dupla menção do nome e da quantia, um silêncio repentino pesou sobre os presentes. Scarlett ficara de tal modo surpresa que não conseguiu se mover. Com o queixo entre as mãos, os olhos ainda maiores por causa da surpresa, continuou sentada em seu lugar. Todos se voltaram para observá-la. Viu o doutor inclinar-se, dizendo algo a Rhett Butler. Informava-o, sem dúvida, de que ela estava de luto, e que lhe era impossível participar do baile. Rhett ergueu os ombros num gesto displicente.

— Talvez uma outra das nossas belas jovens — sugeriu o médico em tom alto.

— Não — contrariou Rhett com firmeza, passeando o olhar negligente pela multidão. — A Sra. Hamilton.

— Já lhe disse que não é possível — insistiu o doutor. — A Sra. Hamilton não irá querer...

Scarlett ouviu então uma voz que, de início, não reconheceu...

— Quero sim — disse a sua própria voz.

Que mulher insuportável, aquela Scarlett! Rhett Butler, porém... que homem!

— Gosta do livro? — perguntou Françoise.

— Hum... hum...

— Não a incomode — interveio Laure com o ar mais sério do mundo. — Não vê que ela está dançando com Rhett Butler? Passe-me a *Silhouettes*, Françoise.

— Espere um pouco. Estou acabando de ver os modelos para crianças. Gostaria de ter uma menina para vesti-la com vestidos bem bonitos.

— Você se tornou muito fútil desde que veio para Paris e começou a frequentar costureiros famosos — observou a irmã. — Mudou muito a Françoise de Montillac! Não se parece absolutamente nada com a enfermeirazinha simples de Langon.

— Você não é nem um pouco amável ao me chamar de frívola, Laure. Que queria que eu fizesse? Que me fechasse em casa com as cortinas cerradas esperando o fim da guerra? Ou que partisse para a Alemanha como fazem certas mulheres na mesma situação que eu? Ou, ainda, que fosse para a casa do pai de Otto? Ele me expulsaria. E, além disso, será que ainda está vivo? E Otto, onde estará? Talvez tenha morrido ou esteja gravemente ferido neste exato momento.

— Desculpe-me. Não queria magoá-la. Veja como Charles se dá bem com o pequeno Pierre. Parecem irmãos.

— Sim, são ambos muito fofinhos. Tome a *Silhouettes*.

Françoise ergueu-se, ajustando o maiô de lã azul, e aproximou-se do carrinho de bebê onde seu filhinho estava sentado.

— Leu o artigo de Lucien François? — perguntou Laure. — Contra o *slip* e a favor da verdadeira *lingerie*? É de morrer de rir. Ouça isto:

> Os censores franzem as sobrancelhas à ideia de que se possa se preocupar, na atual conjuntura, com essa coisa frívola e que, ainda por cima, com um vestígio de libertinagem: a roupa íntima feminina. Com mente imbuída pelos "Froufrous" de Mayol, estaríamos tentados a lhes dar razão. Mas o caso muda de figura quando constatamos que a moda do *slip* e do *soutien-gorge* de origem estrangeira deixou desempregados milhares de operários das indústrias de renda e da roupa íntima fina, ambas teluricamente bem francesas...

— Teluricamente! — exclamou Laure. — Vejam só! Tenho certeza de que se pensa que os soldados franceses perderam a guerra porque suas mulheres usavam *slips* ingleses ou americanos. Ouça agora o final.

> Não existem povos fortes sem mulheres bem femininas ao lado de homens verdadeiramente viris. É quando os sexos começam a se influenciar mutuamente que se anuncia o declínio de uma raça. As andróginas de *slips* eram as companheiras dos rapazes de camisas "bombom-derretido". Num casal, não há perigo de que, mesmo em calças de montaria, uma mulher autêntica use cuecas...

– Não acha incrível que se perca tempo falando em cuecas quando não temos eletricidade, não dispomos de gás, quando o metrô não circulará de uma hora da tarde de hoje, sábado, até segunda-feira à mesma hora, quando Estelle teve de permanecer na fila desde as sete da manhã, em frente do armazém, na esperança de conseguir comprar ervilhas Prosper cozidas a vapor, quando comemos apenas cavala salgada há três dias ou, ainda, quando os bombardeios causam milhares de mortos? É incrível! Que época, a nossa! Que pensa disso, Léa?

Léa, que interrompera a leitura para ouvir a irmã, encolheu os ombros:

– Não mais incrível do que estarmos aqui deitadas de maiô à beira do Sena, e de irmos ao Moulin Rouge logo mais, ouvir Edith Piaf cantar, enquanto se luta na Normandia, na Bretanha, na Rússia e no Pacífico. O que é incrível é que nós três ainda estejamos vivas... Estou com fome. Françoise, você me passa um sanduíche?

– Provocaremos um motim se nos virem comendo sanduíches de pão de verdade e de salsichão autêntico. Não acha, Laure? – perguntou Françoise.

– Os outros que se arranjem como eu me arranjo. Não é preciso acreditar que seja fácil conseguir pão e salsichão em Paris, a 5 de agosto de 1944.

– Acredito – garantiu Léa, mordendo ferozmente o sanduíche que Françoise lhe entregara. – Com seu dom para negócios, deveria ter sido você a tratar dos assuntos de Mont...

Léa empalideceu, interrompendo essa palavra que havia jurado para si mesma nunca mais pronunciar. Laure percebeu e rodeou com o braço os ombros da irmã.

– Reconstituiremos Montillac, você verá.

– Isso nunca! Nunca! Você não viu o que eu vi. Não viu tia Bernadette correndo envolta pelas chamas; logo ela, que nunca fez mal a ninguém. E Ruth...

– Fique quieta. Está se atormentando sem necessidade. Não serve de nada remoer esses horrores. Esqueça-os.

– Esquecer?... Para você é fácil. O que você sabe da guerra? Conhece apenas os míseros tráficos do mercado negro...

– Parem de discutir – interveio Françoise. – Todo mundo está olhando para vocês. Vamos embora – concluiu, pegando suas coisas.

– Vocês vão se quiserem. Eu fico por aqui mais um pouco. Levem Charles com vocês.

– Quero ficar com você, Léa.

– Não, meu querido. Seja bonzinho, vá para casa. Preciso ficar só.

O menino olhou a moça com expressão de intensa curiosidade. Pegou-lhe a mão e apertou-a com força.

– Não vai demorar?

– Não. Não demoro. Prometo.

– Esteja de volta lá pelas duas e meia – recomendou Laure. – O espetáculo começa às três e meia e leva uma boa meia hora para se chegar à praça Blanche de bicicleta. É só subida até lá.

– Não se preocupe. Estarei em casa a tempo.

SEM MAIS SE OCUPAR das irmãs e das duas crianças, Léa voltou a deitar, fechando os olhos. Mas as imagens que se formavam por detrás das pálpebras eram tão assustadoras que logo as reabriu.

Um banhista se levantou e, abandonando seu jornal, mergulhou no Sena, respingando-a de leve. Léa pegou o jornal. Era *L'Oeuvre*, de Marcel Déat. Automaticamente, começou a ler o artigo intitulado "Variedade da fauna nas bases da resistência", em que o autor destilava veneno sobre comunistas, gaulistas, socialistas e outros "insetos". Inteirou-se também do fechamento de 198 bares americanos, a pedido da polícia francesa, chocada com o caráter imoral daqueles estabelecimentos de prazer; da abertura, no Grand Palais, de uma exposição cujo tema era "A alma dos campos". Também ficou sabendo que o Dr. Goebbels havia declarado: "O povo alemão deve erguer-se em massa para forçar o destino"; que marinheiros alemães, conduzindo engenhosidades especiais, tinham naufragado 13 navios anglo-americanos; que uma brigada de assalto francesa da Waffen SS combatia na frente oriental; que, nesse dia, haveria corridas de cavalos em Vincennes e no dia seguinte, domingo, em Auteuil; que na Bolsa de Paris o mercado se mostrava mais ativo; que o Führer e o Dr. Goebbels tinham enviado um telegrama de felicitações a Knut Hamsun, pelos seus 85 anos; que o próximo conselho de revisão dos voluntários franceses da Waffen SS se realizaria na segunda-feira, dia 7 de agosto, às nove horas, e o da Legião dos Voluntários Franceses contra o bolchevismo seria no quartel de La Reine, em Versailles; que um orfanato seria batizado com o nome de Philippe Henriot; que, no dia seguinte, a partir das três horas da tarde, teria lugar o campeonato de natação, com percurso desde a ponte de Austerlitz até a ponte Alexandre III; que Elvire Popesco atuava no teatro Apolo na peça *Minha prima de Varsóvia*, e Jane Sourza e Raymond Souplex, no Casino de Paris, em *No banco*; que no Luna-Park podia-se aplaudir Georgius, Georgette Plana e muitos outros artistas; e que Edith Piaf...

Léa jogou o jornal e, sobre o maiô de duas peças, vermelho e branco, enfiou o vestido de raiom com grandes flores, presente de Françoise. Prendeu as tiras das sandálias de tela branca e saltos altos. Correndo, subiu as escadas que conduziam à plataforma.

EM 11 DE AGOSTO o rádio anunciou a morte de Saint-Exupéry, alvejado no sul da França, durante um voo noturno. O locutor lamentou o fato de o escritor ter passado sobre o campo dos inimigos da França.

Nesse mesmo dia, Léa encontrou uma carta de Laurent dirigida a Camille, colocada sob a porta das senhoras de Montpleynet. Perturbada, abriu o envelope, tremendo.

Minha bem-amada mulher,

Aqui estou, por fim, de volta ao solo francês! Não tenho palavras para exprimir a nossa alegria, a minha e a de meus camaradas. Vi os homens mais rudes caírem de joelhos ao desembarcar e, chorando, beijarem o chão de sua terra, e outros colocando nos bolsos areia da praia normanda, que os soldados aliados tiveram o privilégio de pisar antes de nós. Como nos pareceu longa a espera desse dia! Pensamos que não chegaria nunca!

Passei a primeira noite no banco de um jipe. Dormi apenas quatro horas, mas nunca me senti tão novo e tão bem-disposto. Eu me dizia que estava na mesma terra que você, sob o mesmo céu, e que em breve a abraçaria e a Charles. Era felicidade demais!

Desembarcamos em Sainte-Mère-Eglise numa manhã cinzenta, junto ao general Leclerc, que mergulhava na areia à sua volta a ponta da bengala, tendo no rosto uma expressão de incredulidade. Ouvi-o murmurar: "Que sensação mais estranha..." Depois, mais forte, olhando em volta com um sorriso que enrugava seus olhos: "Dá um prazer dos diabos." Os fotógrafos do serviço cinematográfico das forças armadas nos atropelavam, procurando fotografar o aperto de mãos entre o general americano Walker e o nosso general. Leclerc prestou-se a isso de má vontade, recusando-se, porém, a voltar ao quebra-mar.

Acompanhei-o ao quartel-general do 3º Exército Americano, onde está sediada a 2ª Divisão Blindada. Aí conhecemos o general Patton. Que contraste entre os dois homens! Um com uma grande cara de *cowboy*, grande bebedor de uísque, *colts* pendurados na cintura, tal como vemos no cinema; e o aristocrata, com seu boné ornado de duas estrelas – a terceira espera há mais de um ano para ser pregada –, seu impermeável justo ao corpo, polainas inglesas. Só a custo consentiu em se separar de uma espécie de bornal que lhe batia nos rins. Patton estava com um humor excelente; a frente alemã fora finalmente rompida em Avranches, localidade por onde passamos ao rumar para Le Mans. Espetáculo de fim de mundo. Civis errando pelas ruas devastadas, revolvendo os escombros, campos onde se amontoavam centenas de prisioneiros de olhar perdido, cadáveres de americanos, de canadenses, de ingleses e de alemães misturados uns aos outros. Nas aldeias que atravessamos, as moças nos ofereciam flores, pão, garrafas de vinho ou de cidra. Nós passávamos alternadamente da alegria dos libertados ao desespero daqueles que tinham perdido tudo.

No dia 10, sem ter descansado, atacamos com certa precipitação. Os combates foram duros. Tivemos 23 mortos, quase 30 feridos e 14 carros de assalto destruídos ou perdidos. No dia seguinte, em Champfleur, Leclerc, instalado na pequena torre do Tailly, comandou a manobra de aproximação. Indiferente às balas e aos morteiros, dirigiu os homens durante todo o dia, deslocando-se no jipe ou no carro-patrulha. No final desse segundo dia de combate, o general mostrou-se satisfeito, pois tínhamos libertado umas trinta aldeias e avançado 40 quilômetros. Extenuados, dormimos pelo chão, mas não por muito tempo; às duas da madrugada, morteiros alemães caíram no prado onde Leclerc dormia, destruindo um tanque e matando seus dois ordenanças. A noite teminara para todos nós. De 10 a 12 de agosto, a 2ª Divisão Blindada matou oitocentos alemães, fez mais de mil prisioneiros e destruiu quinze Panzer. Na floresta de Ecouves, os soldados inimigos renderam-se aos milhares.

Na sexta-feira, 13, atacamos a aldeia de Cercueil. Na descida para Ecouché, vi a carnificina mais alucinante. Devíamos pegar a estrada nacional 24 Bis. Eu segui atrás do carro de um amigo, Georges Buis, que comandava a vanguarda. Para lá dos prados contornados por sebes surgiu-nos a estrada, atravancada, a perder de vista, por veículos inimigos que pareciam flutuar sobre a vegetação. Durante alguns segundos tudo ficou em suspenso. Depois foi o apocalipse. Os canhões de todos os nossos carros vomitaram fogo e o ar se encheu de gritos e de fumaça. Progredindo através das ruelas, um destacamento conseguiu ultrapassar o descomunal engarrafamento de carcaças retorcidas, de corpos mutilados, de carros em chamas, atravessar a estrada nacional e chegar ao objetivo: a ponte sobre o Orne.

A carta de Laurent terminava com palavras de carinho dirigidas à mulher e de ternura para o filho. Léa dobrou-a com cuidado. Pelo telefone, anunciavam a tentativa de suicídio de Drieu la Rochelle. O telefone tocou.

– Alô? Ruth!... É você? Você está bem?
– Sim, minha pequena, sou eu.

Léa, que desde a morte de Camille não havia derramado nenhuma lágrima, sentiu as faces se cobrirem de lágrimas mornas e salgadas ao ouvir a voz fraca mas perfeitamente reconhecível da mulher que acreditava morta. Conseguia apenas gaguejar:

– Oh, Ruth!... Ruth...

Françoise e Laure, uma após outra, falaram com a governanta, chorando de alegria. Logo, todas as moradoras da rua da Universidade se transformavam em fontes. Laure foi a primeira a enxugar os olhos, exclamando:

– É a única boa notícia que recebemos depois de tanto tempo. Vamos comemorar!

Foi buscar uma garrafa de champanhe, onde ela chamava "sua reserva".

– Deve estar um pouco quente, mas não faz mal. Traga as taças, Estelle, e venha brindar conosco.

Até mesmo Charles teve direito a um "dedo de champanhe", como Lisa dizia.

— Nem sequer nos lembramos de perguntar a Ruth o que aconteceu a Montillac — notou Laure, esvaziando sua taça.

É verdade, pensou Léa. Na alegria de sabê-la viva eu me esqueci de Montillac. É melhor assim, Montillac morreu para mim. Que me importa o que lhe possa acontecer agora? Já correu sangue demais sobre aquela terra. Que Fayard fique com ela, isso não me interessa mais!

— Imagine, senhorita Françoise... batatas a 40 francos o quilo! — comentava Estelle. — E três horas de fila no mercado de Saint-Germain para trazer 2 quilos! A manteiga? É coisa que não existe. E a mil francos o quilo, é preciso ser milionário para comprá-la!

— Não se preocupe, Estelle — interveio Laure. — Amanhã eu arranjo manteiga. Recebi tabaco e sabonetes, vou trocá-los por gêneros alimentícios.

A velha criada fitou Laure com uma expressão admirada.

— Não sei como consegue, senhorita Laure — comentou ela, perplexa. — Mas o fato é que, sem você, teríamos morrido de fome há muito tempo. Felizmente não liga para as palavras de dona Albertine.

— Cale-se, Estelle! — disse Albertine. — Faço muito mal em não ser mais severa com Laure e em concordar com esses tráficos de... de...

— ... de mercado negro, minha tia, pode dizê-lo. Muito bem; faço negócios no mercado negro, sim. A verdade é que não tenho o mínimo desejo de morrer de fome enquanto espero pela chegada dos aliados. Mas não roubo; limito-me a trocar os artigos, obtendo, entretanto, algum lucro. Dedico-me ao comércio. Todos os meus amigos fazem a mesma coisa.

— Isso não é razão, minha pobre criança, para que você faça igual. Há tantos infelizes sofrendo, desprovidos de tudo! Tenho vergonha do nosso bem-estar — declarou Albertine.

Lisa, que se mantivera calada até esse instante, teve um sobressalto e, de rosto repentinamente corado, voltou-se para a irmã, dizendo:

— Nosso bem-estar!... Você está brincando, espero... Vamos ver o que é o nosso bem-estar: é não dispor de chá, nem de café, nem de chocolate, nem de carne, nem de pão verdadeiramente comestível! É não ter aquecimento, tal como no inverno passado! E tudo isso porque a senhorita não quer satisfazer a sua fome, não quer aquecer-se porque há desempregados, prisioneiros e pobres a quem falta tudo! Mas não é pelo fato de nos privarmos que eles sentirão menos frio ou menos fome.

— Sei disso perfeitamente, mas devemos nos mostrar solidários com a desgraça alheia.

— Hoje em dia já não existe solidariedade! – exclamou Lisa, exaltada.

— Como pode dizer isso? – murmurou Albertine, fitando a irmã, ao mesmo tempo que uma lágrima lhe deslizava pela face enrugada, deixando um traço sobre o pó de arroz.

Aquela lágrima acalmou a exaltação de Lisa, que se virou para Albertine, pedindo-lhe perdão. De braços dados, retiraram-se para o quarto de Albertine.

— É sempre a mesma coisa – comentou Laure. – Basta que uma delas chore para a outra logo correr a consolá-la. O que vai fazer esta tarde?

— Fala comigo? – perguntou Léa.

— Sim.

— Prometi a Charles levá-lo ao Luxemburgo, para dar uma volta no carrossel.

— E você, Françoise?

— Vou para casa. Um amigo de Otto ficou de me telefonar à noite para dar notícias dele.

— Tem muito tempo até a noite – garantiu Laure.

— Nem tanto. Com a desativação do metrô, sou obrigada a voltar para casa a pé. Umas boas duas horas. E você, o que vai fazer?

– Não sei. Desde que fecharam todos os bares americanos, eu e meus amigos já não sabemos o que fazer. Vou ver se o grupo está no Trocadero.

– Então, vamos juntas?

– Não. Você está a pé e eu prefiro ir de bicicleta.

– Como quiser. Se receber notícias de Otto, eu lhe telefono logo à noite.

CHARLES CAMINHAVA, comportado, de mão dada com Léa. De tempos em tempos, apertava-lhe os dedos com mais força até que a jovem correspondesse com uma pressão idêntica, que queria dizer: Estou aqui. Não tenha medo. Isso o tranquilizava. Apavorava-o a ideia de que ela desaparecesse como sua mãe.

Desde o momento que deixaram a enorme casa em chamas, dando-se as mãos sem se virarem para trás, Charles compreendera instintivamente que não devia tocar em certos assuntos. A mãe fazia parte dessas coisas que não devia falar. Nunca a mencionava em suas conversas com Léa. Léa, de quem ele gostava tanto quanto sua mãe gostara. Pobre mãe! Por que ela gritava tanto quando ele corria para ela, no dia em que os alemães disparavam por todos os lados? Recordava-se de ter sentido uma dor, da mãe o abraçando, depois o soltando e depois... mais nada.

Às suas perguntas respondiam sempre que a mãe voltaria logo. Mas sabia que não era verdade. Ela partira para longe, para muito longe mesmo. Talvez já estivesse no céu. Quem sabe? A mãe lhe dissera que as pessoas iam para o céu quando morriam. "Então, mamãe..." O menino parou, a boca subitamente seca, o corpo coberto de suor.

Por que Charles havia parado justamente ali, diante do prédio da avenida Raspail onde Camille havia morado? Léa evocou a jovem abrindo-lhe a porta de casa com aquele doce sorriso que a deixava tão à vontade. As mãos de Léa e da criança, enlaçadas, muito apertadas, eram apenas uma. Charles ergueu os olhos e a jovem baixou os seus. Devagar, sem o largar, agachou-se até ficar na altura do menino e o apertou nos braços durante muito tempo.

Um oficial alemão, seguido do ordenança, parou olhando a cena com expressão de ternura.

– Tenho um filho da idade dele. Mas não tem a sorte do seu. A mãe foi morta num bombardeio junto com a minha filha mais velha – disse ele, exprimindo-se em francês correto, mas elaborado, ao mesmo tempo que acariciava os cabelos de Charles.

O garoto deu um pulo como se houvesse recebido uma pancada.

– Boche nojento! – exclamou. – Não me toque!

O oficial empalideceu e retirou a mão. O ordenança avançou para o pequeno.

– Está insultando o capitão?

– Não tem importância, Karl. Natural que os franceses não gostem de nós. Desculpe, minha senhora, mas deixei-me levar pelo sentimento. Por um momento eu me esqueci dessa guerra, que tanto mal tem causado a esses dois países. Mas tudo acabará em breve. Adeus, minha senhora.

O oficial bateu os calcanhares e, com grandes passadas, dirigiu-se para o hotel Lutétia, sobre o qual continuava tremulando a bandeira da cruz gamada.

14

Nessa tarde de 15 de agosto, havia uma verdadeira multidão acotovelando-se sob as árvores dos jardins do Luxemburgo e em volta do lago, onde balançavam os barcos de aluguel. Os pedestres passavam em frente ao Senado sem olhar para o edifício, ignorando as sentinelas atrás dos seus sacos de areia e das barreiras de arame farpado. Crianças e suas mães aguardavam o fim de uma sessão do espetáculo de marionetes para entrarem na próxima. O carrossel era tomado de repente, assim como os veículos puxados por burros e pôneis. Podia-se acreditar que fosse uma quinta-feira ou um domingo de junho, em plena época escolar, tal era o número de crianças. A maior parte delas fora privada das férias devido à greve dos ferroviários e, sobretudo, por causa dos combates que se travavam cada vez mais perto da capital. A brincadeira favorita dos 10 aos 12 anos de idade era a guerra, mas todas as crianças queriam ser francesas, ninguém se oferecendo para desempenhar o papel dos alemães. Os jovens chefes de grupos viam-se obrigados a tirá-los através de sorteio, e era sem convicção que os "alemães" se batiam contra os "franceses".

Após três voltas no carrossel e sem conseguir apanhar a argola com o bastão, Charles pediu um sorvete. Na entrada do jardim, que dava para a avenida Saint-Michel, um sorveteiro com um supercarrinho de cores vivas, em forma de carruagem, tinha sorvetes que ptetendiam ser "de morango". Léa comprou dois. No coreto, músicos de uniformes verdes tocavam valsas de Strauss. Em algumas árvores estavam afixados cartazes amarelos e pretos, assinados pelo novo governador militar de Paris, o general von Choltitz, com apelos de calma à população parisiense e anunciando que seriam tomadas medidas repressivas, muito severas e brutais, em caso de desordens, sabotagens ou atentados.

Mas a maior parte dos pedestres que liam tais panfletos limitava-se a sorrir – ao meio-dia, o rádio comunicara o desembarque aliado em Provence. Algumas pessoas garantiam que os americanos estavam às portas de Paris, pois tinham ouvido o som dos canhões. Outras vinham de Notre-Dame, onde tinham assistido à cerimônia comemorativa do juramento de Luís XIII, apesar da proibição imposta pelo general von Choltitz.

Desafiando a proibição, os parisienses haviam se reunido em grande número ao apelo dos bispos. Era tanta gente que transbordava do templo para o meio da praça, comprimindo-se em frente do pórtico principal, onde, sobre um palanque, se desenrolava uma cerimônia idêntica à celebrada no interior. Enquanto isso, a procissão saía por um dos pórticos laterais e voltava a entrar pelo outro. Com fervor, a multidão respondia às orações proferidas por um missionário do alto do palanque: Santa Joana d'Arc, libertadora da Pátria... rogai por nós. Santa Genoveva, protetora de Paris... rogai por nós. Santa Maria, Mãe de Deus, padroeira da França... rogai por nós... O missionário suspendera a ladainha por instantes para ouvir o que um padre lhe dizia. Os que se encontravam mais perto do palanque viram, então, seu rosto se iluminar. Muitos deles caíram de joelhos quando, em voz vibrante, o religioso gritou:

— Anunciam-nos que as tropas aliadas desembarcaram em Provence. Oremos, caríssimos irmãos, para que Marselha e Toulon sejam poupadas da destruição. Pai nosso que estais no céu, santificado seja o Vosso nome, venha a nós o Vosso reino...

A emoção atingiu o auge quando o cardeal Suhard pronunciou um pequeno discurso improvisado, no qual falava da última provação a atravessar. Alguns soldados alemães postados em frente ao Hotel-Dieu e à Prefeitura assistiam, impávidos, ao desenrolar dos acontecimentos. E, coisa curiosa! Não havia nenhum guarda nas proximidades: a polícia parisiense estava em greve desde a manhã, em protesto contra o desarmamento dos seus colegas dos comissariados de Asnières e de Saint-Denis.

NO DIA SEGUINTE ao da Assunção, reapareceu o *Je Suis Partout*, que fora suspenso, anunciando para sexta-feira, dia 25 de agosto, a publicação do seu próximo número. Caminhões repletos de policiais começaram a abandonar a capital em direção leste.

Pela avenida da Ópera, pelos Champs-Elysées e por Saint-Michel soldados alemães desfilavam diante da população, que os fitava com ironia. "É o começo do fim", comentava-se.

No dia 17, a alegria popular atingiu o auge ao ver os carros de assalto, os caminhões, as ambulâncias, os veículos sobrecarregados, cheios de alemães de olhares apáticos e rostos vincados. Atrás deles vinham os veículos mais heterogêneos: carroças, carros puxados por cavalos, triciclos e mesmo carrinhos de mão, que transportavam os despojos: aparelhos de rádio, máquinas de escrever, quadros, sofás, camas, malões, malas e, coroando tudo aquilo, os inevitáveis colchões, lembrando aos parisienses o seu próprio êxodo pelas estradas da França.

Ah, que prazer ver se arrastar os restos do exército invencível! Onde estariam os soberbos e bronzeados conquistadores do mês de junho de 1940? Que fora feito dos uniformes de aspecto impecável?... Usados em quatro anos de guerra nas estepes russas? Nos desertos africanos? Ou, ainda, nas poltronas do Hotel Meurice? Do Crillon? Ou do Intercontinental? As pessoas instalavam-se nos bancos dos jardins da Champs-Elysées para presenciar comodamente a retirada, entretendo-se em contar os carros e as caminhonetes. E os sorrisos não desapareciam quando passavam a pé soldados jovens demais ou velhos demais, mal-ajambrados em jaquetas pequenas ou ridiculamente largas, a barba por fazer, desalinhados, arrastando suas armas ou com os braços atravancados de víveres ou de tecidos, que alguns não hesitavam em vender à população.

Laure e Léa pedalavam ao longo dos cais do Sena. Pairava no ar uma espécie de euforia, apesar da tensão reinante em certos bairros, o ruído dos motores, os gritos, a fumaça da documentação da Gestapo e das administrações, que se queimava mesmo no pavimento das ruas, o nervosismo dos fugitivos e o toque de recolher às nove horas da noite. Um automóvel comprido ultrapassou as duas irmãs. Dentro dele algumas jovens excessivamente loiras e elegantes esfregavam-se em um general de monóculo.

Os pescadores e os banhistas haviam marcado um encontro nas margens do Sena. No rio, veleiros oscilavam suavemente à luz do verão. A cidade inteira esperava. As duas se viram forçadas a descer da bicicleta para atravessar a ponte Royal, interrompida por barreiras de arame farpado.

NA RUA DA UNIVERSIDADE, Charles esperava Léa, impaciente para lhe dar o desenho em que trabalhara desde o início da manhã. Estelle lamentava-se de suas pobres pernas cheias de varizes por causa das filas. Lisa estava muito animada – ao meio-dia, ouvira na emissora inglesa a notícia de que os americanos já se encontravam em Rambouillet. Albertine parecia preocupada.

Graças às reservas de Laure, o jantar, constituído por sardinhas em conserva no azeite e um autêntico pão de centeio, lhes pareceu divino. A energia elétrica voltou das vinte e duas horas e meia à meia-noite, trazendo a Lisa uma decepção: afinal os americanos não estavam em Rambouillet, mas em Chartres e em Dreux.

Pouco antes do toque de recolher, alguns SS dispararam rajadas de metralhadoras contra os panacas que observavam funcionários alemães retirando documentos do Trianon-Hotel, na rua Vaugirard. Na praça da Sorbonne e na avenida Saint-Michel diversas pessoas ficaram feridas ou morreram por esse mesmo motivo.

O sono dos parisienses foi perturbado pela explosão dos depósitos de munições que os ocupantes fizeram saltar pelos ares antes de se retirarem.

– ESTA MANHÃ NÃO HÁ jornais – disse a Léa o dono do quiosque instalado diante do Deux-Magots, em Saint-Germain. – As coisas vão mal para os colaboracionistas. Olhe para a cara daquele tipo de óculos! É Robert Brasillach! Ele vai tomar café no Flore. Seu aspecto nunca foi muito bom, mas faz dois dias que está com um ar levemente doente. Acho que deveria ir embora junto com seus amigos boches.

Então era ele o Brasillach a quem Raphaël Mahl se referia com tanta admiração! Parecia um menino sofrido.

Léa também se instalou no terraço, não muito longe do escritor, e pediu um café. O velho garçom, envolto por um longo avental branco, informou-a de que não poderia servir nada quente por causa do corte de gás. Ela teve de se contentar com um *diabolo-menthe*, infecto.

Na mesa vizinha, um homem de uns 30 anos, alto e moreno, usando pesados óculos de míope, escrevia num caderno com uma caligrafia redonda e aplicada. Um jovem loiro e de aspecto frágil veio sentar-se junto a ele.

— Olá, Claude! Já está trabalhando?

— Bom dia, Claude. Se prefere assim. Quais são as novidades?

— Ontem houve muitos incidentes no bairro. Os alemães andaram atirando na rua de Buci, em Saint-Germain.

— E houve mortos?

— Sim, alguns. Como vai o seu pai?

— Bem. Está em Vémars e irei vê-lo amanhã.

Palavras abafadas impediram Léa de continuar a seguir a conversa entre os dois.

— São depósitos de munições — disse um deles.

— Incendiaram entrepostos por detrás da Torre Eiffel e diversos cafés. O fim está próximo. Os colaboracionistas fogem como ratos. Nunca mais ouviremos a voz de Jean Hérold-Paquis, pois a Rádio Journal acabou. Os Luchaire, os Rebatet, os Bucard, os Cousteau e os Bonnard, ditos gestapistas, estão agora a caminho da Alemanha. Só ficou este, e bem que eu gostaria de saber por quê — disse o homem loiro, apontando Brasillach.

— Talvez por causa de alguma noção de honra. Não consigo mais odiá-lo, ele me dá pena.

— E por que o odiava?

— Ora, uma velha história causada por um artigo ignóbil sobre meu pai, publicado em 1937.

— Ah, eu me lembro! Intitulava-se "A idade crítica do Sr. Mauriac".

— Isso mesmo, as baixas injúrias de Brasillach me magoaram profundamente. Eu quis lhe quebrar a cara.

Léa colocou o dinheiro sobre a mesa e ergueu-se. Os dois homens seguiram-na com os olhos.

— Bonita moça!

— Sim, muito bonita!

SEM AS EXPLOSÕES distantes dos depósitos de munições, aquele final de manhã, de céu um tanto escuro, do dia 18 de agosto de 1944, teria parecido um banal fim de manhã de verão. Tudo estava calmo. Os pedestres, pouco numerosos, tinham o passo lento dos turistas. Jovens passavam de bicicleta, sorridentes, em seus vestidos claros. Diante da igreja de Saint-Germain-des-Prés, um grupo de jovens discutia com animação. Na vitrine da livraria do Divan, alguns exemplares envelhecidos da revista de Martineau acabavam de amarelar. No pequeno largo próximo da igreja, uma velha desdobrava um jornal com comida para gatos, talvez a sua mesmo, colocando-a junto ao tronco de uma árvore.

— Miau... miau... — chamava ela. — Venham, meus meninos.

Na praça Furstenberg, os mendigos disputavam entre si os últimos tragos de um vinho de má qualidade. Na rua do Sena, dois zeladores, no batente das portas, não paravam de falar sobre os acontecimentos da véspera. As bancas de frutas e de legumes no cruzamento com a rua de Buci estavam desesperadamente vazias, o que não impedia a formação de filas de donas de casa pacientes. A rua Dauphine estava deserta. Na rua de Saint-André-des-Arts, meninos se perseguiam armados de pedaços de pau como se fossem pistolas, escondendo-se nos recantos do pátio de Rohan.

— Pum... pum...! Renda-se ou morre!

Sem destino, Léa continuava a errar pelas ruas. Viu-se na praça Saint-Michel. Havia um aglomerado em volta de um plátano. Aproximou-se, abrindo caminho com os cotovelos. Preso à árvore, havia um cartaz branco, ostentando as bandeiras tricolores entrelaçadas. Leu:

Governo Provisório da República Francesa.
    Os Aliados estão às portas de Paris. Preparem-se para o derradeiro confronto com o invasor! Os combates já começaram em Paris.
    Esperem as ordens para agir, elas serão transmitidas por cartazes ou pelo rádio. Os combates terão lugar por áreas.

Todos os parisienses sabiam que nos próximos dias ou mesmo nas próximas horas iriam assistir à libertação de sua cidade ou à sua destruição. Alguns habitantes preparavam-se ativamente. A maioria decidira não sair de casa e aguardar a retirada dos alemães para manifestar sua alegria.

Léa, por sua vez, oscilava entre o ódio e o medo, entre a vingança e o esquecimento. Passava de um sentimento a outro com uma rapidez que lhe esgotava os nervos. Suas noites agitadas ou insones haviam deixado marcas em volta de seus olhos, aos quais o cansaço concedia uma limpidez de malva. As mechas dos cabelos erguidas acentuavam a nova fragilidade de seu rosto.

Teria de reagir e entrar em contato com os elementos dessa rede de que lhe falara o jovem médico de Langon, que os havia apanhado pelo caminho, conduzido a Bordeaux e posto num dos últimos trens que partiam para Paris. Viagem agitada, que havia durado dois dias, por causa dos cortes na estrada de ferro e dos bombardeios que obrigavam os passageiros a fugir dos vagões para se deitar nos campos. Automaticamente, Léa havia seguido os outros, indiferente aos perigos, assim como às queixas de Charles, que não soltava sua mão. A acolhida calorosa das tias e das irmãs não diminuíra seu desinteresse por tudo. Apenas a voz de Ruth a havia tirado de sua apatia. As lágrimas que então derramara fizeram com que reencontrasse um pouco de seu desejo de viver, sem, no entanto, lhe restituírem a autoconfiança, o que antes era a sua força.

Até o anoitecer, Léa vagou numa Paris tensa pela espera. Um pouco antes da hora do toque de recolher a fome a fez regressar à rua da Universidade, onde Estelle apenas pôde oferecer-lhe um pouco de purê frio e um pedaço de *camembert* farelento. Albertine de Montpleynet, enfim tranquilizada, não a censurou pela ausência tão prolongada. Charles, que se recusara a ir para a cama sem que Léa chegasse, adormeceu segurando sua mão.

Os pesadelos fizeram com que Léa ficasse acordada uma parte da noite. Só ao amanhecer eles lhes deram descanso.

15

— Acorde! Acorde!

Sacudida por Laure, Léa levantou-se e olhou para a irmã com ar perplexo.

– Acorde, Léa! As Forças Francesas do Interior tomaram a delegacia. Há combates de rua por toda a cidade. Os americanos estão chegando. Vá se vestir!

Laure gesticulava pelo quarto, sem fôlego.

– Mas que história é essa?

– Os gaulistas ocupam a delegacia de polícia. Os policiais também estão lutando.

– Quem falou isso?

– Franck, um amigo meu que você não conhece. Ele mora num apartamento enorme em Saint-Michel, que dá para a avenida e também para a rua Huchette. Ele me telefonou. Esteve dançando e bebendo durante toda a noite com alguns amigos. Por causa do toque de recolher, todos dormiram em sua casa. Quando Franck foi fechar as persianas, lá pelas sete da manhã, viu homens sozinhos e aos pares dirigindo-se para Notre-Dame. Intrigado pela quantidade deles, Franck se vestiu novamente e foi para a rua. Ele os seguiu e chegou ao adro da catedral, onde mil, duas mil pessoas esperavam, conversando em voz baixa. Pelo que ouviu, Franck compreendeu que eram policiais à paisana. Depois chegou uma caminhonete e foram distribuídas espingardas e cinco ou sete metralhadoras aos agentes. Uma palavra de ordem deve ter sido dada, pois avançaram para a grande porta da delegacia. Franck os acompanhou. A porta abriu-se e a multidão invadiu o pátio em silêncio. Um homem alto, com um terno *pied-de-poule* e a tarja tricolor, gritava, empoleirado no capô de um carro: "Em nome da República, em nome do general De Gaulle, tomo posse da delegacia de polícia!" Os homens de sentinela deixaram-se desarmar sem resistência. Içaram a bandeira entoando a *Marselhesa*. Franck, que não é nem um pouco sentimental, disse que quase chorou. Parece que nomearam um novo delegado, Charles Lizet, eu creio. Venha, vamos até lá, vai ser divertido.

– Divertido? Não, de fato. Interessante talvez – disse Léa, levantando-se da cama.

– Você dorme nua?!

– Esqueci de trazer camisola quando vim para cá. Agora me deixe. Quero me arrumar.

– Veja se se apressa. Espero por você na cozinha.

– Está bem. Mas não diga nada às tias.

– É claro que não. Não sou louca!

Os soldados alemães, de capacetes, que passavam pela avenida Saint-Germain em uma caminhonete descoberta, de espingardas e de metralhadoras grudadas ao corpo, saudaram com gritos as duas jovens de bicicleta quando as ultrapassaram na altura da rua do Bac.

– Não parecem muito assustados – disse Léa, virando-se para trás.

Agora deserta, a avenida estendia-se à sua frente. Na esquina da rua do Dragon, um alemão lhes apontou a metralhadora.

– Desapareçam ou disparo!

Sobre as mesas do Deux-Magots e do Flore, xícaras e copos meio cheios aguardavam a volta dos clientes, refugiados no interior dos cafés. Na rua de Rennes, algumas pessoas corriam em todas as direções. Ouviu-se uma curta rajada e duas delas caíram. Em Mabillon, jovens de camisa branca, com tarjas da Cruz Vermelha, correram no sentido do tiroteio. Um tanque barrava o caminho no cruzamento do Odéon. Léa e Laure viraram para a rua de Buci. As portas de ferro da maioria das lojas estavam abaixadas, e os donos dos cafés recolhiam as cadeiras às pressas. Cruzaram com homens de tarjas tricolores, que seguiam apressados. Um deles disse:

– Voltem para suas casas, isto aqui está perigoso.

Tudo parecia surpreendentemente calmo na rua Saint-André-des-Arts, uma zeladora varria a entrada da porta como em todas as manhãs. O livreiro bebia a habitual tacinha de vinho branco no balcão da tabacaria, acompanhado do gráfico da rua Séguier; a mulher que vendia doces limpava os vidros cheios de falsos bombons. Em Saint-Michel, uns paspalhos olhavam com ar satisfeito para a delegacia e para a Notre-Dame, sobre as quais flutuavam bandeiras tricolores.

Laure e Léa foram saudadas com gritos ao chegarem ao apartamento de Franck.

– Trouxe minha irmã, Léa, de quem já lhe falei.

— Fez bem. Bom dia, Léa. É verdade que você é uma heroína da resistência?

— Não se deve acreditar em tudo o que Laure diz. Ela sempre exagera.

— Não exagerei nada...

— Fique quieta. Não gosto de falar nisso.

— Como quiser. Mas, resistente ou não, seja bem-vinda. Venha ver.

O jovem conduziu Léa para junto de uma das altas janelas do vasto salão.

— Olhe! É como se estivéssemos instalados em camarotes de primeira. Minha mãe vai sentir muito ter ido para a Touraine. Por nada do mundo perderia tal espetáculo. Tenho certeza de que convidaria todas as suas belas amigas se estivesse aqui. O que acha? Bela visão, não é verdade?

— Sim, muito boa.

— Tem alguma coisa para comer, Franck? Saímos tão depressa que não tivemos tempo de comer nada.

— Já sabe como é: na casa de Franck não falta nada. Além de pão, um pouco duro, há presunto, salsichão, patês, frango frio, alguns doces e vinho, champanhe e uísque à vontade.

— É dono de alguma mercearia? — perguntou Léa secamente.

— Poderia ser, senhorita. Mas prefiro o comércio de meias de seda, perfumes e cigarros. Você fuma? Cigarros ingleses ou americanos? Pode escolher. Qual prefere?

— Americanos. Mas, antes, quero comer. Estou com fome.

— Às suas ordens. Ei, vocês... tragam de comer e de beber para a princesa! Vossa Alteza se dignará a brindar aos nossos futuros libertadores?

Pela primeira vez desde que havia chegado, Léa observou o jovem. Tinha um jeito de amigo de infância, aquele que ouve as confidências, com quem se partilham os segredos, mas a quem nunca se olha como homem. Não muito alto, perdido dentro de um casaco de ombros excessivamente largos, calças curtas demais, deixando à mostra as meias brancas e os inevitáveis sapatos de sola tripla do perfeito excêntrico. Uma grande mecha de cabelos loiros, penteados de acordo com a última moda, esmagava-lhe o rosto ingrato, de traços ainda infantis.

Segundo Laure, aquele garoto era um dos reis do desembaraço e, sem o conhecimento dos pais, acumulara fortuna trabalhando no mercado negro. Generoso, gostava de presentear os amigos e os amigos dos amigos. Satisfeita com o exame, sem dúvida, Léa dignou-se a lhe sorrir.

– Então, bebamos à libertação de Paris.

Sentada no parapeito da janela, Léa se surpreendia por estar tomando champanhe nessa cidade insurreta, que se preparava para combater.

Agentes da defesa passiva atravessaram a praça Saint-Michel, gritando que o toque de recolher seria dado às catorze horas.

– Não é verdade – garantiu um rapaz, entrando na sala. – Passei pelo meu comissariado e informaram-me de que não sabiam de nada. As Forças Francesas do Interior que o ocupam também não sabem de nada. Ora, gente nova! Bom dia, eu me chamo Jacques.

– Bom dia. Sou Léa. De onde vem?

– Um pouco de cada lugar. Há muitas prefeituras nas mãos de comunistas.

– Como sabe?

– São os boatos que correm por aí. Os comunistas são os únicos suficientemente organizados e armados. Há postos de socorro com a bandeira da Cruz Vermelha montados na rua Rivoli, na rua do Louvre, no Châtelet, na République e na avenida Grande-Armée. Começou também a caça às armas. Quem dispõe de uma faca tira de um soldado alemão a pistola ou o fuzil, com o fuzil, apodera-se de uma metralhadora e, com a metralhadora, consegue um caminhão de munições que distribui entre seus camaradas. Um boche para cada um é a palavra de ordem entre os novos recrutas.

— Também vai lutar? — perguntou Léa.

— E por que não? Seremos os heróis de amanhã. Pensarei no caso depois de comer alguma coisa.

Todo o grupo, cinco rapazes e três moças, instalou-se na cozinha, onde Laure e Muriel, uma bela loira, tinham posto a mesa.

— E que tal uma música? Seria mais divertido.

— Claro. Põe as Irmãs Andrews — disse Muriel.

— Ok. Que canção você quer?

— Pode ser *Pennsylvania Polka* ou *Sonny Boy*.

— Como conseguiram arranjá-los? — perguntou Léa, admirada. — Pensei que a música americana estivesse proibida.

— Temos as nossas influências. Nós lhe diremos quando a guerra terminar.

As vozes das Irmãs Andrews irromperam pela casa. A refeição decorreu alegremente, cada um dizendo o seu gracejo, a sua palavra espirituosa. Eram todos tão jovens e despreocupados que Léa se surpreendeu a rir com suas piadas, sob o olhar aprovador de Franck, que voltou a encher seu copo de vinho.

Depois, o dono da casa levantou-se para dar corda no gramofone. Em meio ao relativo silêncio, ouviram-se muitos disparos.

— Venham depressa! Os alemães estão atacando.

Todos correram para as janelas.

Na avenida do Palais, os ocupantes de três caminhões atiravam contra a porta da delegacia e três carros de assalto rumavam na direção de Notre-Dame. Disparos partiram do Palácio da Justiça e da delegacia, matando alguns agressores. Em seguida, os caminhões desapareceram, rumo ao Châtelet. Morteiros explodiram. Pouco depois, outros caminhões pararam na avenida do Palais. De onde estavam, os jovens viram homens em mangas de camisa, armados de espingardas e de pistolas, esconderem-se na entrada do metrô e do café do Départ, em cuja porta instalaram uma metralhadora.

Seu primeiro alvo foi um caminhão vindo da ponte Saint-Michel. Feriram um soldado, que tombou em cima da cabina do veículo, deslizando depois para o chão da rua. O caminhão deteve-se, enquanto um outro soldado esmagava-se contra a Rôtisserie Périgourdine, na esquina do cais dos Grands-Augustins, saudado pelos gritos de alegria dos espectadores. Elementos das Forças Francesas do Interior corriam para recolher os corpos, abrigando-os nas escadas de acesso ao Sena, sob os olhares interessados dos banhistas que se bronzeavam na margem oposta, encostados ao muro do cais dos Orfèvres. Na direção do Châtelet, subia uma fumaça negra de um caminhão incendiado. Um veículo marcado com o V da vitória e a cruz de Lorraine virou para o cais Saint-Michel com forte rangido de pneus, seguido por uma ambulância e por um carro de bombeiros. No adro da Notre-Dame três tanques preparavam-se para investir contra a delegacia.

– Não conseguirão aguentar – prognosticou Franck. – Mal dispõem de munições e não será meia dúzia de sacos de areia que os protegerá dos morteiros.

Um grupo de adolescentes passou correndo pelo cais, transportando uma velha metralhadora que Franck identificou como uma Hotchkiss. Um deles tinha uma cartucheira de balas em volta do pescoço. Chamava-se Jeannot, tinha 15 anos e não sabia que iria morrer pouco depois no cais de Montebello, com a garganta aberta por um projétil.

Uma garrafa incendiária, atirada de uma das janelas da delegacia, aterrissou em cima da pequena torre aberta de um tanque, que pegou fogo instantaneamente. Os gritos de regozijo dos sitiados atravessaram o Sena, misturando-se aos dos habitantes do cais Saint-Michel que, apoiados em suas janelas e inconscientes do perigo, não perdiam nenhum detalhe do espetáculo. Surgiu então um grupo de prisioneiros alemães escoltados por elementos da Forças Francesas do Interior. Na praça, um pedestre foi atingido por uma bala perdida. Um alemão coberto de sangue rodopiava. Um projétil fez sua cabeça explodir. Durante alguns segundos terrivelmente longos ele continuou a avançar, só depois tombando no meio da calçada. Léa foi a única a não desviar os olhos.

Uma grande explosão sacudiu todo o bairro: um caminhão-tanque, transportando gasolina, acabava de se chocar contra a parede do Hotel Notre-Dame. As chamas incendiaram o toldo e subiram pela fachada do edifício. Alguns FFI abandonaram seus postos para tentar desviar o veículo e proteger o antigo prédio. Felizmente, muito rápido, se ouviu a sirene dos bombeiros.

Aproveitando um momento de calma, um dos rapazes do grupo decidiu dar uma volta. Voltou depois de uma hora, informando que fora decidida uma trégua para se recolherem os mortos e os feridos. A boa notícia foi saudada, como convém, com a abertura de uma garrafa de champanhe, a qual depois de esvaziada foi se juntar às suas irmãs dentro de uma banheira.

A NOITE ANUNCIAVA-SE pesada e tempestuosa. Os parisienses tinham retomado a posse das ruas da capital e passeavam, detendo-se por vezes junto a uma poça de sangue já meio seca, subitamente silenciosos e pensativos.

— Ai! Não avisamos as tias! — exclamou Laure, lançando-se em direção do telefone.

Acima da Pont-Neuf, o céu ficava cada vez mais ameaçador.

— Tia Albertine quer que a gente volte para casa imediatamente. Parece que Charles está com uma febre muito alta.

— Não chamaram o médico?

— Não respondem na casa do Dr. Leroy e os outros médicos se recusam a sair de casa.

— Está bem, então eu vou. Você vem comigo?
— Não. Fico aqui. Se precisar de mim, telefone. Pode dar o número de seu telefone para Léa, Franck?
— Claro que sim. Eu a acompanho — ofereceu-se o rapaz. — Estarei de volta em menos de meia hora. Vou com a sua bicicleta, Laure.

16

Léa passou toda a noite à cabeceira da criança que delirava. Pela manhã, embrulhou-a num cobertor, pediu emprestado à zeladora o carrinho de bebê caindo aos pedaços, onde deitou o menino, e dirigiu-se ao hospital mais próximo.

O céu ainda estava coberto pelas nuvens negras da tempestade anterior. Do piso molhado subia um cheiro de pó. Não havia ninguém nas ruas nessa manhã de domingo, que o silêncio excessivo tornava inquietante...

No hospital Laënnec, na rua de Sèvres, um interno de plantão ocupou-se da criança. Manifestamente incapaz de saber de qual doença Charles sofria, o médico a aconselhou a deixá-lo ali até a chegada do professor, voltando mais tarde. Diante de sua recusa em abandonar a criança, levou-os então para um quarto com duas camas, depois de ministrar um medicamento ao pequeno paciente.

JÁ ERA TARDE QUANDO Léa despertou ao som de uma voz.
— Ora bem, a mocinha tem um sono profundo! É seu filho?
— Não, não é meu.
— Onde estão os pais?
— O que ele tem, doutor?

— Um tipo de laringite aguda, complicada por um princípio de congestão pulmonar.

— É grave?

— Pode ser. Seria conveniente interná-lo.

— E não é possível?

— Grande parte do pessoal está fora. Mas não respondeu à minha pergunta: onde estão os pais da criança?

— A mãe foi morta pelos alemães e o pai está com o general De Gaulle — explicou Léa.

— Pobre criança!

— Léa... Léa...

— Estou aqui, meu querido.

Charles agarrou-se a ela, gemendo. O médico observava-os com um ar preocupado.

— Leve-o para casa e siga à risca o que vou prescrever. Sabe dar injeção?

— Não.

— Não faz mal. Aprenderá logo.

— Mas...

— Não é muito complicado.

A porta do quarto abriu-se bruscamente.

— Chegaram algumas crianças feridas, doutor.

— Com gravidade?

— Ferimentos no ventre e nas pernas.

— Já estou indo. Leve-as para a sala de operações. Está vendo, senhorita? Era isto o que eu receava... a chegada de feridos quando não dispomos de pessoal suficiente para atender os enfermos.

O médico acabou de redigir a receita e disse:

— Na entrada, peça à enfermeira o endereço da farmácia de plantão e deixe-me o seu endereço. Tentarei passar em sua casa amanhã de manhã ou mandarei um de meus colegas.

— Doutor, ele... não vai...

— Fique tranquila. É um homenzinho forte, muito capaz de sobreviver a tudo isto. Dê-lhe os remédios pontualmente e meça sua temperatura.

Durante os três dias seguintes Léa dormiu apenas algumas horas, completamente alheia ao mundo exterior, vivendo ao ritmo da respiração da criança. Preces ingênuas brotavam de seus lábios pálidos. Suas mãos já não tremiam ao aplicar as injeções. Ao amanhecer do dia 23 de agosto a febre diminuiu. O rapazinho, abatido, disse em voz fraca:

— Estou com fome.

Léa o cobriu de beijos e ele sorriu com ar cansado, mas feliz.

— O que está acontecendo? — perguntou Albertine, empurrando a porta do quarto.

— É maravilhoso, tia! Charles está curado: pediu comida.

— De fato, é uma boa notícia. Felizmente Laure conseguiu um pouco de leite e biscoitos. Vou pedir a Estelle que os traga.

O garoto roeu um biscoito e bebeu metade do leite, voltando a adormecer instantaneamente sob os olhares enternecidos das quatro mulheres, que abandonaram o quarto na ponta dos pés.

— Tem água? — perguntou Léa. — Estou com vontade de tomar um banho.

— Tem. Mas fria, como sempre.

Fria? Estava verdadeiramente muito fria. Mas, mesmo que estivesse ainda mais fria, Léa teria se banhado com o mesmo deleite, a fim de se livrar da angústia que, como a sujeira, colava à sua pele desde o instante em que sentira a morte rondando Charles. Obstinando-se em salvá-lo, pressentira os momentos mais críticos, aqueles em que o corpo se despoja de suas defesas, e, tal como uma feiticeira, insuflara nele a própria energia através das mãos. A tensão a esgotara. Sabia agora, porém, que a criança estava salva.

A angústia e o cansaço dissolviam-se na água que arrepiava sua pele. Em movimentos vigorosos, esfregou o corpo com a luva de crina ensopada na espuma do sabonete com perfume de lírio, presente de Laure. Não dispunha de xampu, lavou os cabelos com sabão e depois molhou-os em água com vinagre, para deixá-los brilhantes.

Sem hesitar, examinou-se no espelho do móvel de madeira dourada, que dava um toque de luxo ao singelo banheiro de ladrilhos brancos.

– Estou só pele e ossos – comentou em voz alta.

Havia emagrecido muito, sem dúvida, mas a imagem refletida no espelho estava longe de lhe desagradar. Com complacência, acariciou os seios de pontas endurecidas pelo frio, arqueou os rins e pensou ouvir a voz de François Tavernier exclamando com admiração: Que bela bunda! Enrubesceu a tal lembrança, percorrendo-a um arrepio de prazer. Enrolou-se no roupão felpudo e secou os cabelos com vontade. Nesse instante, o telefone tocou no hall.

– Laure quer falar com você – gritou Albertine do outro lado da porta.

– Já vou.

Com os cabelos despenteados, Léa pegou no fone.

– Alô? Léa? Tia Albertine me disse que Charles está melhor. É verdade?

– Sim. Já não tem mais febre. Comeu um pouco esta manhã. Você poderia conseguir mais leite?

– Está cada vez mais difícil, com a greve geral. Os caminhoneiros se recusam a viajar pelo interior. O abastecimento não está assegurado, exceto no que diz respeito à carne, graças às Forças Francesas do Interior, que se apossaram de 3.500 toneladas armazenadas pelos alemães nos frigoríficos de Bercy e de Vaugirard. Posso arranjar, mas preciso de senhas, pois, neste momento, a fiscalização anda de olho no mercado negro.

– Passo por aí para levá-las.

– Tenha cuidado! A situação já não é a mesma desde sábado. No Quartier Latin houve muita luta ontem e anteontem.

Há barricadas por toda parte, policiais e alemães emboscados nos telhados disparando sobre os pedestres. Todos os dias se empilham centenas de mortos no necrotério. Com este calor, não é difícil imaginar o cheiro na Notre-Dame-des-Victoires, onde se celebram as missas. É lá que ficam os caixões, enquanto não são levados para o cemitério de Pantin, onde são enterradas na quadra destinada aos rebeldes. O pessoal da Cruz Vermelha tem sido formidável! Não só socorrem os feridos como substituem os empregados das agências funerárias que estão em greve. Tem notícias de Françoise?

— Não... não creio que...

— Estou preocupada com ela. Ontem, na praça Saint-Michel, a multidão linchou um colaboracionista. Foi horrível de ver. As mulheres eram as mais ferozes. Bateram-lhe com tudo o que tinham à mão, soltando gritos histéricos. Contaram-me que furaram os olhos dele com uma perna de cadeira quebrada. Deve ter sido horrível. E os gritos!... O mais insuportável, porém, eram esses panacas que se divertiam com o espetáculo, rindo e impedindo que os elementos das Forças Francesas do Interior se aproximassem. Quando se cansaram de bater, desapareceram com as mãos e as roupas sujas de sangue, deixando na calçada uma massa informe... Alô? Ainda está aí?

— Sim, estou. Mas por que está me falando isso? Que relação pode ter com Françoise?

Foi a vez de Laure ficar quieta, enquanto Léa gritava:

— Alô? Alô? Está me ouvindo?

— Sim.

— E então?...

— Também prendem as mulheres que dormiram com alemães.

— E o que é que lhes fazem?

— Parece que raspam o cabelo.

— Sim. Isso já aconteceu em alguns lugares. Depois prendem os cabelos nas grades e pintam cruzes gamadas nos crânios. É mais frequente com prostitutas ou com as galinhas denunciadas por vizinhos.

— Françoise não é nada disso!...

— Eu sei. Mas você acha que eles irão se questionar? Tenho esperança de que Françoise tenha seguido os meus conselhos e que agora esteja a caminho da Alemanha com o filho.

— Telefonou para a casa dela?

— Claro que telefonei. Mas ninguém atendeu. A última vez que falei com ela foi na segunda-feira de manhã. Tinha acabado de receber a visita de um oficial que ia buscá-la para levá-la a um hotel requisitado pelos alemães. Estão levando para lá todas as mulheres na mesma situação que ela. Mas ela se recusou a segui-lo.

— Qual é o hotel?

— Não sei. Não guardei o nome.

— Nesse caso, temos de telefonar para todos.

— Você sabe quantos hotéis existem em Paris, Léa?

— Não, mas não importa. Primeiro, telefonaremos para todos os que constem no Michelin. Sabe se Franck tem algum desses guias em casa?

— Sim... eu acho...

— Enquanto não chego aí, comece pelos hotéis que estão em último lugar. Vou pedir às tias que telefonem para os primeiros da lista e que nos avisem se acaso obtiverem algum resultado. Até já.

— Tenha cuidado...

Léa já havia desligado.

As senhoras de Montpleynet ficaram muitíssimo preocupadas quando ela explicou a situação, mas Albertine se recompôs rapidamente, e começou a dar telefonemas.

— Alô? É do Crillon?

— Ora, tia Albertine, eu me surpreenderia se Françoise estivesse no Crillon, no Majestic, no Meurice, no Continental ou no Lutétia, todos ocupados por repartições alemãs.

A RUA DA UNIVERSIDADE estava completamente deserta. Diante da Faculdade de Medicina, na rua dos Saints-Pères, via-se a carcaça enegrecida de um caminhão, ostentando a cruz de Lorraine. Na rua Jacob era a mesma tranquilidade. Léa ia virar para a rua do Sena, a fim de atingir o cais pela rua Guénégaud, quando se lembrou da prisão de Sarah Mulstein. Não havia mais passado por ali desde aquela noite sinistra. Continuou em direção à rua de Buci. Em frente da padaria uma enorme fila de donas de casa arrastava-se desde o amanhecer. Apesar do cansaço e do abastecimento precário, circulava no meio daquela gente uma espécie de bom humor que não se via fazia quatro anos, como se a atmosfera de Paris estivesse mais leve. Na rua Dauphine, um jovem, de espingarda a tiracolo e um pacote de jornais debaixo do braço, pedalava sua bicicleta, gritando:

– Comprem *L'Humanité*! Quer o jornal, senhorita? – perguntou ele, parando junto de Léa.

– Já estão publicando jornais novamente?

– Desde segunda-feira. Aqui está! São dois francos. Obrigado. Não vá para a Pont-Neuf – recomendou o rapaz. – Os alemães estão atacando detrás de barricadas. Há pouco, uns bandidos que seguiam numa viatura com as iniciais das Forças Francesas do Interior dispararam sobre patriotas e mataram dois. Os boches fugiram pela rua Christine. Até logo!

Léa encostou-se num portão e começou a ler:

Paris inteira às barricadas!... O comandante das Forças Francesas do Interior para a Grande Paris conclama o levantamento geral dos parisienses... É necessário que todos, homens, mulheres e crianças, colaborem na fortificação das ruas, dos prédios, dos edifícios públicos; que toda a população participe com coragem e abnegação no apoio às gloriosas Forças Francesas do Interior. Formem, onde quer que estejam, grupos de Lutas Patrióticas! O ataque é a melhor defesa. Persigam o inimigo!... NEM UM SÓ BOCHE

DEVE SAIR VIVO DA PARIS AMOTINADA!... A batalha se desenvolve em todas as frentes... a luta tem prosseguido feroz durante todo o dia, no primeiro, quarto, quinto e sexto bairros, e por toda parte os patriotas levam vantagem... Guerra de todo o povo contra o execrável boche... As mulheres comunistas lutam pela libertação de Paris... como uma jovem foi torturada pela polícia... Engajem-se no partido armado!

Na praça de Saint-André-des-Arts muita gente se agita, grita. Homens não tão jovens, mulheres, muitas mulheres, novas e velhas, todos com a mesma expressão de ódio estampada no rosto, o mesmo rito de raiva na boca, vomitando maldições. Erguem braços nus, com os dedos transformados em garras.

– Idiota! Colaboracionista! Nojento! Vendido! Traidor! Assassino! – grita a multidão.

Um homem alto e loiro debate-se no meio dessas fúrias. Unhas pintadas rasgam-lhe as faces.

– Mas eu sou alsaciano – grita o homem.

– Alsaciano é o olho do cu! – responde uma voz com sotaque parisiense.

A frase fez o povaréu rir.

Da janela ocupada por elementos das Forças Francesas do Interior um indivíduo em trajes vagamente militares tenta se fazer ouvir. Uma moça zomba dele encostando o polegar na ponta do nariz. Uma falsa loira, com uma fita preta nos cabelos, grita:

– É um boche! Eu o conheço. Tenho certeza. Matem-no!

Agarra-o pelos cabelos enquanto uma outra mulher cospe no rosto do infeliz e outra ainda procura lhe desabotoar as calças, ironizando:

– Vamos ver se este porco tem ovos.

A multidão é sacudida por uma onda de risos e entoa:

– O boche em pelo! O boche em pelo!

Bestificado, procurando repelir as garras que o aprisionam, o homem repete:

— Sou alsaciano! Sou alsaciano!

O sangue escorre de seu nariz. Um de seus olhos está fechado. Cai pela primeira vez. Os pontapés chovem em cima dele. Um dos golpes o atinge no nariz. Ele se ergue... Um rapaz ostentando uma tarja das Forças Francesas do Interior tenta intervir. Mas três homens o seguram pelos braços, o levantam e o colocam gentilmente ao lado de Léa, que não consegue desviar os olhos do massacre. Sem perceber, depois de alguns segundos, ela oscila para a frente e para trás, como em geral fazem os cegos. Em sua cabeça os pensamentos se chocam e explodem em fragmentos desordenados. Do buraco sangrento onde fora uma boca, sai agora um gorgolejar de palavras:

— Chou... Chou... alchachiano...

A náusea obriga Léa a desviar os olhos. O rapaz de tarja continua a seu lado. É muito jovem ainda. Sobre seu rosto pálido escorrem lágrimas, deixando um rastro claro. Seus olhares se cruzam.

— Léa!

— Pierrot!

Atiram-se nos braços um do outro, tremendo de desgosto e de pavor. Léa é a primeira a se soltar.

— Vão matá-lo – diz.

— Não podemos fazer nada. São muito numerosos.

— Você pertence às Forças Francesas do Interior... Vá buscar os seus camaradas.

— Não vão querer vir. Um deles quase foi linchado ontem no lugar do colaboracionista que pretendia defender.

— Que horror!

— Não olhe. Venha comigo. Vamos ao PC do coronel Lizé na rua Guénégaud.

— Mas eu não quero ir à rua Guénégaud! – gritou Léa.

Tamanha veemência surpreendeu Pierrot Delmas.

— Eu tenho de ir lá. Sirvo de agente de ligação entre Lizé e Rol.

— Quem é esse Rol?

Pierrot olhou-a com espanto e censura.

— Nunca ouviu falar no coronel Rol? É o chefe da insurreição, o chefe das Forças Francesas do Interior.

— E Lizé?

— O coronel Lizé é outro chefe. Não entendo muito bem o papel dele; coisas de política. Tudo o que sei é que Rol é comunista – explicou o rapaz.

— Seu pai ficaria muito satisfeito se o visse entre eles... – Léa falou com um sorriso triste.

— Não me fale de meu pai; não passa de um colaboracionista. Para mim, ele está morto.

ENQUANTO CONVERSAVAM, Pierrot conduzia a prima até a rua Gît-le-Coeur. Parou diante da vitrine suja de uma pequena mercearia, subiu três degraus e bateu à porta.

— Está fechada – resmungou uma voz vinda do interior.

— Abra. É Pierrot... de Bordeaux.

A porta se entreabriu.

— Ah, é você! Entre, rapaz. Quem é essa aí?

— Minha prima Léa.

A mercearia também funcionava como restaurante. As paredes estavam cobertas de cromos, de imagens de Epinal, de gravuras, de retratos de Napoleão mais ou menos conservados, tudo uniformemente revestido por uma escura camada de sujeira. O cômodo era dividido por um curto balcão de madeira que servia ao mesmo tempo de bar e de mostruário de eventuais mercadorias, naquele dia representadas por latas de imitação de conservas. Atrás ficava a sala de jantar, com mesas cobertas por toalhas de xadrez branco e vermelho, e um fogão preto, enorme e antigo, com cobres brilhantes, que naquele momento servia apenas de suporte de um fogareiro a álcool, sobre o qual cozinhava alguma coisa cujo aroma fazia lembrar vagamente coelho guisado. O cheiro foi quase fatal para Léa.

– Cuidado com sua prima! Vai desmaiar! – gritou a mulher que lhes abrira a porta.

Pierrot ajudou Léa a sentar-se e a beber o cálice de aguardente oferecido pela anfitriã. Em sua face reapareceu um pouco de cor e os objetos voltaram aos seus lugares.

– Está melhor? Tome... beba mais um pouco.

– Não, obrigada.

Olhou em volta. O local parecia não ter mudado desde o começo do século. Antes da guerra, talvez ali se comesse bem. Adivinhava-se isso pelo fogão, conservado com amor. Léa sentiu-se mais tranquila; quem cozinhava bem não podia ser inteiramente mau.

– Devem estar com fome – resmungou a mulher, encaminhando-se para o fogão.

– E não é pouca! – exclamou Pierrot, que comera a sua última refeição de fato há vários dias.

– Não, muito obrigada, minha senhora – recusou Léa. – Tomarei apenas um copo de água.

– Você faz mal em não comer – disse o primo. – Apesar das restrições, a senhora Laetitia cozinha muito bem.

Instalaram-se à mesa, diante do prato fundo cheio de uma espécie de guisado escuro, de onde se desprendia espesso vapor.

– Não entendo como ainda tem vontade de comer – criticou Léa em tom irritado.

Sob a sujeira que lhe manchava o rosto, Pierrot corou violentamente. Deixou cair a garfada que se preparava para enfiar na boca e olhou a prima com ar tão infeliz que ela se censurou pela observação.

– Perdoe... Vamos... coma. E conte-me o que tem feito até agora.

Com a boca cheia, o rapaz contou:

— Quando soube que meu pai pretendia internar-me junto aos jesuítas, com ordem para proibirem-me as saídas, decidi me reunir aos resistentes. Eu a poupo dos detalhes das viagens, escondido em vagões de mercadorias, das noites passadas nas valetas para escapar aos soldados e das pilhagens que fiz pelos campos. Fui perseguido por policiais na estação de Limoges, mas consegui escapar graças à ajuda dos ferroviários. Esconderam-me durante vários dias num velho vagão parado numa linha de estacionamento. Mas havia tantos alemães e policiais vigiando todos os passageiros e todos os empregados que não podiam me tirar de lá. Até que, enfim, um certo dia, me esconderam no vagão de transporte de gado de um trem de mercadorias, com partida para Eymoutiers...

— Eymoutiers... Não fica em Limousin?

— Fica. Por quê? Conhece?

— Não, mas tive uma amiga judia que se refugiou lá durante algum tempo. Mas continue.

— Em Eymoutiers outros ferroviários tomaram conta de mim e me levaram à presença de seu chefe, o coronel Guingouin, a quem chamam o Grande, ou Raul. Que homem era aquele! É o terror dos alemães da região. Dirigia tudo a partir do seu PC, na floresta de Châteauneuf. Infelizmente, a chegada do inverno obrigou-nos a abandonar a base de Trois-Chevaux. Foi bem a tempo, porque alguns dias mais tarde três mil alemães chegaram à floresta. Eles chamavam esse lugar de Pequena Rússia, de tanto que temiam as emboscadas. Tinham tido muitos mortos ali. Durante os últimos seis meses, servi de agente de ligação entre as diversas bases. Fiquei conhecendo todas as aldeias, todas as matas. Graças à organização de Guingouin, estávamos devidamente vestidos e alimentados. O conjunto da população era a nosso favor. Eu quis acompanhá-lo em sabotagens e em ataques a trens inimigos, mas ele dizia que eu era jovem demais para isso. No início deste mês, enviou-me aqui com uma mensagem para o coronel Rol. A greve e, em seguida, a insurreição impediram-me de voltar. É tudo.

Léa olhou o primo com admiração. Como havia crescido esse garoto que antigamente a olhava fascinado!

— E você, desde quando está em Paris?

— Também desde o início do mês.

— Como vai o pessoal de Montillac? Camille tem recebido notícias de Laurent? E tia Bernadette? E Ruth? E Mathias? Mas... o que é que você tem?

De cabeça baixa, Léa esfregava a fronte num gesto pensativo.

— O que você tem? — repetiu Pierrot, ansioso.

— Camille e tia Bernadette morreram. Montillac já não existe.

— Que história é essa?

— Foram mortas pelos alemães e pelos policiais. E depois eles atearam fogo à casa.

Ambos ficaram em silêncio durante muito tempo. Um grupo falante irrompeu pela mercearia-restaurante, arrancando-os dos pensamentos macabros.

— Ah, está aqui, Pierrot? Nós o procuramos por toda parte. Receamos que o tivessem deixado no mesmo estado a que reduziram o colaboracionista que se dizia alsaciano.

— E quase aconteceu — interveio Léa.

O rapaz, pouco mais velho que Pierrot, voltou-se para Léa, surpreso pela violência do tom de voz.

— É possível. Mas a população sofreu tanto que é natural o seu desejo de se vingar.

— Natural? Acha natural essa carnificina?

— E os boches não se comportam como carniceiros? Sabe quantos camaradas nossos eles assassinaram na cascata do Bois de Boulogne, na semana passada? Não sabe? Trinta e cinco rapazes da sua idade! Magisson, 19 anos... Verdeaux, 19 anos...

Smet, 20... Schlosser, 22... Dudraisil, a quem chamamos Philo, 21... os irmãos Bernard, 20 e 24 anos... Quer que continue?

— Sei tão bem quanto você do que eles são capazes. Já os vi atuar. Mas não é motivo para ser pior que eles.

Mediam-se com o olhar, ambos muito pálidos. Pierrot interveio:

— Deixe-a. Ela tem razão.

— Pode ser que tenha, mas não é o momento adequado para dizer.

— Você vai ver. Nunca será o momento.

— Cale-se, Léa. Você vem comigo ao PC do coronel Lizé?

— Não. Preciso encontrar Laure. Estamos na casa das tias de Montpleynet. Telefone. Gostaria de vê-lo de novo e de conversar com você.

— Eu telefono ou passo por lá assim que tiver tempo. Beije Laure por mim.

Separaram-se diante da loja.

Léa levou quase uma hora para atravessar a praça de Saint-Michel. Atiradores emboscados nos telhados dos prédios disparavam sobre os pedestres que se arriscavam. Duas pessoas haviam sido mortas.

Quando, por fim, Léa chegou à casa de Franck, parecia que um verdadeiro ciclone devastara o local, agora ocupado por uns quinze elementos das Forças Francesas do Interior. Do grupo habitual restavam apenas Laure, Muriel e Franck, que a receberam com alegria.

— Conseguiu localizar Françoise?

— Ainda não. Telefonamos para uns vinte hotéis, sem sucesso.

— Temos de continuar. Encontrei-me com Pierrot na rua!

— Pierrot?!

— Sim. O nosso primo mais novo.

– O filho do tio Luc?
– Sim.
– Que bom! O que ele faz aqui?
– Anda de tarja e com uma grande pistola na cintura.

Na cozinha, dois jovens preparavam garrafas incendiárias, segundo a receita de Frédéric Joliot-Curie, difundida pelo coronel Rol: basta uma garrafa comum, que se enche com três quartos de gasolina e um quarto de ácido sulfúrico. Fecha-se com rolha e coloca-se-lhe um rótulo embebido em clorato de potássio. Quando a garrafa se quebra, o clorato em contato com a mistura do interior se inflama instantaneamente. É uma arma temível no ataque aos carros de assalto.

De repente, um enorme estrondo fez com que os habitantes se precipitassem para as janelas. Os defensores da rua da Huchette escalavam a barricada para ver o que acontecera. A mulher da padaria gritava:

– Os boches estão explodindo Paris!

Como um rastro de pólvora, o boato propagou-se de imediato pelo bairro inteiro, provocando um começo de pânico. Ao longe, para os lados dos Champs-Elysées, subia ao céu uma espessa coluna de fumaça. Todos se contraíram, à espera de novas explosões. Mas, exceto por alguns disparos isolados no lado de Luxemburgo, não se ouviu mais nada.

Pouco a pouco, combatentes e curiosos retomavam os hábitos adquiridos nesses últimos dias, gritando à passagem de um grupo de uns quinze prisioneiros alemães de fardas em desalinho, mãos cruzadas sobre a cabeça, escoltados por três elementos das Forças Francesas do Interior, munidos de espingardas, que iam reunir-se aos camaradas na delegacia. De repente, vinda dos cais dos Grands-Augustins, uma moto surgiu a toda velocidade e avançou contra o grupo. Com uma rajada, o passageiro abateu um dos homens da escolta e um clamor subiu da barricada. Um jovem escalou os obstáculos defensivos e arremessou uma garrafa incendiária na direção dos dois alemães. Mas não chegou a ver o resultado do gesto heroico, pois uma nova rajada de metralhadora o prostrou sobre o amontoado de objetos que formavam a barricada. Irrompeu, então, diante da motocicleta, uma enorme labareda e o condutor não conseguiu evitá-la. Em segundos, os dois alemães viram-se transformados em tochas vivas. O veículo em carreira desordenada, transportando duas criaturas de fogo envoltas num clarão multicolor, chocou-se contra o parapeito próximo da loja de sebo. Durante algum tempo, tudo pareceu estático, exceto o braseiro de onde emergia – acusadora? – uma mão apontando para o céu.

Com as mãos contraídas sobre o parapeito da janela, Léa revia o suplício de tia Bernadette com a mesma e atroz sensação de impotência. Tanto o alemão como a velha senhora tinham tido, ao morrer, o mesmo gesto de apelo. Será que a morte pelo fogo elevava os corpos para Deus?

Depois daquela pausa, tudo se passou rapidamente; por detrás da barricada da praça de Saint-André-des-Arts e das ruelas vizinhas surgiu uma multidão ululante que se precipitou para os prisioneiros. Eles haviam assistido, petrificados, à morte dos compatriotas. Os dois sobreviventes das Forças Francesas do Interior tentaram se interpor, mas foram varridos pela onda humana. Um deles saiu correndo para a delegacia, em busca de auxílio. Quando voltou, acompanhado de uma dezena de agentes policiais, três alemães já estavam mortos. De um deles haviam arrancado os olhos, o outro não tinha mais nariz e o rosto do terceiro desaparecera. Os camaradas, enrodilhados sobre si mesmos, estavam feridos com maior ou menor gravidade e esses soldados corajosos, muitos dos quais haviam lutado na frente russa, choravam como crianças. A chegada das Forças da Ordem, com alguns agentes uniformizados, fez diminuir a fúria do povaréu. E toda aquela gente, brava gente, sem dúvida, se afastou vacilando sob o efeito da embriaguez da carnificina, e em sua maioria a tirou da memória. Os espectadores, porém, os que assistiram, impotentes, ao massacre, esses não o esqueceriam jamais.

No grande apartamento reinava agora um silêncio aterrador. Os jovens não se atreviam a olhar uns para os outros. Os resistentes, sentados pelo chão, de armas apoiadas nas pernas, mantinham os olhos baixos. Franck e os amigos, em pé, contemplavam a parede diante deles. A chegada de um tenente contribuiu para diminuir um pouco o mal-estar.

– Os boches puseram fogo no Grand Palais! – anunciou o recém-chegado.

– Então foi essa a explosão e a fumaça que vimos há pouco.

– Mas havia um circo lá dentro...

– Sim, o Circo Houcke. Não sei se o grupo de salvamento conseguiu libertar as feras. Os cavalos escaparam. Um deles foi abatido no Rond-Point do Champs-Elysées. Vocês podem não acreditar, mas vi homens e mulheres com facas correndo para o corpo do animal a fim de o esquartejarem, sem se importarem com as balas que vinham de todos os lados. Havia mesmo pessoas de pratos em punho! Quando saí de lá, já restava pouco do animal.

– Você podia ter trazido um pedaço.

– O que você queria? Aqueles bandidos teriam me enterrado uma faca nas costas.

A frase pronunciada com sotaque parisiense provocou uma gargalhada geral.

– Imagine a cena: as figuras de guardanapo branquinho preso ao pescoço, instaladas em volta do Rond-Point, comendo carne crua com as mãos, enquanto os leões, atrelados pelos Fritz, os miram com olhos esfomeados...

Depois da tensão que passaram, o riso lhes fazia bem; tinham recuperado as brincadeiras de sua idade.

Enquanto isso, na praça e no cais, recolhiam-se os cadáveres dos franceses e dos alemães e conduziam-se os feridos ao Hotel Dieu.

Passaram o resto da tarde telefonando para os hotéis de Paris. Em vão, porém.

— Não, aqui não esteve nenhuma Sra. Delmas com o filho, nem há aqui nenhuma senhora enviada por esses senhores – foi a resposta invariável.

As duas irmãs estavam a ponto de desanimar.

— Tente mais este: Hotel Regina, Opera 74-02 – disse Léa.

Laure obedeceu.

— Alô? É do Hotel Regina?

— Depois disto, telefonaremos a tia Albertine para saber se ela encontrou alguma coisa.

— Alô? Sim... isso mesmo... Quero falar com ela... Não é possível, como?... Tem ordens?

Léa arrancou o fone das mãos da irmã.

— Passe-me para a Sra. Delmas... Não quero saber das suas ordens!... Passe-me para ela. Alô? Alô? Quem está falando? O tenente que... Tenente, passe-me para a Sra. Delmas. Sou irmã dela... Ela ligará para mim?... Sem falta?... Estamos muito preocupadas. Obrigada.

— Graças a Deus a encontramos!

— Encontramos, mas não conseguimos falar com ela. Espero que aquele alemão não tenha mentido e dê o recado a Françoise. Vou para casa. Você vem comigo?

— Não. Prefiro ficar aqui. Mas me deixe informada do que acontecer.

Escoltada por um rapaz das Forças Francesas do Interior, Léa atravessou a praça Saint-Michel. O acompanhante separou-se dela em frente à livraria Clavreuil.

DEPOIS DA GRITARIA e do tiroteio no Quartier Latin, a rua Jacob e a rua da Universidade pareciam um oásis de tranquilidade. Charles, que passara parte do dia dormindo, acolheu Léa com demonstrações de afeto, às quais ela correspondeu com uma ternura cansada.

Trouxera da casa de Franck meio litro de leite, alguns cubos de açúcar, pão e carne, de que Estelle tomou posse como se recebesse uma fortuna.

Começou, então, a espera diante do telefone. Quando ele tocou, enfim, às dez horas da noite, Léa e as tias já sabiam pela rádio londrina da libertação de Paris. Nesse exato momento, uma rajada de metralhadora quebrou o silêncio do bairro tranquilo. Albertine de Montpleynet passara a mão comprida pela fronte, comentando em tom inimitável:

— Esses senhores de Londres me parecem muito mal informados.

— Se dizem, é porque deve ser verdade — respondeu a ingênua Lisa, que acreditava piamente nas vozes emitidas pelo aparelho de rádio, tanto as de Jean Hérold-Paquis e de Philippe Henriot como a de Maurice Schumann e de Jean Oberlé.

O som da campanhia do telefone impediu Léa de se mostrar descortês com a boa mulher.

— Alô? É você, Françoise? Está tudo bem?... Por que você não veio para cá?... Alô, alô, não desligue... Está me ouvindo? Você telefona de novo amanhã?... Um beijo para você também. Até amanhã. Boa noite.

Léa colocou o fone no gancho, com certa inquietação. Françoise não deveria continuar onde estava. O Hotel Regina poderia ser atacado de uma hora para outra. Iria procurar Françoise no dia seguinte.

Apesar da angústia, Léa dormiu profundamente nessa noite.

17

Quando Léa despertou, Paris estava cinzenta.

Na pequena cama junto à sua, Charles dormia, o rostinho bonito emagrecido, mas tranquilo. Como se parece com Camille, pensou, passando a mão pelos cabelos loiros e finos. Enfiou o roupão de algodão azul e dirigiu-se à cozinha. Felizmente havia gás. Pôs um pouco de leite no fogo, enquanto bebia meia caneca do café de Estelle, ainda quente. Do quarto de Lisa vinha o barulho do aparelho de rádio. O rosto abatido de Charles surgiu na fresta da porta.

— Já para a cama! — ordenou Léa. — Ainda está doente e não pode se resfriar.

— Não. Já estou curado. Estou com fome.

— Sente-se aqui. Vou lhe dar leite e bolachinhas.

— E depois? Vamos passear?

— Não, meu querido. É muito cedo ainda e há guerra lá fora — disse Léa.

— Mas eu quero ir lá para matar os boches malvados que fizeram mal a mamãe.

Léa suspirou, olhando o menininho que falava em matar enquanto bebia tranquilamente o leite.

— Só as pessoas grandes fazem guerra.

— Então por que é que disparam contra as crianças?

Esta pergunta, feita por um garoto de 4 anos, deixou Léa embaraçada.

— Diga, meu pai também está na guerra, Léa?

— Sim. Com o general De Gaulle.

— E quando é que ele volta?

— Daqui a pouco.

— É muito tempo!

Charles tinha razão, era muito tempo. Fazia quatro anos que aquilo durava, quatro anos fingindo viver para não desanimar por completo. E quantos mortos, quanto sofrimento no decorrer desses quatro anos!

– Papai vai ficar triste quando souber que mamãe morreu.

Então ele sabia!... E há dois meses que fingia acreditar em suas explicações malucas!

– Sim, vai ficar muito triste. Mas nós estamos aqui para confortá-lo. É preciso que você o ame muito.

– Mas você também estará aqui. E você vai amar o meu pai, não é verdade? Diga... Você vai amar o meu pai?

Pareceu-lhe estar ouvindo a voz de Camille, recomendando: Prometa que cuidará de Charles se algo me acontecer... e de Laurent também... Laurent a quem amava com ternura, com amor fraternal, como a um amigo muito querido e não mais como a um amante. Léa ainda se surpreendia pelo desaparecimento desse amor, supostamente imortal. O amor morreria sempre antes do ser amado? Raphaël Mahl dizia isso, citando Chateaubriand e recusando a ponta de esperança do apaixonado por Juliette Récamier: "Às vezes acontece que, numa alma bastante forte, o amor perdure o suficiente para se transformar em amizade apaixonada, para se tornar um dever, para adquirir as qualidades da virtude. Nesse caso, o amor liberta-se do seu enfraquecimento inato e passa a viver dos seus princípios imortais."

E se Raphaël Mahl tivesse razão?

– Diga, Léa... Você vai amar o meu pai?

CHOVIA. LÉA COBRIU os cabelos com um velho lenço de cabeça, comprado na Hermès, e encaminhou-se para a Pont-Royal.

Havia telefonado para o Hotel Regina, mas sem resultado; ninguém atendia. Decidiu ir até lá sem comunicar às tias o seu propósito.

As ruas estavam desertas e silenciosas. Mas, de vez em quando, ouvia-se algum tiroteio. Os jovens alemães de sentinela na ponte a deixaram passar. O jardim das Tuileries não passava agora de um vasto terreno vazio e enlameado com sulcos abertos onde jaziam árvores enormes. Ao longe, o Obelisco e o Arco do Triunfo formavam uma cruz esguia contra o céu escuro. Léa não conseguiu ultrapassar a barricada da rua de Rivoli. Um suboficial, porém, concordou em tomar informações no Hotel Regina, cuja fachada dominava a estátua de Joana d'Arc. Ele voltou logo, dizendo que todas as mulheres haviam deixado o hotel naquela manhã, mas não se sabia para onde tinham ido. Léa agracedeu e retornou, desiludida.

No cais Voltaire e no cais de Conti, cruzou com viaturas da Cruz Vermelha e com dois veículos apinhados de homens das Forças Francesas do Interior, que entoavam o hino dos resistentes. Perto da rua Guénégaud, dois rapazes ostentando braçadeiras tricolores interceptaram-na brutalmente, segurando o guidão de sua bicicleta.

– Aonde vai? – perguntaram.

Tal tratamento a irritou.

– Não é da sua conta.

A bofetada de um deles jogou sua cabeça para trás.

– Responda educadamente quando falarem com você. Acredite-me, algumas bem mais valentonas que você acabaram com as gracinhas depois de passarem pelo barbeiro da esquina.

– Larguem-me!

– Cuidado, minha linda, que podemos nos zangar! Por aqui ninguém passa sem mostrar a credencial – disse o outro, que até então se mantivera calado. – Há por aqui uns chefes importantes e então desconfiamos de espiões. Responda gentilmente. Aonde vai?

Léa viu que de nada lhe serviria a teimosia e disse:

– Vou encontrar alguns amigos na praça Saint-Michel.

— Na barricada da rua da Huchette?
— Sim. No apartamento acima dela.
— O que está fazendo por aqui, Léa?
— Pierrot, você pode lhes dizer para me deixarem passar?
— Deixem-na. Eu a conheço; é minha prima.
— Muito bem. Apenas cumprimos ordens.
— Venha que eu lhe apresento um amigo, chefe da barricada — disse Pierrot.

Como barricada, não podia existir melhor! Deviam ter sido requisitadas todas as camas desdobráveis do quarteirão e os porões esvaziados de suas velharias: radiadores, bicicletas retorcidas, gaiolas de pássaros, carrinhos de criança, barris, cestas para verduras, toda essa mistura consolidada por sacos de areia. Havia até uma antiga banheira de cobre. A parte principal da barricada era constituída por um caminhão sem rodas nem portas. Reforçavam ainda o amontoado alguns carrinhos de vendedor ambulante e de transporte de carga, que serviam de ponto de apoio aos atiradores. Passaram por um caminho estreito ao longo do parapeito. Ouviram-se disparos vindos dos prédios da ilha da Cité.

— Atenção! Escondam-se!

Léa e Pierrot refugiaram-se num dos recuos circulares da ponte, onde dois homens já estavam agachados. Léa reconheceu o rapaz míope do café de Flore e lhe sorriu. O jovem também a reconheceu e retribuiu o sorriso.

— Estão disparando dos telhados do City Hotel — disse ele, apontando na direção do edifício.

— Tem sido assim desde a manhã — disse Pierrot. — Mas supõe-se que o sujeito esteja sozinho. Deve ser um policial. Olhe! Há camaradas nossos nos telhados.

De fato, algumas silhuetas de elementos armados das Forças Francesas do Interior recortavam-se sob o céu, que continuava sombrio.

— É você quem mora na praça Dauphine? — perguntou o chefe da barricada ao companheiro do rapaz de óculos.
— Sou.
— Como se chama?
— Henri Berri.
— E você? — quis ele saber, dirigindo-se ao rapaz de óculos.
— Claude Mauriac.

Talvez seja filho do nosso vizinho de Montillac, pensou Léa. Não teve tempo para lhe perguntar, pois o chefe lhes fez sinal de que podiam prosseguir, gritando para os rapazes das Forças Francesas do Interior:
— Não atirem!

Os dois homens partiram correndo em direção à praça Dauphine, enquanto Léa e Pierrot voltavam a passar por detrás da barricada. Pierrot não havia largado a bicicleta.
— Não devia andar por aí assim. É fácil ser atingido por uma bala perdida. Está vendo? Eu não disse?

No cais dos Grands-Augustins, uma mulher acabava de cair. Ferida, ela se arrastou para trás de uma árvore à procura de proteção. Da rua dos Grands-Augustins, surgiram então dois jovens em camisa branca transportando uma maca, e uma jovem de branco estendia a bandeira da Cruz Vermelha. Sem se importarem com as balas, recolheram a mulher ferida e partiram correndo para a enfermaria improvisada pelo Dr. Debré.
— Vamos pelas vielas. É menos perigoso.

Tudo estava calmo na rua de Savoie. Alguns homens das Forças Francesas do Interior montavam guarda em frente a uma velha mansão do século XVIII.
— É o PC de um dos chefes da resistência — informou Pierrot, assumindo o ar de importância de quem está a par dos acontecimentos.
— Precisa me ajudar a encontrar Françoise.
— Essa puta!

Léa parou, surpresa com o insulto.

– Você tem ideia do que está pedindo? – prosseguiu o primo. – Ajudar a salvar uma colaboracionista, uma traidora da pátria...

– Chega! – cortou Léa. – Françoise não é colaboracionista nem puta. Não passa de uma pobre moça que teve a infelicidade de se apaixonar por um alemão no momento em que os nossos países estavam em guerra. Ninguém merece ser fuzilado por isso.

– Fuzilado, talvez não – concedeu Pierrot. – Mas a cabeça raspada ou a prisão, sim.

– Cabeça raspada! Está louco? Preferia morrer a que me raspassem os cabelos.

– Os cabelos crescem novamente – ironizou o rapaz.

Num movimento ágil, escapou da bofetada que Léa lhe dirigia.

Da rua Saint-André-des-Arts chegou até eles o som de aplausos, de risos e gritos. A multidão empurrava à sua frente um homem de 50 anos, com a cabeça descoberta e sem calça. Oferecia um espetáculo lastimoso e grotesco, de meias, uma delas esburacada, sustentadas por ligas, com as calças e os sapatos nas mãos; atrás dele, chorando, seguia uma jovem gorducha, de vestido florido, ostentando na cabeça raspada uma suástica pintada com tinta branca.

Léa sentiu-se invadida por uma onda de vergonha. Pierrot baixou a cabeça e ambos permaneceram imóveis durante algum tempo. Em seguida, o rapaz segurou-a pelos ombros e disse:

– Ande. Vamos procurar Françoise. Vamos ao PC do coronel Rol.

Mas não chegariam ao PC subterrâneo de Denfert-Rochereau.

Perto das barricadas no cruzamento da avenida Saint-Michel com a Saint-Germain, a que os parisienses chamavam de "cruzamento da morte", uma granada lançada de um dos telhados veio explodir diante deles. Léa, que caminhava um pouco atrás do primo, sentiu apenas uma espécie de arranhão na cabeça. Como num filme em câmara lenta, ela viu Pierrot elevar-se no espaço, para, em seguida, cair com um movimento gracioso. Criaturas vestidas de branco agitavam-se em volta deles. Depois, o céu cinzento pareceu ruir e as árvores da avenida caíram sobre ela.

— Isso não é nada. Pode voltar para casa.

Léa ergueu-se ainda um pouco aturdida. O médico, um rapaz novo, ajudou-a a descer da mesa de exames. Tinha o semblante muito marcado e parecia exaurido.

— Próximo.

Estenderam sobre a mesa um homem ferido no abdômen.

— Onde está o meu primo? — perguntou Léa.

— Não sei — respondeu o médico. — Pergunte na recepção.

Até a noite, com o vestido manchado de sangue e uma grande atadura na cabeça, Léa errou pelos corredores do Hotel Dieu à procura de Pierrot. Ninguém sabia dizer o que lhe acontecera. Também não conseguiu encontrar os enfermeiros que o haviam transportado para o hospital.

— Venha amanhã.

Era sempre a resposta dada por todo lado.

Com a morte na alma, ela se conformou em deixar o Hotel Dieu. Com piedade de seu desalento, um policial com a braçadeira das Forças Francesas do Interior guiou-a através das barreiras espalhadas pelo adro de Notre-Dame e a deixou na rua Saint-Jacques, no começo da rua da Huchette, onde um "fifi" tomou conta dela, acompanhando-a até o apartamento da avenida Saint-Michel.

Franck estava sozinho em casa. Sem comentários, instalou-a no seu próprio quarto, abriu as torneiras da banheira e ajudou-a a se despir. Enquanto a água corria, foi preparar um chá. Léa bebeu-o, batendo o queixo, depois de tomar o banho frio.

Embrulhada no roupão grande demais para ela, Franck deitou-a na cama e ficou segurando sua mão até que ela adormecesse.

Não tinham trocado uma só palavra.

Sangrem! Sangrem! A sangria é tão boa em agosto como em maio.

O grito lançado por Tavannes na noite de São Bartolomeu, durante o massacre dos protestantes, em 24 de agosto de 1572, martelava com insistência na cabeça de Léa.

Nessa manhã, ao preparar o café para Charles, Léa havia olhado para o calendário, e viu que era o dia de São Bartolomeu. A data lhe trouxera à memória *A vida de Carlos IX*, de Brantôme, que havia lido depois de ter devorado *A senhora de Monsoreau*, *Os quarenta e cinco* e *A rainha Margot*, de Alexandre Dumas, onde estava essa frase sinistra. Em seu sonho surgiram agora, confundidos, alemães e homens pagos pelos Guise, mulheres de cabeça raspada e o almirante de Coligny, rapazes das Forças Francesas do Interior e o futuro Henri IV, cadáveres lançados ao Sena, corpos queimados por lança-chamas e Carlos IX disparando um obus da janela de seu quarto, no palácio do Louvre.

— Acorde! Acorde! — gritou Franck.

Quase tão branca como a atadura de sua cabeça, Léa abriu os olhos.

— O que você quer?

Franck, muito animado, perdera a frieza habitual. Ele girava os botões do aparelho de rádio.

— Ouça!

Regozijem-se, parisienses! Viemos lhes dar a notícia da libertação... A divisão de Leclerc está em Paris! Dentro de minutos estará na Câmara Municipal. Não deixem de escutar esta emissão. Ouvirão a voz que há tanto tempo esperam. Estamos loucos de alegria. Esta emissão não foi preparada; transmitimos em más condições; não comemos há três dias. Há camaradas nossos que combatem de armas na mão e que também não comem há três dias e vêm aos microfones. Talvez estejamos embriagados, mas embriagados de alegria, de felicidade, por voltar à nossa querida cidade...

Léa se levantou e se aproximou de Franck. Impetuoso, ele a abraçou.

... Chegou agora uma informação; ela é bem curta: às nove e quinze, junto ao quartel de Peupliers, foi vista uma coluna de franceses, espanhóis e marroquinos. Onde fica o quartel de Peupliers? Em Gentilly! O quartel Peupliers fica em Issy. Ei-los! Eles estão chegando... Nesse instante, à frente das tropas do general Leclerc, dois carros blindados chegaram na Câmara Municipal. E num deles deve estar o general De Gaulle. O que é certo é que os Aliados estão na Delegacia de Polícia e na Câmara Municipal, e é provável que o general De Gaulle esteja lá também. Abram as janelas! Enfeitem as casas! Acabo de receber um telefonema do secretário-geral da Informação. Ele me pede para transmitir a todos os padres que escutam esta transmissão que mandem tocar os sinos imediatamente. Então, repito e certifico: daqui lhes fala Shaeffer, encarregado da direção da Rádio da Nação Francesa, da qual reavemos a posse dos emissores após quatro dias sob ocupação alemã. Fui enviado pelo secretário-geral da Informação do Governo Provisório da República para falar aos senhores padres que possam me ouvir ou então ser avisados imediatamente. Eu lhes digo: mandem soar os sinos, anunciando a entrada dos Aliados em Paris...

Nos braços um do outro, Franck e Léa riem e choram. Correm para a janela. Por toda a praça Saint-Michel batem persianas e as luzes se acendem, uma por uma. Para trás a camuflagem! Para trás a defesa passiva! A hora é de luz e de alegria! Chegam à praça pessoas vindas de todos os lados e se atiram nos braços umas das outras. Dos rádios, no volume máximo, saem os acordes da *Marselhesa*. Na rua, todos se imobilizam, cantando em coro:

– Às armas, cidadãos!...

Do oeste, um incêndio descomunal tinge de vermelho as nuvens sombrias que andam pelo céu.

Léa e Franck, entusiasmados pelas vozes vibrantes, cantam também, mesmo sem perceberem isso, de mãos entrelaçadas com tanta força que ficam roxas.

De repente, um primeiro sino, tímido de início, se aventura pelo céu onde se deita melancólico o último dia da ocupação de Paris. Os de Saint-Séverin lhe respondem e logo os de Saint-Julien-le-Pauvre, de Saint-Germain-des-Prés, da Sacré-Coeur, de Saint-Étienne-du-Mont, de Saint-Germain-l'Auxerrois, de Sainte-Sulpice, de Sainte-Geneviève, de Saint-Eustache e, por fim, o grande carrilhão de Notre-Dame, que se reúne aos outros, envolvendo a cidade inteira nessa alegria contagiante.

SÃO VINTE E UMA HORAS e vinte e dois minutos e o capitão Raymond Dronne acaba de parar o jipe batizado com o nome de "Morte aos Canalhas", os quinze *half-tracks* e os três carros Sherman – o Montmirail, o Champaubert e o Romilly – em frente da Câmara Municipal. Cento e trinta homens pisam pela primeira vez depois de quatro anos o solo de sua capital.

O locutor, empolgado, declama versos de Victor Hugo:

> Despertai! Basta de vergonha!
> Tornai a ser a grande França!
> Tornai a ser a grande Paris!

Na praça, as pessoas fizeram uma grande fogueira e dançam à sua volta. De repente, soam tiros. Todos ficam imóveis por instantes, depois fogem gritando.

Separam-se as mãos de Léa e de Franck. Pela rádio, a voz, ainda há pouco plena de entusiasmo, balbucia agora:

> Nós nos precipitamos, talvez... ainda não tenha terminado tudo. É melhor fecharem as janelas. Não se deixem matar inutilmente.

Na praça, as luzes se extinguem uma a uma, as persianas se fecham novamente, o medo retorna.

> Lembremo-nos das regras de defesa passiva prescritas pelo coronel Rol... Manifestem sua alegria de outro modo...

Os sinos silenciam igualmente, um a um, exceto um sininho azedo que soa do canhão a troar em Longchamp. Depois, tal como todos os outros, ele também se cala, assim como o canhão e, por fim, a fuzilaria do lado da Câmara Municipal.

Agora é noite em Paris. Em volta do Palácio do Luxemburgo e no bairro do Odeon, que dizem estar minado, sombras furtivas, pesadamente carregadas, descem para os porões. Ainda não terminou a libertação de Paris.

UMA FORTE TEMPESTADE desabou durante a noite. Léa ficou durante muito tempo em pé, contemplando a desordem do céu, onde os relâmpagos se sucediam em meio ao ribombar assustador dos trovões. A Pont-Neuf, iluminada por clarões esbranquiçados, parecia um brinquedo sobre a fita imóvel e negra do Sena, logo crivada pelas grossas gotas de chuva.

18

Às oito da manhã, Laure entrou como um foguete no quarto onde Léa dormia.

– Estão chegando! Estão chegando!

Léa, acordada pelo susto, levantou-se tremendo.

– Quem?

– Os Leclerc! Estão chegando! Já estão na porta de Orléans. Levante-se. Vamos até lá. Mas... o que você tem? Está machucada?

– Não é nada. Tem notícias de Pierrot ou de Françoise?

– Não. Pensei que você tivesse.

Léa começou a chorar em silêncio.

– Não chore. Vamos encontrá-los. Ande... Levante-se. Vamos vê-los passar.

Um "fifi", como agora os chamavam, entrou correndo e anunciou:

– Estão na rua Saint-Jacques!

E voltou a desaparecer.

– Ouviu? Estão na rua Saint-Jacques! Apresse-se!

– Tenho certeza de que ele morreu...

– Mas de quem está falando?

– Está morto, estou lhe dizendo.

– Mas quem morreu?

– Pierrot.

Bateram à porta entreaberta. Era Franck.

– Não fique parada diante da janela, Laure – aconselhou ele, arrastando a amiga para o meio do quarto. – Uma bala perdida pode atingi-la... Nunca se sabe.

– Tem notícias de Pierrot? – perguntou-lhe Léa, levantando-se da cama.

— Não. Percorri diversos hospitais, mas nenhum ferido recolhido no Quartier Latin corresponde às características de seu primo.

— Seja como for, vivo ou morto, tem de estar em algum lugar.

— Mas o que aconteceu? — perguntou Laure.

— Léa e seu primo foram feridos ontem no "cruzamento da morte". Levaram sua irmã para o Hotel Dieu. Quanto a Pierrot, nada se sabe.

Os três jovens ficaram silenciosos durante um longo tempo.

Franck mudara bastante no decorrer desses últimos dias; parecia ter amadurecido. Perdera o que ainda lhe restava de infantilidade e de negligência ao assistir à morte de muitos rapazes da mesma idade, amigos e inimigos.

— Não se preocupe. Nós o acharemos.

Mas nenhum deles acreditava nem um pouco que isso fosse possível. Laure foi a primeira a reagir.

— As tropas do general Leclerc estão chegando pela rua Saint-Jacques e temos de ir até lá.

Léa fez uma rápida toalete e retirou a atadura, deixando apenas um pequeno curativo sobre o ferimento. Seu vestido estava inutilizado, rasgado e com manchas de sangue. Franck foi vasculhar o guarda-roupa da mãe e voltou com uma braçada de vestidos coloridos.

— Devem ficar um pouco grandes para você, mas talvez dê para ajeitá-los com um cinto.

Léa escolheu um vestido de manga curta, estampado com florezinhas sobre fundo azul, modelo Jeanne Lafaurie. Amarrou um lenço também azul na cabeça, disfarçando o curativo, e calçou suas sandálias brancas.

Lá fora, o tempo estava muito bom. Vindas de todas as direções, as pessoas corriam para a rua Saint-Jacques: as mulheres apenas com robes jogados sobre as camisolas, os homens por barbear-se, mães jovens transportando os filhos ao colo, garotos que se esgueiravam por entre as pernas dos adultos, velhos combatentes da guerra de 14 exibindo as condecorações, estudantes, operários, vendedoras colocavam-se à frente da Divisão Leclerc.

A rua Saint-Jacques era um grande rio de alegria de onde singravam, majestosos, os Sherman do coronel Billotte, cobertos de flores e bandeiras agarrados por milhares de mãos. Jovens empoleiradas nos carros beijavam os soldados sem se importar com a sujeira que os cobria. A multidão em delírio agitava os braços, atirava beijos aos vencedores, estendendo seus filhos chorando, rindo e gritando:

– Bravo! Viva a França! Obrigado! Viva o general De Gaulle! Bravo! Bravo!

Laure saltou para um carro-metralhadora e beijou o condutor que se debatia rindo. Franck aplaudia e aclamava os soldados com alegria.

Léa, porém, no meio de toda aquela confusão alegre, sentia-se estranha, quase indiferente. Desfilavam os tanques de guerra, batizados com nomes sonoros: Austerlitz, Verdun, Saint-Cyr, El Alamein, Mort-Homme, Exupérance... Exupérance? De pé na torrinha do seu tanque, um oficial radioso, de rosto sujo, saudava a multidão. O olhar dele chamou a atenção de Léa.

– Laurent!

Mas o grito perdeu-se em meio ao ronco dos motores e ao rugido da multidão. Tentou, então, se aproximar do veículo. Recebeu, porém, uma violenta cotovelada na cabeça ferida, o que lhe provocou um ligeiro mal-estar. Um jovem das Forças Francesas do Interior notou e conseguiu libertá-la do aglomerado.

RECOMPÔS-SE NUM PEQUENO café da rua da Huchette.

– Aqui está, gracinha, tome um gole e ficará como nova. É uma boa pinga. Estava guardando para festejar a vitória – disse o dono do café.

Léa pegou o cálice que lhe estendiam e engoliu de um trago o líquido cor de âmbar. A bebida explodiu em sua boca e lhe deu quase instantaneamente uma sensação de bem-estar.

– Nada melhor que uma boa aguardente para dar cor às faces das moças. Mais um gole?

Laurent estava em Paris! Ao vê-lo seu coração começou a bater com mais força, tal como nos tempos em que pensava amá-lo. Talvez ainda o amasse... Com a ajuda do álcool, Léa flutuava agora numa nuvem cor-de-rosa. O pesadelo chegara ao fim. Nesse instante, ouviram-se alguns disparos.

– Todos para dentro! Cuidado com os atiradores dos telhados – gritou alguém.

A rua se esvaziou como por encanto, reconduzindo Léa à realidade; Laurent estava ali, de fato, mas Camille estava morta. Sentiu-se desfalecer de novo com a ideia de que teria de lhe dar essa notícia. Presenciar sua dor lhe parecia acima de suas forças. Que outra pessoa lhe dissesse! Sentiu vergonha por sua covardia e corou. Ela e só ela tinha a obrigação de lhe dar a notícia. Camille não gostaria que fosse de outro modo.

Os carros estavam parados no largo de Notre-Dame, mas Léa não descobriu entre eles o que se chamava Exupérance. Desfilava pelo cais uma coluna de carros-metralhadoras. Os parisienses teciam comentários sobre o que viam:

– Veja esta máquina! Se tivéssemos tido isso em 1940, não teríamos perdido a guerra.

– Com estes uniformes, tem certeza de que são franceses?

– É a farda americana.

– Mesmo assim, não dá para reconhecer os nossos...

– A quem é que interessam os uniformes? Ingleses, americanos ou russos, o que importa é que chegaram aqui. Viva De Gaulle! Viva a França!

Léa caminhava ao longo do cais, indiferente aos esbarrões, tomada por tamanho cansaço que se sentia incapaz de pensar com coerência. Em seu cérebro confuso rodopiava-lhe um carrossel fantástico. Laurent está vivo! O que teria acontecido a Pierrot? Eu me perdi de Laure e de Franck... preciso dizer alguma coisa às minhas tias... Terão notícias de Françoise? Será que Charles tomou leite hoje? Laurent voltou! Laurent voltou! Como lhe dar a notícia da morte de Camille? Mas por que será que toda esta gente aplaude, Santo Deus? Ah, sim, chegaram as tropas de Leclerc, é isso! Laurent veio com elas. E François... onde está?...

– Com licença, senhorita – pediu um cinegrafista, com a câmara apoiada no ombro, que acabava de lhe dar um violento esbarrão.

Léa chegou à praça Saint-Michel e subiu até o apartamento de Franck. Não havia vestígios dele nem de Laure. Em contrapartida, uma quinzena de "fifi" ocupava o local. Tentou em vão que a ouvissem. Em sua excitação, não escutavam nada. Seria necessário deixar um recado, pois o telefone, que sempre funcionara durante todos aqueles dias de loucura, parecia ter entrado em greve. No quarto da mãe de Franck, Léa encontrou um batom, com o qual escreveu em todos os espelhos do apartamento: Estou na casa das tias. Talvez Laurent, Françoise e Pierrot estejam lá também.

Enquanto subia as escadas do apartamento de Franck, essa esperança a assaltara, fazendo com que corresse para o telefone. Mas, diante do silêncio do aparelho, havia decidido voltar à rua da Universidade.

OS TANQUES ESTAVAM REUNIDOS na praça Saint-Michel. Rodeava-os a multidão em delírio, que aclamava e aplaudia. Léa conseguiu esgueirar-se até um deles, subir na esteira e chegar até a torrinha.

– Sabe onde está o tenente d'Argilat? – perguntou ao soldado.

– Não. Não vi o capitão desde a porta de Orléans.

Ordens de comando sobrepuseram-se ao tumulto.

— Precisa descer, senhorita. Vamos atacar o Senado.

— Se o encontrar, diga-lhe, por favor, que Exupérance...

— Mas esse é o nome de seu carro.

— Eu sei. Diga-lhe que Exupérance está em Paris, na casa de suas tias.

— Muito bem. Mas, em troca, quero um beijo.

Léa o beijou com muito gosto.

— Não vai se esquecer?

— É seu namorado? Ele tem sorte em ter uma amiga assim, tão fiel. Não me esquecerei, palavra de homem. Só se for morto, evidentemente.

A frase agastou Léa. Evidentemente, se ele fosse morto...

Saltou do Sherman e ficou observando a manobra dos tanques. Entraram pela estreita rua de Saint-André-des-Arts, seguidos pelos "bravos" da multidão apinhada nas calçadas diante das lojas com as portas de ferro fechadas. Em algumas delas encontrava-se uma inscrição em giz: "Atenção! O veículo nº... das Forças Francesas do Interior está ocupado por quatro policiais. Disparar contra ele!"

A coluna virou à esquerda, rumo ao Odeon; Léa prosseguiu pela rua de Buci. É só meio-dia, pensou, olhando o relógio, cujos ponteiros estavam imobilizados no número 12. Os cafés tinham reaberto as portas. Entrou num barzinho da rua Bourbon-le-Château e bebeu meia cerveja junto aos moradores do bairro, que comentavam os acontecimentos. Um deles garantia ter visto tanques e caminhões americanos circulando pela Pont-Neuf.

Bandeiras tricolores flutuavam aqui e ali nas janelas de alguns edifícios. Grupos de pessoas trocavam impressões no batente das portas, lançando, por vezes, olhares inquietos aos telhados dos prédios.

NA RUA DA UNIVERSIDADE, a porta do apartamento de suas tias estava escancarada. Na entrada encontrava-se uma desordem pouco habitual. Meu Deus, Charles!... pensou Léa, correndo para o quarto do menino. Sentado na cama, ele folheava comportado um álbum de Bécassine que pertencera à mãe de Léa. Um sorriso iluminou seu rostinho cansado.

– Está de volta! Tive tanto medo que não voltasse!
– Como pôde pensar uma coisa dessas, meu querido? Nunca vou deixar você. Já almoçou?
– Sim, mas não estava bom. Vamos passear, Léa?
– Hoje não. Ainda há guerra nas ruas.
– Eu sei. Ouvi tiros e gente gritando. E tia Albertine saiu chorando.

Talvez tenha sabido que Pierrot morreu, pensou Léa.
– Vou falar com tia Lisa e volto já.
Na cozinha, viu Lisa e Estelle em lágrimas.
– Até que enfim você chegou! – exclamou a tia.
– O que é que vocês têm? O que aconteceu?
As duas mulheres redobraram o pranto. Abriam a boca para explicar, mas não conseguiam emitir nenhum som.
– Então, querem ou não querem me dizer o que aconteceu?
Por fim, Estelle conseguiu articular:
– Françoise...
Léa sentiu-se subitamente gelada.
– Françoise o quê? O que lhe aconteceu?
– Ela... foi... presa.
– Quando?
A criada esboçou um gesto de ignorância.
– Foi a dona da leiteria da rua do Bac que nos avisou – explicou Lisa, num só fôlego. – Albertine saiu em seguida, sem ter tempo até mesmo de pôr o chapéu.

Em outras circunstâncias, a frase teria feito Léa sorrir. Mas o esquecimento do chapéu era sinal de que o caso era grave.
– Aonde ela foi?

— Para a praça em frente à igreja.
— Faz muito tempo?
— Meia hora, talvez.
— Vou até lá. Cuidem do menino.
— Não vá! Não vá! — gritou Lisa, agarrando o braço da sobrinha.

Sem responder, Léa se desvencilhou e saiu.

19

O tempo estava bom e o clima era de festa. Rindo, passavam pela rua jovens bonitas, com vestidos curtos e claros, os cabelos enfeitados com guirlandas ou com bandeirinhas tricolores. As mulheres elegantes que eram habitualmente vistas na missa, aos domingos, tinham perdido um pouco sua nobreza habitual. Velhas senhoras, de braço dado com cavalheiros idosos, caminhavam com uma agilidade renovada. Todos se dirigiam para a praça, apressados.

Embora soubesse o que iria ver, Léa parou, surpresa. O lugar estava repleto de gente.

No topo da escadaria da igreja, que antigamente assistira a espetáculos bem diferentes, representava-se agora um melodrama diante de um auditório brincalhão, fanfarrão e gozador, que encorajava os atores por meio de ditos e de gestos. O cenário, extremamente sóbrio, impressionava apesar da simplicidade: alguns bancos, uma cadeira de palha e, fixada à porta do templo com um punhal, uma folha de papel branca onde a tinta negra escorria das palavras: CORTAMOS CABELOS DE GRAÇA. A peça já começara. Os comediantes interpretavam seus papéis com perfeição. O arauto, um homem gordo de camisa, ostentando a braçadeira das Forças Francesas do Interior, enumerava aos gritos os crimes das intérpretes femininas.

– Olhem para a Sra. Michaud, que denunciou o marido à Gestapo! Merece a clemência do tribunal do povo?

– Não! – ululavam os espectadores.

– Nesse caso...

– Raspem-lhe os cabelos! Ah, ah, ah, ah.

Um riso homérico sacudia a plateia.

No palco improvisado, os auxiliares da justiça popular forçavam a Sra. Michaud a sentar-se na cadeira de palha. Surgia então o cabeleireiro, munido de enorme tesoura de alfaiate, que fazia girar e estalar sobre a cabeça com trejeitos dignos de Maurice Chevalier, cantarolando:

> Viram a moda nova do chapéu de Zozo?
> É um chapéu, um chapéu divertido
> Tem na frente uma peninha de pavão
> E de lado um amor de papagaio

Ao lado de Léa, torcia-se de tanto rir, quase sufocada, uma moça gorda, de avental branco de leiteira ou de açougueira, pendurada no braço de um bombeiro.

– Isso vai me fazer mijar nas calças de tanto rir – declarou ela. – Ah, ah, ah, ah. Ainda faço xixi... estou falando... ah, ah, ah, já fiz!

Uma onda de riso agitava a multidão, provocando náusea em Léa. Viu as grossas mechas de cabelo brandidas tal como caudas e orelhas de touros na arena, saudadas por gritos que se assemelhavam aos dos espectadores de uma corrida. Mãos estendiam-se tentando apoderar-se daqueles tristes troféus.

Depois do corte grosseiro, a tonsura.

Abatida na cadeira, o rosto inchado, sujo de lágrimas e de cuspidelas, a Sra. Michaud era submetida ao seu justo e merecido destino de ter, talvez, denunciado seu marido à Gestapo. Não importava que a mulher garantisse que o seu homem fugira para uma base de resistentes de Corrèze, a fim de escapar do Serviço de Trabalho Obrigatório. Fora vista por uma vizinha respondendo a um soldado alemão que lhe pedira informações sobre o caminho a seguir.

Léa sentiu no seu próprio crânio o frio do metal da máquina de tosquiar. Perto dela, algumas mulheres ficaram caladas. Uma delas enxugou uma lágrima, talvez solidária, enfim, com aquela criatura humilhada, ridicularizada, com a cabecinha emergindo do vestido de flores e o cartaz pendente do pescoço onde uma mão desajeitada escrevera: PUTA QUE VENDEU O MARIDO.

Dois homens levantaram a mulher e a empurraram para junto das outras já tosquiadas, que se ajeitaram no banco, dando-lhe lugar. Sentou-se ao lado de uma mãe que embalava o filho.

Avidamente, Léa olhou para o grupo das que ainda tinham cabelos, à procura de Françoise.

Uma moça alta, elegante e morena veio substituir a Sra. Michaud na cadeira.

– Olhem só, minhas senhoras e meus senhores!... Olhem. Ao vê-la assim tão séria e compenetrada, lhe dariam a comunhão sem confissão. Pois bem, senhoras e senhores... é uma porca que preferiu dar o cu aos alemães em vez de a um dos nossos heróis! O que é que ela merece?

– Raaaaaspem-na! Raaaaaspem-na!

Era um jogo, uma farsa, uma comédia, um mistério como os que antigamente se representavam no patamar das catedrais para edificação dos fiéis. Nesses tempos remotos, porém, não se tratava do *Mistério das Virgens Loucas e das Virgens Prudentes* nem dos jogos do *Casamento ou da Folhagem*, mas sim do *Mistério da Paixão*. Não era aquele que se representara em Valenciennes, em 1547, e pelo qual os espectadores pagaram meio soldo ou seis dízimos, mas sim o quadro da época atual, absurda e magnífica, covarde e magnânima, corajosa e estúpida, heroica e criminosa, vivida pela França nos primeiros dias de sua libertação.

A mulher morena e elegante não chorava. Mantinha-se muito ereta, o rosto altivo e pálido. Um anel de cabelos caiu-lhe em cima das mãos brancas, cruzadas sobre os joelhos, e os dedos apertaram a mecha ainda morna. Fizera-se silêncio. A multidão, à espera de gritos e de lágrimas, teve direito apenas a um sorriso de desdém, enquanto seus dedos largavam a mecha. Um murmúrio de decepção percorreu a plateia.

Sem dúvida, enraivecido pela dignidade demonstrada, o cabeleireiro improvisado usava a máquina com brutalidade, ferindo a cliente. O sangue escorreu pela sua face.

– Oh!... – exclamaram os espectadores.

Léa cerrou os punhos e desviou o olhar. Não haveria ninguém capaz de acabar com tal abominação? Felizmente, Françoise não estava ali. Mas...

Nesse exato momento, a mulher que embalava a criança acabava de levantar a cabeça. Suas feições se pareciam vagamente com as de Françoise quando ela saía da água após um banho no Garonne. O coração de Léa pulsou de dor. Não... Não... não era Françoise que estava ali! Ainda bem que papai e mamãe já morreram. Sofreriam demais ao ver isso, pensou ela. Sentiu que alguém apoiava a mão em seu braço. Era Albertine de Montpleynet. No rosto da velha senhora estampava-se todo o horror do mundo. Léa rodeou-lhe os ombros com o braço, surpreendendo-se com seu gesto adulto e de quanto sua tia havia minguado.

A máquina tosquiadora acabara sua obra. A vítima levantou-se sozinha e com tamanha expressão de desprezo que a massa humana bufou, lançando-lhe algumas injúrias, enquanto ela se instalava, orgulhosa, no banco das tosquiadas, sem se importar com o sangue que escorria sujando o seu vestido.

Uma outra mulher, gritando e chorando, foi então arrastada para a cadeira de palha, de onde escorregou, deixando-se cair de joelhos, balbuciando:

— Perdão... perdão... não farei mais... perdão...

Ameaçadora, a tesoura estalava sobre ela.

— Chega! Parem com isso!

Um jovem com calça de golfe, armado com uma espingarda, subiu as escadas correndo. O cabeleireiro o conhecia, com certeza, pois limitou-se a responder, segurando uma mão cheia de cabelos da infeliz.

— Deixe-nos fazer o nosso trabalho.

Com um golpe seco de tesoura, cortou a mecha volumosa.

O cano da arma se abateu sobre os dedos do brutamontes, que deixou a tesoura cair.

— Não tem o direito de fazer isso — censurou o recém-chegado. — Se estas mulheres são culpadas, serão julgadas com equidade. Devem ser entregues à polícia.

Agentes uniformizados saíam, enfim, do comissariado, encravado entre o templo e um prédio.

— Circulando... Circulando. Não há nada aqui para ver. Vão para suas casas. Não se preocupem, estas mulheres serão punidas como merecem.

A praça esvaziava-se pouco a pouco. Os policiais conduziam as mulheres para dentro do comissariado enquanto os justiceiros ajustavam as braçadeiras, as cartucheiras e as pistolas, afastando-se e rindo. Logo todos tinham ido embora. Na praça ficaram apenas Léa e sua tia, que não saíram do lugar onde estavam. Num movimento simultâneo, encaminharam-se, então, para o comissariado.

Reinava a maior confusão nas estreitas instalações. Os agentes não sabiam o que fazer com todas aquelas mulheres prostradas ou desfeitas em lágrimas. O jovem da calça de golfe falava ao telefone. Depois desligou.

— A Prefeitura vai mandar um carro para levá-las.
— Para onde? Para a pequena Roquette? — perguntou um agente.
— Não. Para o Vel'd'Hiv, sob a escolta das Forças Francesas do Interior.
— É engraçado! — observou um outro agente. — Como aconteceu aos judeus.

Léa recordou-se das palavras que Sarah Mulsteïn lhe escrevera a propósito das milhares de pessoas detidas e concentradas no Vel'd'Hiv e fitou com espanto o homem que achara isso divertido.

— Vão embora, minhas senhoras. Não têm nada a fazer aqui — ordenou um dos policiais.
— Vim buscar minha sobrinha, senhor — respondeu Albertine de Montpleynet.

Os homens olharam espantados para aquela velha senhora de cabelos brancos que dizia com calma e dignidade: "Vim buscar minha sobrinha." Não faltava ousadia àquela velha!

— Não é possível, minha senhora. Estas mulheres são acusadas de colaborar com o inimigo e terão de ser ouvidas pelas autoridades competentes.
— Françoise!

Ela ergueu o rosto com o olhar vazio, parecendo não reconhecer sua irmã.

— Françoise, sou eu, Léa. Acabou. Viemos buscá-la.
— Não pense nisso, senhorita. Esta mulher foi presa junto com outras amantes de oficiais alemães.
— Nunca dormi com nenhum alemão! — gritou Michaud. — Apanharam estas mulheres na rua e me colocaram junto a elas por engano.
— Cale-se! O tribunal vai julgar — disse o policial. — Vão-se embora, minhas senhoras.
— Suplico-lhe, senhor. Eu me responsabilizo por ela. É minha sobrinha e a conheço desde pequenina...

240

– Não insista, minha senhora.

– Vão colocá-la na cadeia com o filho?

O jovem fitou Françoise e a criança, e depois a senhora de Montpleynet, com expressão de enorme perplexidade.

– Quanto à criança... bem... não sei. Deixo que a levem, se a mãe autorizar.

Reconhecendo Léa, o pequenino Pierre estendeu os braços em sua direção.

– Quer que o levemos conosco? – perguntou ela à irmã.

Sem uma palavra, Françoise entregou-lhe o menino.

– Deixem seus nomes e endereço – disse o mais velho dos policiais.

– Quando poderemos visitá-la?

– Não sei, minha senhora. Terão de aguardar. Nós avisaremos.

Françoise estendeu a mão para Léa.

– O que você quer? – perguntou Léa.

Ah! Já sei! Como é que não percebi isso antes?, pensou, retirando o lenço azul da cabeça. Com gestos de extrema doçura, amarrou-o sob o queixo de Françoise.

20

Depois de acompanhar a tia e o filho de Françoise à rua da Universidade, Léa deixou o apartamento como se fugisse. Queria estar só, a fim de refletir sobre tudo o que acontecera e, principalmente, para procurar Laurent.

Até a igreja de Saint-Germain-des-Prés, a avenida Saint-Germain se transformara em local de passeio para todos os moradores do bairro. Depois da rua Bonaparte, o ambiente se modificava, os pedestres despreocupados tinham sido substituídos por grupos de indivíduos ostentando braçadeiras e armados com espingardas, por jovens de camisas brancas com cruzes vermelhas e por donas de casa caminhando rente aos muros em busca de alguma loja aberta na rua de Buci. Uma delas obrigou Léa a parar, segurando-lhe o guidão da sua bicicleta.

— Não passe pela rua do Sena — avisou a desconhecida. — Há três dias os boches lançam granadas do Senado e a rua fica na linha de fogo. Várias pessoas foram mortas ou feridas.

— Obrigada, minha senhora, mas preciso ir à praça Saint-Michel. Por onde acha que devo passar?

— Em seu lugar, eu não iria. Toda aquela zona é perigosa. Os Leclerc preparam-se para atacar o palácio do Luxemburgo.

Como para confirmar as palavras da mulher, uma granada explodiu diante da peixaria da rua do Sene, fazendo cair os últimos vidros das vitrines e ferindo três pedestres nas pernas e no rosto.

Empurrando a bicicleta, Léa voltou e foi sentar-se na pracinha perto do antigo arcebispado. Todos os bancos estavam ocupados por gente que dormia. Rapazes e moças, instalados na caixa de areia, faziam circular entre si uma garrafa. Léa sentou um pouco afastada, com as costas apoiadas ao tronco de uma árvore. Fechou os olhos, tentando colocar em ordem a mente, onde se entrechocavam imagens violentas e insuportáveis. Sacudia a cabeça para as repelir e depois começou a bater com ela no tronco, cada vez com mais força, sem notar as lágrimas que lhe escorriam pela face.

— Pare com isso! Vai se machucar.

Uma pequena mão suja e pegajosa acabava de imobilizar sua cabeça.

— Tome! Beba um pouco. Vai lhe fazer bem.

Léa pegou a garrafa e tomou um gole com tamanha intensidade que o vinho lhe escorreu pelo pescoço.

— Para uma moça, você tem uma sede dos diabos! — comentou o rapazinho, que ainda não tinha 15 anos, recuperando a garrafa quase vazia. – Não há nada melhor que uma boa bebida para elevar o moral. É borgonha; nós a pegamos no Nicolas. Quer um cigarro?

Léa aceitou. Com deleite, deu uma tragada e logo outra, engolindo a fumaça. Sentiu-se tomada por uma leve embriaguez.

– Está melhor? Bom. Fomos buscar água na fonte... aqui está! Lave o rosto.

Enquanto Léa obedecia, o rapaz continuava a fazer perguntas:

– Por que você chorava? Perdeu o namorado? O seu pai, então? Não quer falar? Isso não importa. Tome, beba mais um gole. É muito bonita, sabia?

Léa sorriu, diante do tom admirado do garoto.

– Ora vejam! Fica ainda mais bonita quando sorri. Vocês não acham?

Os rapazes concordaram imediatamente, empurrando-se uns aos outros e dizendo piadas tolas. A única moça do grupo afastou-se de modo arrogante.

– A sua amiga está com ciúmes – observou Léa.

– Rita? Não faz mal – assegurou o rapaz. – Como se chama?

– Léa. E você?

– Eu me chamo Marcel, mas todos me chamam de Cécel. Estes são os meus amigos: Alphonse, Polo, Vonvon, Fanfan. O gordo é...

– Não sou gordo! – gritou o rapaz.

Léa e todos os outros riram.

– Não gosta que digam que é gordo. Mas magro é que ele não é, apesar das restrições. Chama-se Minou e ela é a Rita.

Todos estenderam a mão a Léa, exceto Rita, que se limitou a um aceno com a cabeça.

– Moramos todos no décimo terceiro bairro – explicou o rapaz. – Mas desde o dia 19 não vamos para casa.

– Seus pais devem estar preocupados...

– Não se preocupe com eles, pois eles também não se preocupam conosco. Segundo as últimas notícias, estavam brincando de guerra a favor da República. Nós, desde o começo, servimos de mensageiros para o coronel Rol e para o coronel Fabien...

– Então, vocês devem conhecer meu primo, Pierrot Delmas, ele é de Bordeaux – disse Léa, num tom ansioso.

– É possível. Mas eles são tantos!

– Foi ferido ontem na avenida Saint-Michel. Desde então, nunca mais ninguém o viu.

– Ah, não! Não vá começar a chorar de novo! Prometo que iremos procurar o seu primo. Como é ele?

– Mais ou menos do meu tamanho, cabelos castanho-escuros, olhos azuis...

– Como estava vestido?

– Vestia calça cáqui, camisa xadrez verde e azul, casaco de algodão cinza. E tinha braçadeira e pistola.

– Você, Vonvon, vá até os esgotos e informe-se sobre esse tipo – ordenou Marcel. – Encontre-nos à noite no lugar de sempre. Você, Rita, procure nos hospitais da margem esquerda e você, Minou, nos da margem direita. Nos encontramos à mesma hora e no mesmo local. Entenderam?

– Sim, chefe.

– Você é o chefe?

– É como você diz. Vá à rua Abbé-de-l'Epée, Fanfan, junto com Polo, e vejam se Fabien precisa de vocês. Aproveite a ocasião e diga bom-dia a meu irmão.

– Ia me surpreender se o encontrasse. Deve estar combatendo no Senado, com certeza.

– O seu irmão é da polícia?

– Não. É metalúrgico. Quando quiseram mandá-lo trabalhar na Alemanha, em 1943, fugiu e foi se reunir aos resistentes da Haute-Saône. Foi lá que conheceu Fabien, que também atende pelos nomes de Albert, de capitão Henri e, ainda, de comandante Pátria, após sua fuga. Meu irmão distribuiu panfletos durante algum tempo, foi espião e serviu de agente de ligação. Desde setembro, participou de todas as ações de sabotagem efetuadas na região. Em conjunto com o grupo Liberdade fez ir pelos ares a barragem de Conflandey e atacou um posto alemão perto de Semondans, onde foram mortos três boches. Também sabotou linhas férreas, destruiu pontes e locomotivas, tudo isso sob o comando de Fabien. Ele anunciou que hoje tomaria o Luxemburgo. Você vai ver que vai dar certo, sobretudo agora que os Leclerc estão lá para ajudá-lo.

Léa se divertia com aquelas histórias contadas com admiração.

– Estou de barriga vazia – declarou Alphonse. – E se a gente fizesse uma boquinha?

– Boa ideia. Vem conosco?

– Não sei – disse Léa, hesitante.

– Não pense demais, isso não é bom. Temos de comer para pôr as ideias no lugar.

– Tem razão. Aonde vamos?

– À rua do Dragon. Tem uma amiga de meu pai que trabalha como garçonete num barzinho lá. A dona tem uma certa queda por mim e isso não é ruim. Leve sua bicicleta, senão a roubam.

A AMIGA DO PAI DE CÉCEL instalou-os numa mesinha colocada sob as escadas em caracol. Sem admitir comentários, serviu-lhes um espesso purê de ervilhas com salsichas e trouxe uma garrafa de vinho. Depois de duas garfadas, Léa afastou o prato, incapaz de comer.

– Não está com fome?

– Não – disse ela, esvaziando o copo de vinho.

Engoliu do mesmo modo mais três ou quatro copos, sob os olhares atentos de Cécel e de Alphonse.

Durante toda a tarde, Léa e seus novos amigos ingeriram uma assustadora mistura de vinhos, licores e aperitivos. Às cinco horas, Fanfan irrompeu no barzinho como um furacão, tão ofegante que não conseguia falar.

– Assinaram... acabou... Choltitz assinou a capitulação – informou com voz entrecortada.

– Hurra!

– E então? Acabou a guerra?

– Vamos, conte-nos. Com quem é que ele assinou?

– Segurem-se... nós também assinamos!

– Está brincando – disse Cécel incrédulo.

– Não, não estou – garantiu o outro. – O coronel Rol, comandante das Forças Francesas do Interior da Île-de-France, assinou a carta de rendição junto com o general Leclerc e o general von Choltitz.

– Bravo! Temos de brindar a isso!

– Não acha que já bebeu demais?

– Nunca se bebe demais quando se trata de celebrar a vitória.

– Ainda é muito cedo para falar em vitória. Continuam a lutar em Luxemburgo, no quartel da praça da República, no Palácio Bourbon, em algumas estações de metrô e também nos subúrbios, sem dúvida.

– Isso não me preocupa. Fabien irá expulsá-los de lá. Como vão as coisas?

– Vão bem – garantiu Fanfan. – Os Sherman de Leclerc ocupam a rua de Vaugirard, as Forças Francesas do Interior e os *spahis* marroquinos do 6º Exército entraram no jardim pela rua Auguste-Comte e carros da Prefeitura munidos de alto-falantes circulam pelo bairro anunciando um bombardeio para as sete horas da noite se os alemães não se renderem. O cessar-fogo está marcado para as dezoito horas e trinta e cinco minutos. Mas acho que será preciso recorrer aos aviões. Você vem comigo?

-- Não podemos deixá-la como está – respondeu Cécel.

— Quero ir com vocês — murmurou Léa, procurando levantar-se.

— Está maluca! Já viu em que estado está?

— Quero lutar com os tanques...

— Venha — insistiu Fanfan. — Não vai se chatear por causa de uma guria bêbada.

— Não estou bêbada... bebi apenas um pouco demais para comemorar a chegada dos nossos heróis.

— Podem ir embora — interveio a garçonete. — Eu tomo conta dela. Vamos, levante-se, pequena. Venha deitar um pouco lá em cima.

— Está bem. Mas, antes disso, quero mais um gole...

— Suba, que eu levo a bebida até lá.

— Você cuida dela? Promete?

— Sabe muito bem que pode confiar em mim, Cécel. Mas parece que está apaixonado! Há alguém que não vai ficar muito satisfeita com isso.

O adolescente saiu, dando de ombros.

Com muita dificuldade, conseguiram levar Léa até o pequeno aposento no andar de cima do café, que servia ao mesmo tempo de salão de emergência e de quarto de dormir. Mal caiu na cama, começou a roncar suavemente, com a boca aberta.

21

Léa dormiu até a noite. Pela porta entreaberta, chegavam até o quarto os ruídos do café, onde havia a maior animação. A jovem levantou-se com a cabeça latejando.

— O que estou fazendo aqui? — perguntou ela em voz alta a si mesma.

Passos retumbavam pela escada em caracol. A porta do quarto abriu-se brutalmente, dando passagem a Rita e a Alphonse. Rita encarou Léa com ar desesperado.

– Por que é que o deixou ir embora? Por quê? – gritava ela, precipitando-se de punho erguido para a jovem, que se desviou.

Mas não tão rápida: recebeu um soco no rosto que aumentou sua enxaqueca e reavivou a dor do ferimento. Deslizou da cama, gemendo e segurando a cabeça entre as mãos. A adolescente atirou-se contra ela, agarrou-a pelos cabelos e esbofeteou-a com toda a força.

– Pare com isso! – gritou Alphonse.
– Suma daqui! – gritou Rita. – Vou tirar a pele desta porca.
– Pare, já disse! Cécel não gostaria que você fizesse isso – disse Alphonse tentando detê-la.

A mão que batia pareceu ficar suspensa. Devagar, os dedos de Rita largaram a cabeleira de Léa, que caiu molemente.

Os olhos de Rita iam do corpo prostrado ao rosto de Alphonse, como que tentando compreender o que lhe acontecia. O companheiro esboçou um gesto desajeitado, atraindo-a para si. Procurou acalmá-la.

– A moça não teve culpa – garantiu ele. – Quando viu seu irmão ferido, Cécel ficou louco.

– Preferia que Cécel tivesse dormido com ela – balbuciou Rita.

Léa voltou a se levantar e olhava-os sem entender.

– Mas, afinal, o que aconteceu?

Antes de responder, o adolescente assoou o nariz ruidosamente.

– Cécel foi morto na rua de Tournon.
– Oh, não!

Rita fitou Léa nos olhos e lhe disse:

– É verdade! E o seu primo também morreu!
– Fique quieta, Rita!

– O que é que tem? Por que só eu vou sofrer?
– Como souberam?
– Soubemos por um tenente do coronel Rol. Seu primo fora transportado para o Val-de-Grâce. Encontraram-no lá. Seria melhor você voltar para casa.
– E o que aconteceu com Cécel?
– Tínhamos chegado à zona dos combates. Na rua Garancière encontramos Clément, o irmão dele, que gritou para que nos abrigássemos. Cécel não quis, e os seguimos, caminhando rente aos muros da rua Vaugirard. A coisa estava feia. Um boche saiu por detrás de um carro incendiado, disparando em todas as direções. Clément foi atingido nas pernas. Arrastou-se por algum tempo e então, o Fritz, sem se apressar, descarregou a arma sobre ele e afastou-se em direção ao Senado. Cécel gritava como louco. Tentei detê-lo. Correu, desarmado, apanhou a espingarda do irmão e pôs-se a correr atrás do tipo com a metralhadora. O sujeito parou, voltou-se e me pareceu que sorria. Ergueram as armas ao mesmo tempo. A bala de Cécel atingiu o rosto do alemão. As dele transformaram meu amigo numa papa. Foi assim.

Os três jovens, de pé, com os braços pendentes como crianças perdidas, choravam por aquele rapaz de 15 anos, que acabava de morrer nessa bonita tarde de agosto de 1944, no dia em que Paris se libertava.

Enxugando os olhos sem dizer nada, Rita e Alphonse foram embora. Ficando só, Léa atirou-se na cama soluçando e revendo, diversas vezes, o rosto do primo, outras, o de Cécel, ouvindo suas risadas.

– Estão mortos! Estão mortos! – gritava ela para o travesseiro.

EM MEIO AO JÚBILO e à alegria, Paris desmontava suas barricadas, com grandes goles de vinho e muito riso. O dia estava bonito. Na Pont-Neuf, improvisou-se um baile ao som de um acordeão. Moças de cabelos presos na nuca, em coques elaborados, rodopiavam nos braços de membros das Forças Francesas do Interior ou dos Leclerc, tendo a licença até a meia-noite. Na rua Mazarine, na rua Dauphine e na rua Ancienne-Comédie caminhava-se sobre cacos de vidro. Ao longo do cais e na praça Saint-Michel viam-se carcaças enegrecidas de viaturas e de caminhões, o que tetemunhava a violência dos combates. Em certos locais, humildes ramos de flores colocados sobre o pavimento das ruas indicavam que naquele ponto havia caído um homem, uma mulher ou uma criança. Algumas pessoas se ajoelhavam ao lado das manchas escuras.

Léa seguia devagar pelo cais dos Grands-Augustins, tocando com os dedos as pedras ainda mornas do sol da tarde ou a madeira das barracas de livros usados. Na praça Saint-Michel os tanques manobravam, seguidos pelas aclamações da multidão. Apoiada ao parapeito, Léa os via passar, infeliz e desamparada. Aureolada pelo sol poente, a cabeleira da jovem parecia feita de fogo. Dos carros os soldados a saudavam, fazendo-lhe sinais para que fosse juntar-se às outras moças empoleiradas em volta deles.

— Léa!

Apesar do barulho, a jovem ouviu seu nome e olhou em volta, procurando quem a chamava.

— Léa!

Sobre um tanque, um homem gesticulava.

— Laurent!

Lutou contra a multidão para chegar até ele. Laurent mandou parar o veículo e estendeu-lhe a mão, ajudando-a a subir. Sem se incomodar com os olhares divertidos dos seus homens, manteve-a apertada contra si, balbuciando seu nome. Léa sentiu-se dominada por uma sensação irreal. Que fazia ela ali, em cima de um tanque de guerra que se dirigia para a praça da Câmara Municipal nesse sublime crepúsculo, nos braços de um militar cujo cheiro de pólvora, de óleo, de sujeira e de suor a deixava tonta? Mas era Laurent... Laurent! Ele lhe falava da alegria de encontrá-la tão bonita nesse dia abençoado para todos, da felicidade de rever sua mulher e seu filho. De que ele falava? Não compreendia... Esse não era o momento para revelar coisas desagradáveis. Os dois estavam ali, bem vivos, rindo e chorando um nos braços do outro. Mas algo bramia dentro dela, tal como um animal ansioso por sair da jaula. Como lhe dizer? Seria melhor esperar. Talvez amanhã... sim, diria amanhã.

No Châtelet, carros americanos vieram juntar-se aos da Divisão Leclerc, saudados pelos gritos dos parisienses.

– Viva a América!
– Viva a França!
– Viva De Gaulle!

O entusiasmo vibrante da multidão começava a contagiar Léa. Aninhou-se ainda mais nos braços de Laurent.

O tanque Exupérance parou junto da torre Saint-Jacques, onde estava o capitão Buis.

– Ora, muito bem, d'Argilat! Pelo jeito você não perde tempo! – exclamou ele.

– Não é o que está pensando, Buis.

– Eu não penso nada. Apenas constato.

Laurent saltou do veículo e estendeu os braços para ajudar Léa a descer.

À sua volta formavam-se os pares, os risos tornavam-se mais agudos, as palavras mais intencionais, os gestos mais claros, os olhares, inequívocos. Todos se preparavam para festejar a libertação de Paris da maneira simples e natural: fazendo amor.

Léa ergueu o rosto devagar para Laurent.

– Camille morreu – disse simplesmente.

FOI COMO UMA COMBUSTÃO. Tudo explodiu e depois se extinguiu em volta de Laurent. Restavam luzes de cores frias e nebulosas, formando auréolas nos objetos e silhuetas humanas que se moviam com lentidão irreal. Parecia que uma noite de nevoeiro gelado tombava em pleno mês de agosto, e dali surgiriam os mortos de Paris. O que iriam fazer a um militar francês de uniforme americano, chorando junto da torre Saint-Jacques, apoiado ao veículo batizado com o nome de uma santa já esquecida? Nada... Talvez apenas passassem por ali, acordados pelos estribilhos musicais, pelos suspiros dos apaixonados que, nessa noite, de Bolonha a Vincennes, das margens do Sena aos portões dos edifícios, transformavam Paris na capital do prazer.

Léa presenciara o sofrimento do homem que amara outrora. Sentia uma grande piedade, mas era incapaz de lhe proporcionar o tipo de conforto necessário e suficiente, pois ela mesma estava desprovida de tudo, sem força nem esperança.

– Charles está bem – foi tudo o que encontrou para o consolar.

– O que você tem, meu velho? Más notícias? – perguntou o capitão Buis, colocando a mão no ombro do amigo.

Laurent respondeu, sem procurar esconder as lágrimas que lhe deslizavam pelo rosto sujo.

– Acabo de receber a notícia da morte de minha mulher.

– Sinto muitíssimo. Como ela morreu?

– Ainda não sei – disse Laurent, voltando-se para Léa e interrogando-a com o olhar.

– Ela foi morta pelos alemães e pelos policiais, durante o ataque a uma base de resistentes.

Os três permaneceram em silêncio, alheios à alegria dos que os rodeavam. Buis foi o primeiro a reagir.

– Venha, o patrão está chamando.

– Já vou. Léa, onde está o meu filho?

– Comigo, na casa das minhas tias, na rua da Universidade.

– Vou tentar obter uma licença para amanhã. Dê um beijo em Charles por mim.

– Até logo, senhorita. Eu cuido dele.

EMBRUTECIDA PELO CANSAÇO e pelo sofrimento, com a cabeça doendo a ponto de querer gritar, Léa arrastou-se ao longo da rua Jacob empurrada por pedestres ébrios de alegria e de álcool. Ao chegar à rua da Universidade, deixou-se ficar por algum tempo sentada na escuridão das escadas, sentindo-se fraca demais para retomar a subida até o apartamento das tias. Uma lâmpada se acendeu. A luz já voltou, pensou. Arrastou-se pelas escadas do apartamento e apoiou o corpo na campainha.

– Então, o que é isso... o que é isso? Não são maneiras... Ah, senhorita Léa! Não tem sua chave? Mas o que lhe aconteceu? Deus do céu! Senhoras... senhoras!

– O que está acontecendo, Estelle?

– Léa! Depressa... Lisa... Laure!

Ajudada pela irmã e pela sobrinha, Albertine conduziu Léa para o divã da sala de estar. A palidez, as narinas afiladas e as mãos geladas de Léa apavoraram Lisa.

Albertine molhou suas têmporas com água fresca. As narinas distenderam-se, um estremecimento quase imperceptível percorreu-lhe o rosto, as pálpebras se descolaram e depois, devagar, seu olhar percorreu todo o aposento. Que sonho horrível! Quem seria a criança que Laure embalava? Por que a irmã chorava ao pousar os lábios nos cabelinhos loiros e sedosos? Onde estava a mãe do menino?

– Não! – gritou Léa.

O seu grito desesperado assustou as quatro mulheres. A criança no colo de Laure acordou e Charles correu, com os olhos sonolentos. Subiu no divã, aninhando-se na jovem.

– Não tenha medo – disse ele. – Eu estou aqui.

– Esteve chorando e chamando por ela o dia inteiro – cochichou Estelle a Lisa. – E agora a conforta... Que criança mais estranha!

Léa, gemendo, levou a mão à cabeça.

– Quer preparar um chá de tília para a Srta. Léa, Estelle? E traga também uma aspirina.

– Sim, senhora.

– Acalme-se, minha querida. Estávamos preocupadas com você!

– Tiveram mais alguma notícia de Françoise?

– Não – respondeu Laure. – Vim o mais depressa que pude quando tia Albertine me telefonou dizendo o que tinha acontecido. Franck e um amigo andaram por toda parte onde pensavam encontrar Françoise, mas não conseguiram nenhuma informação. Não se sabe para onde a levaram. E você, onde esteve?

Léa não respondeu à pergunta, declarando simplesmente:

– Vi Laurent.

– Oh, até que enfim uma boa notícia!

– Pierrot morreu – acrescentou.

Laure não disse nada; já sabia.

– Coitadinho! – lamentou Lisa. – Rezarei por ele.

A velha senhora não notou o olhar de raiva que Léa lhe lançou.

– Tem um cigarro? – perguntou à irmã.

– Tome – disse Laure, atirando-lhe um maço verde com um círculo vermelho.

– Lucky Strike... nunca fumei.

Estelle surgiu com os comprimidos de aspirina e as xícaras de chá de tília, adoçado com o mel que descobrira na mercearia da rua do Sena.

Albertine pegou Charles, que adormecera, enquanto Lisa tomava conta do filho de Françoise. As duas irmãs ficaram sozinhas, bebendo chá em silêncio.

22

Pelas grandes janelas abertas chegavam até elas gritos e canções insólitas naquele bairro habitualmente tão sossegado. Laure se levantou e ligou o rádio.

– Atenção! – gritava o locutor. – Vamos retransmitir o discurso do general De Gaulle proferido na Câmara Municipal.

Por que haveríamos de ocultar a emoção que a todos assalta, aos homens e às mulheres que aqui estão, em suas casas, na cidade de Paris, que se ergueu para se libertar e que soube fazê-lo com suas próprias mãos? Não, não dissimularemos essa emoção profunda e sagrada. Há momentos que ultrapassam nossas próprias vidas (...).

Paris! Paris ultrajada! Paris desfeita! Paris martirizada! Mas também Paris libertada! Libertada por si mesma, por seus habitantes, com o concurso das forças armadas francesas e o apoio e auxílio da França inteira, da nação que combate, da única e verdadeira França... a França eterna.

Muito bem! Visto que rendeu-se em nossas mãos o inimigo que ocupava Paris, é a França que entra na capital, que entra em sua casa. Vem sangrando, mas cheia de determinação. Vem mais lúcida pela imensa lição recebida e também mais consciente do que nunca de seus deveres e direitos.

Nesse instante a energia elétrica foi cortada, extinguindo a voz do homem que durante quatro anos personificara a esperança dos franceses e que, nessa noite, do Ministério da Guerra, abandonado pelos alemães algumas horas antes, "governava a França".

Laure acendeu a lamparina de querosene colocada sobre a mesinha redonda junto ao divã, onde a irmã ainda estava deitada.

– Vou dormir e você deveria fazer o mesmo. Talvez amanhã a gente saiba das coisas com maior clareza.
– Sim, talvez. Boa noite.
– Boa noite para você também.

A claridade amarela da lamparina acentuava a tranquilidade da sala de estar, cujo encanto de cômodo antigo fazia recordar um pouco Montillac. Com um suspiro, Léa acendeu outro cigarro. Pôs o maço de Lucky Strike na mesinha e notou, então, um jornal. Era o *Figaro* com uma notícia de seis colunas sob a seguinte manchete: AS TROPAS FRANCESAS CHEGARAM ONTEM ÀS VINTE E DUAS HORAS À PRAÇA DA CÂMARA MUNICIPAL. O nome de François Mauriac constava na primeira página. Léa começou a ler o artigo, intitulado: O PRIMEIRO DOS NOSSOS.

> No mais triste momento do nosso destino, a esperança dos franceses concretizou-se num homem. Essa esperança iria depois ser suprimida pela voz desse mesmo homem – um homem solitário. Quantos foram, então, os franceses que se apresentaram para compartilhar dessa solidão, os que compreenderam seu modo e seu significado: doar-se à França?

As linhas dançavam diante dos olhos de Léa.

> A Quarta República é filha do martírio. Nasceu em meio ao sangue, o sangue dos mártires. O sangue de comunistas, de concidadãos, de cristãos, e de judeus, de todos nós, foi o sangue do nosso batismo comum, e a figura do general De Gaulle permanecerá entre nós como o seu símbolo vivo... Não temos ilusões quanto aos homens... Recordo os versos do velho Hugo com os quais, durante estes quatro anos, tantas vezes acalentei a minha tristeza:

"Ó França livre, por fim erguida!
Ó veste branca após a orgia!"

O jornal deslizou das mãos de Léa. Ela adormecera.

NOVAMENTE O FANTASMA do homem de Orléans a perseguia, desta vez armado com um par de tesouras enormes. No exato momento em que seria atingida, Léa acordou, encharcada de suor. Só voltou a adormecer quando já amanhecia.

AROMA DE CAFÉ... café autêntico? De onde viria aquela raridade que a arrancara do sono agitado? Estranhamente, apesar de uma leve dor de cabeça, Léa sentia-se bem. Laure acabara de entrar na sala com uma bandeja onde uma xícara fumegava.

– Café?
– Se quiser. Foi Laurent quem trouxe.
– Laurent está aqui?
– Sim. Está no seu quarto, com Charles.

Léa se levantou rapidamente.

– Não, não vá. Charles está lhe contando como a mãe morreu. Tome. Beba enquanto está quente.
– Mas... parece café verdadeiro! O que é?
– Um pó feito de café. Coloca-se água quente em cima e fica pronto para ser bebido. É americano, eu creio.
– Continuam sem ter notícias de Françoise?
– Continuamos. Mas Franck nos telefonou. Encontrou um responsável pelas detenções, um velho amigo de seu pai...
– Pensei que o pai dele fosse mais ou menos colaboracionista – observou Léa.
– É, e o outro também.
– Não estou entendendo.
– É muito simples: favorecida pelo clima de insurreição, muita gente conseguiu se infiltrar nas Forças Francesas do Interior. Dizem que várias dessas pessoas deram mesmo provas de

muita coragem – explicou Laure. – Franck ficou admirado quando encontrou esse tal amigo do pai, armado de metralhadora e com a braçadeira da Cruz de Lorraine. Reconhecendo Franck, o colaboracionista teve medo que ele o denunciasse. Por isso mesmo, se prontificou a se informar sobre o local onde Françoise está presa. Se tudo correr bem, deveremos ter notícias no final da tarde.

– E quanto a Pierrot?

– Seu corpo está no necrotério. Fui identificá-lo ontem.

– Ontem? Mas não me contou nada?

– Para quê? Temos de avisar tio Luc. Tia Albertine prometeu encarregar-se disso assim que se restabeleçam as ligações telefônicas entre Paris e Bordeaux.

Bateram à porta.

– Entre.

Era Laurent com Charles ao colo. Ambos estavam com os olhos vermelhos.

– Papai voltou, Léa!

– Bom dia, Léa. O general Leclerc me espera; não posso demorar. Voltarei depois do desfile na Champs-Elysées. Obrigado por tudo – acrescentou, beijando-a na testa. – Até logo à noite, Charles.

– Quero ir com você no seu carro.

– Não é possível, meu querido. Fica para outra vez.

O garoto começou a choramingar. Léa apertou-o contra o corpo.

– Não chore – disse. – Iremos encontrar seu pai logo mais.

– De verdade?

– De verdade.

Após um último beijo no filho, Laurent foi embora.

Como ele parece infeliz, pensou Léa.

UMA ENORME BANDEIRA tricolor flutuava sob o Arco do Triunfo.

O dia estava magnífico; nenhuma nuvem. Os parisienses – talvez mais de um milhão – espalhavam-se ao longo do trajeto que fariam o general De Gaulle, os generais Leclerc, Juim e Koenig, os chefes da resistência e as Forças Francesas do Interior. Da Étoile até Notre-Dame, passando pela Place de la Concorde, ruas e calçadas fervilhavam de gente. O pequeno avião das Atualidades Americanas fazia círculos no espaço. Léa e Laure, de mãos dadas com Charles, deixavam-se invadir aos poucos pela euforia da multidão.

– Lá estão eles! Lá estão eles!

Sentados na balaustrada das Tuileries, que dominava a Place de la Concorde, viam avançar em sua direção um rio imenso, pontilhado de bandeiras e de bandeirinhas, à frente do qual caminhava um homem alto e solitário: o general De Gaulle, precedido por quatro tanques franceses: Lauraguais, Limagne, Limousin e Vercelon. Ali, o cortejo suspendera a marcha diante da Guarda, que tocava a *Marselhesa* e a *Marcha Lorraine*. Os hinos irrompiam de milhares de peitos.

– Viva De Gaulle! Viva a França!

ANOS MAIS TARDE, Charles de Gaulle escreveria em suas memórias:

> Ah, é um mar! Uma multidão imensa, apinhada de um e de outro lado da rua. Talvez dois milhões de almas. Os telhados também fervilham de gente. Grupos compactos empilham-se em todas as janelas, misturados às bandeiras. Há cachos humanos agarrados em escadas, em mastros, em lampiões. Até onde a minha vista alcança, só se distingue a onda humana ao sol, sob o pavilhão tricolor.
>
> Sigo a pé. Não é o dia de passar revista, quando as armas cintilam e as fanfarras soam. Trata-se, neste momento,

da rendição de um povo a si próprio, por meio do espetáculo de sua alegria e da evidência de sua liberdade, um povo que ontem fora esmagado pela derrota e disperso pela servidão.

Como o coração de cada um dos parisienses escolheu Charles de Gaulle como recurso para suas aflições e símbolo de sua esperança, que todos o vejam aqui, familiar e fraterno, e que à sua vista resplandeça a unidade nacional (...).

Acontece nesse momento um daqueles milagres da consciência nacional, um desses gestos da França que, por vezes, durante séculos iluminaram a nossa história. Nesta comunhão que é um só pensamento, um só ímpeto, um só grito, as diferenças se apagam, os indivíduos desaparecem (...).

Mas não existe alegria sem mácula, mesmo para quem segue o caminho do triunfo. Às boas ideias que se acumulam em meu espírito mesclam-se muitas preocupações. Eu tenho certeza de que toda a França só aspira à libertação. O mesmo ardor de voltar a viver, que explodia ontem em Rennes e em Marselha e que hoje entusiasma Paris, se repetirá amanhã em Lyon, em Rouen, em Lille, em Dijon, em Estrasburgo e em Bordeaux. Basta abrir os olhos e os ouvidos para constatar que o país deseja erguer-se novamente. Mas a guerra continua. Resta-nos ganhá-la. Qual o preço total que será preciso pagar pelo resultado?

O GENERAL SAUDOU A MULTIDÃO com as duas mãos e depois subiu para o enorme Renault preto conversível, que fora utilizado pelo marechal Pétain durante sua visita anterior. Nesse instante, ouviram-se alguns tiros.

— Os bandidos atiram dos telhados!
— Deitem-se!

Algumas pessoas atiraram-se ao chão enquanto os responsáveis pelos serviços da ordem, de pistolas em punho, empurravam mulheres e crianças para trás dos carros de assalto e dos *half-tracks*.

Que confusão, pensou Léa, contemplando a Place de la Concorde, que não passava agora de um amontoado de corpos enredados pelo medo, de saias arregaçadas até em cima, de bicicletas caídas, de barreiras de arame farpado, de jipes e de tanques. Agachou-se atrás da balaustrada quando Laure e Charles puxaram-na. O pequeno estava encantado com os acontecimentos. Homens das Forças Francesas do Interior atiraram em direção ao pavilhão de Marsan. O tiroteio mais intenso parecia vir da estação de Orsay e da rua Rivoli. Depois, tão subitamente como tinha começado, os tiros cessaram. Os parisienses ergueram-se, embaraçados, olhando à sua volta.

As duas irmãs atravessaram correndo o jardim das Tuileries, transformado em campo de manobras, puxando pela mão a criança que se divertia com aquilo tudo.

— Não está cansado? — perguntou Léa preocupada.

— Não estou... não estou — garantia ele rindo. — Quero ver papai no tanque dele.

Preparavam-se para atravessar a rua Paul-Déroulède em frente ao Arco do Carrossel, quando os disparos recomeçaram. Atiraram-se de barriga na grama. Ao redor, as pessoas, tomadas pelo pânico, fugiam numa grande desordem. A confusão era tamanha que os homens das Forças Francesas do Interior, postados na outra margem do Sena, começaram a disparar contra o pavilhão de Flore. Por sua vez, os das Tuileries, julgando tratar-se de um ataque, responderam aos tiros.

— Seria estúpido demais morrer assim — comentou Léa, levantando-se, depois de uma saraivada de balas ter-se crivado não muito longe dela.

Perto das bilheterias do Louvre, encontraram-se com Franck empurrando sua bicicleta. Laure instalou Charles no porta-bagagens e eles foram para a Notre-Dame.

No pátio da catedral, De Gaulle acabara de descer do carro e beijava duas garotas vestidas de alsacianas, que lhe entregaram um ramalhete tricolor. Os tanques estacionados no pátio desapareciam sob cachos humanos. Desde que o general partira da Place de la Concorde os disparos não haviam cessado durante todo o trajeto até a Notre-Dame, provocando monstruosas confusões.

Aquela gente esgotada por quatro anos de privações, enervada pelos combates que antecederam a libertação de Paris, gritava a sua alegria:

– Viva De Gaulle!
– Viva a França!
– Viva Leclerc!

O general De Gaulle encaminhava-se para o pórtico do Juízo Final quando explodiu um tiroteio ainda mais intenso que os anteriores.

– Estão disparando das torres da Notre-Dame – gritou alguém.

A maioria das pessoas atirou-se de barriga no chão. De Gaulle, em pé, fumava tranquilamente um Craven, observando a cena com ar divertido. Imediatamente, os Leclerc e os "fifis" começaram a disparar em direção à catedral, mutilando as gárgulas, cujos estilhaços choveram sobre aqueles que estavam junto ao pórtico. Oficiais da 2ª Divisão Blindada corriam em todos os sentidos, ordenando o cessar-fogo.

– Vê-se que os seus homens não estão habituados a combates de rua – disse o coronel Rol ironicamente ao tenente-coronel Jacques de Guillebon, da 2ª Divisão Blindada.

– Não, não estão, mas pode crer que irão se habituar – respondeu ele, medindo o outro com o olhar.

Enquanto o general Leclerc aplicava algumas bastonadas a um soldado em pânico, que disparava em todas as direções, o general De Gaulle, irritado, entrava no templo sacudindo sua jaqueta. O coronel Peretti abria-lhe caminho, distribuindo socos e pontapés. O general chegara cerca de trinta minutos antes da hora prevista e o clero não estava ali para recebê-lo. O órgão continuava em silêncio e o coro envolto em penumbra, por falta de energia elétrica. De Gaulle dera apenas meia dúzia de passos quando o tiroteio recomeçou dentro da própria catedral. Os presentes, derrubando cadeiras e genuflexórios, atiraram-se ao chão, aterrorizados pelo eco que ampliava o som das detonações.

– Os soldados disparam da galeria dos Reis!
– Não são soldados. São homens da Delegacia que estão lá em cima.

Impassível, De Gaulle venceu os 60 metros da nave por entre filas de cadeiras caídas e de fiéis prostrados contra o solo, as cabeças protegidas entre os braços. Por instantes, um rosto emergia a tempo para gritar:

– Viva De Gaulle!

Atrás do general, Le Trocquer resmungava:

– Veem-se mais traseiros do que caras.

Quando chegou ao coro, De Gaulle dirigiu-se para a cadeira colocada à esquerda, na cruz do transepto, seguido por Parodi, por Peretti e por Le Trocquer, enquanto as balas continuavam a assobiar. Monsenhor Brot, arcebispo da Notre-Dame, encaminhou-se para De Gaulle e disse:

– Outra pessoa é que deveria estar aqui para recebê-lo, meu general. Mas foi impedida pela força. Deste modo, encarregou-me de lhe apresentar os seus calorosos e sinceros respeitos.

De fato, o general De Gaulle deveria ter sido recebido pelo cardeal Suhard, mas o Governo Provisório disse ao prelado, nessa mesma manhã, que sua presença seria indesejável. Por quê? Censuravam-no por ter recebido o marechal Pétain em sua catedral e de ter presidido as exéquias de Philippe Henriot. No entanto, na cerimônia fúnebre, o cardeal recusara-se a usar da palavra, embora as autoridades alemãs tivessem pedido, o que fez com que os soldados dissessem:

— Suhard é gaulista.

Nem gaulista nem colaboracionista; um homem de igreja, simplesmente, devia pensar monsenhor Brot.

— Mande tocar os órgãos – disse Le Trocquer.

— Não há energia elétrica.

— Nesse caso, dê ordem ao coro para cantar.

Um pouco hesitante, de início, o *Magnificat* retiniu sob as abóbadas. O general De Gaulle cantava em voz alta, arrastando consigo a assembleia. Os disparos cessaram por instantes. Depois recomeçaram no meio do hino, ferindo três pessoas. Padres jovens davam a absolvição. Interrompido por algum tempo, o hino elevou-se de novo sob as abóbadas seculares, acompanhado pelo assobio das balas.

Rapazes de camisa branca recolhiam os feridos e as pessoas acidentadas durante os momentos de desordem. O *Magnificat* terminara. O local se tornava perigoso demais. Não haveria *Te-Deum* nesse dia.

Precedendo o general, abria-lhe caminho um magnífico bedel. Lá fora, a multidão acolheu De Gaulle com saudações formidáveis.

— Viva De Gaulle!
— Que Deus salve De Gaulle!
— Que a Virgem guarde De Gaulle!
— Que Deus proteja a França!

O homem do dia saudou a massa humana agitando as duas mãos e foi se instalar tranquilamente em seu carro, que partiu seguido por aclamações.

CHARLES ERA O MAIS feliz e o mais orgulhoso dos meninos. Dominava o mundo do alto da torrezinha do tanque de seu pai.

Tinham reencontrado Laurent d'Argilat na Câmara Municipal, quando ele voltava da Place de la Concorde. Informou-os de que voltaria a partir em menos de uma hora.

— Apesar dos franco-atiradores, as pessoas aqui nem sequer desconfiam de que os combates prosseguem nos subúrbios ao norte de Paris — disse Laurent.

— Mas, então, os alemães não assinaram a rendição?

— A ata de rendição é válida para os que combatiam sob as ordens do general von Choltitz; não para os outros. Pelo menos, é o que afirmam os seus chefes. Instalaram-se no Bourget e na floresta de Montmorency. Dispõem de tropas recém-chegadas de bicicleta, vindas do Pas-de-Calais e, sobretudo, de tanques da 47ª Divisão de Infantaria do general Wahle...

— Mostre como é que isso funciona, papai — pediu Charles.

Léa, empoleirada no tanque, deu um tapinha na mão da criança.

— Não mexa em nada — ordenou. — Vai explodir tudo.

Laurent sorriu sem alegria. Beijou o filho, ergueu-o e, apesar de seus protestos, estendeu-o a Franck.

— Cuide dele, Léa — recomendou. — Virei vê-los de novo assim que puder. Depois falaremos de Camille. Quero saber tudo sobre a morte dela.

Charles e os três jovens ficaram observando a manobra do tanque. Depois, seguiram-no até a avenida Sébastopol.

FRANCK ACOMPANHOU AS DUAS irmãs e o menino à rua da Universidade. Ao retirar-se, prometeu voltar à noite com notícias de Françoise e também sobre o abastecimento.

O PASSEIO DEIXARA CHARLES cansado e ele se queixava de dores de cabeça. Estelle pôs o termômetro; estava com 39 graus de temperatura. A velha criada resmungava, dizendo que já sabia o que ia acontecer... que a criança não deveria ter saído... que ainda não se curara por completo... Léa deitou Charles em sua cama e ficou junto do menino, segurando-lhe a mão até ele adormecer. Avaliara mal as suas próprias forças, sem dúvida, pois também acabou dormindo.

Arrancou-a do sono uma espécie de ribombar constante. Olhou o relógio: onze horas e trinta minutos. O quarto estava mergulhado na penumbra. O ribombar intensificava-se. Aviões! Sobrevoavam Paris. Deviam ser aparelhos aliados e iam, por certo, bombardear a frente. As sirenes começaram a uivar. Os aviões estavam agora mais perto e pareciam voar muito baixo. Léa correu para a janela.

Depois de Orléans, nunca mais vira tantas aeronaves em conjunto. Os riscos dos projéteis e os raros disparos da DCA pareciam não incomodá-los. De repente, ouviram-se grandes explosões vindas da Câmara Municipal e do Halles, que abalaram todo o bairro, iluminando a noite.

– Temos de descer para os abrigos! – gritou Albertine, abrindo a porta do quarto, com o bebê de Françoise no colo.

Lisa e Estelle passaram correndo pelo corredor, com os cabelos desgrenhados.

– Desçam sem mim e levem Charles – disse Léa.

O menino, sonolento, agarrou-se a ela, recusando-se a largá-la.

– Não quero! Não quero! Fico com você.

– Está bem. Então fique.

Aninhado no corpo da amiga, ambos instalados numa das grandes poltronas da sala de visitas, Charles voltou a adormecer. Léa fumou um cigarro. As bombas alemãs caíram no Marais, na rua Monge, no hospital Bichat – onde mataram sete enfermeiras –, no mercado dos vinhos, e provocaram um incêndio que iluminou a cidade como fogos de artifício.

Por volta da meia-noite, soou o fim do alerta aéreo. O retinir das sinetas dos bombeiros e as sirenes das ambulâncias substituíram então o estrondo das bombas. Todos voltaram para a cama, mas não por muito tempo. Às três horas da madrugada, outro alerta arrancou novamente os parisienses de suas camas.

No dia seguinte, havia uma centena de mortos e cerca de quinhentos feridos. Foi um rude despertar para todos aqueles que pensavam que a guerra terminara.

Ao despontar do dia 27 de agosto de 1944, Paris cuidava de seus feridos. Na Notre-Dame, acontecia uma estranha cerimônia com todas as portas fechadas, chamada de "reconciliação". Derramara-se na catedral o sangue do crime, segundo a expressão litúrgica consagrada, e o templo deveria ser "reconciliado" antes de reaberto aos fiéis. O arcebispo de Notre-Dame, monsenhor Brot, acompanhado pelo cônego Lenoble, percorreu todo o interior e o exterior da catedral benzendo as paredes com água gregoriana, uma mistura de água, cinzas, sal e vinho. Depois da cerimônia, realizada apenas na presença de membros do clero ligados à Notre-Dame, celebraram-se normalmente a missa e os ofícios divinos.

Nessa manhã de domingo foi celebrada uma missa numa das barricadas da avenida Saint-Michel, pelo capitão das Forças Francesas do Interior, padre das bases da resistência da Haute-Savoie, rodeado de bandeiras e diante de um grande público em atitude de recolhimento.

Léa recusou-se a acompanhar as tias à missa cantada em Saint-Germain-des-Prés.

Após diversas tentativas vãs, Albertine de Montpleynet conseguiu, enfim, falar com Luc Delmas pelo telefone. A ligação era bastante precária, por isso tiveram de gritar para se fazerem ouvir.

— Alô? Alô? Está me ouvindo? Quem fala é Albertine de Montpleynet, tia das pequenas Delmas... Sim, estão aqui comigo... Estão bem. Telefono-lhe por causa de seu filho... Sim, de Pierrot... Não, não... Ele foi morto, lamento muito... Pelos alemães... Infelizmente é possível. Fui ontem identificar o corpo...

Não sei... Estava com Léa na avenida Saint-Michel... Vou ver, ela ficou ferida. Não desligue.

Albertine virou-se para a sobrinha e disse:
— Seu tio Luc está ao telefone e quer falar com você.
— Nada tenho para lhe dizer. Foi por causa dele que Pierrot morreu.
— Está sendo injusta. Seu tio é um homem massacrado pelo desgosto.
— Bem-feito!
— Não tem o direito de falar assim, Léa. Não se esqueça de que ele é irmão de seu pai. Se não for por caridade cristã, ao menos fale com ele por humanidade, em memória de seus pais.

Por que lhe falavam de seus pais naquele momento? Estavam mortos, como Camille e como Pierrot...

— Alô? — gritou Léa, arrancando o fone das mãos da tia. — Alô?... Sim, é Léa. Encontrei Pierrot por acaso, há alguns dias. Fazia parte da resistência havia um ano. Tinha se juntado aos comunistas. Enviaram-no a Paris para servir de agente de ligação entre os chefes da insurreição. Foi morto por uma granada... Não, não sei se sofreu, pois também fiquei ferida e não nos levaram para o mesmo hospital. Alô? Alô? Não desligue... Alô? Quem está falando? Ah, é você, Philippe. Sim, é horrível... Fomos libertados aqui. O que está acontecendo em Bordeaux?... Quê?! Esperam que os alemães expulsem os americanos?! Receio que ainda não tenha percebido que os alemães já perderam a guerra e que, mais cedo ou mais tarde, pessoas como você e como seu pai correm o risco de serem fuziladas... Não, isso não me daria nenhum prazer. Seria indiferente. Pierrot está morto... sim, sim, mudei bastante. Que devemos fazer quanto ao enterro?... Ligue para a casa de minhas tias... Littré 35-25... Tiveram notícias do tio Adrien?

Léa desligou, subitamente pensativa.

— Foi horrível ouvi-lo chorar, tia Albertine — murmurou a jovem.

23

O mês de setembro de 1944 seria para Léa o mês das grandes decisões.

Tudo começou, de fato, na noite de 30 de agosto.

O TELEFONE SOOU por volta das oito da noite. Albertine foi atender.

— Alô?... Sim, minha sobrinha está aqui. Quem deseja?... Como? Não entendi... Sr. Tavernier? François Tavernier? Ah, boa noite, Sr. Tavernier! Onde o senhor está? Em Paris? Quando chegou?... Com o general De Gaulle? Que alegria em ouvi-lo, Sr. Tavernier!... Sim, Léa está bem... a Sra. D'Argilat? Infelizmente a Sra. D'Argilat morreu... Sim, sim, é horrível. O menino vive agora conosco. Estivemos com o pai dele há alguns dias. Neste momento, ele combate ao norte de Paris... Não desligue. Vou chamar Léa.

Albertine de Montpleynet gritou para a sobrinha:

— Léa! Telefone!

A moça chegou de roupão de banho, com os cabelos molhados.

— Quem é?

— O Sr. Tavernier.

— Franç...

— Sim, François. Mas o que você tem, minha pequena? Está se sentindo mal?

O sangue corria tão rápido em suas veias que todo o corpo lhe doía.

— Não... não... estou bem — respondeu Léa com voz fraca, sentando-se antes de pegar o fone.

Albertine de Montpleynet olhou a sobrinha com uma expressão enternecida, mas ao mesmo tempo inquieta. Daria tudo para ver a filha de Isabelle feliz.

– Gostaria de ficar a sós, minha tia.

– Claro... claro, minha querida. Com licença.

Léa hesitava em aproximar-se do fone, apesar de ouvir do outro lado do fio alôs cada vez mais impacientes. Por fim decidiu-se:

– Alô, François?... Sim, sim... Não, não estou chorando... Não, de verdade... Onde? No Ministério da Guerra? Onde fica isso?... Rua Saint-Dominique, nº 14?... Vou já. É só o tempo de secar os cabelos... François... Tá bom... Tá bom, não vou perder tempo.

Louca de alegria, Léa desligou, rindo e chorando ao mesmo tempo, com vontade de se ajoelhar e agradecer a Deus por François estar vivo!

Tentava esquecê-lo desde a morte de Camille para não ter de chorar o desaparecimento de mais uma pessoa querida. Ao rever Laurent e diante da alegria que sentira, pensou ter conseguido. Mas agora, ao simples som da voz de François, seu corpo estremecera como sob uma carícia. Depressa... depressa... aninhar-se nos braços dele, esquecer todos os horrores, não pensar mais em guerras e em mortes, pensar apenas no prazer... Os cabelos ainda não estavam secos, ia ficar horrorosa. Correu para o quarto, esfregando a cabeça com força.

Vasculhou o armário em busca de um vestido. Onde estaria aquele azul que lhe ficava tão bem? Desaparecera. Talvez estivesse no cesto de roupa suja.

– Laure! Laure!

– Que é? Por que está gritando desse jeito? O que quer?

– Você me empresta o seu vestido vermelho e verde?

– Mas... é um vestido novo!

– Exatamente por isso. Vamos, seja boazinha, me empreste. Prometo ter cuidado com ele.

– Está bem. Mas só para lhe fazer um favor. Aonde vai?

– Tenho um encontro com François Tavernier.

— O quê! Ele voltou?
— Sim.
— Que sorte a sua! Vá logo. Não o faça esperar. Vou buscar o meu vestido.

Quando Laure voltou, Léa, completamente nua, espalhava talco pelo corpo.

— Você é tão bonita!
— Não mais do que você.
— Claro que é! Todos os meus amigos acham. Pegue o vestido. Mas tenha cuidado. O tecido é muito delicado.

Laure ajudou-a a colocar o vestido de crepe de musselina, que tinha um grande decote, mangas largas e curtas. O corpo acinturado fazia parecer mais ampla a saia curta e franzida.

— Como você tem se cuidado, hein? Nada mais nada menos que um vestido de Jacques Fath!
— Troquei-o por cinco quilos de manteiga e cinco litros de azeite — explicou Laure.
— Não foi caro.
— Você acha? A manteiga é um artigo mais raro que os vestidos de um grande costureiro e, com a libertação, serão de graça os das ex-mulheres elegantes da alta sociedade alemã.
— Você é engraçada, Laure! Quem diria que a mocinha de Bordeaux apaixonada pelo marechal Pétain se transformaria em negociante do mercado negro.
— E o que tem isso? Todos podem se enganar. Eu me enganei a respeito de Pétain e você também poderá se enganar sobre o general De Gaulle. E quanto ao mercado negro... ora! Sem ele você não teria comido todos os dias.
— Isso é verdade, reconheço. E simplesmente admiro seu jeito para negócios. Quanto a De Gaulle, ainda bem que ele existe.
— Depois veremos... Não passa de um militar como qualquer outro.

Léa encolheu os ombros sem responder.

— Nenhuma notícia de Françoise?
— Nenhuma. Franck continua procurando-a. Fale sobre isso com François Tavernier. Talvez ele tenha alguma ideia. E quanto a Pierrot, o que faremos?
— Não sei. Combine com tia Albertine.
— A que horas você volta?
— Não sei. Diga para as tias que vou sair, e cuide de Charles.
— Claro... as chatices são para mim! — falou Laure, fingindo-se aborrecida. — Seja como for, divirta-se bastante. E cuidado com o meu vestido!
— Cuidarei dele como a menina dos meus olhos — garantiu Léa. — Não sei onde arranjar cinco quilos de manteiga e cinco litros de azeite para lhe pagar se acontecer alguma coisa.
— Você está muito longe do preço atual. Agora já seriam necessários dez quilos e dez litros.
— Continue assim e ficará rica.
— É o que pretendo. Vamos, suma daqui! Estou ouvindo tia Lisa, e se ela vir que está saindo, vai ter de lhe dar explicações durante uma hora: Aonde vai? Com quem? Será adequado? Etc. etc.
— Já fui embora. Obrigada.

Léa DESCEU AS ESCADAS tão depressa que saltou o penúltimo degrau e foi estatelar-se no chão de mármore da entrada. Torceu o pulso violentamente.
— Merda! — exclamou ela.
— Que palavra tão feia em boca tão bonita!
— E que frase tão vulgar! É você, Franck? Não se vê nada com esses malditos cortes de luz.
— Sim, sou eu.
— Ajude-me a levantar.
Quando Léa se ergueu, deixou escapar um grito.
— Machucou-se?
— Não é nada. Você está tão carregado! O que é isso?

– Alimentos para Laure. Já sei onde está sua irmã.
– Por que não disse logo?
– Porque não me deu tempo.
– Então...?
– Está no Vel'd'Hiv. É lá que as Forças Francesas do Interior reúnem os colaboracionistas.
– É fácil de entrar?
– Sim, desde que raspe o cabelo.
– Não achei graça.
– Desculpe. Não, não é fácil entrar. Diante dos portões há sempre uma horda de energúmenos gritando injúrias, espancando e cuspindo os que são conduzidos para lá. Até os advogados, mesmo em companhia de responsáveis das Forças Francesas do Interior, são tão maltratados como os outros.
– Veja se consegue se informar – pediu a jovem. – Vou encontrar um amigo, chegado ao general De Gaulle, e lhe falarei sobre isso.
– Peça-lhe que use todas as influências para tirá-la de lá. Parece que as condições de detenção são muito severas – afirmou Franck. Depois aconselhou: – Não é prudente andar por aí passeando sozinha à noite. Não quer que eu a acompanhe?
– Não, obrigada. Vou à rua Saint-Dominique, que não fica longe daqui. Agradeço-lhe o que tem feito por Françoise. Eu lhe telefonarei amanhã para dizer alguma coisa.
– Então, até amanhã. Boa noite.
Léa não ouviu as palavras de despedida, pois já estava na rua.

NO MINISTÉRIO DA GUERRA, depois de se identificar, a sentinela mandou que a conduzissem ao primeiro andar. Fizeram-na entrar no grande salão, onde ainda existiam vestígios dos ocupantes anteriores: o retrato do Führer retirado da parede e jogado num canto, bandeiras e papéis timbrados com a suástica amontoados pelo chão, caixas cheias de pastas e documentos espalhados ao acaso, atestando uma partida precipitada.

– Já avisamos o comandante. Ele pediu para a senhorita esperar alguns minutos. Está com o general De Gaulle. Aqui estão alguns jornais para se entreter.

Havia de fato dezenas de jornais de todos os recantos da França sobre as mesas: *La Nation, Les Allobroges, Le Franc-Tireur, Libération, Combat, Défense de la France, La Marseillaise, L'Aisne Nouvelle, Lyon Libéré, L'Humanité, Le Patriote Niçois, Le Libre Poitou, La Petite Gironde...*

Bordeaux também fora libertada! As Forças Francesas do Interior tinham entrado na cidade às seis e meia da manhã. Na primeira página, o *La Petite Gironde* publicava a ordem do dia nº 1 do Conselho Regional de Libertação do Sudoeste, do delegado militar regional Triangle (o coronel Gaillard) e do delegado militar do War Office Major, Roger Landes (Aristide), às Forças Francesas do Interior.

Aristide! Estava vivo! Tio Adrien devia estar junto com ele.

Bordeaux festejou sua libertação. Estava na manchete de um jornal que Léa não conhecia. Mas, curiosamente, tinha o mesmo endereço e o mesmo emblema do *La Petite Gironde*, de segunda-feira, dia 28 de agosto – um galo cantando –, embora o exemplar do jornal desconhecido tivesse saído dia 29. Chamava-se *Sud-Ouest*.

Entregue aos seus pensamentos, Léa não notou a chegada de François e se viu nos braços dele sem saber como.

– Largue-me! Oh... François!

– Você... Você... – murmurava Tavernier sem conseguir dizer mais nada.

Era como se uma onda os arrebatasse e logo os soltasse, os fizesse cair rolando, como se os triturasse e os aniquilasse. Enlaçados, oscilavam através da sala, de lábios colados, chocando-se contra os móveis, numa embriaguez tão grande que nem sequer perceberam que não estavam a sós.

– Então, Tavernier, era esse o encontro importante?

– Desculpe, meu general. Mas, como pode ver, era da maior importância.

– Estou vendo... estou vendo. É uma moça muito bonita. Quando terminarem o encontro, dentro de uma hora mais ou menos, venha falar comigo.

– Ok, general. Obrigado, general.

Espantada, Léa ficou olhando a alta silhueta voltar ao seu gabinete.

– É ele, de verdade? – balbuciou.

– Sim.

– Estou envergonhada.

– Não tem do que se envergonhar. É um homem...

– Exatamente por isso.

– Bom, temos uma hora e a bênção dele – observou François Tavernier.

– Quer dizer que...

– Sim.

Léa enrubesceu e François deu uma gargalhada.

– Não ria. Não tem graça nenhuma. O que ele irá pensar a meu respeito?

– Fique tranquila. Ele já te esqueceu. Venha, eu te quero.

Esquecendo-se da vergonha, a moça se deixou arrastar para o andar superior.

– É aqui o gabinete do general – segredou François Tavernier, quando passavam em frente a uma porta guardada por um jovem militar.

Ao fim do corredor, depois de terem deixado para trás diversas outras portas, Tavernier encontrou, por fim, aquilo que procurava. Era uma espécie de dispensa iluminada por uma claraboia, onde se empilhavam tapeçarias e papéis de parede cuidadosamente enrolados. Reinava lá dentro um calor sufocante e um cheiro de poeira e de naftalina.

Tavernier derrubou a jovem sobre um monte de tapetes Aubusson e deixou-se cair sobre ela.

– Espere... beije-me – disse Léa.

– Isso fica para depois. Andei sempre com a coisa em pé, pensando em você e na sua bela bunda, agora não posso mais esperar.

Febrilmente, Tavernier procurava tirar-lhe as calcinhas.

– Que chateação! Tecido de antes da guerra! – exclamou, puxando com violência.

– Pare! Vai rasgar o vestido.

– Eu lhe comprarei dez. Ah!...

Penetrou-a com tanta brutalidade que lhe arrancou um grito de dor e de raiva.

– Está me machucando. Solte-me!

– Antes morrer que soltá-la agora.

Léa debatia-se, procurando libertar-se daquele pênis que a maltratava.

– Idiota!

– Essa foi a primeira palavra que ouvi de você.

– Iditoa! Idiota! Idio...

Mas o desejo de François contagiara Léa e, como dois animais, ambos grunhiam e se mordiam, chegando a um orgasmo rápido e sem requintes.

Mas aquele prazer tão brusco não bastou para lhes aplacar o desejo. Sem se desprenderem, voltaram a se amar, experimentando uma volúpia que desconheciam. Depois, extenuados e satisfeitos, deixaram-se cair sobre as tapeçarias de cor púrpura que pareciam querer envolvê-los.

Permaneceram em silêncio durante um bom tempo, sentindo ainda em seus corpos as ressonâncias do prazer. François levantou-se, então, e contemplou a jovem. Raramente via tanto abandono no ato do amor. Quando ele a tomava, Léa submetia-se a todos os seus desejos sem o menor pudor. Roçou com os seus aqueles lábios grossos. Através das pálpebras semicerradas refletia-se uma fina tira de luz, o que provocou nele uma sensação insuportável.

— Olhe para mim – pediu.

As pálpebras se abriram lentamente, revelando um olhar embaçado, de uma tristeza profunda. François interpretou erradamente aquela melancolia.

— Está zangada comigo?

A cabeça despenteada oscilou num aceno negativo, ao mesmo tempo que as lágrimas caíam sobre o veludo cor de amaranto.

— Eu a amo, pequena. Não chore.

— Tive tanto medo... – disse Léa.

— Isso terminou. Agora estou aqui.

A jovem se endireitou e repeliu-o com raiva.

— Não, não terminou. Por toda parte há pessoas que matam outras, que as humilham...

— Eu sei, eu sei. Vamos... acalme-se. Mais tarde você vai me contar tudo. Sei o que aconteceu a Camille...

— Sabe? E sabe o que aconteceu a Pierrot? A Raul? A Françoise?

— A Françoise?!

— Sim, a Françoise. Foi presa pelas Forças Francesas do Interior, que lhe rasparam a cabeça.

— Como sabe que eram Forças Francesas do Interior?

— Tinham braçadeiras.

— Há muita gente pouco recomendável infiltrada nas Forças Francesas do Interior. O general De Gaulle sabe disso. Mas tudo será feito para restabelecer a ordem pública e castigar os culpados.

— Não sei se eram ou não essas pessoas pouco recomendáveis, como vocês dizem, infiltradas no meio dos libertadores de Paris. Mas o que posso garantir é que o conjunto dos espectadores que assistiram à tosquia de minha irmã e das outras moças se divertiu muito com o que viu e achou absolutamente natural que elas fossem punidas assim.

— A raiva continua lhe caindo muito bem, minha querida.
— Oh!...
— Desculpe-me. O que aconteceu a Françoise depois?
— Levaram-na para o Vel'd'Hiv.
— Está em boa companhia. Está junto com toda a alta-roda: Sacha Guitry, Mary Marquet... Não se preocupe. Nós a tiraremos de lá. Em nome de Deus! Tenho de deixá-la. O general deve estar à minha espera. Eu lhe telefono amanhã de manhã. Até lá, tenha juízo.

Começou a sair, ainda abotoando a calça.
— François!
— O que é? — perguntou ele, virando-se para trás.
— Estou muito feliz por vê-lo de novo.

Tavernier ergueu-a e apertou-a contra o corpo, beijando-a com aquela ternura que sempre a surpreendia.

SONHADORA, ELA OUVIU se afastarem os passos do homem ao lado de quem ela se sentia cada vez mais segura e ao mesmo tempo em grande perigo. Pouco dada a análises, procurava destrinchar as causas dos sentimentos contraditórios que a assaltavam naquele cubículo do Ministério da Guerra. *François me assusta. Mas como sou idiota! Por que teria medo dele? Nunca me fez nada que justifique essa angústia. Será que eu tenho medo de que ele não me ame? Que me deixe? É isso, claro. Mas sinto que essa não é a verdadeira causa. É algo quase físico. Tremo de medo quando ele me chama de meu anjo. E, no entanto, minha atração por François é tão forte que o seguiria para onde quer que ele fosse. Mas... e ele? Diz que me ama sempre que nos encontramos, salta em cima de mim sem mesmo se dar ao trabalho de me dirigir a palavra a não ser para dizer: Venha... eu te quero. Confesso que isso me excita, mas a verdade é que não sou indiferente a essas carícias da alma que são palavras como Raphaël Mahl e Balzac diziam. É estranho... por* que ele tem o dom de me irritar? Ainda há pouco, com relação a Pierrot e Françoise... É como se, inconscientemente, eu o responsabilizasse pelo que lhes aconteceu. Não compreendo. Talvez porque ele seja um homem de atitudes, de objetivos e de relações equívocas e eu suspeite que esse tipo de gente seja responsável pela guerra. É uma ideia absurda, eu sei. Camille encontraria uma explicação, com certeza. Tenho saudade dela. Um sentimento de abandono, de ausência, quase igual ao que senti quando mamãe morreu. E quando penso que a traí! Que eu quis lhe roubar o marido! Perdoe-me, Camille. Há tantas coisas que não cheguei a lhe dizer! E que você também não me disse! E, agora... agora tudo acabou... acabou. Oh, chega de lágrimas! Não servem para nada... para nada.

Enraivecida, Léa tentava inutilmente recompor o vestido amarrotado. Ah, esses tecidos! Teria um lindo aspecto, sem dúvida, quando passasse daquele jeito em frente da sentinela! Finalmente, precisava sair do cubículo das tapeçarias. Entreabriu a porta e deu uma olhadela para a direita e para a esquerda. Depois, tranquilizada por ver o corredor deserto, esgueirou-se até a escadaria, descendo-a com o ar mais digno que conseguiu manter. O hall de entrada estava cheio de rapazes, militares e membros das Forças Francesas do Interior. Todos seguiram com o olhar a bela jovem de vestido amarrotado e de cabelos em desalinho. Sentiram inveja do desconhecido que a deixara em tal estado. Léa passou por eles de cabeça erguida, fingindo não notar os assobios de admiração que a saudaram na saída. Uma vez na rua, porém, desapareceu correndo, vermelha de raiva e de vergonha.

Na rua da Universidade, Charles veio ao seu encontro, muito animado.

– Como? Você ainda não foi dormir?

– Papai está aqui! Papai está aqui! – gritava ele, puxando-a para a sala de visitas.

— Espere. Vou mudar de roupa.
— Não. Venha.
— Daqui a pouco, meu querido.
— Papai, papai — chamou a criança. — É Léa. Ela não quer entrar.

A silhueta alta e delgada de Laurent enquadrou-se no batente da porta.

Léa foi beijá-lo. Como parecia cansado!
— Espere por mim. Vou mudar de roupa.

Era tarde demais, porém. Laure acabava de aparecer.
— Até que enfim chegou! Oh, o meu vestido! Em que estado o deixou!
— Desculpe-me... Caí...
— Caiu?...

Confusa, Léa correu a se esconder no quarto. Seria difícil fazer com que Laure ouvisse a voz da razão.

Quando Léa entrou na sala de visitas, tia Albertine olhou-a com ar severo.
— Sabe que não gosto que você saia à noite sem me dizer nada.
— Desculpe-me, tia. Fui falar com François Tavernier a respeito de Françoise. Ele vai cuidar disso. Sabe que vi o general De Gaulle? — acrescentou rapidamente, para mudar de assunto.
— Como é ele?

Léa fez um breve relato do encontro, omitindo, é claro, as circunstâncias exatas.
— O seu quarto está pronto, Sr. D'Argilat — avisou Albertine.
— Muito obrigado, minhas senhoras. Muito obrigado por tudo.
— Não há de quê. Boa noite a todos.

Esgotadas por tantos acontecimentos, as senhoras de Montpleynet retiraram-se.

Laure aproximou-se da irmã e cochichou:

— Espero que tenha valido a pena. Se não, não lhe perdoo ter estragado meu vestido.

O rubor de Léa lhe deu a resposta.

— Boa noite. Vou deitar-me — despediu-se Laure. — Brincar de ama-seca esgotou-me. Boa noite, Laurent. Durma bem. Venha comigo, Charles. É hora de ir para a cama.

— Não vou. Quero ficar com o papai.

Laurent ergueu o menino, que o abraçou com força.

— Fique comigo, papai!

— Estarei sempre com você — disse Laurent. — Mas já é tarde e você precisa dormir. Irei lhe dar boa-noite.

— Léa também.

— Claro! Léa também irá despedir-se de você.

— Vamos, andando, sua peste!

— Boa noite, Laure, e obrigado.

— Boa noite.

Quando ficaram a sós, Léa e Laurent permaneceram muito tempo em silêncio, fumando cigarros americanos. Depois Laurent ergueu-se e encaminhou-se para a janela aberta, onde ficou contemplando o céu estrelado. Sem se voltar, pediu:

— Conte-me como foi que Camille morreu...

24

— Dona Albertine, estão chamando a senhora ao telefone.

— Obrigada, Estelle.

— Alô?... Sim, sou eu... Bom dia, senhor... claro. Evidentemente concordo em receber minha sobrinha e responsabilizar-me por ela... Quando?... Hoje! Não sei como lhe agradecer,

Sr. Tavernier... Deixando Léa ir jantar com o senhor? Parece-me um pouco difícil no mesmo dia da volta da irmã. Quer que eu a chame? Ainda está dormindo. Passou parte da noite conversando com o Sr. D'Argilat... Muito bem. Eu lhe direi que o senhor volta a telefonar esta tarde.

Albertine de Montpleynet desligou. Pensativa, dirigiu-se para o quarto, cuja porta fechou suavemente. Sentou-se na velha poltrona Voltaire, da qual gostava particularmente. Seu coração batia mais forte. As mãos úmidas agarraram os braços da poltrona. Dentro dela extinguia-se aos poucos a alegria que sentira por Françoise, dando lugar a uma angústia progressiva. Como reagiriam os vizinhos, os inquilinos do prédio, os comerciantes do bairro e seus amigos diante da presença da moça a quem fora raspado o cabelo – fato de que todos estavam a par – por ser amante de um alemão? Durante toda a vida Albertine estivera de acordo com a sociedade e agora se sentia marginalizada. Mas nos últimos meses de ocupação as pessoas já não lhe poupavam comentários desagradáveis a respeito do noivo alemão de Françoise e do comportamento de Laure. Lisa, mais sociável que ela, sofria muito com o clima gerado à sua volta, a ponto de ter suspendido suas partidas semanais de *bridge*.

Albertine se reprovava a própria falta de firmeza em relação às três filhas de Isabelle, pelas quais se sentia responsável depois da morte dos pais. Reconhecia ter sido completamente ultrapassada pelos acontecimentos e pelas naturezas muito diferentes, mas igualmente obstinadas, de suas sobrinhas. Não estive à altura da minha missão e não soube proteger essas crianças, pensava. Que diria a mãe? Que será da pobre Françoise depois da provação por que passou? Otto morreu, com certeza. Mãe solteira, eis as palavras que lhe atirarão na cara... se não for pior. E o filho, aquele anjinho? Oh, meu Deus, tende piedade de nós! Concedei a Françoise forças suficientes para superar o desgosto e a vergonha! E perdoai-me, senhor! Confiaste-me uma missão e falhei... Perdoai-me, meu Deus!

Albertine chorava com a cabeça entre as mãos. Entregue à sua tristeza, não percebeu que a porta se abrira.

– O que você tem, minha tia?

Agachada aos pés da velha senhora, Léa procurava separar-lhe as mãos marcadas de manchas escuras.

– Eu lhe suplico, tia Albertine! Acalme-se!

Os dedos se descerraram, por fim. Diante da face contraída pelo sofrimento daquela mulher de aspecto frio e que pouco manifestava os sentimentos, Léa sentiu-se tomada pela dúvida e pela piedade. Por quê? Até ela reagia desse modo, a tia tão reservada, tão forte, tão digna! Era ainda um mundo de certezas infantis que ruía, deixando-a ainda mais pobre, mais fraca. Ao ver Montillac queimar, alguma coisa fora destruída dentro dela, a isolara no desespero, deixando-lhe apenas a energia necessária para sobreviver e proteger o filho de Camille. E, na noite anterior, esgotara o pouco que tinha ao tentar reconfortar Laurent. Mas como se pode consolar quando se está inconsolável? E agora? Que palavras usar para devolver a coragem àquela mulher tão querida? Camille saberia como fazer. Foi Albertine, porém, quem encontrou as palavras:

– Levante-se, minha querida – disse ela. – Não passo de uma velha tonta. Foi apenas um momento de fraqueza. Não tenho o direito de me queixar quando tanta gente sofre bem mais que eu.

Enxugou os olhos com cuidado antes de prosseguir:

– O Sr. François Tavernier telefonou. Françoise vem para casa esta tarde.

– E chorava por causa disso!?

– Sim e não. Não quero que você se engane quanto à natureza das minhas lágrimas... Estou muito feliz com a volta de sua irmã, mas estou também um tanto preocupada.

– François lhe deixou algum recado para mim?

– Queria convidá-la para jantar, mas eu lhe disse que hoje não seria possível.

— Por que você disse isso?

Albertine ergueu-se com uma expressão severa.

— Sua irmã vai precisar da atenção de todos nós. Achei melhor que você também estivesse aqui.

Léa abaixou a cabeça, sentindo-se cansada, muito cansada.

— Seja como for, o Sr. Tavernier voltará a telefonar esta tarde — disse Albertine. Depois pediu: — Não comente com Lisa a minha atitude de há pouco; isso a faria sofrer. Como você sabe, sua natureza é simples e linear. Os acontecimentos a perturbam muito mais do que a mim, o que acaba se refletindo em sua saúde. Promete ficar calada?

Léa beijou a tia.

— Prometo, sim, tia Albertine. Posso lhe pedir um conselho?
— Claro, minha pequena. De que se trata?
— Ora, bem, é que...

Léa interrompeu-se. Para que falar desse assunto quando todas as ideias se confundiam em seu espírito?

— Por que parou, minha filha? É tão difícil assim de dizer?
— Decidi alistar-me na Cruz Vermelha.
— Na Cruz...!

Se Léa tivesse dito "quero alistar-me" em vez de "decidi alistar-me", talvez ela não tivesse se lançado de cabeça nessa aventura. Mas, ao exprimir uma decisão tomada, não voltaria atrás, por orgulho ou teimosia.

— Foi isso que eu disse: decidi alistar-me na Cruz Vermelha.
— Mas você não é enfermeira! — exclamou a senhora de Montpleynet.
— Não me alistei como enfermeira, mas como motorista.
— Mas por que esta decisão no momento em que todos nós precisamos de você? E Montillac? Não pensa em Montillac?
— Montillac está destruída.
— Pode-se reconstruir.
— Com quê? Não temos dinheiro.

— Os notários...

— A propriedade está hipotecada até o pescoço.

— Léa!

— Ora, minha tia, por favor! O tempo das palavras bonitas já passou... Acabou. Tal como Montillac.

— Pense em suas irmãs e em Charles, que a ama como se você fosse a mãe dele.

— As minhas irmãs se viram muito bem sem mim. Veja como Laure se transformou numa excelente mulher de negócios! Quanto a Charles, ele tem o pai.

— Quando você tomou tal decisão? E por quê?

— Quando?... Não sei. Talvez na noite passada, constatando o sofrimento de Laurent ou pensando na morte de Camille, de tia Bernadette, de Sidonie, de Raul Lefèvre, de Pierrot e de tantos outros. Desejo acompanhar as tropas do general Leclerc e entrar na Alemanha juntamente com ele. Gostaria de ser homem para ter uma metralhadora, combater e matar centenas...

— Cale-se, minha filha! Está louca!

Fora de si, Léa tinha o rosto vermelho, os lábios contraídos, os olhos cintilantes de ódio.

— Talvez eu esteja mesmo. A verdade é que quero assistir à derrota dos alemães, vê-los sofrer, vê-los se arrastarem pelas estradas sob os bombardeios, ver suas barrigas abertas, seus olhos arrancados, seus filhos queimados. E, ainda, suas cidades destruídas, seus campos devastados, suas casas em escombros. E, sobretudo, quero presenciar sua humilhação tal como eles presenciaram a nossa, vê-los tão subservientes como nós fomos, rastejando de joelhos a nossos pés, quero... quero que desapareçam da face da Terra!

Os gritos da jovem chamaram a atenção de Laurent. Perplexo, o rapaz escutava aquelas palavras horríveis. Léa não estava longe de uma crise nervosa.

— Oh!

A bofetada de Laurent interrompeu seu delírio verbal. Estupefata, ela o fitou. Nunca pensou que ele fosse capaz de bater numa mulher.

— Cuidado! Léa vai desmaiar! — gritou Albertine de Montpleynet.

Laurent correu para ampará-la, mas Léa se recompôs.

— Não foi nada. Já estou melhor — disse.

— Desculpe-me — balbuciou Laurent.

— Não faz mal. No seu lugar eu teria feito a mesma coisa — disse ela, olhando pela janela.

— Sabe o que Léa me dizia há pouco, Sr. D'Argilat?

— Não, não sei.

— Que vai se alistar na Cruz Vermelha!

Laurent foi em direção à moça e obrigou-a a encará-lo.

— Isso é verdade? — perguntou com ansiedade.

— É.

Puxou-a para si, apertando-a com força nos braços.

— Talvez você tenha razão, depois de tudo...

Encolhendo os ombros, Albertine de Montpleynet deixou o quarto.

QUANDO FICARAM A SÓS, Léa e Laurent permaneceram em silêncio durante muito tempo. Depois, aproximando-se dela, Laurent ergueu-lhe o queixo com doçura. Teimosa, Léa tentou resistir.

— Por quê? — perguntou Laurent.

Oh, aquele olhar de criança perdida! Como gostaria de apagar de sua memória todos os horrores que a assaltavam, restituir-lhe aquela despreocupação que fazia parte do seu encanto! Mas ele mesmo estava mergulhado em sofrimento demais para lhe servir de socorro. Achava que a decisão de se alistar na Cruz Vermelha fora tomada apenas pela aflição diante de um futuro que Léa entrevia envolto em sombras e cheio de dificuldades.

– Por quê? – insistiu Laurent.

– Porque quero morrer.

Em outras circunstâncias, Laurent teria desatado a rir diante de tanta veemência juvenil. Mas naquele momento...

– Não diga besteiras – censurou. – Você tem toda a vida pela frente.

– Você fala como minhas tias.

– Eu lhe falo com bom-senso.

– Ora, falemos de bom-senso!... Sabe, por acaso, o que é isso? Eu não sei. Não vi nada que demonstrasse bom-senso desde o início da guerra, mas sim o mais completo absurdo. Será por acaso o bom-senso que leva a multidão a linchar e a raspar cabeças?

– Concordo que estamos no reino do absurdo. Mas não acrescente a esse absurdo uma decisão que não tem nada a ver com você. Reflita bem neste caso. Dentro de alguns meses a guerra estará terminada, tudo será reconstruído, será preciso viver como antes...

– E você acha que poderá viver como antes? Depois do que eles fizeram a Camille?

Uma brusca contração de dor alterou o rosto de Laurent.

– É preciso. Devo pensar em Charles.

– Você tem Charles. Mas eu não tenho ninguém.

– Tem Montillac.

– Não quero mais ouvir falar em Montillac! Há muitos mortos em Montillac. Odeio aquele lugar. Nunca mais voltarei lá.

– Como você mudou desde ontem! – observou Laurent. – Pensei que estivesse feliz por rever François Tavernier. É o homem de quem você precisa.

– François Tavernier só pensa em...

– E que homem não pensaria nisso ao vê-la?

– Você não!

As imagens da única noite de amor nos subterrâneos de tijolo de Toulouse lhes veio à cabeça com uma nitidez que os fez corar.

— François Tavernier a ama; Camille me disse. Ela pensava que você também o amasse.

— Enganou-se.

— Camille raramente se enganava.

— Não me fale mais nela. Camille está morta... Morta como Montillac. Agora, deixe-me, Laurent. Deixe-me, por favor.

Laurent saiu, fechando a porta de mansinho.

LÉA APERTOU A CABEÇA entre as mãos. Sua boca se abriu num grito mudo que ecoou apenas em seu corpo, fazendo com que ela estremecesse. Caiu de joelhos apoiada na poltrona Voltaire e cravou os dentes na velha tapeçaria do assento. Resmungava com voz entrecortada:

— Estou doente, não posso mais... eles me assediam por todos os lados... querem me levar com eles. Não! Não é verdade o que eu disse a Laurent; não quero morrer! Mas eles... oh, eles, todas as noites me chamam, tentando me apanhar. Sinto suas mãos geladas e ensanguentadas. Oh, aqueles dedos! Tenho medo. E aquele cheiro de carne queimada, o corpo calcinado que não para de se agitar, aqueles gritos! Ah, Sarah, seu pobre rosto desfigurado! Tenho a impressão de que você me fala do inferno. E Sidonie... sua voz contém o mel de seus doces. Nunca mais deixei de ver o seu velho corpo martirizado. Tenha piedade! Fique quieta! E Raul? Você é bom. Sinto que queres que eu viva. Que você levou consigo nossos singelos gestos de amor. Oh, tia Bernadette, por favor, não grite dessa maneira! Ah, as chamas que a envolvem! Raphaël, vá embora, tenha piedade! Também um fogo me queima. Perdão, tia Bernadette, perdão! Mamãe, proteja-me! Expulse-os! Eles querem que eu os siga. Mamãe, diga a Pierrot que me largue... não é minha culpa não ter morrido quando ele morreu. Agora é

Sifflette... o Sr. e Sra. Debray... e o pai Terrible... e as duas crianças com a mãe, em Orléans... e... não, não, esse homem não! O homem que eu matei... Socorro! Mamãe... papai... ele está me agarrando! Não deixem que ele me apanhe! Sangue... todo esse sangue... São tantos...

— LÉA, ACALME-SE! Léa! Acabou – dizia Tavernier. Depois, virando-se para os outros, ordenou: – Chamem um médico. Depressa!

Ergueu o corpo de Léa, inerte e coberto de suor, e transportou-o para o quarto, enquanto Laurent D'Argilat, ao telefone, tentava encontrar um médico.

— Ligue para o Dr. Prost, do Ministério da Guerra. É meu amigo. Peça-lhe que venha imediatamente – recomendou François Tavernier.

Sem cerimônia, expulsou Laure e as senhoras de Montpleynet. Louco de preocupação, olhava para a mulher que amava, inconsciente, o corpo por vezes agitado em sobressaltos violentos. Depois estendeu-se ao lado dela, falando-lhe suavemente.

— Minha querida... amor da minha vida... não tenha medo, minha pequenina. Estou aqui ao seu lado, para protegê-la.

A voz apaziguadora pareceu acalmá-la. François aproveitou para despi-la. Sentiu-se comovido diante da beleza daquele corpo, ao mesmo tempo forte e frágil, cuja posse era a cada vez um deslumbramento. Mesmo neste instante, apesar da desordem causada pela doença, Léa continuava voluptuosa e desejável. Era realmente necessário afastá-la de Paris para que recuperasse o equilíbrio emocional. Deus do céu! Que teria acontecido a Prost?

— D'Argilat – chamou Tavernier.

Laurent empurrou a porta entreaberta.

— Diga.

— Falou com o Dr. Prost?

— Deve estar chegando. Como está Léa?

— Acalmou-se um pouco. Aconteceu alguma coisa em especial desde ontem?

— Que eu saiba, não. Ela me contou as circunstâncias em que Camille morreu...

— Desculpe-me, meu velho — interrompeu Tavernier. — Queria dizer o quanto... Sabe, eu gostava muito de sua mulher... Estimava-a muito...

— Agradeço-lhe. Falaremos disso depois.

— Acho que o médico está chegando.

— Não ouvi a campainha.

— Você esquece que continuamos sem energia elétrica? Ouvi baterem na porta.

O som de vozes chegava até eles.

— É aqui. Entre, por favor.

Um homem não muito alto, mas com ombros de lutador e pescoço de touro, envergando uma farda com galões de capitão, entrou no quarto e se dirigiu para François Tavernier.

— O que está acontecendo?

— Seus colegas parisienses não respondem. Então, pensei em você.

— Está doente?

— Eu não. Esta jovem.

— Muito bonita — elogiou o médico.

— Pare de fazer gracinhas. Não é o momento adequado.

— Claro... Claro. Onde poderei lavar as mãos?

— Aqui, doutor — respondeu Albertine, indicando-lhe a porta do lavabo.

— Pare de andar para lá e para cá, Sr. Tavernier. Isso está me fazendo mal.

— Desculpe-me, mas estou tão preocupado! Faz quase uma hora que o médico a examina.

— Uma hora não, meu caro senhor. Apenas há dez minutos.

— Dez minutos ou uma hora são a mesma coisa: é tempo demais.

A sala de visitas parecia a sala de espera de um dentista. Laure estava com o bebê de Françoise sentado nos joelhos, e Laurent, de pé, carregava Charles. A criança não cessava de dizer em voz baixa e cada vez mais ansiosa:

— Léa não vai morrer, não é, papai? Não vai morrer...

Lisa abanava-se com o lenço molhado de lágrimas, murmurando:

— Virgem Maria, rogai por nós...

Quanto a Albertine, mantinha-se muito centrada e de olhos fechados. Pelo tremor de seus lábios sabia-se que ela rezava.

Por fim, a porta se abriu e o capitão chamou Albertine de Montpleynet para entrar. Tavernier, porém, correu para o quarto, esbarrando nela.

— Sr. Tavernier!

Sem ouvi-la, François correu para a cabeceira da cama e debruçou-se sobre a doente, que parecia adormecida. Tranquilizado, endireitou-se, virando-se para Prost.

— E então?

Sem se dignar a lhe responder, o médico dirigiu-se à dona da casa.

— Ela é sujeita a síncopes?

— Que eu saiba, não. É minha sobrinha, doutor, mas ela está aqui em casa há apenas dois meses.

— Quando criança, sabe se ela teve alguma doença desse tipo?

— Não, doutor. Ah, sim... Quando o noivo morreu, Léa ficou inconsciente durante dias.

— Quantos?

— Não me lembro. Talvez dois ou três.

— Notei que ela foi ferida na cabeça por duas vezes. Algum desses ferimentos teve consequências?

— Creio que não.

— Ela tem dores de cabeça frequentes? — insistiu o Dr. Prost.

— Raramente, mas são muito fortes, a ponto de se ver forçada a se deitar.

— Ora, tudo isso faz parte do passado — resmungou François Tavernier. — O que ela tem agora?

— *Coma vigile.*

— O quê?

— Ela entrou em *coma vigile*.

— O que isso quer dizer?

— Quer dizer que se encontra em estado de coma, mas um coma vigilante, o que significa que ela reage a certos estímulos, a certas dores. Não fique admirada se ela gemer e se debater, minha senhora. O seu espírito não está completamente adormecido.

— O que devemos fazer? — perguntou Albertine.

— Nada.

— Nada... Como?

— Sim, nada. É preciso esperar.

— Por quanto tempo?

— Não sei. Dois dias... quatro dias... uma semana ou mais. Depende.

— Mas depende de quê? — perguntou François.

— Da natureza ou de Deus, se preferir.

— Deus que vá para o inferno, e você também. Você é uma droga de um médico que nem sequer sabe como tratá-la.

— Não grite assim. Ela precisa de calma. E a minha receita é que você desapareça daqui.

— Senhores, por favor — interveio Albertine.

— Desculpe-nos, minha senhora. Como já disse, não há nada mais a fazer senão esperar. Deem-lhe de beber com regularidade e procurem fazê-la engolir um pouco de sopa. Vigiem também a temperatura. Vocês têm médico de família?

– Temos, mas não sabemos o que aconteceu com ele.

– Nesse caso, se até lá não conseguirem achar um dos meus colegas, voltarei aqui amanhã. Quero alguém permanentemente ao lado dela. Seria bom que contratassem uma enfermeira.

– Não é necessário, doutor. Temos muita gente em casa e nos revezaremos.

– Muito bem. Vamos, Tavernier?

– Não, ficarei mais um pouco. Te vejo mais tarde.

– Não se esqueça da reunião com a imprensa dentro de uma hora.

– E eu lá quero saber de reunião?

– Diga isso ao general. Até mais, minha senhora. E não se preocupe. Sua sobrinha é uma pessoa saudável; ela sairá dessa.

– Que Deus o ouça, doutor!

25

Quando Léa abriu os olhos pela primeira vez na penumbra de seu quarto, 12 dias já haviam se passado. Deu com Françoise sentada a seu lado, olhando-a através de uma franja de cabelos presos num turbante elegante, de cores outonais. Nem sequer se admirou, os cabelos cresciam tão depressa!

– Léa... Você está me ouvindo?

– Sim. Tenho a impressão de ter dormido durante muito tempo – observou a jovem.

Françoise explodiu num riso misturado com lágrimas.

– Está dormindo há mais de uma semana.

– O quê?

– Você esteve 12 dias em coma.

– Doze dias! Tem certeza? Tenho de saber como aconteceram as coisas... Conte-me.

– Ainda não. Você não deve se cansar. Vou chamar os outros para lhes dizer que, enfim, você acordou...

– Não, espere. Não me sinto cansada. Só não me lembro muito bem. A última coisa da qual me recordo é tia Albertine me falando da sua vinda. E, depois disso, já se passaram 12 dias. Quando você voltou?

– Na mesma tarde em que você ficou doente. François Tavernier foi buscar-me no Vel'd'Hiv. Nem acreditei quando um homem das Forças Francesas do Interior me chamou e disse: "Está livre, sua suja!" Só queria que você visse a alegria dos outros prisioneiros! Uma atriz que não tinha sido tosquiada cortou uma mecha de seus cabelos e a colocou sob meu lenço de cabeça...

– Imagino.

– ...e me deu um beijo. Fiquei tão comovida com seu gesto que caí no choro. Incumbiu-me de distribuir diversos recados e cartas a familiares de alguns presos. Felizmente não tiveram tempo para revistar minha bolsa. François Tavernier arrancou-a das mãos de um coronel sujo e verruguento, famoso por seu prazer em humilhar os prisioneiros. Naquele momento, ele estava no maior apuro, virando e revirando o papel com o cabeçalho do Ministério da Guerra, onde constavam três ou quatro assinaturas e outros tantos carimbos, ordenando a minha libertação imediata. Tavernier empurrou-me para dentro de um carro com uma bandeirinha tricolor com a Cruz de Lorraine, conduzido por um motorista uniformizado, e me disse: "Apressem-se. Tenho medo de que ele descubra que os documentos não são muito regulares." Quase caí para trás diante da ousadia de François Tavernier. Felizmente tudo correu bem; assim, o meu nome já está riscado das listas de depuração.

– Listas de depuração?! Que é isso?

– Ah, é verdade! Você não está sabendo! Eles depuram, isto é, prendem, interrogam, julgam e condenam todos os homens e mulheres que, de perto ou de longe, estiveram relacionados com alemães. Isso é igualmente válido para homens de negócios, escritores, atrizes, diretores de jornal, gerentes de hotel, prostitutas ou datilógrafas. Resumindo, diz respeito a toda gente – explicou Françoise.

– E o que fazem a essas pessoas?

– São libertadas ou presas, conforme o caso, e algumas são fuziladas.

– Quem é que já prenderam?

– Entre as pessoas cujo nome pode lhe dizer alguma coisa estão Pierre Fresnay, Mary Marquet, Arletty, Ginette Leclerc, Sacha Guitry, Jérôme Carcopino, Brasillach... Há outras que são procuradas, como Céline, Rebatet e Drieu la Rochelle. Todos os dias há listas de depurados no *Figaro*.

– A maior parte delas não merece o que está lhes acontecendo.

– Sem dúvida. Mas muita gente é presa em consequência de denúncias de colegas invejosos, de zeladoras mal-intencionadas, ou pelo simples prazer de prejudicar o próximo.

Léa fechou os olhos, não querendo entrar nesse tipo de polêmica com a irmã.

– Você está cansada. Não fale mais. Vou avisar...

– Não – interrompeu a irmã. – Como está Charles?

– Está bem. Não para de perguntar por você, sobretudo desde que o pai partiu.

– Laurent já foi embora? – exclamou Léa, erguendo-se bruscamente.

– Acalme-se. Você pode piorar.

– Onde ele está agora?

– Faz parte da 2ª Divisão Blindada. Partiu para o leste na manhã do dia 8.

– E como ele estava?

– Não muito bem. Desesperado por partir e deixá-la nesse estado e por se separar do filho.

– Deixou alguma coisa para mim?

– Sim. Uma carta.
– Vá pegá-la.
– Está aqui, na sua escrivaninha.

Françoise abriu uma das gavetas e estendeu a carta para a irmã. Léa estava tão nervosa que não conseguia rasgar o envelope.

– Abra... e leia para mim.

Minha querida Léa,

Se você estiver lendo estas linhas é sinal de que recuperou a saúde. Sofri muito ao vê-la inanimada, debatendo-se em sua inconsciência, e eu ali, impotente para aliviá-la e trazê-la de novo para junto de nós.

Entreguei Charles aos cuidados de suas tias e de suas irmãs, mas, agora que se restabeleceu, é a você que o confio. Não recuse tal pedido, pois ele a ama como a uma mãe, e precisa de você. Eu sei que é muita responsabilidade, mas você é forte o suficiente para assumi-lo; e já deu prova disso. Espero que tenha abandonado esse louco projeto de se alistar na Cruz Vermelha. O seu lugar é ao lado dos seus, de meu filho e de suas irmãs. Volte para Montillac. Escrevi ao notário que sempre se encarregou dos negócios de meu pai, autorizando-o a vender uma parte das terras para ajudá-la na reconstrução.

Estou ao mesmo tempo feliz e triste por voltar a lutar. Feliz porque, na ação militar, quase esqueço o horror de ter perdido Camille; triste por deixá-los, a você e a Charles.

Um beijo daquele que a ama,

Laurent.

P.S. Assim que puder, informarei quais são as medidas previstas para o envio de correspondência.

– Laurent tem razão! É loucura você querer se alistar na Cruz Vermelha.
– Isso não é da conta de vocês. Faço o que eu quiser.

— Mas por quê?
— Não quero ficar aqui; eu me sinto mal. Preciso ver as coisas com maior clareza.

— Léa, você voltou a si! A minha sobrinha está curada, doutor! — exclamou Albertine.

— Tem toda a aparência disso, na verdade. Então, minha filha, quis brincar de Bela Adormecida? Lastimo não ser o seu Príncipe Encantado. Como se sente?

— Bem, doutor.

O velho médico da família, que finalmente fora encontrado, examinou a jovem paciente.

— Perfeito... perfeito. A pressão está normal, o coração também. Dentro de alguns dias já poderá correr pela floresta em companhia do seu Príncipe Encantado. E como esse príncipe se preocupou por sua causa!

Léa interrogou a irmã com o olhar.

A resposta silenciosa de Françoise significava: Como se você não soubesse...

— Gostaria de me levantar.

— Nunca antes de recuperar as forças. Neste momento não conseguirá manter-se em pé. Precisa de uma alimentação sadia e abundante.

— Abundante?! Não é assim tão fácil — comentou Françoise com amargura.

— Eu sei, minha senhora. Mas terão de se esforçar. Para tanto, podem contar com o Príncipe Encantado. É homem de grandes recursos. O que ele não fará pela família de sua bem-amada? Bom... bom... chega de brincadeira. Entendeu, minha senhora? Essa menina precisa comer carne todos os dias, laticínios, peixe, ovos...

— Em resumo, doutor: tudo aquilo que não se acha no mercado.

— O Sr. Tavernier há de encontrar todas essas coisas — garantiu o médico. — Até a próxima, menina. E deixe que a papariquem.

— Vou acompanhá-lo até a porta, doutor — disse Albertine de Montpleynet.

Depois que a tia e o médico saíram, Léa riu com gosto, um riso ainda um pouco fraco. Sempre otimista e sagaz, o velho apaixonado por tia Lisa!

— François veio aqui muitas vezes?

— Muitas vezes!... Todos os dias, várias vezes por dia, e, entre duas visitas, pelo menos um telefonema para saber como você estava!

— Mas hoje há pelo menos uma hora não dá sinais de vida — comentou Léa emburrada.

— Está sendo injusta com ele. Tavernier passou as noites na sua cabeceira sempre que lhe foi possível, falando com você, embalando-a, sem dormir um só instante. Dava pena vê-lo sair pela manhã, abatido, o rosto por barbear, os olhos vermelhos, depois de engolir, com um ar ausente, a xícara de café que eu lhe trazia. Charles o esperava, por vezes, em frente da porta do seu quarto. François mandava-o, então, entrar, e tinham longas conversas aos pés de sua cama. Quando saíam, os dois pareciam estar com um aspecto melhor. Charles adotou François, a quem chama de "seu grande amigo". Você tem sorte de ser amada assim.

A tristeza do tom de Françoise comoveu Léa. Censurou-se pela indiferença que sentia em relação às desgraças de sua irmã. Pela primeira vez, desde seu regresso a Paris, olhou para ela verdadeiramente. Como se modificara a jovem enfermeira de Langon, a mulher que com tanta arrogância assumira seu amor por um oficial alemão! Onde estava aquela auréola de beleza que lhe iluminara o rosto um tanto comum de jovem burguesa provinciana da alta sociedade de Bordeaux? E sua galanteria de apaixonada ao descobrir os prazeres da capital? E aquele reflexo cintilante de jovem mãe orgulhosa ao passear com o filho pelos cais do Sena? Para onde fora tudo isso?

Léa fitou a desconhecida que era sua irmã, notando-lhe as rugas de amargura desenhadas nos cantos dos lábios apertados, como que retendo um segredo, as bochechas fundas onde o rouge mal aplicado destacava a palidez, os olhos de expressão inquieta em perpétuo movimento, o turbante e a ridícula mecha de cabelos, que parecia uma peruca de uma velha atriz de cinema mudo. Depois observou-lhe as mãos, as pobres mãos convulsivamente fechadas. E foram, talvez, os dedos trêmulos que fizeram Léa compreender em toda a plenitude os sofrimentos físicos e morais pelos quais Françoise passara. Desejou então apertá-la em seus braços, pedir-lhe perdão por seu egoísmo, mas uma súbita timidez a impediu. Com o coração cheio de piedade, balbuciou:

– Você teve notícias de Otto?

Léa quase gritou ao ver a violenta metamorfose da irmã. A pele se tornou acinzentada e seu corpo murchou; parecia uma velha. Num gesto lento, Françoise retirou o turbante da cabeça. Depois, assim exposta e ridícula, com o crânio raspado, como que roído por traças, de olhos esbugalhados e, no entanto, cegos, começou a chorar em silêncio.

Léa foi tomada por uma náusea. Deixou cair a cabeça no travesseiro.

As duas ficaram assim prostradas durante muito tempo. Quando a sensação de náusea desapareceu, Léa levantou-se e, arrastando-se sobre a cama, aproximou-se daquela de quem tanto judiara quando criança e acariciou-lhe o rosto inundado de lágrimas, num gesto onde a compaixão e a repulsa se confundiam. Mas nenhuma palavra de consolo veio a seus lábios. Então, em silêncio, servindo-se do lençol, enxugou a face manchada pela maquilagem até que as lágrimas cessaram.

— Obrigada — disse Françoise simplesmente, voltando a colocar o turbante. — Vou chamar as tias.

Depois de uma pausa, completou:

— Não, não tive notícias de Otto.

Léa sentiu-se invadida por enorme cansaço. Voltou a deitar-se e fechou os olhos.

Quando Albertine e Lisa de Montpleynet chegaram ao quarto, a sobrinha já adormecera novamente.

26

À noite, foi outro rosto que Léa viu inclinado sobre o seu.

— François!

Beijaram-se, e aquele beijo lhes revelou tudo o que não podiam ou não sabiam dizer. Quando, por fim, seus lábios se separaram, tanto um como outro tinham readquirido o gosto pela vida que os tornava capazes de superar as mais duras provações.

— Diga, minha bela, é preciso preencher todos esses espaços vazios. Você sabe que não gosto de mulheres esqueléticas — comentou François.

— Com essa penúria, não será fácil.

— Não se preocupe com esses detalhes caseiros. Deixe-os por minha conta.

— Mas como você vai se arranjar? Os seus amigos do mercado negro continuam com suas atividades lucrativas?

— Vejo que a doença não afetou sua mordacidade. Gosto disso. Os meus amigos, como os chama, sumiram como fumaça, e a esta hora devem estar nos palácios de Baden-Baden ou em albergues espanhóis. Mas foram substituídos por outros igualmente empreendedores. Estelle está lhe preparando uma canja de galinha, um ovo quente e queijo branco. Vai gostar! Tudo isto regado a Lafite-Rothschild envelhecido.

– Não é com isso que vou preencher os espaços vazios, como você diz.

– Não se esqueça de Kipling: "A pressa excessiva foi a perdição da serpente amarela que queria engolir o sol."

– É muito amável de sua parte comparar-me a uma serpente.

– Você é a mais encantadora viborazinha que eu já conheci – disse François, acariciando-lhe os cabelos. – Vou mandar-lhe um cabeleireiro amanhã; isto parece uma palha. Enquanto isso, tome um banho.

Depois do banho que François lhe deu e que o deixou num estado que tiveram de remediar, não sem antes fechar a porta à chave, Tavernier deitou-a de novo na cama.

Devoraram então a comida preparada por Estelle, esvaziando a garrafa de Lafite-Rothschild. O vinho restituiu as cores de Léa e fez seus olhos brilharem. Os de François diziam claramente sua intenção de retomar o corpo a corpo que o desejo excessivo abreviara. Mas isso não foi possível, pois Françoise batia cada vez mais forte na porta, gritando:

– Abram! Abram!

Tavernier correu até a porta e recebeu a jovem. Com os olhos de louca, ela gritava:

– Encontraram o casal Fayard no fundo de um poço!

Laure entrou no quarto em seguida, com o rosto perturbado.

– Foram assassinados e jogados no poço da vinha de baixo.

– Quem lhes deu a notícia?

– Ruth telefonou.

– E quem fez isso? – perguntou Léa, embora soubesse a resposta.

– Os resistentes.

Durante algum tempo, apenas se ouviu a respiração ofegante de Françoise.

– Parece que em Langon, em Saint-Macaire e em La Réole estão acontecendo coisas terríveis. As mulheres são tosquiadas e exibidas nas ruas diante da hilaridade geral, e cospem nelas. Enforcam pessoas nas árvores, torturam e matam.

– Que horror! – gemeu Lisa, que ninguém viu entrar no quarto.

– Mas por que não os impedem de fazer isso? – gritou Léa.

– O general De Gaulle está empenhado em acabar com isso. Vocês já se esqueceram das torturas dos alemães em mulheres e crianças? Não sei se entenderam, mas estamos à beira de uma revolução, e será necessária toda a autoridade do general para impedir que ela estoure, como desejam os comunistas. É com esse objetivo que De Gaulle procedeu à formação de um governo de unanimidade nacional.

– Com os comunistas? – perguntou Françoise, agressiva.

– É natural, já que também contribuíram.

– Eu sei. O Partido dos Fuzilados, como eles dizem.

– Não brinque com isso. De todos os franceses, eles foram os que melhor combateram os alemães e os que pagaram mais caro por isso.

– Mais daí a colocá-los no governo... – interveio Lisa em voz baixa.

– Foi necessário. Não seria normal que todas as tendências existentes dentro da resistência fossem representadas? Não ficaria surpreso por não encontrar homens politicamente tão diferentes como Jeanneney, Frenay, Bidault, Tillon, Capitan, Teitgen, Mendès France, Pleven...

– Talvez você tenha razão, François. Somos tão ignorantes em matéria de política! – disse Laure.

– Tiveram notícias do tio Luc e do filho, Philippe?

– Não... de verdade – respondeu Laure, hesitante.

— Fale! O que foi que Ruth lhe disse?
— Correm boatos contraditórios. Algumas pessoas dizem que tio Luc está preso no forte de Hâ. Outras, que ele e Philippe foram mortos.
— Como?
— Também não se sabe. Dizem que foram enforcados ou, ainda, que os lincharam e fuzilaram. As ligações telefônicas entre Bordeaux e Langon não foram completamente restabelecidas.
— E do tio Adrien? Tem notícias?
— Não. Absolutamente nenhuma. Mas encontraram Albert.
— Vivo? — gritou Léa.
— Não, morto. Torturado pela Gestapo.
— Pobre Mireille! Não sei se a morte de Fayard e da mulher será suficiente para o vingar. Uma vida perdida não restitui outra, isso é certo. Mesmo assim, desejamos matar quem provocou a morte daqueles que amávamos!
— Lembra-se de Maurice Fiaux? — perguntou Laure a Léa.
— Acha que eu poderia me esquecer daquele idiota?
— Foi executado por ordem da resistência.
Foi com um ar indiferente que Laure pronunciara tais palavras! Logo Laure, que pensava estar apaixonada por aquele assassino! Quantas mortes ainda! Quando isso terminaria?
— Como está Ruth?
— Não muito mal. Recompõe-se lentamente dos ferimentos. Mas as circunstâncias da morte de Albert e depois da dos Fayard a abateram demais. Não cessava de repetir ao telefone: "Os homens estão loucos... os homens estão loucos..." Parece que foi terrível o que aconteceu aos Fayard. Deram-lhes pauladas e os espetaram com forquilhas, arrastando-os através das vinhas até o poço. Ali os amarraram e os atiraram da borda. Soltaram um grito longo ao mesmo tempo...
— Parece que estou ouvindo esse grito único até o baque final — sussurrou Léa. — Ah, Mathias, eu não desejava isso para os seus pais!

Coberta de suor, batendo os dentes, Léa voltou a cair na cama.

— Somos loucos de falar nisso na frente dela! Vão embora. Deixem-na descansar — disse François Tavernier.

As mulheres saíram do quarto como em estado de choque.

François enxugou a fronte de Léa, murmurando-lhe palavras meigas e tranquilizadoras. Pouco a pouco, a jovem acalmou-se e depois, esgotada, adormeceu.

APESAR DESSAS EMOÇÕES sucessivas, Léa se restabeleceu muito rápido. No domingo, dia 24 de setembro, aproveitando-se da visita de De Gaulle ao quartel-general de De Lattre e Tassigny, no front, François Tavernier levou-a para tomar um pouco de ar na floresta de Marly-le-Roi. Apesar de uma refeição deplorável num restaurante famoso de Saint-Germain-en-Laye, eles aproveitaram plenamente o ar puro da mata e também o musgo que acolheu seus corpos impacientes...

À noite, durante o jantar — esse sim, excelente — num restaurante luxuoso na Champs Elysées, Tavernier anunciou a Léa a sua próxima partida.

— Para onde vai?
— O general incumbiu-me de uma missão.
— Que tipo de missão?
— Não posso dizer. Mas não deve durar mais de um ou dois meses.
— Um ou dois meses!
— A guerra ainda não terminou.
— Não me deixe, François — implorou Léa.
— É preciso.
— Gostaria de ir com você.

Tavernier deu uma gargalhada que fez com que os outros clientes se virassem e um garçon se aproximasse.

— Deseja alguma coisa, senhor?
— Sim. Uma garrafa do seu melhor champanhe.

– Para brindarmos o quê? – perguntou Léa secamente.

– A você, minha querida. Aos seus belos olhos, ao seu restabelecimento, à vida...

Diante da tristeza de sua amada, François mudou de tom e prosseguiu falando com seriedade.

– Não se preocupe. Tudo correrá bem.

– Não sei por quê, mas sinto mais medo agora do que tive durante estes quatro anos de Ocupação.

– É natural. Um mundo novo está prestes a nascer, um mundo com qualidades e defeitos diferentes do anterior, e é esse desconhecido que a assusta. Mas eu a conheço e sei que irá superar isso. Volte para Montillac e reconstrua o que foi destruído. É essa a tarefa que deve empreender enquanto espera por mim.

– Não voltarei a Montillac – declarou Léa. – Só se for daqui a muito, muito tempo. E, depois, quem lhe disse que vou passar todo esse tempo à sua espera? Talvez gostasse de me ver tricotando para prisioneiros, fazendo pacotes para órfãos, visitando doentes...

– Claro que sim! Bem que eu a imagino debruçada sobre os feridos infelizes, consolando a viúva chorosa, sofrendo privações para arranjar uns doces secos ou uns brinquedos. Ai!...

O violento pontapé de Léa acabara de acertar em cheio seu alvo.

– É para você aprender...

– Que brutalidade! Nunca será uma verdadeira mulher; não tem vocação para isso.

– Como se atreve a dizer que não sou uma verdadeira mulher? – disse ela, endireitando-se e arqueando o busto, as narinas frementes de raiva.

Era mais forte que ele – não podia ficar sem provocá-la. Nunca era tão desejável como quando se enraivecia. Era uma autêntica mulher, não havia a menor dúvida! Uma mulher tal como ele gostava, livre e submissa ao mesmo tempo, charmosa e natural, corajosa e fraca, alegre e melancólica, sensual e pudica. Pudica... mas seria de fato? Não propriamente. Era mais provocante que pudica. Não se comportava segundo padrões de uma jovem francesa bem-educada. Parecia-se mais com essas heroínas dos filmes americanos, aquelas com um ar de não ter interesse na coisa, mas que se sentavam erguendo a saia o suficiente para que se pudesse vislumbrar a borda das meias, e se inclinavam de modo a exibir a curva dos seios. Léa incluía-se entre elas. François sabia muito bem até que ponto ela gostava de excitar o desejo dos machos. Desabrochava sob os olhares masculinos. Isso não lhe provocava ciúmes, mas uma irritação divertida.

— Estava brincando, você sabe muito bem.

A chegada do garçom trazendo o champanhe serviu para distraí-los. Beberam em silêncio, perdidos nos próprios pensamentos. Léa foi a primeira a sair do mutismo.

— Quando parte?
— Depois de amanhã.

A jovem empalideceu e um tremor doloroso veio perturbar a beleza de seu rosto. Esvaziou o copo num só gole.

— Já!

Diante daquele monossílabo dito com naturalidade, François teve de se conter para não se levantar da cadeira e apertá-la nos braços.

— Venha!

Pagou a conta e saíram.

Na rua, atravessaram correndo a Champs-Elysées. Na rua Balzac, Léa perguntou:

— Aonde vamos?
— A um hotel.

Um desejo súbito se irradiou em seu corpo. Gostaria de se rebelar, de se sentir chocada com aquela falta de tato, de lhe dizer que não queria ser tratada como uma prostituta. Mas nada do que dissesse seria verdadeiro. François Tavernier comportava-se exatamente como ela desejava.

O HOTEL PARA ONDE o companheiro a levou estava abarrotado de tapeçarias cor-de-rosa, de lustres de cristal, de tapetes espessos, de barulhos abafados, de espelhos, de portas com nomes de flores e de empregados de ar indiferente e ao mesmo tempo licencioso. No quarto, numa cama imensa coberta por um dossel, flutuava ainda o perfume da ocupante anterior. Apareceu uma empregada, insinuante como deve ser, trazendo uma pilha de toalhas cor-de-rosa. Da parede pendia uma bonita gravura de Fragonard, representando *O Ferrolho*, o que fez Léa sorrir. Havia uma igual em Montillac, no escritório de seu pai.

– Venha logo – disse Tavernier.

Léa compartilhava da impaciência de François. Atirou as peças de roupa no ar e encaminhou-se para ele, nua. Sem mesmo dar-se ao trabalho de retirar a colcha de cetim rosa envelhecido, estendeu-se na cama, oferecendo-se a ele.

A CLARIDADE FILTRADA pelo abajur de seda cor-de-rosa iluminava suavemente os corpos estendidos dos dois amantes, que fumavam em silêncio. O de Léa parecia feito de material macio e frágil; o de François, de matéria-prima bruta, da cor da terracota. A jovem levantou-se e seguiu com a ponta dos dedos a longa cicatriz que se estendia da virilha até a região do coração.

– Desde a Espanha não foi ferido novamente?

– Nada de grave. Apenas uma bala no ombro. Gostaria de mim se eu estivesse todo costurado?

– As costuras combinam muito bem com o seu tipo.

– E qual é o meu tipo?

– Mau... Como diria tio Luc. Você precisava ouvi-lo: esta pequena tem mau jeito.

— Concordo com ele; você tem muito mau jeito — gracejou Tavernier.

— Oh!...

Léa desferiu-lhe vários murros no peito, mas logo François aprisionou seus pulsos e imobilizou suas pernas com as próprias pernas.

— E agora? O que você fará? Está à minha mercê. Você me ama?

— Largue-me! — gritou ela. — Não respondo enquanto...

— Enquanto o quê?

— Não, François! Tenho de voltar para casa.

— Temos tempo para...

— Não, não! Tenho medo de ficar grávida!

Tavernier suspendeu a investida.

— É agora que me diz uma coisa dessas?!

— Só agora é que pensei nisso.

François deu uma gargalhada que a fez sobressaltar-se.

— Devia ter pensado nisso antes. Seria maravilhoso ter um filho seu.

— Está doido!

— Doido por você, minha bela!

— Deixe-me! Não quero filhos.

— É tarde demais.

Léa resistiu a princípio, em seguida simulou debater-se, para logo se entregar por completo àquele prazer incessantemente renovado, proporcionado pelo homem que amava sem que verdadeiramente o admitisse.

Depois do amor, a possibilidade de Léa ficar grávida preocupou Tavernier. Fora sincero ao desejar um filho dela, mas avaliava a loucura de tal desejo naquelas circunstâncias. Tentara preveni-la por duas ou três vezes. Perguntara-lhe se ela queria que ele tomasse precauções, mas Léa sempre evitara o assunto. Então, numa atitude egoísta, considerara o caso resolvido. E agora ela lhe declarava recear uma gravidez. Que criatura mais inconsequente! O que fazer se ela estivesse esperando um bebê? François conhecia uma aborteira nos arredores da estação do metrô de Cambronne, mas por nada neste mundo consentiria que a mulher pusesse suas mãos sujas naquele ventre. Só restava uma solução: casar-se com ela.

Durante muito tempo, à ideia de um casamento, tudo se revoltava dentro dele: amava demais as mulheres e a liberdade. No entanto, ao pensar em Léa, não era essa a primeira vez que lhe ocorria semelhante hipótese. E ela... concordaria? Não estava certo disso. Nesse aspecto, Léa era bem diferente das outras moças. Não vivia à espera de um marido, e era irrelevante aquele seu desejo de garota por Laurent d'Argilat, desejo que aumentara com o noivado com Camille. Em que mulher maravilhosa ela se transformara! Mas tão estranha, tão imprevisível! Um temperamento que passava da alegria às lágrimas, da temeridade mais louca ao medo mais irracional num piscar de olhos. François Tavernier atribuía tudo isso ao que Léa havia passado e presenciado no decorrer dos últimos anos, sem, no entanto, se convencer totalmente de que fosse assim.

— Ajude-me a me alistar na Cruz Vermelha — pediu ela.

De novo essa ideia! Que diabo pretendia Léa fazer no meio da lama, do sangue e de todos os tipos de horrores?

— A Cruz Vermelha não precisa de você. Sei que muitas moças de boas famílias têm se alistado, mas não é para comparecer a reuniões mundanas.

— Eu sei. É muito sério. Ajude-me.

Na verdade, a coisa parecia séria. Seu coração se contraiu. E se aquilo não passasse de pretexto para se afastar dele e se aproximar de Laurent?

— Mas por quê, minha pequena?

— Prepare-me um banho — disse ela, sem responder à pergunta.

Tavernier obedeceu e ficou durante um bom tempo no banheiro, olhando-se no espelho e dizendo-se: Cuidado com o que vai fazer neste instante, meu velho! Você se arrisca tanto a perdê-la como a se enforcar.

De volta ao quarto, François Tavernier perguntou novamente:

— Por quê?

— Não sei ao certo, mas alguma coisa me atrai para isso.

— Não sabe, mas faça um esforço. Não é decisão que se tome com leviandade.

— Não é leviandade, embora eu não saiba por que quero ir. Sem ter de me esforçar, poderia apresentar razões de sobra, todas elas excelentes. Porém uma coisa é certa: não quero mais ver minhas irmãs, minhas tias...

— Mas Laurent lhe confiou o filho.

— É a única coisa que poderia me deter. Mas Françoise cuidará dele muito melhor que eu.

— É a você que ele ama.

— Eu sei, eu sei... Não precisa me dizer. Quero ir-me embora. Sinto-me confinada aqui... não tenho nada em comum com ninguém.

— Nem mesmo comigo?

— Com você é... como dizer? Algo de maravilhoso enquanto estou nos seus braços. Depois... depois é como se tudo o que receio fosse cair bem em cima de mim e me soterrar...

— Isso são apenas fantasmas, Léa, você bem sabe.

— Talvez, o que não muda nada. Se me ama, ajude-me, eu lhe peço.

Quanta angústia e determinação nesse pedido! François puxou-a para si e acariciou-lhe a cabeça, na qual se entrechocavam tantas incoerências dolorosas.

— Vou fazer o que você quer. Porém, se tivesse um pouco de paciência e de confiança em mim, eu expulsaria todos os seus fantasmas. Meu coração se parte ao vê-la nesse estado e não poder fazer nada. Mas, se você acha que esse é o melhor meio de recuperar seu equilíbrio, vou ajudá-la.

– Obrigada, François. Oh!... o banho!

27

No dia seguinte François disse a Léa, por telefone, que marcara uma entrevista com a responsável pela Cruz Vermelha Francesa encarregada de examinar as candidaturas. A pedido de Tavernier, o Sr. Bourbon-Busset responsabilizava-se por ela.

– Mas quem é esse senhor? – perguntou ela.

– Foi ele quem fundou em Paris, em 24 de agosto passado, a delegação geral para repatriamento dos prisioneiros de guerra, deportados e refugiados. Além disso, é presidente e diretor-geral da Cruz Vermelha Francesa. Não há melhor recomendação.

– Diga-lhe que agradeço e que não irá se arrepender – garantiu Léa.

– A entrevista é amanhã de manhã, às nove horas, na rua Octave-Feuillet, nº 21. Fica no 16º bairro. Não se esqueça de levar todos os seus documentos. Será recebida pela Sra. Peyerimhoff. E seja pontual. Segundo parece, ela é muito rigorosa em matéria de horários.

– Obrigada. Você é maravilhoso, François.

– Não me agradeça. Estou fazendo isso sem o menor prazer. Compreendi, porém, que não desistiria dessa ideia; é teimosa como uma mula. Vou partir amanhã ao raiar do dia e lhe imploro que passe a noite comigo.

– Vai ser difícil convencer minhas tias.

– Não se preocupe. Eu cuido disso. Passo para buscá-la às sete horas. Esteja belíssima.

O coração de Léa batia com mais força ao desligar. Não lhe agradava a ideia da partida de François. Uma inquietação sorrateira se insinuava em seu espírito, mais forte ainda que a experimentada ao pensar em Laurent na frente de combate. Só em pensar que algo pudesse acontecer a François uma enorme fraqueza a invadia. Sem notícias de Laurent desde a sua partida, acomodava-se a isso pensando que se ele tivesse sido ferido – recusava-se a encarar a pior hipótese – eles seriam os primeiros a saber.

AS FLORES E OS CHOCOLATES operaram maravilhas nas senhoras de Montpleynet. Como objeção à saída, Albertine limitou-se a dizer que não seria conveniente que Léa, ainda em convalescença, voltasse muito tarde para casa. François Tavernier prometeu que logo a traria de volta e desapareceu com ela num automóvel suntuoso, requisitado de um rico traficante do mercado negro. Foram jantar num pequeno restaurante recentemente inaugurado em Montparnasse. O lugar se parecia com o restaurante clandestino da rua Saint-Jacques.

– O que aconteceu aos seus amigos Marthe e Marcel Andrieu? E ao filho, René?

– Depois da detenção de René...

– Ah, René foi preso?!

– Foi. Eles o torturaram e o deportaram. Marthe, Jeannette e o pequeno voltaram a Lot no início do verão passado. Marcel foi denunciado como colaboracionista pela zeladora do prédio. Mas, como o comissário do bairro era um dos melhores fregueses do restaurante, salvou Marcel, dizendo que ele pertencia à resistência.

– E era verdade?

– Sim e não. Ajudou e acolheu muitos resistentes, mas nunca quis pertencer a nenhuma rede. René sim, fazia parte da resistência.

— Pobre Marthe!

— Bebamos à saúde dela — sugeriu François. — Isso lhe daria prazer, tenho certeza.

A refeição foi deliciosa e restituiu a alegria a Léa. Mais uma vez, Tavernier admirou sua vitalidade.

Depois informou-a de que abrira uma conta em seu nome na Sociedade Geral da avenida Saint-Michel. A moça agradeceu sem comentários. O único que fez foi para si mesma: Vou poder comprar um novo par de sapatos para mim.

Nessa noite, amaram-se com uma lentidão e uma doçura nada habitual em suas relações. Parecia que saboreavam, uma por uma, todas as partes do corpo do outro. O prazer crescia, descuidado, irrefreável, submergindo-os numa ternura quase dolorosa, que lhes marejava os olhos. Para melhor retê-lo, Léa entrelaçava suas pernas nas dele e só deixava essa posição quando, feliz, sentia intumescer o sexo do amante. E, de novo, o prazer os fez esquecer o presente.

Adormeceram então, por alguns instantes, enlaçados. Léa foi a primeira a despertar. Contemplou intensamente o homem que iria deixá-la dentro de poucas horas. Alguma coisa lhe dizia que não voltaria a vê-lo por muito tempo. Enchia os olhos da imagem desse rosto que, no abandono do sono, se assemelhava ao de um adolescente. Que idade teria? Nunca lhe perguntara. Como era possível saber tão pouco a seu respeito, conhecendo-se há vários anos? Que motivos a impeliam a não querer saber quem ele era verdadeiramente? Agora, porém, ela queria saber tudo: sua infância, sua juventude. Teria irmãs e irmãos? Como seriam seus pais? Ainda estariam vivos? Por que havia lutado na Espanha? Que papel desempenhara no conflito? Conhecia bem tio Adrien? Que mulheres havia amado? Qual era sua profissão antes da guerra? E o que iria fazer em seguida, quando a guerra terminasse? Perguntas que ficariam sem resposta, já que Tavernier partiria no dia seguinte.

Como era belo! Belo... seria a palavra certa? Sim, era. As feições vincadas, o maxilar rude, mas suavizado pela bela boca de lábios grossos e bem delineados, sobrancelhas espessas sublinhando o seu olhar tão duro e, no instante seguinte, terno ou irônico. Muitas vezes essa ironia a ferira, embora soubesse que por detrás dela havia um interesse apaixonado por tudo o que lhe dizia respeito. Desnorteou-a a lembrança daquele seu jeito de olhar.

Os dedos de Léa acariciaram seus ombros largos e se perderam nos pelos do peito. Depois deslizaram ao longo do ventre, onde a mão forte de François os imobilizou.

– Eu a peguei, meu coraçãozinho, abusando do sono de um pobre homem.

Através das pálpebras semicerradas, ele a observava com uma acuidade que não tinha nada a ver com o tom brincalhão de suas palavras. Incomodada pela intensidade desse olhar, Léa procurou retirar a mão.

– Continue – pediu ele. – Gosto de vê-la inclinada sobre mim.

Sem protestar, ela prosseguiu o avanço dos dedos até o sexo em repouso. As mãos juntaram-se e acariciaram-lhe o pênis até senti-lo duro e ereto. Em seguida, Léa montou o corpo do amante, envolvendo-o lentamente.

Fez amor com ele, controlando a progressão de seu prazer, diminuindo o ritmo dos movimentos quando o sentia prestes a atingir o orgasmo, observando os efeitos no rosto de François.

– Sou sua amante – disse, em tom de desafio.

Ligados pela carne vibrante, com o olhar preso um no outro, aceitavam serem vistos um pelo outro em sua manifestação menos refreável e mais indiscreta, aquela na qual o prazer desfigura a fisionomia, sublimando-a. Irrefreável, o prazer atingiu Léa como uma torrente. Sustentada pelos braços de François, ele se saciou daquela imagem antes de se saciar dentro dela, os olhos perdidos nos olhos de Léa.

Quanto tempo teriam ficado assim, como que suspensos? Com um grito, Léa deixou-se cair sobre François, colando-se a ele. Assim entrelaçados, ele a fez oscilar enquanto duraram os espasmos.

Enfim, ela se acalmou e, por instantes, pareceu inconsciente. Com uma toalha molhada, Tavernier umedeceu-lhe a fronte e as têmporas. Depois começou a limpar-lhe o ventre e as coxas.

– Está frio – murmurou ela, repelindo-o.

François vestiu-a como se veste uma criança. Mas não quis pentear seus cabelos emaranhados. De pé, Léa estava tão mole como uma boneca de pano.

Comovido, Tavernier carregou-a até o automóvel e depois pelas escadas até o seu quarto. Quando a estendeu na cama, nua, Léa já adormecera com aquele sorriso que às vezes brinca no canto da boca dos bebês que sonham.

Tavernier arrancou-se dessa contemplação que, aos poucos, se transformava em sofrimento, e deixou o apartamento da rua da Universidade como se o perseguissem.

28

Bordeaux, terça-feira, 22 de agosto de 1944

Querida Léa,

Escrevo-lhe esta carta sem saber ao certo se chegará às suas mãos, ou porque eu a rasgue antes de terminá-la, ou porque o correio esteja em greve.

Nós, os colaboracionistas, os militares, os gestapistas e os voluntários para combater na Alemanha, fazemos os preparativos da partida no meio de uma grande confusão. Você precisa ver os que ainda há pouco se pavoneavam pelos Quinconces, pela rua de Sainte-Catherine ou pelo Régent, como agora se fazem pequenos, caminhando rente aos muros! Muitos tentam passar para as bases de resistentes, mas os caras da resistência desconfiam dos recrutas de última hora. Desde o desembarque anglo-americano, correm aos milhares para se alistar. Quando a guerra terminar, você verá que os grandes heróis das Forças Francesas do Interior serão os colaboracionistas que agora acabam de virar a casaca. Que nojo! Se houvesse nova mudança de situação, voltariam outra vez para o colo do marechal.

Quanto a mim, tomei decisão oposta e farei minha essa causa perdida. Serei como os heróis negros dos romances de nossa infância. Lembra-se de como gostávamos deles, os cavaleiros errantes que estabeleciam pactos com o diabo? Perdiam tudo, é verdade, mas a que preço faziam pagar sua derrota!

Eu lhe digo todas essas coisas para que você saiba que não me alistei nas Waffen SS por ideais políticos. Nada me resta a fazer por aqui, todo o futuro está vedado para mim. Quando a guerra terminar, os novos vencedores terão em mente uma só coisa: a vingança. E eu não serei um carneiro à espera do golpe que me abaterá. Receio apenas uma coisa – que se vinguem em meus pais. Meu pai recebeu diversas ameaças e o responsabilizaram, injustamente, pela morte de sua tia e pelo incêndio de Montillac.

Acharam o cadáver de Maurice Fiaux. Foi executado pela resistência. Aristide também mandou matar Grand-Clément e a mulher. Agora são senhores da região.

Encontrei-me com seu primo Philippe na semana passada e o aconselhei a se esconder em um lugar seguro. Segundo o que Philippe me contou, seu pai não pensa em fugir, pois afirma que não fez nada de reprovável. Mas não é essa a opinião de alguns habitantes de Bordeaux.

Aqui acompanha-se muito de perto o que acontece em Paris. Suponho que você esteja nas barricadas, lutando. Teria sido necessário muito pouco para que eu também estivesse aí, ao seu lado.

Como talvez esta seja a última carta que lhe escrevo, quero lhe dizer o quanto lamento a maneira como me comportei em relação a você, mas a amo loucamente. Sei que isto não é uma desculpa válida; faço questão, porém, que você saiba. Quero lhe pedir também para que conserve de mim apenas as recordações felizes da nossa infância. Levarei comigo aquelas nossas corridas pelas vinhas, as perseguições ao redor do Calvário de Verdelais, os mergulhos no Garonne e as lutas no feno.

Pense em mim de vez em quando e saiba que você é a única mulher que eu amei e amarei para sempre e que, até o fim, sempre estará presente em meu coração.

Seu amigo fiel,

Mathias.

P.S. Daqui a pouco, às dezessete e dez, sairá da estação de Saint-Jean, com destino à Alemanha, um trem apinhado de alemães. Um vagão foi reservado para nós.

Mathias! Onde ele estaria nesse momento? Morto ou vivo? A carta havia demorado quase três meses para chegar às suas mãos. A distribuição de correspondência ainda não fora completamente restabelecida. Não recebera carta de Laurent nem de François. Mas Léa não se preocupava muito com a falta de notícias, pois estava inteiramente absorvida pelo treinamento para motorista da Cruz Vermelha Francesa.

NO DIA DA PARTIDA de Tavernier apresentara-se para a entrevista na rua Octave-Feuillet. Acordara tarde e mal tivera tempo de colocar um vestido. O metrô apinhado de gente parecia que se arrastava lentamente ao longo dos túneis onde os DUBO... DUBON... DUBONNET ritmavam a viagem. Na estação de Pompe, empurrando os outros passageiros, Léa correra para a saída. Já eram nove horas e dez minutos.

A Sra. de Peyerimhoff, impecável em seu uniforme bem cortado, a recebera com frieza.

— Está atrasada.

— Sim, senhora. Peço-lhe desculpas.

— Foi recomendada pelo nosso presidente. Conhece-o?

— Não, não o conheço.

— Estou vendo... — observara ela, medindo a jovem com desdém.

Léa baixara a cabeça.

— Você sempre se penteia assim?

Como uma criança repreendida, Léa se sentira corar.

— É moda? É preciso gostar muito, na verdade... Entretanto, caso aceitemos a sua candidatura, aconselho-a a usar um penteado mais compatível com a nossa farda. Sabe dirigir?

— Sim, senhora.

— E trocar um pneu? Consertar um motor?

— Isso não.

— Estou vendo... Teremos de lhe ensinar tudo. Também desconhece os primeiros socorros a feridos.

Léa sentia que sua paciência começava a se esgotar. Aquela mulher a irritava com os seus ares de grande dama.

— Na verdade não sei.

— Por que quer se alistar?

— Para servir o meu país.

Aprendera bem a lição ensinada por François. Sua resposta parecera agradar à Sra. de Peyerimhoff, que dissera em tom um pouco mais agradável:

— Muito bem. Caso aceitemos a sua candidatura, terá de fazer um estágio de seis semanas, durante as quais lhe serão ministrados rudimentos de mecânica automobilística e de primeiros socorros aos feridos que irá transportar. Depois disso, nós a enviaremos aos locais onde for necessária a sua presença.

— Quando saberei se fui ou não aceita?

– Durante esta semana. Temos muitas candidatas e só escolheremos aquelas que nos parecerem mais capazes de desempenhar suas tarefas. Se for aceita, receberá uma convocação.

Um aperto de mão vigoroso havia encerrado a entrevista.

Cinco dias depois, Léa fazia a sua primeira refeição na rua François I, na companhia das novas recrutas. Logo de início, ela se mostrara particularmente hábil na desmontagem de rodas, na limpeza de velas e nos pequenos consertos de motor. Alix Auboineau, que imperava na garagem das ambulâncias na rua de Passy, elogiara-a diante das colegas, o que levou uma delas a comentar com um ar irônico:

– O chefe pele-vermelha se encantou com você.
– Por que o chamam pele-vermelha?
– Foi Claire Mauriac quem lhe deu esse apelido.
– A filha de...?
– Sim. Ela está em Béziers, onde faz um trabalho formidável. Espero que volte logo.

Foi, SEM DÚVIDA, GRAÇAS a esse ambiente de camaradagem e à matéria do seu agrado que Léa conseguiu superar o medo e o horror contidos na carta de Ruth, que havia chegado no dia 7 de outubro.

Começou a ler em voz alta para as irmãs e as tias.

Verdelais, 2 de outubro de 1944

Minhas queridas,
Há duas semanas venho adiando o instante de lhes escrever. É tão terrível o que tenho a lhes dizer que mal consigo segurar a caneta, o que explica estas linhas trêmulas.

Vocês precisarão de muita coragem, minhas pequenas, depois de lerem o que vou contar. Albert morreu. Encontraram seu cadáver enterrado no jardim da vila ocupada pela Gestapo, no Bouscat. A autópsia revelou que ele provavelmente se suicidou, enforcando-se, depois de ter sido torturado. Mireille demonstra uma coragem admirável; não derramou uma lágrima sequer e, no entanto, continua sem notícias do filho. O enterro do marido realizou-se em Saint-Macaire, com a presença do prefeito de Bordeaux e de inúmeros resistentes. Infelizmente, nessa ocasião, assistiu-se a vergonhosas manifestações: espancamentos e insultos a colaboracionistas ou supostos colaboracionistas. Desde a horrível morte da Sra. Bouchardeau e dos Fayard, o menor grito hostil me provoca tremores nervosos que se prolongam por muitas horas. O médico diz que isso passará com o tempo.

Seu tio, o advogado Delmas, e o filho foram linchados pela multidão em Bordeaux...

– Oh! Meu Deus! – gritou Lisa.

A náusea fez com que ela corresse para o banheiro, enquanto as outras mulheres pareciam bestificadas e paralisadas diante de sua atitude. Quando Lisa voltou, com o rosto pálido e desfeito, os cabelos molhados, nenhuma delas ainda havia se mexido. A velha solteirona pousou a mão no braço da irmã. O gesto de afeto arrancou Albertine de sua letargia.

– Continue, Léa – disse em voz trêmula.

Só depois de diversas tentativas a jovem conseguiu articular as palavras que as martirizavam:

... e seus cadáveres foram levados pelas ruas da cidade antes de os abandonarem no cais de Monnaie. A casa e o escritório foram saqueados. Foi pavoroso!

A senhora Dupuis, a velha criada, veio ver-me no hospital. Contou-me que, após ter recebido a notícia da morte de Pierrot, seu tio nunca mais foi o mesmo. Em poucos dias, envelheceu dez anos. Philippe, o Sr. Giraud, o mais antigo empregado do escritório e todos os outros insistiram em vão para que ele se refugiasse em algum local onde não o conhecessem. Recusou, mas aconselhou o filho a partir. Diante da recusa do pai, seu primo também ficou. A senhora Dupuis está convencida de que seu tio não fugiu para se deixar matar.

Sei que tudo isso as faz sofrer, minhas queridas, e eu lhes peço que me perdoem. O mais duro, porém, ainda está para ser dito...

— Não, ele não... — gemeu Léa, que tivera de interromper a leitura por diversas vezes.
— Quem mais morreu?! — exclamou Françoise.
— Pegue. Leia você. Não quero ver o nome dele.

... Os soldados me convocaram para identificar um corpo. Lá estava também um homem não muito alto, uniformizado, na companhia de dois membros das Forças Francesas do Interior. Os três examinaram o cadáver e todos eles o identificaram. Eu me senti mal quando chegou a minha vez. É necessário, disse o comandante. A senhora é o único membro da família Delmas aqui na região. Então olhei. Parte do rosto tinha sido roída pelos animais, mas a outra era perfeitamente reconhecível: era seu tio Adrien...

Léa soltou um grito e caiu no chão balbuciando:
— Eu sabia... eu sabia...
Albertine e Laure ergueram-na e a colocaram no sofá.
— Lisa, telefone para o médico.
— Como ele morreu? — conseguiu articular Léa, repelindo as mãos que a amparavam.
— Françoise terminará a leitura da carta depois. Agora já sabem o pior. Não há necessidade de continuarmos com esta tortura — disse Albertine.
— Não. Acabe de ler.

... o médico-legista concluiu tratar-se de um suicídio.

— Suicídio?! — exclamaram elas ao mesmo tempo.

– Um padre?! Não é possível! – declarou Albertine, fazendo o sinal da cruz.

Esmagada pela dor, encolhida sobre si mesma, Léa não parava de bater os dentes. Eu sabia, pensava ela. E deveria ter percebido quando ele me dava a entender que perdera a fé. Mas por que fez isso? Era tão corajoso... E sua ação na resistência era importante. E isso, essa morte que não tinha nada a ver com ele... Tudo nela tentava repelir a ideia do suicídio, mas alguma coisa dizia que era verdade.

De joelhos e mãos unidas, Albertine e Lisa de Montpleynet rezavam. Para aquelas católicas fervorosas não existia pecado maior que o suicídio. Saberem eternamente que aquele homem fora condenado, cujas palavras de amor e de paz tinham ecoado sob as abóbadas da Notre-Dame, orientando-lhes a consciência melhor que as de seu confessor, não só lhes causava um profundo desgosto como também as deixava em dúvida quanto ao fundamento dessas palavras. Com esse ato monstruoso, o padre Delmas refutava a existência do Deus cristão. Isso elas percebiam claramente.

Laure apanhou a carta das mãos de Françoise e continuou a leitura:

... Ninguém queria acreditar, mas logo tivemos de nos render à evidência, diante das explicações do comandante e, sobretudo, diante dos esclarecimentos do médico.

O seu tio infeliz foi sepultado no jazigo da família no cemitério de Verdelais, junto dos despojos de sua tia e de seus pais. Não houve missa nem bênção. Um enterro de pária, se as pessoas não tivessem levado tantas flores.

Estou em Verdelais, na casa de minha amiga Simone, e ficarei por aqui até recuperar minha saúde. Depois disso, se desejarem, irei encontrá-las.

As vindimas começaram há dois dias. A colheita parece abundante, mas o vinho é de qualidade média. Tive de contratar prisioneiros de guerra alemães para ajudar nos trabalhos. Têm tanto medo dos resistentes que trabalham com eficácia.

É necessário tomarem providências quanto ao futuro da propriedade e quanto à reconstrução da casa. Comecei a vasculhar a documentação dos Fayard, mas isso tudo é muito confuso para mim. O notário morreu e teremos de arranjar outro. Pensem no caso.

Mais uma vez peço-lhes desculpas, minhas queridas, pelas notícias horríveis, e saibam que continuo sempre a sua fiel, devotada e afetuosa,

Ruth.

É verdade! É época das vindimas, eu tinha me esquecido!, pensou Léa.

Durante todo o dia cada uma delas ficou fechada em seu quarto. Charles e Pierre se refugiaram na cozinha, junto de Estelle.

Léa faltou à aula de topografia. Albertine telefonou à Sra. de Peyerimhoff, explicando, em parte, o motivo da ausência de sua sobrinha.

Nos dias que se seguiram, Léa conheceu uma solidariedade feminina da qual nunca suspeitara.

Após os treinos nos caminhos esburacados da floresta de Marly-le-Roi, Léa revelou-se excelente motorista e excelente mecânica. O chefe da garagem da rua de Passy garantiu-lhe que, terminada a guerra, obteria sem problemas emprego numa garagem. Em contrapartida, no socorro aos feridos, ela se mostrava reticente e desajeitada.

– Cuidado! – gritava o médico que ministrava os cursos –, se você levantar dessa maneira um homem ferido no abdômen, irá perder seus intestinos... Devagar, senhorita, devagar... você lida com este homem, por certo atingido na coluna vertebral, como se manuseasse um saco de batatas. Eu não gostaria de cair em suas mãos...

À noite, Léa encontrava-se com Laure e com os amigos da irmã, que faziam contrabando de cigarros, de uísque, de gasolina e de meias com os soldados americanos. Às vezes, dançavam até uma da madrugada, tomadas pela ânsia de viver, de viver rapidamente, uma ânsia compartilhada pela maioria dos rapazes e das moças de sua idade. Embora muito cortejada, Léa não correspondia às investidas dos jovens soldados vindos de longe para participar na libertação de Paris. Flertava, ria e bebia, permanecendo, porém, estranhamente distante. Fingia-se presente, mas estava longe, em algum outro lugar, inacessível e longínquo. Nos braços daqueles homens empreendedores, podia mostrar-se lasciva durante uma dança, a ponto de, certo dia, ter recebido uma bofetada de um enorme sargento negro que não apreciara seu coquetismo.

Foi nesse clima que, em 7 de novembro, chegou a primeira carta de Laurent, datada de 28 de outubro.

Querida Léa,

Por intermédio de François Tavernier, aqui em missão junto ao general Leclerc, soube que você já se restabeleceu. Foi tão grande a minha alegria que fiquei sem palavras. Informou-me também que você continuava insistindo em se alistar na Cruz Vermelha. Você sabe que não o aprovo inteiramente, mas cada um é dono do seu destino. Agradeça por mim às suas tias tudo o que têm feito por Charles. Peça-lhes que lhe falem sobre mim, e você, sempre que estiver com ele, não deixe de lhe contar coisas sobre sua mãe.

Estamos vivendo no meio da lama desde o dia 22 de setembro. Os ônibus da TCRP, que serviram para o transporte dos batalhões das Forças Francesas do Interior parisienses incorporados na 2ª Divisão Blindada, afundam até os eixos e já fomos obrigados a abandonar dois deles e a renunciar à ideia de fazê-los atravessar o Meurthe; outros foram rebocados pelos Sherman. Ao vê-los, os operários parisienses afirmam que já cheiram à atmosfera de Paname.

Você precisa ver esses pobres-diabos patinando na lama, calçando sandálias ou sapatos de sola fina, vestidos com as roupas mais diversas, sem capacetes, com uma só espingarda para cada dois homens! Eles patrulham as matas. Embora protestem por qualquer coisa, não recuam diante de nenhuma missão.

Temos de aguentar quase ininterruptamente os tiros de morteiro. Não falta munição ao inimigo, como aconteceu em agosto.

Nós nos impacientamos à espera de uma ofensiva real. Nós, os dos tanques blindados, não gostamos disso. Perdemos de maneira estúpida dois oficiais notáveis que conhecemos na África e de quem ficamos amigos: os capitães Dubut e Geoffroy.

O mais enraivecido é o meu camarada Georges Buis. Seus pés começaram a criar raízes, como ele diz. E resmunga dizendo que o destino de um militar de cavalaria não pode ser o de se transformar em estátua de barro.

Nas casernas, o moral dos homens chegou ao nível mais baixo. Todos eles já se veem passando o inverno nesta "terra em decomposição".

Juntamente com Buis, sobrevoamos as linhas num dos *piper-cubs* da Artilharia. Visão desmoralizante através de uma cortina de chuva. Estamos mais orgulhosos do número de quilômetros que percorremos num dia do que dos prisioneiros capturados ao inimigo. Até mesmo o capitão Dere, veterano da Tunísia, um cinquentão alegre, fala em se alistar no Corpo Expedicionário que parte para a Indochina, ao menos para conhecer o país, conforme afirma.

Não há mais o entusiasmo da Libertação, mas o desânimo total. Já é tempo de o Estado-Maior nos fazer passar à ação, senão a 2ª Divisão Blindada irá se liquefazer.

Acabo de ler o que escrevi e constato que pintei um quadro muito pouco glorioso da 2ª Divisão Blindada. Isso não é nada. Desde que partimos de Paris temos lutado muito. Sem dúvida, o tempo execrável e esta semi-inação são os responsáveis pelo meu desencanto.

Da mesa da cozinha onde estou escrevendo, à luz de um lampião, vejo cair, através da janela da barraca, esta chuva que corrói o moral dos mais endurecidos.

Interrompo aqui a minha tagarelice insípida. Ao escrever a você, gostaria de sentir o raio de luz da sua beleza, mas caem sobre mim e sobre estas linhas as trevas da melancolia. Perdoe-me.

Dê um beijo em meu filho. Com carinho,

Laurent.

Laurent estava bem, graças a Deus, apesar da profunda tristeza que transparecia em cada frase. E François, como estaria ele? Por que não dava sinais de vida? Léa estivera no Ministério da Guerra, mas não lhe deram nenhuma notícia do comandante Tavernier.

NO DIA 20 DE NOVEMBRO Léa passou no exame, apesar do desastre na prova de remoção dos feridos, quando o enfermeiro que fazia o papel de ferido caiu da maca.

Após os discursos da Sra. de Peyerimhoff, de Alix Auboineau e do médico que lhe ensinara os primeiros socorros, Léa guardou com zelo seu diploma de motorista de ambulância da Cruz Vermelha Francesa.

Três dias depois, enviaram-na para Amiens, para o castelo da Sra. de Guillencourt, que funcionava como sede da Cruz Vermelha. Ali, Léa dedicou-se ao socorro de civis: crianças despedaçadas por minas, moribundos retirados da frente, famílias belgas e francesas extraviadas, doentes por causa do frio, da fome, da disenteria. De início, pensou que não aguentaria a ação, mas uma colega – Jeanine Ivoy, uma moça tão baixinha que fora necessário lhe fazer uma farda sob medida – tomou-a sob sua proteção e lhe insuflou sua coragem.

Finalmente, nos últimos dias de dezembro, Léa recebeu correspondência de Paris; uma carta de Françoise, outra de tia

Albertine, uma outra de Laurent e ainda uma quarta, de François Tavernier. Correu para o quarto que dividia com Jeanine Ivoy e abriu em primeiro lugar a carta de François Tavernier, de 17 de dezembro.

Minha queridinha,
    Não sei onde você irá receber estas linhas. Laure, com quem falei pelo telefone há algum tempo, disse-me que você havia partido para Amiens, mas não sabia se ainda estaria lá.
    Após a minha primeira missão, o general incumbiu-me de uma outra e agora fui enviado para... não posso dizer onde. Mas você não perde por esperar, pois encontrei um meio de lhe fazer uma surpresa em Amiens ou em qualquer outro lugar onde você esteja.
    Você me faz muita falta e tenho um desejo furioso de tomá-la nos braços e de partir com você para bem longe da Europa. Quando tudo isso terminar, irá comigo para a casa de uns amigos no Brasil. Passaremos nossos dias na praia, fazendo amor para nos esquecermos destes quatro anos.
    Cuide-se e não me queira mal por ser tão pouco loquaz, pois o avião que me levará aonde tenho de ir está à minha espera.
    Já lhe disse alguma vez que a amava? Se não disse, digo-o agora. Beijos por toda parte do seu corpo.

François.

À leitura da carta, Léa lembrou-se das carícias do amante e foi tomada por uma onda de prazer. Também o amo, disse baixinho.

Com um suspiro de felicidade, escondeu a carta no decote, em contato com a pele, a fim de manter contra o peito esse pedaço de papel que François tocara.

Em seguida, abriu a carta da irmã:

Querida irmãzinha,

Por aqui vamos sobrevivendo graças aos negócios de Laure, que consegue nos arranjar um pouco de carvão e de comida no mercado negro. Ela me pediu para lhe mandar um beijo e de dizer que está tudo bem.

Ruth já está aqui conosco. Você não a reconheceria; é agora uma velha mulher que se assusta com o menor barulho.

Contratamos um novo notário para gerenciar nossos negócios e ele encontrou um homem de confiança que agora toma conta das vinhas de Montillac. Na próxima primavera, porém, teremos de tomar uma decisão – vender ou não a propriedade. Laure e eu somos favoráveis em vendê-la, pois essa casa e essas terras só nos trazem lembranças tristes demais. Não temos dinheiro para mandar reconstruir a casa e nos desesperamos ao saber que está em ruínas. O que você acha que devemos fazer?

Pierre vai bem, sempre correndo por todo lado. Tem apenas seis dentes e me pergunto se isto é normal. Charles é um rapazinho muito sisudo e calado para a sua idade. Chama por você com muita frequência, sobretudo à noite. Mas, fora isso, ele está bem. As tias estão cada vez mais velhinhas, mas nos tratam sempre com uma delicadeza deliciosa.

Os meus cabelos continuam a crescer e dentro em breve poderei sair sem o turbante. Não recebi nenhuma notícia de Otto, mas sinto que ele está vivo. É horrível não saber nada do homem que amo e não poder falar disso com ninguém, exceto, às vezes, com Laure.

Ruth acolheu a notícia da libertação de Estrasburgo com a emoção que você pode imaginar.

As depurações prosseguem de vento em popa. Mas nem sempre mais culpados são condenados. Todo mundo escuta a emissora francesa de Baden-Baden, onde se ouvem vozes conhecidas: Brinon, Déat, Luchaire etc.

Outro dia, durante um espetáculo de gala da resistência, na Comédie Française, foi lido um poema de Claudel dedicado à glória do general De Gaulle. Era a minha primeira saída. Observei entre a plateia duas ou três cabeças enfeitadas com belos turbantes... Ao meu lado, um jornalista dizia a seu vizinho que esse poema fora escrito em 1942, em homenagem ao marechal Pétain, e que fora ligeiramente alterado para se adaptar às novas circunstâncias:

"Eis a França entre os seus braços, Sr. marechal Pétain, a França que tem só ao senhor e em voz baixa ressuscita.
 França, escuta esse homem idoso que sobre ti se debruça e te fala como pai."

Não é divertido? Laure forçou-me a acompanhá-la ao bar do Crillon, onde se apertava uma verdadeira multidão de senhoras uniformizadas e de oficiais ingleses e americanos de diferentes armas, rivalizando em elegância. Reconheci a antiga amante de um general alemão, agora de braço dado com um coronel britânico. Ela também me reconheceu e piscou-me o olho, com ar de quem dizia: O que se pode fazer? É o meu trabalho!
 Petiot foi preso, enfim – era tenente ou capitão das Forças Francesas do Interior!...
 Fazemos os preparativos para o Natal das crianças. Sentiremos sua falta. Um beijo com carinho da irmã que a ama,

Françoise.

Françoise parecia estar superando a situação. Para sua tranquilidade e segurança, seria melhor que Otto estivesse morto. Ela era capaz de educar o filho sozinha. Que lhe importava o que acontecesse com Montillac? Até mesmo a ideia de ter de pensar no assunto lhe era desagradável. Devia esquecer, passar uma borracha sobre tudo o que antes fora a razão de sua vida.
 A carta de tia Albertine continha apenas recomendações e a notícia de que iria lhe enviar, para o Natal, meias de lã e roupas

íntimas quentes, pois a leve gabardina do uniforme da Cruz Vermelha não era suficiente para protegê-la da brisa cortante que soprava naquela região descampada.

Léa virou e revirou entre os dedos a carta de Laurent, sem se decidir a abri-la. Por fim, rasgou o envelope:

Minha querida Léa,

Espero que você sofra menos com o frio que a 2ª Divisão Blindada. Diante dos rostos congelados de seus homens, o general Leclerc mandou confeccionar coletes em pele de coelho, o que lhe valeu a gratidão de todos nós. Após a chuva e a lama, vem a neve e o gelo. Os veículos têm sofrido tanto quanto os homens.

Sem dúvida, você tem acompanhado a nossa progressão através da imprensa. Depois da tomada de Baccarat, bebemos champanhe nas taças gravadas com um punho enluvado, destinadas a Goering.

Fiz amizade com o coronel Fabien, comunista, antigo membro das Brigadas Internacionais e adjunto do coronel Rol-Tanguy, chefe das Forças Francesas do Interior, da Île-de-France, na época da libertação de Paris. É um homem curioso, sempre com bombachas e uma jaqueta abotoada até o pescoço. Com três mil homens, quase todos vindos da periferia de Paris, ele seguiu a 2ª Divisão Blindada em companhia das Forças Francesas do Interior, vindos um pouco de cada lugar, sobretudo os do grupo Janson de Sailly.

Unida ao 3º Corpo do Exército Americano (Patton), a Brigada de Paris adotou o nome de Agrupamento Tático de Lorraine. A seu pedido, foi incorporado ao 1º Exército, comandado pelo general De Lattre. No dia 10 de dezembro, em Vesoul, o general passou em revista os novos recrutas; alguns deles acabam de completar 17 anos.

A integração nem sempre acontece sem problemas. Dificilmente aceitam ordens de determinados oficiais e de suboficiais, sobretudo dos que usam uniformes reluzentes de tão novos. Eles os chamam de "naftalinas", apelido que dispensa comentários.

Fabien é um homem fascinante. Alistou-se nas Brigadas Internacionais aos 17 anos e foi ferido. Em 21 de agosto de 1941 matou aquele oficial alemão na estação do metrô de Barbès-Rochechouart. Preso e torturado, conseguiu fugir, retomando a luta clandestina. Os alemães fuzilaram seu pai e deportaram sua mãe.

Os dias que antecederam a marcha sobre Estrasburgo representaram uma provação para todos nós. Segundo Buis, é devido ao mau tempo que os homens arranjam querelas por tudo e por nada. Durante esses dias, o general Leclerc esteve com um humor terrível, medindo a grandes passadas as salas úmidas do castelo de Birkenwald, o mesmo em que o futuro pai de Foucauld passava suas férias. Na alvorada do dia 23 de novembro, chovia a cântaros, e o general batia incessantemente com sua bengala no assoalho, com as sobrancelhas franzidas e uma brusca contração da maçã direita do rosto, o que era sinal de que ele estava muito agitado. Só às dez e meia um motociclista entrou na sala onde se reuniam todos os oficiais do PC. Com os dedos entorpecidos, estendeu a folha de papel amarelo enviada por Rouvillois. O texto estava em código: "O tecido está no iodo." Isso significava que haviam entrado em Estrasburgo. Então, o general Leclerc soltou uma gargalhada e disse: "Vamos partir!"

Felizmente tivemos poucas baixas, mas uma delas nos consternou: a morte do capitão da Divisão, o padre Houchet, que acompanhava Leclerc desde o Chade. Ao receber a notícia, o general correu para o hospital em plena noite. Eu o vi enxugar uma lágrima diante dos restos mortais daquele cuja fé, alegria, bondade e dedicação incansável tinham feito dele a pessoa mais querida e respeitada de toda a Divisão. No dia seguinte, como os soldados designados para conduzir o féretro não puderam chegar à capela, fomos nós, os oficiais, que transportamos o corpo.

No domingo, dia 26, o estandarte do 12º Couraçado flutuava sobre a praça Kléber, diante de uma multidão silenciosa e dispersa. Sentia-se no ar uma grande tensão. Depois, aos poucos, as janelas começaram a se abrir e a se desfraldarem as bandeiras. Os acordes da *Marselhesa* ergueram-se em surdina ao longo das calçadas, para logo cessarem. Com a chegada do general Leclerc, porém, a população entregou-se ao regozijo.

Depois de cinco dias, partimos ao encontro do 1º Exército Francês, que conquistara Belfort e Mulhouse. Os alemães estavam agora isolados e encurralados no Reno. Disse que voltamos a partir... mas o fizemos como um burro que recua quando o puxam (meu pai teria dito), pois os Leclerc não tinham nenhum desejo de serem incorporados ao 1º Exército.

O tempo está péssimo – chuva, neve, trovoadas. Felizmente, o espírito da 2ª Divisão Blindada resiste a tudo. Nem o humor perde os seus direitos. Um exemplo disso: outro dia nos abrigamos numa pequena estação da estrada de ferro, onde, de um lado, lia-se partida e do outro chegada. Por cima da linha do trem, chegou até nós uma saraivada de 88, o que era raro, pois os alemães dispõem de pouca artilharia.

Quando nos levantamos, Georges Buis sacudiu o pó da farda com uma das mãos e apontou com a outra o buraco aberto pelos projéteis, comentando comigo e com La Horie:

– Sempre conformistas, esses alemães.

Caímos na risada, pois os projéteis tinham entrado... pela chegada.

Esse tipo de piadas colegiais em meio aos mais duros combates e à camaradagem que antigamente eu qualificaria de caserna ajudam-me a não enlouquecer ao pensar nos sofrimentos e na morte de Camille. Certas noites, quando não consigo dormir por causa do frio intenso, vejo o seu rosto suave inclinado sobre mim. Tenho a sensação de que ela me chama, dizendo: Venha... venha me encontrar... não me deixe só... Sinto-me como que atraído por uma força emanada do além.

Mas que estupidez a minha! Perdoe-me, querida Léa, se eu a entristeço. Você também a amava.

Como está Charles? Talvez você não esteja ao seu lado. Talvez você também esteja num desses lugares onde os homens morrem. Se não for este o caso, não deixe de lhe falar sobre sua mãe e sobre mim, construindo-lhe as recordações de sua pequena infância.

Dentro em breve estaremos no Natal. Você já notou que nunca passei um Natal com meu filho desde que ele nasceu? Dê-lhe muitos presentes, e não lhe poupe guloseimas, brinquedos nem velas na árvore de Natal. Diga-lhe que seu pai pensará ainda mais nele durante essa noite.

Para você, a minha terna amizade.

Laurent.

Ao pensar que estaria longe daqueles que amava nesse primeiro Natal da França libertada, Léa começou a chorar como uma criança. Vieram-lhe à mente todas as suas recordações de garotinha mimada: o fervor e o frio da Missa do Galo na basílica de Verdelais ou sob as abóbadas medievais de Saint-Macaire; a emoção diante do presépio com o anjo que balançava a cabeça e tocava os primeiros acordes de *Nasceu o Menino Jesus...* quando se introduzia uma moeda na caixa de gesso que ele segurava; o misto de alegria e de espanto diante da visão do pinheiro iluminado, erguido no pátio em frente da casa como que por milagre; o coração palpitando, gritos e risos nervosos quando a porta da sala de visitas se abria e, aí, junto da lareira onde o fogo crepitava, os presentes de Natal, um monte de pacotes coloridos. Depois de certo tempo paradas, de um instante de falsa surpresa, as três irmãs, empurrando-se, corriam, gritando como loucas, para a lareira, em direção aos seus sapatos reluzentes. Com energia rasgavam os papéis, arrancavam as fitas e pulavam de alegria, correndo para beijar seus pais e Ruth, que suspeitavam serem cúmplices do Papai Noel! Mais tarde, depois de crescidas, tinham tido outros Natais igualmente felizes, e por nada no mundo queriam estar fora num dia como esse. A guerra havia destruído tudo isso. Graças aos esforços de Léa em manter a tradição, os Natais da Ocupação, embora tristes, sem exuberância e com poucos presentes, tinham sido festejados. Este seria o primeiro Natal que Léa passaria fora de casa. Nesse instante, nada lhe parecia tão terrível quanto aquilo, fazendo-a esquecer o sofrimento que a rodeava, a guerra que continuava e todos os mortos que haviam feito parte de sua vida.

– O que você tem? Más notícias? – perguntou Jeanine Ivoy, entrando no quarto.

Incapaz de responder, soluçando, Léa sacudiu a cabeça num gesto negativo.

– Então, por que está assim?
– Porque... porque... é Natal! – conseguiu articular Léa.

Jeanine, de boca aberta, olhava-a perplexa. Depois, subitamente, também começou a chorar. Como a infância demora para morrer! Elas choraram durante algum tempo, sem ousarem se olhar. Depois, seus olhos se encontraram e, sem transição, elas começaram a rir, caindo nos braços uma da outra.

NO DIA 24 DE DEZEMBRO, foram para casa tarde, esgotadas pelo transporte de feridos para os hospitais da região. Arrastando os pés, subiram os degraus da escadaria. O hall de entrada estava mergulhado na penumbra, mas, da sala, via-se uma luminosidade forte e chegava até elas o som de vozes alegres e animadas, sobrepondo-se ao som do *jazz*. O que estava acontecendo? Aquilo não fazia parte dos hábitos da casa. Intrigadas, empurraram a porta. E então viram um pinheiro enorme, iluminado por pisca-piscas e enfeitado com pedaços de algodão como se fossem flocos de neve. O fogo crepitava na lareira, em cuja parede um homem estava apoiado, com um copo na mão. Encaminhou-se para elas, sorrindo.

– Vocês são as últimas a chegar. Entrem depressa e fechem a porta.

Léa obedeceu com gestos lentos. Depois, voltou-se, com as mãos atrás das costas, ainda presas à maçaneta de cobre esculpido, cujas arestas machucavam seus dedos. Para não cair, encostou-se na almofada da porta, incrédula e maravilhada ao ver vindo em sua direção, como através de um nevoeiro, aquele homem que a desconcertava.

François Tavernier teve muita dificuldade para conseguir fazer Léa soltar a maçaneta da porta. A dona da casa dirigiu-se para eles.

– Está muitíssimo pálida, Srta. Delmas. Acalme-se. Sem dúvida, é a emoção de rever seu noivo.

Seu noivo?! A quem a velha se referia?

A senhora prosseguiu:

– Graças ao comandante Tavernier, vamos ter um autêntico Natal. Trouxe no carro tudo o que é necessário a uma noite como esta. Vá mudar de roupa, Léa; está toda suja.

François inclinou-se diante da senhora idosa e disse, com o seu sorriso mais encantador:

– Se a senhora me permite, acompanharei a Srta. Delmas.

– Claro, comandante. Enquanto isso, vamos acabar de pôr a mesa.

Léa deixou-se levar como uma sonâmbula.

– Onde fica o seu quarto?

– Lá em cima.

Mal entraram no quarto, Tavernier lançou-se sobre ela, cobrindo-a de beijos. Léa deixava-o prosseguir, incapaz de reagir. François percebeu, afastou-se um pouco, e a olhou, prendendo-a pelos braços.

— Eu esperava mais entusiasmo.

Léa se exaltou imediatamente:

— Você aparece assim, sem avisar, quando eu o imaginava na casa do diabo... você... você... apresenta-se como meu noivo... pula em cima de mim... e... Por que está rindo?

— Agora é você de novo. Não faz seu jeito ser tão passiva.

Léa corou e debateu-se entre os braços que a apertavam novamente.

— Acalme-se. Temos pouco tempo. Arrisco-me a ser levado a conselho de guerra por ter vindo vê-la. Devia estar em Colmar neste momento.

— Mas por que disse que era meu noivo?

— Para que ninguém se surpreendesse com minha visita imprevista e para que me deixassem ficar a sós com você. Beije-me.

Eram de uma estupidez imensa aquelas suas questões mesquinhas. A verdade é que sua alegria havia sido tanta ao revê-lo que pensou que fosse morrer. Então, ela correspondeu a seus beijos e o arrastou para uma das camas.

— Venha.

Fizeram amor como se tivessem os minutos contados, desajeitadamente. Mas seus corpos acomodaram-se a essa urgência e logo o clímax do prazer os deixava fora do tempo.

Algumas batidas discretas na porta os trouxeram de volta à realidade. Recompuseram as roupas, rindo loucamente.

— Entre – disse Léa.

A cabeça pequenina da companheira de quarto apareceu na fresta da porta.

— Desculpem-me – disse Jeanine Ivoy, sem se atrever a encará-los. – Mas preciso trocar de roupa.

— Por favor, sou eu quem deve se desculpar por ter me demorado com Léa. Vou deixá-las.

As duas moças começaram a se despir sem dizer nada.

O CHAMPANHE, AS OSTRAS e o foie gras trazidos por François Tavernier fizeram daquela reunião uma festa cheia de alegria. No final da refeição, quase todos os convidados estavam levemente embriagados.

Pouco depois da meia-noite, Tavernier se levantou para sair.

— Já?!... — exclamaram todos em coro, exceto Léa, que abaixou a cabeça.

— Sim, infelizmente. Tenho de estar de volta pela manhã. Continuem a festa sem mim — disse François. — Quer me acompanhar até o carro, minha querida?

— Até mais, comandante. E obrigada por tudo.

Lá fora, desabava uma tempestade de neve. O veículo de tração dianteira estava coberto por um espesso manto branco. Tavernier abriu a porta e puxou Léa para dentro. Suas mãos frias tatearam sob a saia até encontrar o calor de seu ventre.

— Desabotoe — pediu ele.

— Não — respondeu Léa, obedecendo.

Atrapalhados pelas roupas, fizeram amor com violência, com brutalidade desmentida pelas palavras de carinho que murmuravam.

Em seguida, com a respiração ainda ofegante, fitaram-se na tênue claridade da lâmpada do teto, em silêncio, gravando na memória as imagens um do outro. Talvez por causa do frio, pareceu a Léa que uma lágrima lhe deslizava pela face e se perdia nos cabelos de seu amante...

Soaram duas da madrugada num campanário vizinho. Tavernier estremeceu e saiu do carro.

— Preciso ir.

Ligou o motor. Em pé, junto da porta, Léa tremia, envolta numa manta de viagem que cheirava a gasolina. Enquanto o motor esquentava, François tomou-a nos braços.

— Aonde vai? — perguntou ela.

— Para a Alsácia.

— Sozinho?

— Não. Meu ordenança ficou à minha espera num café. Minha querida, não nos veremos durante muito tempo. Depois da Alsácia vou para a Rússia como observador, enviado pelo general De Gaulle.

— Mas por que você?

— Talvez por uma razão muito simples: porque falo russo.

François falava russo! Nunca lhe dissera. Mas havia tanta coisa que ignorava a seu respeito! Talvez uma só vida não bastasse para conhecê-lo.

— François...

— Não fale nada. Se o fizer, certamente não terei coragem de partir. Diga a si mesma que saberei encontrá-la onde quer que esteja, e a mim diga apenas algo que me ajude a ter paciência sempre que pensar em você.

— Eu te amo.

— Era isso mesmo que eu queria ouvir. Você é tão avara com os seus "eu te amo". Agora entre depressa. Está gelada.

— Não. Beije-me.

François beijou-a.

— Vá embora!

Repelida com violência, Léa caiu. Tavernier conteve o impulso de correr em sua ajuda. O carro arrancou de repente, projetando uma chuva de neve sobre a jovem, que não se movera.

Alguns instantes depois, preocupada com a ausência de Léa, uma de suas colegas foi ao seu encontro na rua, enrodilhada sobre si mesma e quase sepultada sob a neve. Auxiliada pelo empregado do castelo, transportou Léa para o quarto. Obrigaram-na a engolir um grogue escaldante. Depois a puseram na cama, sob uma pilha de cobertores e com um saco de água quente nos pés.

Ela dormiu até o meio-dia seguinte.

29

Em 6 de fevereiro, no dia seguinte ao Acordo de Yalta, Léa recebeu duas cartas amarrotadas, enviadas ao mesmo tempo por intermédio da Cruz Vermelha. Uma delas era de Laurent e datava de 3 de janeiro:

Minha querida Léa,

Como de costume, quero lhe desejar um feliz Ano-novo. Que 1945 lhe traga muita felicidade! Você a merece mais que ninguém. Há em você uma força vital capaz de superar as maiores tormentas. Você não é como eu, que sinto que a vontade de viver me abandona. É pensando em Charles que luto o máximo possível contra essa atração mórbida, mas logo as ideias fúnebres me conduzem aos dias felizes de um passado perdido para sempre.

Aqui, neste universo de chuva e de lama, a transição da vida para a morte é praticamente banal. A dignidade dos homens que aceitaram morrer por uma causa justa é talvez o que mais me comoveu desde que entramos em combate. Nas vésperas de um ataque onde se sabe que grande número cairá e que nós mesmos podemos fazer parte desse número, há pelo acampamento uma espécie de fervor contido. Os soldados trocam cartas, barbeiam-se, falam mais baixo. Sabem quando o ataque está para ocorrer, antes mesmo que o Estado-Maior tenha conhecimento. Não precisam de toques de clarim.

Se você visse como é belo, como fica limpo de toda a imundície o olhar do homem que sabe que amanhã... É como se ele olhasse além do visível, mais longe que ele mesmo. Isso também faz parte da guerra – a solidariedade muda, a dignidade, que transforma em bravos, em criaturas lendárias, em heróis, indivíduos que, vistos separadamente, talvez não despertassem grande interesse. Aqui, porém, se engrandecem pelo sacrifício pessoal, indo juntar-se, nas páginas da História, às figuras do ano II, de Austerlitz ou do Marne.

Estas palavras, vindas de mim, talvez a surpreendam, como surpreendem a mim mesmo. Se, por acaso, eu não tivesse me reunido a Leclerc, se eu não me encontrasse na 2ª Divisão Blindada, seria provável que minhas ideias fossem outras, pacífico convicto que sou. Mas não se vive impunemente junto de pessoas que morrem aos milhares pela liberdade, não apenas pela liberdade da França, mas do mundo, sem rever certos julgamentos favorecidos por uma existência cor-de-rosa e pelo horror à violência.

Eu lhe falei sobre o coronel Fabien em minha última carta. Ele foi estupidamente morto por uma mina, junto com três dos seus camaradas, no dia 27 de dezembro. Pensei muito na filhinha que ele deixou.

Se me acontecer a mesma coisa, não se esqueça de que lhe confiamos o nosso filho, eu e Camille. Por testamento, antes de partir, estipulei que você seria sua tutora.

Fale com Charles a respeito da guerra, mas para que ele a odeie. Diga-lhe, no entanto, que não guarde rancor do povo alemão: eles foram enganados. Antes da guerra, conheci bem esse povo, falava a sua língua, escutava a sua música, lia os seus poetas e admirava a sua coragem. Muitas vezes, eu e alguns amigos berlinenses bebemos em homenagem aos Estados Unidos e à Europa. Após tantos horrores, será necessário que homens e mulheres retomem a ideia e a ponham em prática.

Neste início de ano, peço a Deus que a proteja, minha querida Léa, e derrame suas bênçãos sobre você.

Um beijo com tudo o que me resta de amor. Seu amigo,

Laurent.

– Ele vai morrer – murmurou Léa com um estupor lasso.

Depois, ficou virando e revirando nas mãos a segunda carta, coberta de carimbos, tal como a anterior. A caligrafia com que fora escrita nada lhe revelara.

Por fim, decidiu-se, e rasgou o envelope. Ao ler o nome à esquerda da folha de papel ordinário, compreendeu então do que se tratava. Sem nenhuma lágrima, começou a ler:

Senhorita Delmas,

Ninguém gosta de ser mensageiro da desgraça. No entanto, por amizade e por respeito à minha palavra, venho lhe dar uma má notícia: o capitão Laurent d'Argilat morreu no dia 28 de janeiro. Juntamente com ele, foram mortos 16 oficiais do Agrupamento Tático, assim como o comandante Puig e o tenente-coronel Putz, durante a tomada de Grussenheim, que custou à 2ª Divisão Blindada mais baixas que a ruptura da frente vosgiana e pré-vosgiana, a tomada de Salernes e de Estrasburgo.

Recebemos ordens de transpor o Ill, alcançar o Reno e dividir ao meio a bolsa de resistência alemã, partindo de Sélestat. Havia 50 centímetros de neve e de gelo. A enorme planície branca, salpicada de pequenos bosques e cortada por canais e por riachos, oferecia aos Horniss, aos Jagpanther e aos 88 um campo de tiro excelente. A 3ª Companhia foi a primeira a entrar em ação, apoderando-se do famoso cruzamento 177. A 2ª a ultrapassou depois e recebeu ordens para tomar Grussenheim a todo preço. Na retaguarda, o resto do regimento seguia com paixão o desenrolar do combate e, embora invejando-os, receava pela sorte dos camaradas. As unidades não comprometidas na luta se desfaziam das próprias munições em favor da vanguarda, a fim de que ela reconstituísse as suas reservas o mais rapidamente. O nosso amigo morreu durante esse ataque. Seu tanque explodiu a alguns metros do meu. Seu corpo foi lançado para fora do tanque pela explosão.

Nós o recolhemos mais tarde. Parecia adormecido. Tinha o rosto sereno e no corpo não se notavam ferimentos. Repousa agora no cemitério da aldeia, enquanto não é transladado para o jazigo da família. Todos os amigos sentiram muito a sua perda.

Laurent ia ao encontro da morte. Talvez a procurasse... Você acreditaria se lhe contasse o que ele fez em Herbsheim porque seria eu a dizê-lo, mas com certeza ficaria atônita. É muito pessoal a maneira como se faz amor com a morte. É um segredo. As pessoas de envergadura que se suicidam, antecipando-se assim aos desígnios divinos, deixam, em geral, um papel, onde se lê apenas: Não procurem compreender. Eu mesmo não entendo... Não creio que alguém saiba verdadeiramente por que se arrisca a vida na guerra. Assim se faz porque se faz. Laurent não deixou nenhum papel como esse e está bem assim.

Um excelente oficial, elogiou-o um certo coronel. Em sua boca de homem cético, isso era um grande elogio. Para mim, porém, Laurent era bem mais que isso, era uma criatura suficientemente corajosa para não deixar que ninguém notasse suas fraquezas...

Senhorita, sou solidário com sua dor e compartilho-a sinceramente. Acredite, estou muito triste.

Os meus pêsames,

Georges Buis.

Assim, ele tinha ido ao encontro de Camille! Apesar do desgosto, Léa achava que aquilo estava certo. É verdade que havia Charles, e que a morte de Laurent poderia ser considerada uma covardia – deixava o filho abandonado, sem família, exceto os Delmas. Mas Laurent desejara a morte.

– PEDIMOS QUE VIESSE AQUI, senhorita Delmas, para informá-la de sua próxima missão. Foi designada para transportar um oficial britânico gravemente ferido, de Bruxelas a Cannes, que irá passar algumas semanas de convalescença à beira do Mediterrâneo.

Léa mal pôde conter a alegria. A cada dia seu trabalho ficava mais penoso. Não era nenhum prazer dirigir em estradas esburacadas. Mas era muito pior, um pesadelo sempre renovado, recolher feridos sem se esquecer de braços e de pernas pendentes e inertes, prestar os primeiros socorros, escutar os gemidos, ver correr lágrimas diante dos membros amputados, ouvi-los chamar pelas mães antes de morrerem, arrancar dos escombros os recém-nascidos, viver na lama, no pus, no sangue e entre dejetos.

Os pesadelos de Léa haviam recomeçado com maior intensidade após a morte de Laurent. Não passava uma noite sem que visse Camille se arrastando para junto do filho, sem que lhe aparecesse o homem de Orléans com a faca de açougueiro ou sem que lhe ecoassem na cabeça os gritos de agonia da tia Bernadette Bouchardeau. Sangue durante o dia, sangue pela noite adentro. Léa vivia no terror de adormecer e na angústia de despertar. Talvez ela suportasse melhor sua tarefa se não fosse objeto de inveja e de zombaria por parte das novas colegas – com exceção de Jeanine Ivoy – e, sobretudo, da chefe do grupo. Todos os trabalhos maçantes lhe eram destinados. Via-se obrigada a limpar calçadas, a lavar ambulâncias, a varrer gabinetes. Aceitara tudo aquilo, de início, supondo que fizesse parte de suas funções. Mas logo compreendera que não era bem assim. Diante de suas objeções, deram-lhe, então, a perceber que passariam bem sem os seus serviços. Por isso, foi grande a sua surpresa ao ver-se incumbida de uma missão que era tão importante como agradável.

– Vejo que ficou admirada – continuara sua interlocutora. – Mas nós a escolhemos devido a seus conhecimentos de inglês. Fala bem a língua, não é verdade? Está na sua ficha.

Léa confirmara, receando que a mandassem pronunciar algumas frases no idioma de Churchill. Suas noções de inglês eram escolares e isso já fazia alguns anos.

– Partirá amanhã, incorporada num comboio de viaturas que se deslocam para a Bélgica. Em Bruxelas, entrará em contato com os organizadores da Cruz Vermelha Belga. Dentro desta pasta estão todas as informações necessárias assim como os documentos que a autorizam a circular pela Bélgica e pela França. Tem carta branca até o momento da partida. Boa viagem.

– Obrigada, senhora. Até logo.

LÉA APROVEITOU O MEIO DIA de liberdade para lavar a cabeça no salão de cabeleireiro instalado num barracão não muito distante do castelo. Quando saiu, com os cabelos limpos e mais curtos, sentia-se uma outra mulher, e se flagrou encarando o futuro com leve esperança. Nessa noite não teve pesadelos.

No dia seguinte, despedia-se das colegas, deixando sem saudade aquela região do norte da França.

30

Sem aqueles feridos transportados em pequenas viaturas, sem aquela confusão em que imperavam os uniformes aliados, Léa teria se sentido em férias. De fato, levava uma vida de ociosidade e de diversão havia aproximadamente um mês, em companhia do "seu" ferido.

Sir George McClintock, coronel do Exército de Sua Graciosa Majestade Britânica, era um irlandês autêntico, fumante de charutos grossos, que apreciava mais *bourbon* que chá, e mais as cartas do pôquer que as do Estado-Maior. Dotado de um humor nunca desmentido, corajoso até a insensatez, amante de saias como um tenente de Guarda – segundo afirmavam seus camaradas – e, além disso, muito rico. Era esse o indivíduo de quem Léa deveria supostamente cuidar. McClintock fora ferido nas imediações de Dinant, durante a ofensiva de Ardennes, e vira a morte perto demais para fazer economia do tempo que lhe restava para viver. Assim que pôde caminhar com a ajuda de muletas, a vida de Léa se transformara num verdadeiro turbilhão: coquetéis, *garden-parties*, piqueniques, passeios no mar, excursões ao interior do país. O convalescente exigia a presença constante de Léa a seu lado. Assim que vira a jovem – afirmava McClintock –, soubera que sua vida se modificaria devido ao aparecimento daquela francesinha de cabelo sempre desalinhado, de lábios trêmulos, de olhar altivo e inquieto e de corpo que se adivinhava cheio de encantos sob o uniforme mal cortado. Ele exigia, mediante alguns punhados de libras, que ela tivesse um quarto perto do seu no Hotel Majestic.

Cansado, McClintock dormira horas a fio nos primeiros dias. Na noite do quinto dia, porém, ordenou que o transportassem para a sala de jantar do hotel. Manifestou certo descontentamento quando viu Léa sentar-se à sua frente vestindo aquela farda impecável, o nó da gravata cuidadosamente feito e os sapatos baixos bem engraxados.

– Não tem mais nada para vestir? – perguntou McClintock com expressão de contrariedade e aquele seu sotaque engraçado, que, de início, deliciara a jovem.

Léa corou, sentindo-se a mulher mais feia do mundo.

– Não, não tenho mais nada. Se eu o envergonho, posso comer no meu quarto.

– Não quis magoá-la, *my dear*. Desculpe-me. Está encantadora nesse traje, mas... Mas é um pouco monótono.

No dia seguinte, Léa via surgir no hotel os costureiros e os sapateiros da Croisette. No início, recusou, mas acabou cedendo diante dos vestidos de noite. Ficou com um em musselina preta e outro em tafetá verde e também um par de magníficos sapatos italianos de couro autêntico – um luxo inaudito. E, como as noites estavam ainda um pouco frescas, o irlandês exigiu que Léa escolhesse uma curta capa de raposa prateada.

Dois dias depois, ela o acompanhava à *garden-party* oferecida pelo Clube Americano. O oficial sentiu-se orgulhoso de seu sucesso. Divertia-se ao ver qual dos homens presentes lhe oferecia primeiro uma taça de champanhe, um copo de suco de laranja ou de limonada, um prato de doces com frutas ou com creme! Léa ria, tendo recuperado seus trejeitos de menina mimada e sem preocupações.

NO INÍCIO DE MARÇO, depois da chegada do correio de Londres, George McClintock anunciou a Léa que fora chamado para a Inglaterra. A jovem suplicou-lhe que a levasse com ele; por nada no mundo desejava voltar a Amiens.
— Você ainda precisa de mim — argumentava ela.
— A partir de agora, minha querida, precisarei sempre de você — garantiu McClintock, com uma seriedade que não lhe era habitual.
— Está vendo... — disse Léa, aliviada.
O irlandês sorriu, mencionando as dificuldades administrativas. De fato, não foi fácil obter o consentimento da delegação de Cannes da Cruz Vermelha Francesa e, depois, da sede em Paris. A ordem de missão de Léa ostentava agora um impressionante número de carimbos.

APESAR DOS BOMBARDEIOS e dos alertas frequentes, do medo que as V1 e as V2 inspiravam, a semana passada em Londres revelou-se tão louca quanto as de Cannes. Parecia que toda a população jovem — moças e rapazes dos quais os mais velhos ainda não tinham 30 anos — se dedicava à dança, ao namoro e à bebida com uma voracidade frenética, para recuperar o tempo perdido e esquecer, em meio ao álcool e ao fumo, o fato de que a guerra ainda não havia terminado.

Certa manhã, na bandeja do café, entre o bule do chá e o prato de ovos com bacon, Léa achou uma carta de Mathias. Fora enviada de Paris por Laure, e chegara à França por caminhos estranhos que passavam pela Suíça.

Não era possível decifrar as datas dos diversos carimbos impressos no envelope. E Mathias se esquecera de datá-la.

Minha bem-amada,

"A minha honra chama-se fidelidade." É esta a frase inscrita no arco de entrada do campo de Wildflecken, onde me reuni aos Waffen SS franceses. Ao pensar em você, faço minha essa divisa, que é igualmente o lema da Waffen SS. O campo situa-se numa montanha arborizada, no meio de um parque imenso, muito bem cuidado. Pequenos edifícios dispersos entre a vegetação ladeiam caminhos maravilhosos que conduzem à praça Adolf Hitler.

A disciplina é de ferro e os treinos, ferozes. No início, muitos se sentiram mal durante os exercícios. Agora, porém, todos nós temos corpos de atleta. Aliás, aqueles que não conseguem acompanhar o ritmo são encaminhados para outras unidades. Tal disciplina é absolutamente necessária para conter quatro ou cinco mil jovens ansiosos por lutar. Prefiro que seja assim, pois a atividade constante me ajuda a não pensar demais em você.

No mês de novembro vieram juntar-se a nós dois mil soldados. Tiveram de prestar juramento a Hitler, mas alguns deles o fizeram de má vontade. A cerimônia realizou-se no dia 12 de novembro, na presença de Darnand e de Degrelle. Estava um frio terrível. No meio de turbilhões de neve, os legionários da LVF desfilaram em perfeita ordem. O Brigadeführer Krukenberg e o Oberführer Puaud passaram as tropas em revista. Mas o que mais impressionou a guarda francesa foi o discurso de Monsenhor Mayol de Lupé, o nosso capelão, pronunciado do alto de sua montaria, em uniforme de gala de oficial da Waffen SS, de onde reluzia sua cruz peitoral. Indiferente à neve que lhe caía sobre o rosto, o Monsenhor Mayol de Lupé referiu-se ao Führer como se falasse de Deus, e sua bênção se assemelhou à saudação hitlerista. Nesse cenário impressionante, onde flutuavam a bandeira tricolor, a bandeira de guerra do Reich e o estandarte negro da SS, os soldados, de braços estendidos, repetiam as palavras proferidas por três de seus camaradas que haviam avançado diante de um oficial com uma espada ao alto: "Juro obedecer fielmente a Adolf

Hitler, chefe das Waffen SS, na luta contra o bolchevismo, como um soldado leal." Notei que nem todos os braços se ergueram.

Nunca mais esquecerei o dia do meu próprio juramento, cujo texto não foi igual ao anterior. A cerimônia decorreu com grande sobriedade, entre dois carvalhos, tal como o exige a tradição germânica. Os punhais onde se acha inscrita a nossa divisa foram dispostos em cruz e, em nome de todos os presentes, foi prestado um juramento sobre as armas, em alemão. Repetimos em francês: "Eu lhe juro, Adolf Hitler, Führer germânico e reformador da Europa, ser fiel e corajoso. Juro obedecer-lhe até a morte, ao senhor e aos chefes que me designarem. Que Deus me ajude!"

Também nunca mais esquecerei a primeira vez em que fiz a saudação hitlerista, gritando: *Heil, Hitler!* Naquele dia, senti que rompia definitivamente com o meu passado.

Aqui, não existem diferenças de tratamento entre oficiais e simples soldados. Não há privilégios. Não há mesas separadas para cabos, suboficiais e oficiais superiores; todos comem a mesma coisa. Se há uma rodada de *schnaps*, uma forte bebida alcoólica, servem primeiro aos soldados, e o resto é dividido entre os oficiais. Quanto mais graduado é um militar, maior a soma de seus deveres.

Durante os jantares semanais que chamamos de *Kamaradschaft*, o soldado mais simples tem o direito de zombar de seus superiores, e as represálias são proibidas sob pena de graves sanções.

Isto é o que mais nos surpreende, a nós, franceses, habituados a escutar nossos chefes em posição de sentido e a viver em barracas, enquanto nossos superiores circulam pelos salões dourados.

Aqui fazem de nós homens novos. A vida em Wildflecken é muito dura: despertar às seis horas e finalizar as atividades às vinte. Submetemo-nos a um treinamento infernal: ducha gelada ao amanhecer, concentração geral, saudação hitleriana, café e, em seguida, uma impiedosa sucessão de exercícios, de marchas, de manobras.

As únicas horas de repouso de que dispomos são aquelas em que nos ministram cursos teóricos sobre armamento e estratégia. À noite, desabo na cama e, ocasionalmente, me arrancam dela com apitos, para os exercícios noturnos. Então nos equipamos às cegas, no escuro, e somos obrigados a sair para a noite gelada que nos trespassa o corpo. Nestas duas últimas semanas não consegui dormir mais do que quatro horas seguidas.

Também tenho a impressão de não comer nada. Ah, que saudade dos lanches fartos de Montillac! As nossas refeições constam de sopa de couve e batata ao meio-dia, salsichas às cinco horas e um pouco de margarina num pão escuro e pegajoso. Estou espantado com que isso seja suficiente para nos alimentar e nos deixar lúcidos. Até mesmo os mais franceses parecem se acomodar a esse regime.

No entanto, nem tudo são flores, e já há algum tempo este ambiente está se degradando, sobretudo por causa dos soldados que não conseguem se adaptar. Desde a constituição da Brigada Carlos Magno, quase todos os dias há SS franceses que desertam para se juntarem a unidades prestes a partirem para o front. Por isso, alguns deles estão na Divisão Wiking ou na Divisão Totenkopf.

Nosso comandante é o Oberführer Edgar Puaud, que chefiou a LVF na Rússia. Já faz alguns dias que me transformei num verdadeiro SS – e tenho tatuada, na axila do braço esquerdo, a letra correspondente ao meu tipo sanguíneo. Com isso, temos maiores chances de nos salvarmos se formos feridos, ou de morrermos se formos presos. Todos estamos impacientes por partir para a frente de combate. Pensamos que isso é uma questão de dias.

Ontem, alguns camaradas conseguiram achar algumas garrafas de vinho alemão e trazê-las para o campo, o que é expressamente proibido. Quando as abríamos, quase fomos apanhados pelo Brigadeführer Krukenberg. Penso, no entanto, que ele não se deixou enganar, pois, ao sair, eu o ouvi dizer: Ah, estes franceses! Depois da partida de Krukenberg, bebemos à sua saúde. Não era um vinho ruim, um branco seco, mas muito perfumado. E, claro, não se comparava ao de Montillac. Eu me pergunto como terá sido a colheita e se ela foi feita nas melhores condições.

Onde você está? Não consigo imaginá-la em nenhum outro lugar que não seja Montillac. Essa terra combina com você.

Se receber esta longa carta e tiver paciência de lê-la até o fim, será como se tivéssemos conversado.

Não se esqueça de mim e saiba que pensarei em você até o meu último momento.

Mathias.

O chá estava frio e a compota de laranja tinha um gosto esquisito. Léa tentou imaginar Mathias num uniforme da SS, mas não foi capaz. Tinha a sensação de que, na origem de tudo aquilo, houvera uma espécie de mal-entendido incrível, que transformara um rapaz delicado e alegre num fanático disposto a tudo. No entanto, isso seria mais absurdo que a sua presença em Londres, naquele hotel antigo e esmerado, com vidraças substituídas por papel encerado?

Bateram à porta.

– Então... Recebeu notícias de sua terra? – perguntou George McClintock, entrando no quarto.

O rosto simpático do irlandês provocou em Léa um sorriso triste.

– O que é que você tem? Alguma coisa vai mal?

– Não, não. Não é nada.

– Então, levante-se! Estamos de partida.

– De partida? Para onde?

– Para a Alemanha.

— Para a Alemanha?!

— *Yes*. Vou me reunir ao 2º Exército.

— Mas acaba de se restabelecer!

— Um de meus amigos médicos declarou-me apto para qualquer serviço. Não consigo ficar aqui enquanto os meus camaradas estão sendo mortos.

— E eu? O que vou fazer durante esse tempo? Espero tranquilamente aqui pelo fim da guerra, volto para Amiens ou para a sede de Paris?

— Nada disso. Você me acompanha.

— Acompa...

— Sim, me acompanha. Tenho um amigo que é... como é que vocês dizem?... presidente da Cruz Vermelha Britânica.

— Pelo jeito você tem muitos amigos...

— *Yes*, o que é muito útil às vezes. Eu lhe falei sobre seus conhecimentos de mecânica, suas habilidades no volante e sobre sua notável competência para cuidar de feridos.

— É o senhor que está dizendo. Será melhor que ele não me ponha à prova.

— A pessoa responsável pelas motoristas de ambulâncias é uma amiga da Sra. de Peyerimhoff. Dentro de alguns dias, irá receber a sua vinculação temporária aos serviços da nossa Cruz Vermelha — informou McClintock.

Léa livrou-se dos cobertores e correu para beijar o oficial nas duas faces.

— Você é maravilhoso, George! Como adivinhou que eu gostaria de ir à Alemanha?

— Ora, você não fala em outra coisa desde que chegamos aqui!

UMA SEMANA DEPOIS Léa recebia as suas ordens de serviço e era colocada à disposição do médico militar, o general Hughes Glyn Hughes, chefe dos serviços médicos do 2º Exército Britânico.

Na noite de 5 de abril ela aterrissou perto de Duisburgo, a 50 quilômetros do front.

Então, começou para ela uma descida ao inferno.

31

A centenas de quilômetros de Duisburgo, Mathias também vivia no inferno.

No dia 12 de janeiro de 1945, três milhões de soldados russos, muito bem armados, apoiados por tanques e pela aviação, puseram-se em marcha do Báltico para a Tchecoslováquia, a fim de esmagar definitivamente o que restava do glorioso exército do Reich.

No dia 17 de fevereiro, partiam para o front as Waffen SS da Brigada Carlos Magno, transformada em divisão. No dia 22, chegavam a Hammerstein, importante povoado da Pomerânia. Fazia muito frio e o vento gelado varria essa paisagem de lagos e de bosques. As tropas instalaram-se no antigo campo da Wehrmacht, transformado em campo de concentração, enquanto aguardavam a chegada do armamento pesado. Ouvia-se ao longe o estrondo dos canhões.

O regimento de Mathias, o 57, instalou-se a sudeste da cidade. Desde sua chegada, o Obersturmführer Feunay partiu para inspecionar as posições acompanhado pelo Oberjunker Labourdette e por Mathias. Depois do frio, houve um súbito degelo, transformando num lamaçal os caminhos de terra batida, onde os cavalos e as carroças cheias de material pesado e de caixas de munições derrapavam. Os homens, às dezenas, viam-se obrigados a erguer os veículos com as mãos para os arrancarem do solo de argila. À noite, que descia rapidamente, a geada recomeçava a cair. Ao longo de todo o percurso, deparavam com intermináveis comboios de refugiados que fugiam dos russos. Velhos, mulheres e crianças patinavam na lama, desvairados, num silêncio impressionante. Entre eles, viam-se, por vezes, alguns SS letões sujos, de farda desabotoada, mãos nos bolsos e olhar perdido.

O primeiro embate aconteceu próximo a Heinrichswalde. O massacre foi muito rápido: cada soldado tinha de lutar contra dez inimigos, apoiados por tanques soviéticos. Granadas e morteiros esmagavam as posições das SS francesas. Perto de Mathias, um de seus camaradas se esvaía em sangue com uma perna desfeita. Feunay deu ordem para resistirem.

Novos comboios chegaram durante toda a noite e foram diretamente para o front. Logo as companhias do regimento 58 viram-se sob um dilúvio de fogo. Ao amanhecer, milhares de russos ululantes abateram-se sobre elas. Por duas vezes conseguiram repeli-los, mas logo foram devastadas pelo número elevado dos adversários. Foi dada a ordem de retirada. Os sobreviventes reagruparam-se e ficaram à espera. Durante os combates, as comunicações eram precárias. A Divisão Carlos Magno estava disposta em linha, sem nenhum rádio. Os mensageiros iam e vinham de uma companhia à outra, transmitindo as ordens do Estado-Maior. À meia-noite, o ruído de tanques foi ensurdecedor. Os franceses enterravam-se em buracos camuflados à beira dos bosques. Através dos bosques, os homens de Feunay procuraram reunir-se ao regimento 58, do qual encontraram apenas alguns grupos errando por entre as árvores e arrastando atrás de si os feridos. À noite, Mathias e os companheiros chegaram ao acampamento próximo de Hammerstein, de onde haviam saído pela manhã. Esgotados, dormiram em esteiras cheias de parasitas das barracas, depois de terem engolido um creme de ervilhas.

Dos quatro mil e quinhentos homens que deixaram Wildflecken, mil e quinhentos tinham morrido ou desaparecido.

Era um saldo muito trágico para uma luta que só havia durado dois dias. Os sobreviventes da Divisão Carlos Magno conseguiram reagrupar-se em Neustettin, cidadezinha de 16 mil habitantes, apinhada de refugiados e de soldados. A notícia da morte de Jacques Doriot contribuiu para desmoralizar os seus seguidores. No dia 5 de março, em Körlin, lutaram com a fúria do desespero ao lado de uma companhia de Wehrmacht. Um tanque alemão explodiu não muito longe de Mathias. Um soldado, com o uniforme em chamas, saiu correndo em sua direção. O tenente-médico da Divisão lançou-se sobre ele, tentando apagar o fogo. Mathias correu também e ajudou o médico a arrastar para um abrigo o homem que gemia baixinho. Perdera o capacete e tinha o dorso completamente carbonizado. Pobre sujeito!, pensou Mathias, afastando-se para voltar à luta. De repente, porém, ele parou e retrocedeu. Inclinando-se sobre o moribundo, limpou seu rosto com um punhado de neve e depois o enxugou com um trapo engordurado. Não tinha dúvida.

— Capitão Kramer... Está me ouvindo?

O rosto do ferido estremeceu ao escutar aquelas palavras ditas em francês. Abriu os olhos a custo e fitou esse soldado alemão, irreconhecível sob a camada de sujeira e de barro.

— Sou eu, Mathias, capitão Kramer... o Mathias de Montillac.

— Montillac...

— Sim, Montillac. Não se lembra? Léa...

— Françoise...

— Sim.

— Françoise... meu filho...

Otto tentou levantar-se. Depois desistiu e disse em voz cada vez mais baixa:

— Do meu bolso... tire... documentos... e uma carta... para... para Françoise. Se... se você sobreviver... entregue-lhe... assim como os documentos... Jure.

– Sim, juro.

Mathias revistou a jaqueta. Retirou do bolso uma carteira cuidadosamente protegida por um pedaço de lona impermeável que lhe trouxe à memória o revestimento da mesa da cozinha de Montillac. Depois colocou-a dentro da própria camisa, em contato com a pele. O moribundo não parava de olhar para ele. Com um gesto de cabeça, aprovou o que Mathias fazia. Os russos aproximavam-se; Mathias tinha de sair dali. Otto procurou falar de novo e o rapaz adivinhou-lhe mais as palavras do que as ouviu:

– Por que... um francês... está aqui?

Mathias encolheu os ombros. O que poderia responder?

O BRIGADEFÜHRER DERA ORDEM para evacuar o local. O batalhão de Mathias tentou escapar em direção ao Oder e depois em direção a Belgard. O de Bassompierre ficou para impedir a passagem do inimigo.

NA NOITE GELADA e calma, sob o clarão dos incêndios que iluminavam toda Körlin, os homens do Regimento 57 avançavam, escondendo-se de dia e caminhando durante a noite, passando a apenas alguns passos dos Popofs, como eles chamavam os russos. Os encontros eram breves, mas violentos. Havia pouca munição e os cavalos morriam ou fugiam. Havia muito tempo que comiam apenas o que conseguiam roubar nos lares dos civis alemães, onde choravam as mulheres e as moças violadas. Quando não restava mais nada para roubar nas casas, alimentavam-se de beterrabas cruas, que lhes provocavam disenteria. Dormiam enroscados e apertados uns contra os outros para se protegerem do frio. Acordavam aflitos pelos piolhos. A sujeira se acumulava nas dobras do corpo. Alguns engraçadinhos diziam que a sujeira os ajudava a se manterem quentes e a escaparem às investidas dos parasitas. Caminhavam como autômatos, os rostos transformados em máscaras de cansaço, onde cintilavam os olhos raiados de sangue, envoltos em círculos escuros. O inimigo estava em toda parte, perseguindo-os sem tréguas.

O frio cessou de repente e os campos logo se revestiram com um delicado manto verde. No bosque onde pararam, extenuados, caminhava-se sobre um tapete de violetas. Mathias deitou-se sobre elas, aspirando-lhes o perfume. Pensou em Léa – sempre fora para ela um grande momento do ciclo da vida esse das primeiras violetas que cresciam na parte protegida do Calvário. Quando criança, ele costumava preparar ramalhetes que iam depois perfumar o quarto da amiga. Com as mãos calejadas, Mathias colheu algumas flores sob os olhares zombeteiros dos camaradas. Depois, movidos por um impulso instintivo, os outros também começaram a colher violetas, guardando-as com cuidado nos estojos de seus documentos. A colheita elevou o moral, dando-lhes esperança de que a primavera voltasse a florir para eles também.

– Estamos nojentos – disse um deles.

Olharam-se uns aos outros. Estavam efetivamente nojentos. Na beira do bosque corria um riacho. Tiraram os uniformes sujos e sacudiram as roupas, de onde caíam piolhos enormes. Depois, atiraram-se na água. Como estava fria! Não tendo sabão, esfregaram-se vigorosamente com punhados de terra. Lutavam uns com os outros, rindo como crianças. Em seguida, secavam o corpo correndo, nus, pelo meio das árvores. Pensativo, Feunay os observava. Havia muito tempo não usavam meias. Todos eles haviam adotado a moda da meia russa: pegava-se um tecido quadrado sobre o qual se colocava o pé. Em primeiro lugar, cobriam-se os dedos. Dobrava-se a parte esquerda, depois a direita e puxava-se com força a que ficava por detrás. Com as abas do tecido bem cruzadas, colocavam as botas sem dificuldade. Isso protegia e amparava os pés de modo admirável.

Às duas da madrugada, chegaram às imediações de Belgard e passaram pelo cemitério, para logo voltarem a desaparecer na noite. Por volta das quatro horas, o Oberführer Puaud chegou também a Belgard com a maioria da Divisão – cerca de três mil homens. Os postos russos espalhados pela área os receberam com tiros de metralhadoras e morteiros. As Waffen SS infiltraram-se na cidade, respondendo. Os que atravessaram a praça central de Belgard, à claridade dos incêndios, tiveram de saltar sobre centenas de cadáveres de velhos, de mulheres e de crianças.

Puaud, ferido na panturrilha, caminhava como um sonâmbulo, o rosto ainda mais vermelho do que de costume. Pelos campos, o tiroteio havia cessado, substituído pelo ronronar dos motores e pelo rangido dos tanques, que ressoavam pela planície. O inimigo estava em toda parte. A Divisão Carlos Magno movia-se dentro do nevoeiro. Pela manhã, quando a bruma se dissipou, constataram, perplexos, que se encontravam bem no centro dos tanques do Exército soviético, no meio de uma vasta área sem vegetação. De um lado e do outro houve então uma espécie de estupor, o tempo parou e tudo ficou em silêncio. Depois, de repente, começou a carnificina. Em menos de duas horas os russos aniquilaram grande parte da Divisão Carlos Magno. Depois de matarem os feridos, os vencedores reuniram os sobreviventes, que foram encaminhados para campos de concentração. Alguns prisioneiros conseguiram escapar, fugindo através das matas.

Os quinhentos homens do batalhão de Mathias chegaram ao castelo de Meseritz em estado lastimável, feridos e com disenteria. Mas sentiam-se felizes e orgulhosos dos chefes que os haviam livrado temporariamente do "caldeirão". Voltaram a partir dois dias depois, agora com sol, sem piolhos, barbeados, com armas a tiracolo, sob o comando de Krukenberg, rumo à foz do Oder, junto com duzentos e cinquenta sobreviventes do regimento 58, da SS Holstein, do 1º Regimento Húngaro e da Divisão SS Nordland. Transpuseram o Rega ao sul de Treptow. Ao final da tarde atingiram Horst, no litoral. Por toda parte, misturados aos soldados exaustos, viam-se refugiados aguardando embarcações que os conduzissem à Suécia.

À noite, Mathias e alguns companheiros chegaram à pequena estância balneária de Rewahl. Tal como Horst, também a cidadezinha transbordava de refugiados e de soldados em fuga. A multidão entregava-se a um grande frenesi: lado a lado com criaturas apáticas e embrutecidas, as moças faziam amor com o primeiro que aparecia, deixando-se acariciar por homens sujos, cobertos de piolhos, bebendo grandes goles de *schnaps*. As crianças olhavam tais cenas com indiferença, enquanto os pais prosseguiam sua viagem desesperada sem sequer notá-las. A atmosfera iodada do Báltico misturava-se agora ao cheiro dos motores, do pus e do sangue dos feridos, ao odor adocicado do esperma, ao fedor de merda, ao de milhares de corpos imundos e, dominando toda aquela massa humana apavorada, ao aroma persistente da sopa de couve que lhes era distribuída.

– Os russos estão chegando! Apressem-se!

Então, homens, mulheres, caminhões, cavalos e carroças, todos se atiraram uns contra os outros, lutando, empurrando, derrubando, esmagando e destruindo qualquer obstáculo à sua fuga. À beira-mar estendia-se uma longa procissão de condenados que procuravam fugir das chamas do inferno – mães enlouquecidas apertando contra o peito magro os filhos mortos, moças lançando-se do alto da falésia para escapar da violação, homens atirando suas esposas sob os tanques, soldados descarregando suas armas sobre motoristas de caminhões para ocupar seu lugar, gritos de crianças, relinchos de cavalos, uivos lamentosos de cães, barulho de ondas, ribombo de canhões, assobio de granadas, explosão de minas, morte... morte... morte.

Os soldados da Divisão Carlos Magno, em sua caminhada, combatiam e se embebedavam se conseguiam encontrar vinho. Seguindo as hordas de refugiados, avançavam ao longo do litoral na direção oeste. De vez em quando, eram atingidos por granadas, que projetavam para o espaço atormentado os corpos desconjuntados de homens misturados com a areia da praia. A multidão passava, indiferente aos gritos dos feridos e aos gemidos dos moribundos.

No auge da noite de 9 de março eles alcançaram as linhas alemãs em Dievenow. No dia seguinte, ao amanhecer, os russos metralharam e borbardearam, mas foram repelidos. À tarde, foram abertos os depósitos da intendência alemã. Os homens ficaram maravilhados ao tocarem nas espingardas automáticas de 32 tiros e nos uniformes novos, divertindo-se em experimentá-los, enquanto fumavam como chaminés os cigarros que não queriam deixar ao inimigo.

Enfim, sob suas botas, ressoaram as pranchas de madeira e o ferro da ponte das barcas sobre o Oder. Em boa ordem, com o Obersturmführer Feunay e o Brigadeführer Krukenberg à frente, com luvas novas, deixaram o "caldeirão" onde tinham ficado noventa por cento dos companheiros.

No dia seguinte, o grande quartel-general do Führer assinalava num comunicado o papel dos sobreviventes da Divisão Carlos Magno na libertação dos refugiados da Pomerânia. Esse fato os encheu de orgulho. Deixaram Swinemünde cantando:

> Por onde passamos, tudo treme
> E o diabo ri conosco
> Ah, ah, ah, ah, ah, ah, ah!
> A chama continua pura
> A Fidelidade é o nosso lema.

Reagruparam-se, enfim, a 350 quilômetros de Berlim, na pequena cidade de Neustrelitz e nas aldeias vizinhas de Zinow, Karpin, Goldenbaum e Rödlin; eram cerca de oitocentos voluntários, dos sete mil que partiram de Wildflecken.

No dia 27 de março, Krukenberg mandou afixar a seguinte ordem do dia:

Camaradas de armas,

Acabamos de viver dias de combates entremeados de caminhadas penosas. Não lutamos como unidade fundida no Exército alemão, mas sim como divisão francesa autônoma. A fama da bravura e da resistência francesa renovou-se agora sob o nome de Carlos Magno. Por diversas vezes a dureza dos combates nos unificou. E com orgulho nos lembramos que, ao sul de Bürenwald, detivemos o inimigo que rompera as linhas da Werhmacht, destruímos, em menos de uma hora, nos arredores da cidade, perto de Elsenau e de Bärenhutte, quarenta tanques T34 e JS. Em Neustettin, a Flak-Batterie fez em pedaços os grandes contingentes inimigos.

Nós, os SS, temos sempre dado provas de grande bravura, mas foi em Körlin, sobretudo, onde demonstramos que sabíamos combater até o fim, quando o interesse do Exército alemão assim o exigia. O fato de havermos largado e retomado por três vezes a aldeia, e de termos mantido a posição até as primeiras horas da manhã do dia 5 de março, permitiu a nós e a uma parte dos exércitos alemães que nos libertássemos do cerco russo.

Esse êxito se deveu não apenas ao nosso espírito de luta, mas também à nossa grande disciplina.

Não podemos esquecer os nossos camaradas SS e LVF que, em Kölberg, foram várias vezes citados por ordem do Führer pelo general-comandante da fortaleza da cidade, devido à bravura particularmente notável dos franceses.

Neste exato momento, elementos da nossa Divisão defendem a cidade de Dantzig, ao lado dos seus irmãos de armas alemães. Nós, os SS, nós LVF, contribuímos para deter ou para retardar, por toda parte, a onda avassaladora do bolchevismo. Esta difícil luta não se travou sem sérias e inúmeras perdas, entre elas as dos nossos camaradas que foram feitos prisioneiros nas mãos do inimigo e ainda não conseguiram alcançar as nossas linhas. Esperamos que o Oberführer Puaud esteja entre eles e que, ao lado de outros combatentes heroicos, retome o seu lugar entre nós.

A luta nos unificou. A nossa Divisão, reduzida a gloriosos combatentes, deverá nos incitar ainda mais a constituirmos um único bloco, uma só equipe. Assim esmagaremos tudo o que se opuser a Adolf Hitler. A nossa bandeira tremula sobre mais uma glória; nós sabemos que os franceses que lutam ao nosso lado pela liberdade da pátria adotiva desejam uma nova ordem europeia e nos olham com orgulho.

Sempre afirmamos que somente poderiam colaborar no ressurgimento da França aqueles que foram postos à prova, como alemães, nas situações mais difíceis. Os nossos próprios inimigos reconheceram o valor dos soldados SS.

Franceses, após longos meses de instrução, pudemos demonstrar o espírito que nos anima, espírito que, nos dias futuros, nos conduzirá a novos sucessos até o instante tão ansiosamente esperado de intervirmos na libertação do nosso país. Não teremos piedade para com os traidores. A história nos ensina que não devemos sentir cansaço após a batalha, mas reunir todas as nossas energias para novos combates.

O momento que vivemos é decisivo; animados por uma nova chama, vamos assegurar nossa vingança pelos camaradas desaparecidos das fileiras.

A glória da qual LVF se cobriu a leste, os sucessos da Sturmbrigade Frankreich nos Cárpatos, os combates travados pela polícia em outros locais, cimentam o bloco moldado com o sangue francês vertido em prol do Nacional-socialismo, e ele dará origem a uma tradição digna dos ideais revolucionários pelos quais lutamos.

Nossa fé na vitória é inabalável, mesmo que tenhamos de lutar ferozmente na sombra e sabotar, ao lado dos nossos irmãos de armas alemães, todos os empreendimentos dos inimigos.

Seguiremos o Führer, decididos a vencer ou a morrer.

Heil, Hitler!

As SS marcham em país inimigo
Entoando o cântico do diabo
Na margem do Volga
Uma sentinela trauteia a meia-voz:
Assobiamos por montes e vales
E tanto faz que o mundo
Nos louve ou nos maldiga
A seu bel-prazer.

Onde quer que estejamos, será sempre uma vanguarda
E é aí que o diabo continua a rir
Ah, ah, ah, ah, ah!
Lutamos pela liberdade
Lutamos por Hitler
E os vermelhos nunca terão sossego.

Krukenberg convocou os oficiais pedindo-lhes que ficassem apenas com voluntários para futuros combates. Os outros formariam um batalhão de trabalhadores que deixaria Karpin imediatamente. Partiram então trezentos homens, acompanhados por um só oficial. Os que optaram por ficar assinaram uma declaração de compromisso em que juraram ao Führer fidelidade absoluta até a morte.

A DIVISÃO CARLOS MAGNO não escapava ao tédio e ao mau humor que assaltam as tropas à espera de entrar em combate. Aqueles homens que haviam se mostrado tão solidários durante as provações pelas quais acabavam de passar, que tinham sido corajosos até a temeridade diante do inimigo, agora criavam conflitos sob o menor pretexto. O maior motivo de discórdia era, agora, a alimentação: 200 gramas de pão, 20 gramas de margarina, uma sopa tão condimentada quanto doce demais, um *ersatz* de café e dois cigarros por dia. A rígida disciplina militar germânica não bastava para conter os franceses quando gracejavam a respeito das armas secretas dos alemães para salvar a Alemanha. Ninguém mais acreditava na vitória do Reich.

O moral da Divisão caiu até o nível mais baixo quando, em meados de abril, quatro voluntários foram fuzilados por roubo no depósito de víveres. Os soldados morreram sem soltar um grito, depois de receberem a absolvição do padre da LVF, que substituía o monsenhor Mayol de Lupé, em retiro num mosteiro alemão.

No dia 20 de abril, em homenagem ao aniversário de Hitler, os militares tiveram direito a biscoitos, a uma coisa escura que chamaram de chocolate e a três cigarros. Festejaram os 56 anos do Führer cantando e bebendo o vinho que Krukenberg conseguira obter da intendência.

Projetaram um filme de Zarah Leander, cuja voz rouca os virava do avesso. Depois da sessão, viram um documentário de atualidades. O apresentador alemão comentava imagens em que se via a multidão correndo em todos os sentidos pelo pátio da Notre-Dame, tentando escapar aos atiradores emboscados nos telhados, durante a entrada de De Gaulle em Paris. Atribuía o tiroteio aos comunistas. Os SS franceses deixaram a sessão de cinema ainda mais convencidos de que eram o último reduto contra a invasão bolchevista. Alguns deles viam-se mesmo acolhidos como heróis pelos compatriotas, e desfilavam pela Champs-Elysées aclamados por quem os considerava os defensores do Ocidente. Os mais lúcidos, porém, não tinham ilusões – de uma maneira ou de outra estaria à sua espera o pelotão de execução ou, na melhor das hipóteses, muito anos de encarceramento.

NA NOITE DE 23 PARA 24 DE ABRIL de 1945 foi dada ordem ao Brigadeführer Krukenberg para seguir para Berlim com os SS franceses da Divisão Carlos Magno.

Os oficiais dirigiram-se aos acantoamentos e mandaram alinhar os soldados, ordenando:

– Voluntários para Berlim, um passo à frente!

Todos os homens avançaram.

Pela manhã, distribuiu-se o armamento: granadas, Sturmgewehr e Panzerfaust. Os militares carregavam muito peso: cartucheiras cruzadas sobre o peito, granadas de pinha penduradas nos botões e granadas de cabo passadas no cinturão. Nunca estiveram tão bem armados. Os quatrocentos voluntários embarcaram nos oito caminhões cedidos pela Luftwaffe, felizes com a ideia de defenderem o Führer. Os alemães que fugiam da capital olhavam atônitos para esse grupo de rapazes que ali entrava cantando.

32

Em seguida ao pacto franco-soviético, o governo russo concordou com a presença, no momento da entrada das tropas soviéticas na Alemanha, de certo número de observadores encarregados de verificar o material conquistado aos arsenais franceses, para que fosse inventariado. De uma parte ou de outra, fingia-se levar a sério tais missões. François Tavernier, já conhecido pelos serviços de informação russos, foi um dos oficiais escolhidos pelo governo francês. Antes da sua partida de Paris, o professor Joliot-Curie lhe definiu exatamente o objetivo de sua missão: era bem mais sério do que simplesmente correr atrás do material enferrujado.

Até 15 de março, o comandante Tavernier disputou muitas partidas de xadrez, enriqueceu o seu vocabulário russo com expressões obscenas e embebedou-se de vodca com tamanha aplicação que isso lhe valeu a estima de Gheorghi Malenkov, chefe do Departamento Especial, incumbido de recuperar na

Alemanha os equipamentos industriais e científicos, particularmente as armas secretas.

As semanas passadas por François Tavernier em Moscou, percorrendo os Estados-Maiores dos diferentes exércitos soviéticos, quase lhe esgotaram a paciência.

Nomeado pelo Estado-Maior do 1º Exército da Bielo-Rússia, deslocara-se para o front nos últimos dias de março e, desde então, consumia-se de tédio, tendo como único divertimento as partidas de xadrez e as conversas com o general Vassiliev, que conhecera em Argel, onde fora adido militar.

Soou, enfim, a hora da grande ofensiva sobre Berlim.

ÀS QUATRO DA MANHÃ de 16 de abril, sob as ordens de Joukov, três foguetes vermelhos de sinalização iluminaram as margens do Oder durante um tempo que pareceu muito longo a todos, tingindo o céu e a terra com sua luz púrpura. De repente, acenderam-se projetores potentes assim como os faróis dos tanques e dos caminhões, enquanto os feixes luminosos dos projetores antiaéreos varriam as linhas inimigas. Reinava grande silêncio diante de toda essa luz que anunciava o fim do mundo.

Em seguida, riscaram o espaço três novos foguetes sinalizantes, agora verdes, e a terra começou a tremer. Vinte mil canhões vomitavam fogo. Um vento quente varreu tudo à frente, inflamando as florestas, as aldeias, as colunas de refugiados. Nesse pesadelo aterrorizante, o chiado agudo das *katiouchkas* cortava o ar.

O 1º Front da Bielo-Rússia, comandado por Joukov, o 2º Front da Bielo-Rússia, chefiado por Rokossovski, e o 1º Front da Ucrânia, dirigido por Koniev, passaram ao ataque. Um milhão e seiscentos mil homens, na sua maioria desejosos de vingar um pai, um irmão, um amigo morto sob os golpes dos nazis, avançavam através das planícies. As cidades alemãs esvaziaram-se de seus habitantes, que deixavam apenas cinzas atrás de si. Tavernier compreendia o ódio que animava os combatentes russos de Stalingrado, de Smolensk, de Leningrado e de Moscou que haviam atravessado toda a Rússia para chegar ao Oder. O tributo que pagaram à guerra era um dos mais pesados da Europa. Para se vingarem do que suas mães, suas mulheres e as filhas tinham sofrido, instituiu-se em todo o Exército russo a lei de Talião, e a vingança foi completa.

O OFICIAL FRANCÊS SENTIA compaixão por aqueles homens frustrados e corajosos, que lutavam com total desprezo pelo perigo e dividiam com os prisioneiros suas rações magras. Os russos, por sua vez, olhavam curiosos para o homem que lhes falava em sua língua, bebia como uma esponja e, embora sem combater, sempre estava onde a luta era mais intensa. Isso lhe valera uma coxa trespassada por uma bala.

— Fique tranquilo — aconselhou o general Vassiliev quando foi visitar François Tavernier na enfermaria de campanha, onde tinham acabado de cuidar de seu ferimento.

— Gostaria de vê-lo em meu lugar — resmungou Tavernier. — Não só não consigo encontrar nenhum material que nos pertença como também o senhor me deixa de lado. Eu me pergunto o que estou fazendo aqui se não tenho o direito de combater a seu lado.

— Ordens são ordens, você sabe muito bem disso — respondeu o general. — Todos os oficiais aliados em missão de observação junto aos nossos exércitos estão na mesma situação que você.

Tavernier deu-lhe as costas, aborrecido. Morrer por morrer, antes de armas na mão. Aquele trabalho burocrático não fora feito para ele.

33

Se Léa tivesse tido dúvidas quanto à necessidade de esmagar a Alemanha nazista, as cenas que viu naquele 15 de abril de 1945 confirmariam seu ódio e seu desgosto.

George McClintock tentara em vão opor-se a que a jovem acompanhasse a equipe de médicos e de enfermeiros do Dr. Hughes, chefe do serviço médico do 2º Exército Britânico, ao campo de concentração de Bergen-Belsen, que acabava de ser libertado. O irlandês se rendeu diante de seu argumento:

– O pessoal não é suficiente. Tenho de ir também.

PRADOS E PINHAIS ESTENDIAM-SE a perder de vista. O caminho subia em direção ao campanário pontiagudo que dominava o casario da aldeia de Bergen. As casas eram rodeadas por maciços de flores. Sem os tanques, os caminhões e os soldados estacionados ao longo da estrada, parecia que a guerra acontecia bem longe dali.

De repente, depois de uma curva do caminho, numa planície nua, surgiu a visão de um universo de pesadelo, com as barreiras de arame farpado, torres de vigia e filas de barracões esverdeados. Criaturas esqueléticas, vestidas com sacos listrados, erravam na areia cinzenta. Alguns dos fantasmas aproximaram-se da cerca para vir ao encontro dos recém-chegados. Estendiam-lhes os braços descarnados e procuravam sorrir, enquanto as lágrimas lhes deslizavam pelos rostos desfeitos. Mas os sorrisos eram de tal forma horríveis que amedrontavam os soldados. Ficaram imóveis por um bom tempo, como se temessem o que iriam descobrir. O Dr. Hughes mandou distribuir café quente. Então entraram no campo.

Presos ao arame farpado, viam-se cadáveres seminus. Pelo chão, mais cadáveres de homens, de mulheres e de crianças, despidos ou cobertos de farrapos, mísera escória da humanidade. Lentamente, os ingleses penetravam num mundo além da imaginação, povoado de criaturas que recuavam erguendo um braço diante do rosto, ou que avançavam, eretas, transportando com dificuldade o peso do próprio corpo e emitindo um som leve, semelhante ao roçar de milhares patas de insetos.

Léa caminhava muito ereta, sem conseguir despregar seus olhos dos rostos de cores insólitas – bistre, verde, cinza ou violeta.

A multidão de mortos-vivos abria alas diante deles. Entraram por um caminho de ronda, à esquerda, depois à direita. Esmagador e sombrio, todo o horror do campo de concentração se revelara a eles. Entre os barracões, a uma certa distância da cerca de arame farpado, alguns seres sem idade definida estavam agachados. Outros, deitados no chão, não se mexiam mais. O Dr. Hughes entrou num dos barracões, fazendo sinal aos companheiros para que ficassem na porta. Quando saiu, algum tempo depois, seu rosto parecia uma máscara, seus olhos rolavam nas órbitas, enlouquecidos, e suas mãos tremiam.

– Façam com que saiam dali – balbuciou.

McClintock impediu que Léa entrasse.

– Vá buscar a ambulância. E diga aos outros que venham também e tragam o caminhão dos cobertores.

Quando Léa voltou, dezenas de mulheres estavam estendidas no chão. De todos aqueles corpos exalava um cheiro pestilento. Tiraram seus trapos infectos e enrolaram em cobertores as pobres carcaças cobertas de chagas e de imundície.

Passou o dia transportando as infelizes, lavando-as e alimentando-as. Quase todas sofriam de disenteria. Como não tinham forças para se erguer, afundavam nos próprios excrementos. Uma centena delas morreu em pouco tempo. Durante toda a noite, médicos, enfermeiras e soldados ajudaram a retirar as prisioneiras das suas cloacas. Sob a luz dos projetores, os quarenta e cinco barracões pareciam o cenário de um filme de terror: esqueletos oscilantes e dementes, dançando em volta dos faróis, desarticulados, babando, deixando atrás de si rastros escuros, rostos que eram apenas ossos pontiagudos e grandes olhos dilatados, que seguiam com lentidão os movimentos de seus libertadores.

O Dr. Hughes pediu ao Estado-Maior que lhe instalasse um hospital de 14 mil leitos e lhe enviasse urgentemente mais médicos, enfermeiras e milhares de toneladas de material e de medicamentos, para que pudesse tentar salvar as 56 mil pessoas internadas no campo de Bergen-Belsen, que sofriam de fome, de gastroenterite, de tifo, de febre tifoide ou de tuberculose.

NO DIA SEGUINTE, ao amanhecer, constatou-se que havia mil mortos entre os que receberam os primeiros cuidados. Todo o ambiente parecia banhado em cinzas. Eram cinzentos o céu, as pessoas e os barracões, o chão se transformara em lodaçal, os ouropéis pendiam por todo lado e havia detritos de todo tipo sobre a lama. Chovia. Os gestos eram de cansaço. Homens e mulheres morriam quietos, sem convulsões.

Léa, acompanhada por George, dirigiu-se para a saída do campo de concentração para descansar um pouco. Passaram ao lado de um largo fosso a céu aberto, transbordante de cadáveres nus, de uma magreza assustadora. A moça imobilizou-se em sua borda e observou avidamente o espetáculo, sem que um só músculo de seu rosto se mexesse. Aqueles braços, pernas e faces pertenciam a homens e mulheres que haviam rido, amado e sofrido. Isso lhe parecia inconcebível. O amontoado disforme nada tinha de humano, não podia pertencer a seres vivos como ela. Algo fugia à sua compreensão. Por quê? Por que isso? Por que eles?

— Venha, Léa — disse McClintock —, vamos dar uma volta pela floresta.

Léa o seguiu sem resistir.

— Ali! — gritou ela, apontando com o dedo.

Entre os pinheiros novos, alinhavam-se centenas de corpos. Um grupo de civis alemães comandados por militares ingleses transportava mais cadáveres, colocando-os perto dos anteriores.

Léa e o companheiro aproximaram-se. Lívidos, os alemães colocaram no chão, perto deles, o corpo de uma mulher cuja roupa rasgada deixava a descoberto as pernas cheias de equimoses e os ossos saltados por entre a pele. A chuva que caía dava ao rosto um aspecto de afogado.

— Léa...

A jovem virou-se para George. Mas ele se afastara e conversava com um dos soldados.

— Léa...

Quem a chamava com uma voz tão fraca que parecia brotar do interior da terra? Baixou os olhos, olhando o chão a seus pés. A mulher com aspecto de afogada abrira as pálpebras e a fitava. Um medo terrível a paralisou.

— Léa...

Não estava sonhando, não. Era mesmo essa mulher que a chamava. Fazendo um esforço enorme, Léa debruçou-se sobre aquele ser prostrado. Os olhos imensos, profundamente encovados nas órbitas, prenderam-se então nos seus. Quem seria aquela morta-viva que murmurava o seu nome? Não lhe parecia familiar nenhum dos traços desse pobre rosto. Os lábios chupados, as faces fundas, com marcas de... Não!

— Sarah! — exclamou a jovem.

O grito de Léa fez com que George e os soldados se voltassem em sua direção. O oficial britânico dirigiu-se precipitadamente para ela.

— O que você tem?

— Sarah! É Sarah!

— Mas esta mulher ainda está viva! – exclamou um soldado que também se aproximara.

McClintock ergueu o corpo, transportando-o rapidamente para uma tenda instalada às pressas e que servia de hospital improvisado. Estenderam a mulher num leito de acampamento, libertando-a dos farrapos antes de a protegerem com um cobertor.

Léa se ajoelhou ao lado da amiga e pegou-lhe a mão.

— Está viva, Sarah! Está viva! Vamos levá-la para longe daqui e cuidar de você.

— Nenhum dos prisioneiros está autorizado a deixar o campo, senhorita.

— Mas por quê?

— Para que as epidemias não se propaguem – explicou o médico. – Observamos muitos casos de tifo. Além disso, a doente não resistirá ao transporte.

— Mas...

— Não insista, Léa – interveio McClintock. – Devemos obedecer às ordens do médico. Venha descansar. Voltaremos mais tarde.

— Não quero deixá-la.

— Vamos, seja racional.

Léa inclinou-se sobre Sarah e beijou-lhe o rosto que Masuy havia queimado.

— Descanse, Sarah. O pesadelo acabou. Eu volto depois.

Dirigiram-se em silêncio para a cantina. Serviram-lhes chá e um pedaço de bolo. Mas nenhum deles conseguiu comer. McClintock lhe estendeu então um maço de Players.

— Ajude-me a tirá-la daqui, George.

— Tal como eu, você também ouviu o que o médico disse. Não devemos...

— Não quero saber o que devemos ou não devemos fazer! É preciso tirá-la daqui.

— Mas para levá-la para onde?

– Para a Inglaterra.
– Para a Ingla...?!
– Sim. Deve existir um meio.
– Mas...
– Ache-o, George, eu lhe suplico.
– Oh! Léa, estamos vivendo um pesadelo e tenho a impressão de que vou enlouquecer!
– Não é momento para fraqueza. Consiga um avião para a Inglaterra.
– Como você quer...? Há muitos...
– Há muitos o quê? Diga logo.
– Há muitos aviões que estão repatriando os feridos – informou McClintock.
– Isso mesmo! É uma excelente ideia! Você conseguirá que eu seja requisitada para acompanhante do grupo.
– Talvez consiga o que me pede. Entretanto, o mais difícil será tirá-la do campo. A vigilância na saída certamente será reforçada por ordem dos serviços sanitários.
– Vamos encontrar um jeito. Informe-se sobre a data da partida do próximo avião.
– Vou cuidar disso. Mas prometa que irá descansar um pouco.
– Prometo.
– Nos encontramos no final da tarde, junto de sua amiga.

LÉA NÃO TEVE OPORTUNIDADE de descansar. À saída da cantina, Miss Johnson, sua chefe, enviou-a para ajudar no transporte dos doentes. Só muito tarde da noite é que pôde ver Sarah. Encontrou George ao lado da doente. A infeliz dormia.

– Até que enfim você chegou, Léa! Há um voo depois de amanhã – cochichou ele. – O comandante é meu amigo desde que lhe salvei a vida. Concordou em nos ajudar. Também arranjei um uniforme de um dos nossos companheiros mortos. Amanhã, quando escurecer, vestiremos Sarah com a farda e a levaremos para a ambulância que você trará aqui durante o dia. Já está requisitada para o transporte dos feridos, Léa. Irá acompanhá-los até a Inglaterra, onde serão distribuídos pelos diversos hospitais do país.

— Mas vão descobrir que é uma mulher!

— Um de meus amigos, médico da rainha, estará à sua espera na chegada do avião. Por ordem de Sua Majestade, irá se encarregar de certo número de feridos...

— Você é formidável, George!

— Não cante vitória antes do tempo. Ainda falta conseguir o mais difícil: tirá-la daqui viva.

— Viva...?! Viva... como assim?

— O Dr. Murray acha que Sarah não sobreviverá a esta noite.

— Não acredito — disse Léa, aproximando-se do leito.

A respiração de Sarah estava difícil e suas mãos descarnadas queimavam devido à febre. Debruçada sobre ela, Léa a olhava intensamente. A doente abriu as pálpebras devagar. Teve um sobressalto de medo e se encolheu ao perceber um rosto tão perto do seu.

— Não tenha medo, Sarah, sou eu.

Alguma coisa, como o esboço de um sorriso, pairou sobre seus lábios.

— Vamos levá-la daqui. Mas é preciso que nos ajude, que recupere um pouco de força. É preciso, está entendendo? É preciso.

— Senhorita, não a canse. Deixe-a repousar — advertiu o médico.

— Adeus, Sarah — despediu-se Léa. — Volto amanhã. Vamos... deixe-me ir embora.

A custo conseguiu libertar as mãos dos dedos que se agarravam aos seus.

Antes de abandonar a barraca, Léa aproximou-se do médico que examinava uma criança de uns 10 anos, sobrevivente do Revier, o hospital onde o sinistro Karl havia trabalhado.

— Dr. Murray, minha amiga sofre do quê? — perguntou a jovem.

O médico cobriu a criança com suavidade antes de se virar para Léa. Ela recuou diante de sua expressão encolerizada.

— Do que sofre a sua amiga? — repetiu ele, arremedando Léa. — Mas que pergunta interessante! Sofre de tudo! Ainda não tem tifo, ao contrário deste aqui, a quem foi inoculado. Mas talvez tenham lhe dado uma injeção de bacilos de varíola, de peste ou de sífilis. Ou talvez a tenham esterilizado. A menos que tenham implantado em seu útero um embrião de chimpanzé...

— Oh, não diga isso, doutor! — exclamou Léa.

— Se não quer ouvir, então não me pergunte do que ela sofre. Ela sofre. É tudo.

Ele lhe deu as costas, inclinando-se sobre outra cama.

George aguardava Léa, mordendo o cano do cachimbo curto e apagado.

— O Dr. Murray é completamente doido.

— Não é, mas arrisca-se a ficar dentro de pouco tempo. Nunca lhe passou pela cabeça que pudesse existir tudo o que tem visto aqui nem nunca imaginou que outros médicos concordassem com certas experiências. É todo o seu mundo que desmorona — disse McClintock. — Nunca deixará que levemos Sarah.

— Você ouviu o que ele disse: Sarah não tem tifo. Pedirei ao Dr. Hughes que a transfira para um hospital de doenças não contagiosas.

— E se ele não concordar?

— Nós acharemos outra solução.

E, DE FATO, ARRANJARAM. Às cinco da tarde, o coronel McClintock apresentou-se na barraca-hospital do Dr. Murray acompanhado por umas dez pessoas.

— Trago comigo a equipe que vem substituí-los para que descansem um pouco. Dr. Murray, apresento-lhe o Dr. Colins

— Mas, coronel...

McClintock interrompeu as objeções de Murray.

– São ordens do médico-chefe – declarou.

– Muito bem – cedeu Murray. – Venha comigo, Dr. Colins. Vou deixá-lo a par dos casos mais prementes.

Por sorte, Sarah não fora incluída nesse número.

Após a partida do Dr. Murray, McClintock manobrou tudo de modo a desviar as atenções da equipe recém-chegada. Léa, auxiliada pelo ajudante de campo do coronel, vestiu Sarah com o uniforme roubado. Sem se manifestarem, as suas companheiras de infortúnio acompanhavam com o olhar todo aquele movimento.

Apesar dos esforços, Sarah não foi capaz de se manter em pé. Léa e o ajudante de campo a sustentaram pelos braços.

– Mais um dos nossos homens que não conseguiu suportar tantos horrores – mentiu George, interpondo-se entre o Dr. Colins e Sarah.

Léa só respirou aliviada quando chegaram ao local de embarque. Junto com uma enfermeira, deitou Sarah na maca e transportou-a para o avião.

Apesar dos gritos e dos gemidos, no interior do avião quase reinava um clima de saída de férias. A guerra terminara para a maior parte daqueles rapazes.

Durante toda a viagem Léa conservou a mão de Sarah presa nas suas.

34

Em silêncio, os berlinenses observavam a passagem dos caminhões cedidos pela Divisão Nordland; transportavam tropas SS, em cujos uniformes podia-se ver o escudo tricolor. Em altos brados, os soldados cantavam, ora em francês ora em alemão, e marcavam o compasso batendo com os punhos contra a lataria dos veículos:

> Os carros ardem por onde passamos
> E o diabo ri conosco
> Ha, ha, ha, ha, ha, ha, ha!
> A chama continua pura
> A Fidelidade é o nosso lema.

Mulheres vestidas de preto corriam para eles e lhes estendiam as crianças ou lhes ofereciam pedaços de pão escuro. As moças atiravam beijos. Os jovens acenavam com grandes gestos, para logo desaparecerem no meio das ruínas. Ao longe, troavam os canhões.

Na noite de 25 de abril, Mathias comeu uma lata de aspargos antes de dormir sobre a banqueta de uma cervejaria de Hermann Platz.

NESSE MESMO DIA, no Elbe, ao sul de Berlim, os soldados do 5º Exército da 1ª Frente da Ucrânia, comandada pelo marechal Koniev, fizeram sua junção com os americanos do 1º Exército, nas proximidades de Torgau.

Durante a noite, em ondas potentes, a aviação russa bombardeou a cidade. O ruído das explosões despertou os defensores de Berlim, que correram para suas armas dispostos a repelir um ataque soviético. Mas os aviões desapareceram, dando lugar a um silêncio opressivo.

No dia seguinte, antes dos primeiros clarões da aurora, os soldados dirigiram-se para a Câmara Municipal de Neukölln. O dia que despontava anunciava-se magnífico. Finalmente, receberam ordem de ataque.

Os russos disparavam de todos os lados. Rentes às paredes, os SS franceses saltavam de fachada em fachada. Com a ajuda de um Panzerfaust, Mathias destruiu o seu primeiro tanque.

Durante toda a manhã a batalha foi violenta, matando uma centena de voluntários. Tudo ruía à sua volta. Um pouco em cada lugar, os incêndios tingiam o céu de vermelho. Logo, a poeira era tão densa que não se via nada a uma distância de meio metro. O estrondo dos motores e das lagartas dos tanques fazia com que a terra trepidasse, abafando os gritos dos moribundos e os pedidos de socorro dos feridos.

Atingido no pé, o Hauptsturmführer Feunay continuava a comandar as operações. Na Câmara Municipal de Neukölln, transformada em fortaleza, as tropas da Divisão Carlos Magno, apoiadas por rapazes da Juventude Hitleriana e por velhos soldados de cabelos brancos, disparavam através de todas as aberturas do edifício. Mas logo tiveram de se render à evidência – estavam cercados. Não podiam mais contar com os tanques da Divisão Nordland, pois não tinham mais gasolina nem munição. Com o coração oprimido, viram que se afastavam no meio da poeira.

Feunay deu então a ordem de evacuar a Câmara Municipal e de se dirigirem a Hermann Platz.

A noite terminou com os soldados ocupando os porões do Ópera.

A desordem era total e nenhuma ação eficaz fora prevista para assegurar a defesa de Berlim. Restavam apenas alguns resíduos de divisões estrangeiras das Waffen SS, garotos e velhos, para enfrentar centenas de milhares de soldados soviéticos.

Na tarde de 27 de abril, Mathias explodiu três tanques de guerra T34.

Ferido na cabeça, foi tratado na enfermaria do *bunker* de Hitler. Depois conseguiu atingir a estação do metrô de Stadtmitte, para onde Krukenberg havia transferido o seu PC. A maioria dos sobreviventes da Divisão Carlos Magno estava reunida ali. Os vagões de vidros quebrados serviam como enfermaria, como escritórios ou como depósitos de víveres. Mathias fumou o seu primeiro cigarro depois de dois dias.

Na plataforma da estação do metrô, o Brigadeführer entregou a Cruz de Ferroa àqueles que se tinham distinguido particularmente durante os combates em Neukölln. Mathias olhou a sua com emoção.

AO AMANHECER DE SÁBADO, dia 28 de abril, a pressão russa tornou-se mais forte. Escondidos nas fachadas e nas janelas, os SS franceses esperavam. Na claridade cinzenta da manhã, os tanques soviéticos avançaram.

O disparo de um Panzerfaust atingiu em cheio o primeiro. Irromperam dele as chamas, seguidas de uma série de explosões. Depois, houve uma deflagração enorme que projetou para o ar fragmentos de aço. Do T34 restava apenas um monte de ferragens retorcidas de onde saíam corpos carbonizados. Mas os tanques prosseguiam o avanço implacavelmente. Choviam projéteis por todos os lados. Mathias, de Sturmgewehr ao ombro, disparou contra o grupo de soldados de infantaria. Cinco homens tombaram ao solo.

– Belo trabalho, Fayard! – elogiou o capitão Feunay, dando-lhe um tapinha amigável nas costas.

Ferido no ombro, Mathias foi conduzido ao Hotel Adlon, transformado em hospital. Deixou o hotel à noite, ou melhor, no momento em que deveria ser noite, pois a luz do dia já desaparecera há muito. Todos tinham perdido a noção do tempo.

O edifício onde os franceses tinham se emboscado continuava de pé como que por um milagre. Aos canhões antitanques russos juntavam-se agora os morteiros. Os andares despencavam, soterrando uma dezena de voluntários. Meio asfixiado, com os pulmões cheios de poeira amarela, Mathias conseguiu libertar-se dos escombros. Seu ombro ferido doía. Os incêndios se alastravam por toda parte.

Os sobreviventes foram ocupar novas posições, evitando as vigas em chamas, os pedaços de parede que ruíam e as balas que assobiavam em seus ouvidos. Ao raiar do dia, haviam recuado até Puttkammerstrasse.

À noite estavam nas proximidades da estação de metrô de Kochstrasse, posto avançado de defesa da Chancelaria. Após alguns instantes de descanso no comando do batalhão, instalado numa enorme livraria devastada, reiniciaram a luta em meio à bruma cor de sangue.

O dia 30 decorreu como os anteriores nesse universo dantesco para onde os haviam impelido seus sonhos ou suas desilusões. Lutavam, convictos de estarem protegendo o chefe a quem haviam jurado fidelidade ou morte. Mas a verdade é que protegiam apenas um *bunker* repleto de cadáveres. Hitler suicidara-se às três e meia da tarde junto com Eva Braun, com quem casara pouco antes de morrer. À tarde, os russos tomaram o Reichstag, depois de violentos combates. O tenente Berest e dois sargentos ergueram a bandeira soviética no topo de um monumento. Durante essa mesma noite, o general Krebs, chefe do Estado-Maior da Wehrmacht, propôs ao general Tchoukov negociar a capitulação de Berlim.

Na tarde do dia 1º de maio os SS franceses viram-se obrigados a evacuar a livraria, indo se refugiar no subsolo do Ministério da Segurança. À luz de velas presas em *julturm* – espécie de candelabro de terracota utilizado na noite do solstício de inverno –, Feunay distribuiu novas Cruzes de Ferro, que pregou nos uniformes de camuflagem rasgados, muitos deles manchados de sangue.

Mathias foi ferido novamente no peito e nas pernas, desta vez gravemente. Junto com outros fugitivos, arrastou-se até a estação de metrô de Kaiserhof. Ajudado pelos camaradas, escondeu-se depois na estação de Potsdamerplatz, onde assistiu, oculto por um monte de entulho, à captura de Feunay e de meia dúzia de seus companheiros. Ardendo em febre, foi encontrado por uma adolescente alemã, que com a ajuda do pai o escondeu no porão de seu edifício.

35

A amizade do comandante Klimenko possibilitou a François Tavernier seguir apaixonadamente o desenrolar do avanço dos russos em Berlim, admirando sua coragem ao longo dos combates. Com eles, gritou de alegria quando viu a bandeira vermelha flutuando sobre o Reichstag: a besta agora estava morta.

Na tarde de 4 de maio, Tavernier andava pelas ruas devastadas de Berlim. A atmosfera estava suave, embora infestada pelo odor dos cadáveres em decomposição sepultados sob os escombros. Incongruentes, os esqueletos calcinados dos prédios destacavam-se contra o céu claro. Uma moça com o rosto escuro de fuligem saiu do meio dos escombros piscando os olhos e chocou-se com Tavernier.

– Cuidado, pequena! – exclamou ele em francês.

A adolescente olhou-o, incrédula.

– Você é francês? – perguntou ela em alemão.

– Sim.

– Venha.

Pegou-o pela mão e guiou-o por entre as ruínas. Saltaram por cima de montes de entulho, esgueirando-se depois através de uma passagem estreita. Em seguida, desceram alguns degraus repletos de detritos. Por fim, desembocaram num porão, iluminado por uma vela. Ali estavam reunidas muitas pessoas prostradas no chão. Uma jovem mãe embalava o filho, que chorava, e outra prendia uma atadura em volta da cabeça de uma menininha.

Ao reconhecer o uniforme soviético que Tavernier vestia desde que seguia o Exército Vermelho, houve um momento de medo. Mas a mocinha disse algumas palavras que devolveram a serenidade ao grupo. Encaminhou, então, François para o lugar onde o ferido gemia.

— Francês — esclareceu ela, apontando com o dedo o vulto humano estendido, com a cabeça apoiada numa cesta de vime.

Tavernier aproximou-se, inclinando-se sobre um homem com o rosto oculto pela barba, olhos cintilantes de febre, o peito envolto numa atadura suja e embebida de sangue. De uma das pernas, coberta de farrapos, saía um cheiro pestilento. O infeliz delirava.

— É preciso levá-lo a um hospital — disse a adolescente.

— É tarde demais. Ele vai morrer — respondeu Tavernier em alemão.

— Não. Precisa ajudá-lo.

— Está me ouvindo, meu velho? — perguntou Tavernier, dirigindo-se em francês ao doente.

Ele parou de gemer e virou a cabeça devagar.

— Estou com sede.

François Tavernier olhou para a mocinha, que esboçou um gesto de impotência.

— Não temos mais água. Meu pai foi procurar um pouco.

No estado em que este infeliz está, não é um pouco de vodca que vai lhe fazer mal, pensou Tavernier. Tirou do bolso um recipiente de prata ganho no pôquer de um oficial russo e, com cuidado, derramou algumas gotas da bebida nos lábios do ferido.

— Obrigado... Fidelidade... eu me... sinto mal...

— Não se mexa — disse Tavernier. — Vou procurar socorro. A guerra terminou. Não tem nada a temer.

— Não. — O ferido se opôs, agarrando-se à sua manga. — Os russos me matarão.

François Tavernier olhou-o mais atentamente. Sim, claro! Era um daqueles canalhas franceses que combatiam com uniforme alemão!

— Waffen SS?

— Sim... Carlos Magno. Divisão Carlos Magno... Perdi meus camaradas... todos estão mortos... É estúpido morrer aqui... bebendo...

Mal engoliu o líquido e começou a tossir. Gritou, sentindo que a dor rasgava-lhe o peito, enquanto um fio de sangue lhe escorria por entre os lábios.

A moça alemã enxugou-lhe o rosto com doçura.

– Léa... – murmurou ele.

– Não sou Léa. Chamo-me Erika.

– Léa... perdão...

– Como se chama? – perguntou Tavernier ao ferido.

– Léa...

– Ele se chama Mathias. Mas não me disse o nome de família.

Tavernier revistou-lhe o bolso interno da jaqueta rasgada. Encontrou um embrulho cuidadosamente envolto em tecido impermeável e preso por um elástico. O pacote continha duas cadernetas militares. Otto Kramer, leu ele. Esse nome lhe dizia alguma coisa.

– Otto Kramer – pronunciou em voz alta.

– Morreu... Eu o vi morrer... deu-me... uma carta... para Françoise... tem de enviá-la.

De dentro da segunda caderneta caiu uma fotografia. Erika apanhou-a.

– Como é bonita! – exclamou.

François Tavernier arrancou-lhe a foto das mãos. Léa o olhava, sorridente, com a cabeça apoiada ao ombro de um rapaz. Sua atitude e sua expressão indicavam claramente seu orgulho de tê-la junto a si. No verso da foto, Léa havia escrito: "Mathias e eu em Montillac – agosto de 1939."

Tavernier nunca soubera verdadeiramente o que se passara entre Léa e o rapaz. Sabia apenas que Mathias era para ela o mais querido dos companheiros de infância.

Nesse momento, ouviu-se um vozerio na entrada do porão. Segundos depois, cinco ou seis soldados russos irrompiam pelo subterrâneo. As mulheres ergueram-se aos gritos, apertando os filhos contra o peito. Um suboficial aproximou-se de Tavernier. Fez-lhe continência ao reconhecer o uniforme soviético.

— Saudações, camarada! Quem é ele?

— Não sei. É preciso levá-lo para um hospital. Está gravemente ferido.

O outro gracejou.

— Vai bater as botas. Não vale a pena.

Mandaram sair os civis. Ao partir, Erika lançou a Tavernier um olhar de súplica.

Ao ficar sozinho, ele contemplou Mathias com expressão pensativa.

— Léa... — balbuciou o rapaz novamente.

Tavernier percebeu que continuava com a foto na mão. Guardou-a no bolso, junto com as duas cadernetas militares. Depois, sentou-se ao lado do moribundo. Acendeu um cigarro e o colocou entre seus lábios.

— Obrigado — disse Mathias num sopro.

Fumaram em silêncio, os pensamentos de ambos voltados para a mesma mulher. De vez em quando, o ferido deixava escapar um gemido. Instantes depois, um acesso de tosse obrigou-o a cuspir o cigarro. François, inclinado sobre ele, enxugava-lhe a testa.

— Escreva a Léa... O endereço... está... na minha caderneta militar... diga-lhe que... morri pensando nela...

Levantou-se e, com uma força incrível para um moribundo, agarrou-se ao companheiro.

— Diga-lhe também... que eu a amava... que... só a ela... amei. Léa... perdão.

As mãos de Mathias se soltaram, caindo inertes. Ele nunca mais veria as colinas cheias de sol por onde correra em companhia daquela que fora a sua alegria e o seu tormento. Na morte, estampava-se em seu rosto uma expressão de criança perplexa.

Com gestos suaves, François Tavernier cerrou-lhe as pálpebras e cobriu-lhe o corpo com um pedaço de cobertor. E saiu.

36

Na noite de 7 de maio um telegrama anunciava a François Tavernier a chegada em Berlim do general De Lattre de Tassigny, nomeado pelo general De Gaulle para participar da cerimônia da capitulação da Alemanha. Pedia-lhe que o recebesse no aeroporto de Tempelhof.

Chegou de jipe por volta das dez horas da manhã. Esperou o avião com um grupo de oficiais russos e com o general Sokolovski, adjunto do marechal Joukov, incumbido de acolher as delegações aliadas vindas para comparecer à cerimônia da capitulação alemã.

O batalhão da guarda de honra manobrava impecavelmente, dividido em fileiras de 12 homens, com os fuzis voltados para a frente sobre o ombro do camarada precedente.

Ao meio-dia em ponto, escoltado por caças soviéticos, o DC3 aterrissou na pista, trazendo a bordo a delegação britânica. O almirante Burrough e o marechal do ar Tedder desceram, seguidos por três pessoas uniformizadas. Uma delas era uma mulher. O general Sokolovski adiantou-se, então, para receber os recém-chegados. Num gesto galante, beijou a mão da mulher.

Após as apresentações, o batalhão fez a saudação militar de praxe.

Ao meio-dia e dez, o DC3 dos americanos também pousava na pista. Sokolovski deixou os delegados ingleses para ir ao encontro do general da aviação, Spaatz. Tal como antes, o batalhão prestou-lhe as honras militares, enquanto os representantes britânicos se encaminhavam para os carros que os conduziriam a Karlshorst, no subúrbio de Berlim. Hipnoticamente, Tavernier seguia com os olhos a esbelta silhueta da inglesa, dizendo-se que era uma das raras mulheres a manter a graça feminina apesar do uniforme. Mas havia algo de familiar na maneira como caminhava...

– O avião francês está quase aterrissando, comandante Tavernier. Está me ouvindo, comandante?

Mas Tavernier empurrou o soldado soviético, correndo atrás dos ingleses. Retardado pela confusão, ele chegou à saída do aeroporto apenas para ver que a porta do automóvel se fechava sobre um par de pernas bonitas. O carro arrancou antes que conseguisse se aproximar.

– Comandante...

Tavernier passou a mão pela testa. Vejo-a em toda parte, pensou. Afinal, o que Léa faria em Berlim, na companhia dos ingleses?

– Comandante...

– Sim, já vou.

Não era sem tempo; o general De Lattre de Tassigny, escoltado pelo coronel Demetz e pelo capitão Bondoux, já se encaminhava para o general Sokolovski.

OS AUTOMÓVEIS CORRIAM a toda velocidade por entre as ruínas fumegantes da capital do Reich. Nas esquinas, moças russas envergando uniformes impecáveis, com os joelhos à mostra acima das botas altas, orientavam o trânsito, servindo-se de pequenas bandeiras vermelhas e amarelas. Por toda parte formavam filas civis de aspecto miserável e bestificado, tentando recolher água nas fontes ou nos hidrantes.

Tavernier escutava, distraído, a conversa de Bondoux. Quando chegou a Karlshorst, a delegação francesa foi conduzida a uma escola de suboficiais que continuava praticamente intacta e onde estava o quartel-general do marechal Joukov. Dali passou para um dos pavilhões que faziam parte da escola, onde ficou instalada. As acomodações eram bastante precárias, mas os colchões, colocados diretamente no chão, ostentavam lençóis de uma brancura imaculada.

O general Vassiliev apareceu e cumprimentou o general De Lattre, seu conhecido desde os tempos de Argel. Os dois homens se reencontraram com prazer. Tavernier aproveitou essa oportunidade para sair em busca da delegação britânica. De fato, encontrou o marechal Tedder e o almirante Burrough, mas nenhum vestígio da jovem que os acompanhava. Estava fora de questão perguntar a militares tão eminentes o que fora feito dela.

Consagrou o resto do dia a fabricar uma bandeira tricolor que pudesse figurar ao lado das bandeiras aliadas, na sala onde iria ter lugar a cerimônia da capitulação. Cheios de boa vontade, os russos confeccionaram uma bandeira com um pedaço de tecido vermelho retirado de um pavilhão hitlerista e com dois outros pedaços de lona branca e de sarja azul, cortada do uniforme de um mecânico. Infelizmente, o resultado foi... a bandeira holandesa! Tiveram de recomeçar tudo de novo. Finalmente, às oito horas da noite a bandeira francesa foi ocupar o seu lugar entre a da Grã-Bretanha e a dos Estados Unidos, encimadas pelo emblema soviético.

À meia-noite em ponto, o marechal Joukov, com o peito coberto de todas as suas condecorações, abriu a sessão. Em primeiro lugar, dirigiu algumas palavras de boas-vindas aos representantes aliados. Em seguida, deu ordem para que se apresentasse a delegação alemã. Entrou então na sala o marechal Keitel, em uniforme de gala e com uma bengala com a qual saudou a plateia mergulhada num silêncio glacial. Ninguém se levantou. Seus olhos percorreram os presentes, detiveram-se por momentos sobre as bandeiras, e depois pousaram no general De Lattre de Tassigny.

– Ah – resmungou –, os franceses também estão aqui! Só me faltava isso.

Com um gesto irritado, atirou a bengala e o quepe sobre a mesa e sentou-se. À sua direita instalou-se o general Stumpf; à esquerda, o almirante Von Frendenburg. Atrás deles foram postar-se em posição de sentido seis outros oficiais alemães, todos eles ostentando a Cruz de Ferro com gládios e diamantes. Soaram os estalos das câmaras dos fotógrafos autorizados a assistir à cerimônia.

À meia-noite e quarenta e cinco, o marechal Keitel deixou a sala. Acabara de assinar a capitulação incondicional da Alemanha nazista. Os seis oficiais alemães, de rosto arrasado, mal conseguiam conter as lágrimas.

A noite terminou com um banquete oferecido pelo marechal Joukov às delegações aliadas. Passava das sete da manhã quando os participantes se dispersaram. Tavernier ainda não conseguira rever a jovem do aeroporto de Tempelhof.

Às nove horas, os russos acompanharam os hóspedes ao campo de aviação engalanado com as cores soviéticas, onde se desenrolou uma cerimônia idêntica à da chegada. Só nesse momento Tavernier soube que os membros da delegação britânica e americana tinham partido logo após o banquete. Despediu-se dos representantes e retomou o seu posto.

DE VOLTA A BERLIM, cuidou do enterro de Mathias Fayard. Um mês depois, era chamado a Paris novamente.

MAL CHEGOU, FRANÇOIS Tavernier correu imediatamente para a rua da Universidade. Mas ali ninguém soube lhe dar notícias de Léa. Sua última carta viera de Londres e tinha a data de 30 de abril. Na Cruz Vermelha, a Sra. de Peyerimhoff comunicou a Tavernier o deslocamento de Léa para a Alemanha. Segundo os últimos dados, estava em Luneburgo e passava-se por noiva de um oficial britânico. Tavernier entregou a Françoise a caderneta de Otto Kramer, encontrada com Mathias, assim como a última carta que lhe era endereçada. Françoise não chorou. Agradeceu a Tavernier e fechou-se em seu quarto.

Minha bem-amada,
    Estou com vontade de conversar com você esta noite e de esquecer os horrores que me rodeiam: meus camaradas mortos, o meu país destruído, para só pensar nos momentos felizes que passamos juntos. Momentos curtos demais, infelizmente roubados da guerra. Você me deu tudo o que um homem pode desejar: o seu amor e um filho. Esse filho a quem não pude dar o meu nome, educá-lo nos paradigmas da honra e da dignidade. Ensine-o a amar o meu desventurado país e a contribuir para a reconstrução de nossas duas nações. Neste exato momento, combatemos em conjunto com estrangeiros alistados nas Waffen SS. Não consigo compreender o que esses infelizes vieram procurar numa luta que não lhes diz respeito. Sonho com a hora do nosso reencontro, quando tudo estiver terminado, nessa região de Bordeaux que aprendi a amar. Fico imaginando você e nosso filho, na velha casa ou no terraço que domina os vinhedos. Volte para Montillac, lá você encontrará a paz. Nas longas noites de inverno, sente-se ao piano para tocar as nossas músicas preferidas. A música é um grande lenitivo para a alma.
    Tenho de deixá-la, minha querida. Os russos se aproximam do prédio em ruínas onde nos abrigamos. Vou para o meu posto, para o meu tanque. Estes breves minutos passados com você deram-me uma paz profunda e eliminaram a angústia destes últimos dias. Vou para a luta fortificado pelo nosso amor. Adeus,

                                                                          Otto.

37

Após a rápida incursão a Berlim, Léa foi reintegrada na Cruz Vermelha Francesa. Fora ela, de fato, quem François Tavernier vira no aeroporto de Tempelhof. Como o DC3 que transportara a delegação britânica dispunha de um lugar vago, pensou em estabelecer contatos com os organismos da Cruz Vermelha dos outros países aliados. Isso, porém, se revelou impossível.

Depois do "sequestro" de Sarah Mulsteïn, Léa se transformara numa verdadeira heroína para o círculo de militares próximos ao marechal Montgomery. Eles intercederam junto ao marechal e a seus superiores imediatos para evitar que ela fosse demitida.

De quarentena para que se evitasse um surto de tifo, Sarah se restabelecia na Inglaterra. Nada restava da bela judia que tanto havia encantado Léa. Sarah Mulsteïn era agora uma mulher arruinada, precocemente envelhecida, que tremia se alguém levantava um pouco a voz. Recusava-se a contar o que sofrera. Mas evocava, sem cessar, o instante em que Léa a descobrira, como por um milagre, e falava disso com um reconhecimento pungente. Após a quarentena, George McClintock a recebeu no seio de sua família. O oficial britânico confiou-lhe sua intenção de se casar com Léa, mas Sarah lhe respondeu com voz suave e cansada:

— Léa não foi feita para você, George.

McClintock deixou-a, triste e magoado. Depois de pouco tempo, regressou à Alemanha.

Após a conversa com Sarah, McClintock passou a observar Léa com muita atenção. Ela havia mudado. Estava ao mesmo tempo mais terna e mais provocante, aturdindo-se durante noites inteiras, bebendo e dançando na companhia de jovens oficiais. Vivia rodeada de uma verdadeira corte de admiradores devotados, que seduzia com desenvoltura irritante. George mostrava-lhe a deselegância de tal comportamento, mas a jovem o beijava, chamando-o de antiquado, embora pensasse que seria o marido ideal. Às vezes, certa ânsia de descanso levava-a mesmo a pensar que poderia se casar com McClintock.

Enviada pela Cruz Vermelha a Bruxelas e, em seguida, a Luneburgo, Léa encontrou-se de novo com Jeanine Ivoy e conheceu Claire Mauriac e Mistou Nou de la Houplière. Juntas, transportavam os deportados, a quem, através de sua juventude e de sua beleza, incutiam a esperança de uma vida nova. Substituíram os quepes por chapéus redondos, depois de terem percebido que aquela cobertura vulgar lembrava as de seus carrascos. Apesar do horror dos campos de concentração – ou talvez por causa deles –, reinava grande alegria na seção francesa da Cruz Vermelha.

Chegaram a Berlim no começo de agosto e se instalaram na rua Kurfürstendamm, número 96, no setor britânico, num dos raros edifícios que não haviam sofrido muito com os bombardeios. Apenas ela e suas colegas belgas tiveram autorização para circular pelo território ocupado pelos russos à procura de pessoas de seus países nos campos de concentração. Mais de uma vez transportaram ingleses nas ambulâncias, o que lhes valeu combustível e víveres por parte dos britânicos. De todas as tarefas, a mais penosa era, sem dúvida, tirar dos alemães as crianças nascidas de pais franceses ou belgas. Quando era possível, passavam a noite no clube inglês, dançando com os oficiais, ou bronzeavam-se à beira da piscina do Blue and White.

Mistou, Claire e Léa dividiam o mesmo quarto. Chamavam-no "o quarto das cortesãs" por causa dos esforços que faziam para deixá-lo atraente e, sobretudo, por causa da beleza das três jovens, que provocava inveja às outras. Bastava que entrassem num dos clubes militares aliados para que os homens logo abandonassem suas parceiras e viessem convidá-las para dançar. Os olhos risonhos e o sorriso radiante de Mistou provocavam verdadeiras devastações. Claire, bela e melancólica, só tinha olhos para o capitão Wiazemsky, libertado pelos russos, junto de quem terminara a guerra. Apesar de lhe terem pedido, ele se recusava a voltar ao seu país e retomar o seu posto no Exército francês. Quanto a Léa, já se perdia a conta dos homens aos quais havia levado ao desespero.

CERTA NOITE, AO VOLTAR de uma missão particularmente dolorosa, em companhia de Claire e do capitão Wiazemsky, Léa esbarrou em um oficial francês.

— Desculpe-me.

Cansada demais para responder, ela continuou seu caminho, sem mesmo olhar para ele.

— Léa!

Ela interrompeu a cadência dos passos, paralisada como na noite de Natal em Amiens. Não se mexia, não se voltava, para não destruir aquela felicidade tão frágil!

— Léa!

François estava ali, à sua frente, mais alto do que se lembrava dele. Esquecera-se também de como o seu olhar era límpido, e sua boca...

Não havia mais ruínas, nem alemães magros e obsequiosos, nem esqueletos ambulantes, nem crianças abandonadas, nem sangue, nem mortos, nem pavor! Só François, ali, junto dela, vivo, vivo e palpitante em seus braços. Mas... por que ele chorava? Que louco... chorando num dia como esse! E ela... também chorava? Sim, chorava e ria ao mesmo tempo, e todos em volta deles faziam a mesma coisa.

Mistou, que se aproximara, assoava-se sem discrição, murmurando:

— Oh, como é belo o amor!

— Coitado do McClintock! — suspirou Jeanine.

Claire apertava com força a mão do seu belo capitão Wiazemsky.

– Desde maio a procuro em todos os lugares – murmurou François com o rosto escondido em seus cabelos.

– Não tinha notícias suas. Pensei que tivesse morrido.

– Suas irmãs não lhe disseram que fui procurá-la quando estive em Paris?

– Não – indicava Léa com a cabeça, fungando.

Mistou estendeu-lhe um lenço.

– Não fiquem aqui. Se o patrão vir vocês, ficará aborrecido. É muito severo quanto ao comportamento das suas meninas. Venha nos encontrar daqui a pouco no clube inglês, Tavernier. Vamos tomar um banho. Estamos cheirando a despojos humanos!

– Mistou! – gritou Claire.

– E não é verdade? É tão verdade que você até me disse que ia ter uma das suas famosas dores de cabeça.

– Gostaria que você estivesse em meu lugar – disse Claire.

– Obrigada, mas pode ficar com elas. Só de pensar nas suas enxaquecas eu já me sinto mal.

– Parem de brigar – interveio Léa.

Virou-se para Jeanine e perguntou:

– Você se lembra de François Tavernier?

– Se me lembro! Graças a ele tive a melhor noite de Natal de toda a minha vida. Como está, comandante? Estou feliz em revê-lo.

– Olá, senhorita.

– Vamos, meninas! Ao relatório! Não pensem que o dia já acabou. Até mais, comandante.

Quando ficaram a sós, Tavernier e Wiazemsky mediram-se com o olhar e, por fim, combinaram de se encontrar às oito da noite, no clube britânico.

NESSA NOITE, TODOS os homens que viram Léa rir e dançar com Tavernier compreenderam que não tinham mais nenhuma chance. McClintock a olhava com o coração apertado. Mistou o notou e aproximou-se do oficial.

— Não faça essa cara, coronel — disse ela. — É melhor que me convide para dançar.

Quando os dois pares se cruzaram, Léa endereçou à amiga um sorriso agradecido.

François apertava-a com tanta força que Léa mal podia respirar. Mas por nada neste mundo se queixaria disso; não diria nada, estava muito além das palavras. Deslizavam sem pensar em seus movimentos, seguindo a música instintivamente ou alterando o ritmo, convertidos num só corpo. Como em Paris, na Embaixada da Alemanha, continuaram a dançar mesmo depois que o último acorde se perdera no espaço. Risos e aplausos os trouxeram de volta à realidade. Depois de beberem alguns copos, deixaram o clube.

A noite estava suave. Subiram no jipe estacionado próximo da saída. Rodaram durante muito tempo em silêncio através dos escombros. Depois, atravessaram um parque devastado onde, à claridade da lua, os troncos retorcidos e calcinados se assemelhavam a um exército em marcha. François parou o veículo na Charlottenburgerstrasse. Parecia que a lepra corroera a paisagem ao redor da coluna da Vitória. Apenas o símbolo dourado de asas abertas se erguia intacto, inútil naquela cidade em ruínas, naquele país vencido.

Com suavidade, Tavernier atraiu Léa para si. Ficaram abraçados, sem um gesto, deixando-se invadir aos poucos pelo calor um do outro, de olhos fechados para melhor saborearem aquela felicidade surpreendente: a de estarem aniquilados de amor, de sentirem seus corações contraídos num corpo que não lhes pertencia mais. Seria provavelmente a primeira vez, naqueles locais sinistros, que sua ternura amorosa desabrochava, arrastando-os no lento turbilhão das sensações aguçadas. Nesse momento, não experimentavam o desejo sexual, de tão submersos que estavam na alegria transbordante de seus corações.

O canto próximo de uma ave noturna os fez rir ao mesmo tempo.

— As aves noturnas voltaram. É um bom sinal — comentou Léa.

— Vamos voltar.

Passaram diante da igreja construída em homenagem ao imperador Guilherme. Os quatro campanários erguiam suas torres na entrada de Kurfürstendamm, semidestruídas, ainda dominadas pelo campanário central, que parecia ter sido decapitado.

— Já vai me levar de volta?

— Não, minha querida. Só se você quiser. Quando a deixei há pouco, fui alugar um quarto não muito longe daqui, na casa de uma velha senhora.

— Como é que conseguiu? Não há nada para alugar.

— Por você, qualquer coisa se torna possível...

Tavernier parou o carro numa ruazinha perto de Hohenzollerndamm. As casas baixas haviam sido poupadas da fúria dos bombardeios. Com uma chave enorme, Tavernier abriu a porta envidraçada de uma das casas. Uma lamparina de óleo iluminava a entrada. Um grande gato veio se esfregar em suas pernas. Cada um pegou uma das velas que haviam sido deixadas numa cômoda, e subiram as escadas rindo muito.

No quarto reinava um perfume de rosas murchas. À luz vacilante das velas, François desembaraçou-se do uniforme. Depois, lentamente, fez deslizar as alças da combinação cor-de-rosa de Léa. O ruído da seda exaltou-lhes os sentidos. A pele de Léa arrepiou-se sob a carícia do tecido. Léa saltou sobre a lingerie morna, onde Tavernier mergulhou o rosto, aspirando com avidez o odor daquela mulher. Teve de se conter para não lhe arrancar imediatamente a calcinha debruada de renda.

Quando Léa ficou nua, ele ainda continuou ajoelhado a seus pés, contemplando-a. Ela gostava que ele a percorresse com aquele olhar que a devorava, deixando-a trêmula e obrigando-a a dobrar seus joelhos. Estremeceu quando os lábios de François procuraram o interior de suas coxas. Sentiu seu sexo se abrir e ir ao encontro dos beijos de seu amante. Atingiu o orgasmo assim, em pé, as mãos convulsamente agarradas aos cabelos de François. Depois, ele a carregou para a cama e acabou de se despir, sem deixar de fitá-la. Penetrou-a com doçura. Confiante, Léa deixava-se conduzir. Quando sentiu que o prazer irrompia, ela gritou:

— Mais depressa... mais depressa!

FRANÇOIS TAVERNIER levou-a para casa antes do amanhecer. Léa entrou silenciosamente no quarto das cortesãs, sem acordar as companheiras.

NO DIA SEGUINTE, François e Léa contaram um ao outro o que tinham vivido desde o Natal passado em Amiens. Com uma alegria tão grande que quase provocou os ciúmes da jovem, Tavernier soube da libertação de Sarah Mulsteïn e do seu lento restabelecimento na Inglaterra. Não se atrevia a anunciar a Léa a morte de Mathias Fayard. Começou lhe dizendo o que acontecera a Otto e contou sobre sua visita a Françoise.

— Você estava lá quando ele morreu?

— Não. Encontrei sua caderneta militar no bolso de um SS francês que o conhecia.

Léa fechou os olhos.

— E o que aconteceu a esse francês? — perguntou ela com voz sumida.

— Morreu.

Uma lágrima deslizou pelo seu belo rosto.

— Como ele se chamava?

François abraçou-a e depois, baixinho, lhe contou tudo.

– Morreu chamando por você e lhe pedindo perdão. Chore, minha querida, chore.

Léa soluçava como uma garotinha. Como era difícil deixar a infância!

À TARDE, LÉA QUIS IR ao túmulo de Mathias. Deixou ali algumas flores compradas na floricultura da esquina da Konstanzerstrasse.

– Podemos transladá-lo para a França, se você quiser.

– Não. Ele morreu aqui e é aqui que deve ficar.

– O que está fazendo?

– Pegando um pouco desta terra para misturar com a de Montillac – disse Léa, sentindo-se de repente assaltada por uma felicidade melancólica.

– Mas o que você tem?

Léa não tinha nada. Apenas, pela primeira vez desde muito tempo, acabava de encarar o eventual regresso à sua terra adorada. E era Mathias quem o sugeria. Com frenesi, Léa encheu seu chapéu de terra. Quando se ergueu, um novo brilho cintilava em seus olhos.

Viram-se todos os dias durante uma semana. Na medida do possível, Claire e Mistou encobriam dos outros as ausências e os desvarios da colega. Apesar disso, a tarefa desempenhada em Berlim pelas jovens da Cruz Vermelha Francesa causava admiração a todos. Jeanine Ivoy, chefe da seção, escreveu à Sra. de Peyerimhoff:

> Segundo os relatórios diários de serviços, poderá constatar o bom andamento de nossos trabalhos. Conseguimos obter dos ingleses a prorrogação da nossa intervenção neste setor, graças ao trabalho que lhes prestamos. Como lhes foi negada a autorização para entrar na zona russa a fim de procurar britânicos desaparecidos (cerca de trinta mil), em nosso trabalho fazemos por eles o que faríamos pelos nossos. Às vezes, voltamos com centenas de certidões de óbito

ou de listas de sepulturas encontradas nas pequenas aldeias e as separamos por nacionalidade. Quanta papelada!

Estamos reduzidas a cinco motoristas e a uma enfermeira em cada grupo, pois os ingleses insistiram no corte do pessoal devido à restrição de alimentação.

Os alsacianos e os lorrainenses continuam chegando, e é com alegria que os encaminhamos: pobres sujeitos, sofreram tanto! Durante dez dias nossas jovens vestiram, alimentaram e cuidaram de sete mil deles. Seu devotamento é inesgotável e tem despertado a admiração das autoridades francesas e britânicas.

Outros trens com alsacianos e lorrainenses (perto de três mil) são esperados, e as autoridades inglesas nos avisarão por telefone. O estado de saúde deles é extremamente precário e ficamos felizes, como Cruz Vermelha Francesa, em poder lhes dar esse apoio moral e material do qual tanto necessitam.

Vemos com frequência o general Keller, quando ele vem de Moscou. Ele nos avisa da passagem dos trens. Há muitos internados em campos de concentração nos confins da Rússia.

Na verdade, tivemos muita sorte de poder circular pela zona russa. Ganhamos a sua confiança e por toda parte nos recebem de forma encantadora. Durante a última passagem do trem com serviços de saúde, fizemos uma diligência junto a um importante general soviético, para trazermos os doentes mais graves. Diante de nós, o general telefonou para Moscou. A resposta foi negativa, mas, pelo menos, tentamos. O pedido não foi totalmente vão, pois nesta semana irão nos entregar os doentes mais graves e eles partirão no trem sanitário que acaba de chegar.

Reina aqui um ambiente magnífico. Só tenho elogios a tecer a toda a equipe e, mais particularmente, às senhoritas Mauriac, Nou de la Houplière, Delmas, Farret d'Astier e d'Alvery, que formam um só bloco, sempre de mãos dadas no esforço...

François Tavernier recebeu ordem para voltar a Paris, de onde partiria para os Estados Unidos. Depois de mais uma noite passada na pequena casa da velha alemã, Léa acompanhou François ao aeroporto de Tempelhof. Começou a tremer quando o viu entrar a bordo do Dakota e quase desmaiou, presa ao medo de nunca mais voltar a vê-lo.

Após sua partida, as amigas fizeram tudo para distraí-la. Mistou e Claire saíram-se tão bem que conseguiram fazê-la recuperar parte de sua alegria. Com o capitão Wiazemsky visitaram a Chancelaria e o *bunker* de Hitler. Saíram dali oprimidas por aquele lugar juncado de telegramas, de jornais meio consumidos pelo fogo, de retratos rasgados do Führer, de caixas revolvidas, de condecorações manchadas.

38

Em meados de setembro Léa recebeu ordem de conduzir um grupo de crianças a Paris. Deixou Berlim e as colegas com tristeza, mas, ao mesmo tempo, com certo alívio – ali havia ruínas demais, sofrimento demais, mortos demais.

Quando chegou a Paris, a Sra. de Peyerimhoff concedeu-lhe uma licença. Léa correu para a rua da Universidade. Mas encontrou a porta fechada. A zeladora lhe entregou as chaves do apartamento, informando-a de que todos haviam partido para a Gironde. Léa não compreendia o que poderia ter acontecido.

Nessa mesma noite, ela, que se preparava com alegria para passar alguns dias na capital, viu-se correndo para a estação de Austerlitz.

O trem estava superlotado e os vagões eram muito desconfortáveis. Léa passou a noite esprimida entre um militar atrevido e uma mulher gorda e rabugenta. Cada vez que cochilava, ouvia invariavelmente os gritos de dor de tia Bernadette ou os gemidos de Raul. Durante quanto tempo esses fantasmas iriam persegui-la? Era loucura voltar a Montillac. O que esperava encontrar? Depois de ter visto tantos destroços, para que acrescentar mais um nessa lista de misérias acumuladas ano após ano? Para que voltar atrás, se nada ressuscitaria os mortos nem a velha casa?

Chegou a Bordeaux esgotada e decidida a embarcar de novo no próximo trem para Paris. Na plataforma vizinha, o velho trem partia para Langon. Sem pensar, Léa correu para ele. Pela porta aberta, alguém lhe estendeu a mão e ela saltou.

A ESTAÇÃO DE LANGON não havia mudado. Carregando a mala, Léa dirigiu-se para o centro da pequena cidade. Era dia de feira. Dois soldados conversavam na frente do Hotel Oliver.

— Mas... é a Srta. Delmas!... Senhorita!

Léa se voltou.

— Não nos reconhece, senhorita? Nós a levamos até a casa de Sifflette, com seu tio e aquela pobre senhora baixinha.

Claro que Léa se lembrava!

— Então, voltou para sua terra? Ah, quantas coisas aconteceram por aqui! E não foram coisas boas! Não tem mais a sua famosa bicicleta? Nesse caso, nós vamos levá-la. Não queremos vê-la embaraçada. Não é, Laffont?

— Que pergunta, Renault! Ninguém poderá dizer que a polícia francesa não é cortês.

Léa não sabia como recusar a oferta. Foi obrigada a subir no carro oficial.

Os dois homens tagarelavam sem parar, mas Léa não ouvia o que diziam. Invadida pela emoção, enchia os olhos ávidos dessa paisagem tão querida, que pensara nunca mais rever. Renault e Laffont não insistiram quando a jovem pediu para que a deixassem embaixo, na ladeira da Prioulette. Ficou esperando que o veículo se afastasse e só depois começou a subir.

Era uma daquelas tardes bonitas de fim de estação, com o sol dourando os cachos de uvas e tingindo os vinhedos daquela luz que anunciava o outono.

A subida da encosta pareceu a Léa bastante íngreme, fazendo com que ela diminuísse o passo. Por detrás dos maciços de árvores estava Montillac, ainda invisível. Com o coração palpitante, ela chegou até a cerca pintada de branco.

Pairava no ar um cheiro novo, pouco habitual naquele lugar – um odor de madeira recentemente cortada. Sons familiares chegaram a seus ouvidos: cacarejar de galinhas, latidos de um cão, arrulhar de pombos e relinchos de um cavalo. Por detrás das instalações da propriedade deveriam estar as ruínas da casa. Uma ligeira brisa despenteou seus cabelos. Léa retomou a caminhada, sofrendo a cada passo. Depois ouviu o ruído lancinante de uma serra... as pancadas de um martelo... E a voz de um rapaz que cantava:

> É uma flor de Paris
> Da velha Paris, que sorri,
> Pois é a flor do regresso,
> Do regresso aos belos dias.

Operários colocavam ardósia na estrutura nova do telhado do castelo. Uma de suas águas já estava toda recoberta. Uma porta escancarada mostrava o interior inalterado da cozinha... Vacilante, Léa recuou naquele pedaço do terreno que ela e suas irmãs antigamente chamavam de rua. Gritos de crianças e o som de risos chegavam a seus ouvidos. Léa queria fugir, escapar daquela miragem, mas uma força irresistível a impelia para aqueles gritos e aqueles risos. O balanço oscilava entre as traves recobertas de glicínias. O tempo parou e, de repente, ela saltou para o passado. Montada no balanço, havia agora uma menina de cabelos revoltos que dizia:

– Mais alto, Mathias... mais alto!

Depois a imagem se desvaneceu e tudo voltou ao seu lugar: as carpas imóveis, as roseiras da alameda, as vinhas por entre os ciprestes, o trem passando ao longe, o toque de um sino... Ela reconheceu a voz das irmãs.

Nada parecia ter mudado. Léa avançou um pouco mais... Um homem, trazendo Charles pela mão, vinha ao seu encontro.

fim do volume 3

Agradecimentos

Jean-Pierre Abel, Paul Allard, Henri Amouroux, Robert Antelme, Louis Aragon, Robert Aron, Alix Auboineau, Lucie Aubrac, Michel Audiard, Colette Audry, Marc Augier, Claude Aveline, Marcel Aymé, François Barazet de Lanurien, Maurice Bardèche, Georges Beau e Léopold Gaubusseau, Pierre Bécamps, Suzanne Bellenger, Jacques Benoist-Méchin, Christian Bernadac, Georges Bernanos, Pierre Bertaux, Nicholas Bethell, Maxime Blocq-Mascart, Georges Blond, M. R. Bordes, Jean-Louis Bory, Alphonse Boudard, Pierre Bourdan, P.-A. Bourget, Robert Brasillach, Georges Buis, Calvo, Raymond Cartier, Louis-Ferdinand Céline, Jacques Chaban-Delmas, Marguerite Chabay, René Chambe, Ricard Chapon, Jean-François Chegneau, Bertrande Chezal, Winston Churchill, Maurice Clavel, René Clément, Guy Cohen, Colette, Larry Collins, Arthur Conte, E. H. Cookridge, Lucien Corosi, Gaston Courtry, Jean-Louis Crémieux-Brilhac, Cruz Vermelha Francesa, Jean-Louis Curtis, Adrien Dansette, Jacques Debû-Bridel, Marcel Degliame-Fouché, Jacques Delarue, Jacques Delperrié de Bayac, Abbé Desgranges, Maja Destrem, David Diamant, Jean-Pierre Diehl, *la Documentation française*, Friedrich-Wilhelm Dohse, Jacques Doriot, Paul Dreyfus, Raymond Dronne, Claude Ducloux, Ferdinand Dupuy, Jean Dutourd, Georgette Elgey, Dr. Epagneul, Jean Eparvier, Robert Escarpit, Raymond Escholier, Hélène Escoffier, Marc-André Fabre, Mistou Fabre, Yves Farge, J.-N. Faure-Biguet, Henri Fenet, Richard de Filippi, Marie-Madeleine Fourcade, Ania Francos, Jacky Fray, Henri Frenay, André

Frossard, Liliane e Fred Funcken, Jean-Louis Funk-Brentano, Jean Galtier-Boissière, Paul Garcin, Romain Gary, Charles de Gaulle, André Girard, Jean Giraudoux, Alice Giroud, Léon Groc, Richard Grossmann, Georges A. Groussard, Gilbert Guilleminault, Georges Guingouin, André Halimi, Hervé Hamon, Robert Hanocq, René Hardy, Max Hastings, Philippe Henriot, Jean Hérold-Paquis, Rudolph Hoess, Sabine Hoisne, Instituto Hoover, Raymond Huguetot, Bernard Irelin, Jacques Isorni, Jeanine Ivoy, capitão Jacques, Claude Jamet, marechal Juin, Bernard Karsenty, Joseph Kessel, Jacques Kim, Serge Klarsfeld, Karl Koller, Maurice Kriegel-Valrimont, Jean Lacouture, Jean Lafourcade, Christian Laigret, Christian de La Mazière, Henri Landemer, Roger Landes, Dominique Lapierre, Jean de Lattre de Tassigny, Jacques Laurent, Eric Lefebvre, Roger Lemesle, Alain Le Ray, Jean Mabire, Grégoire Madjarian, René Maisonnas, Franz Masereel, Pierre Masfrand, Micheline Maurel, Claude Mauriac, François Mauriac, William Peter McGivern, Léon Mercadet, Edouard e François Michaut, Henri Michel, Edmond Michelet, Margaret Mitchell, François Mitterrand, Jean Moulin, André Mutter, Jean Nocher, Henri Noguères, Pierre Nord, Jacques Oberlé, Albert Ouzoulias, Guy Pauchou, Jean-Jacques Pauvert, Robert O. Paxton, Gilles Perrault, Philippe Pétain, Jacques Peuchamaurd, Eric Picquet-Wicks, L. G. Planes e R. Dufourg, Theodor Pliever, Edouard de Pomiane, Roland de Pury, *Sélection du Reader's Digest*, Lucien Rebatet, P. R. Reid, coronel Rémy, Jean Renald, Françoise Renaudot, Ludwig Renn, André Reybaz, Patrick Rotman, David Rousset, Claude Roy, Raymond Ruffin, Cornelius Ryan, Maurice Sachs, Georges Sadoul, Saint-Bonnet, Antoine de Saint-Exupéry, Saint-Loup, Saint-Paulien, Henri Sanciaume, Jean-Paul Sartre, Régine Saux, Simone Savariaud, Lily Sergueiev, Serviço de Informação dos Crimes de Guerra, William L. Shirer, Jacques Sigot, Knut Singer, Sisley-Huddleston,

Michel Slitinsky, A. Soulier, Philip John Stead, Lucien Steinberg, Pierre Taittinger, Guy Tassigny, Elisabeth Terrenoire, Geneviève Thieuleu, Edith Thomas, Charles Tillon, H. R. Trevor-Roper, Pierre Uteau, Jan Valtin, Pierre Veilletet, Dominique Venner, Jean Vidalenc, Camille Vilain, Gérard Walter, Pierre Wiazemsky, princesa Wiazemsky, príncipe Yvan Wiazemsky, Karl Wilhelm e Olga Wormser por sua valiosa colaboração.

EDIÇÕES
BestBolso

Este livro foi composto na tipologia Minion, em
corpo 10,5/13, e impresso em papel off-set 63 g/m² no Sistema
Cameron da Divisão Gráfica da Distribuidora Record.